U0599247

激情燃烧的岁月

修订版

根据石钟山中篇小说
《父亲进城》改编

陈枰 著

作家出版社

图书在版编目 (CIP) 数据

激情燃烧的岁月 / 陈枰著 .—— 北京 : 作家出版社，
2022.10

ISBN978-7-5212-1767-4

[①激…Ⅱ . ①陈…Ⅲ . ①长篇小说 – 中国 – 当代

Ⅳ ① I247.5

中国版本图书馆 CIP 数据核字 (2021) 第 281137 号

激情燃烧的岁月

丛书策划：启　天　韩　星

作　者：陈　枰

责任编辑：韩　星

装帧设计：今亮後聲 HOPESOUND 2580590616@qq.com · 小九

出版发行：作家出版社有限公司

社　址：北京农展馆南里 10 号　　邮　编：100125

电话传真：86-10-65067186(发行中心及邮购部)

86-10-65004079(总编室)

E-mail:zuojia@zuojia.net.cn

http://www.zuojiachubanshe.com

印　刷：北京盛通印刷股份有限公司

成品尺寸：140x210

字　数：350 千

印　张：15.875

版　次：2022 年 10 月第 1 版

印　次：2022 年 10 月第 1 次印刷

ISBN　978-7-5212-1767-4

定　价：52.00 元

目
录

第一章

明朗的天，好喜欢

天蒙蒙亮，旷野上厚重的硝烟散去，露出一片片被炮火摧毁的残垣断壁。烧焦的树木还冒着火苗，打废的车炮有的横在路上，有的翻在沟里。

看不出本色的战旗已经被炮火撕碎，仍在风中摇曳。

一具具血肉模糊的尸体遍布旷野，几只鸟儿落在地上觅食。

猛烈的炮火声突然炸响，鸟儿惊飞，大地随着爆炸声剧烈摇晃。

尖锐的炮弹呼啸而来，在阵地上炸开。硝烟弥漫，枪声震耳欲聋。

石光荣抖落身上的灰土，从麻袋包搭的掩体中抬起头，他拿起望远镜眺望。

望远镜中，小镇街道上敌人坚固的工事依然存在，十几挺机关枪几米一个，从窗子里面伸出来，疯狂地对着街面扫射着。

石光荣咬着牙狠狠地骂了一声："狗日的！"警卫员小伍子爬过来把电话递给石光荣说："军长的电话。"

石光荣大声说："我是石光荣！"

话筒里传来军长怒气冲冲的喊声："石光荣，你到底能不能打下来？打不下来别充硬汉！我换186团上！"

石光荣两眼冒火地回答道："军长，我要是打不下来，把脑袋剁下来给你当球踢！"他挂了电话骂道："186团，186团咋的啦？他胡毅就不是娘生的？他比老子多了一个脑袋？我就不信这个邪！"石光荣扯着脖子喊了声："三营长！"

三营长匍匐着爬过来，他身上的衣服满是被炮弹、子弹撕开的口子和烧出来的窟窿眼儿。石光荣命令道："给我把所有的重火力集中在一起，往狗日的屋顶上砸，一发弹药不许剩。部队以连为组，每组负责一个火力点，用火药筒烧，用炸药炸，把敌人阵地上的所有鼓出来的地方给我炸平了！平了的地方用炸弹再翻一回。"

三营长点头说："是！"然后他转身爬走了。

小伍子好奇地问："团长，这叫啥打法？"石光荣咬牙切齿地回答："死缠烂打法！"他脸色铁青伸手拽下头上的皮帽子摔在地上，一个个解开衣扣，把棉袄脱下来朝后一甩，头也不回地朝小伍子伸出手去。小伍子心领神会，把上满子弹的冲锋枪放在石光荣的手里。

惊天动地的炮火声响了，火光映红整个天空。突然，石光荣在火光中一跃而起，他拎着冲锋枪，嗷嗷叫着率领 184 团冲了出去。

爆炸声中眼前先是火红然后一片炽白。解放军在一片喊杀声中潮水般地涌上街道。枪声零落下来，拴在竹竿上的白被单慢慢地从窗子里面挑出来。

石光荣看着白旗扫兴地骂了一句："王八羔子，真不扛揍！"骂完，他把冲锋枪交给小伍子。小伍子喊："团长，你看！"

石光荣回头见一支邻团的队伍，突然从侧面冲出，抢先冲进敌人的工事。石光荣吃了一惊，忙问："咋回事？"小伍子摇摇头："不知道。"

石光荣赶紧朝工事跑过去。邻团的战士押着俘虏，扛着缴获的武器喜气洋洋地从工事里出来。

184 团的一位连长大声喊："站住！你们是哪支部队的？"那位黑脸连长答："186 团的。"184 团连长揶揄地说："看清楚了，这可是我们 184 团的地盘。""咦，咋打到这儿来了？"黑脸连长一愣，看了看四周自言自语地解嘲道，"在哪儿打都是打国民党，只要有仗咱就打！"

184团连长说："你去哪里打都行，就是别到我们的地盘上来捡洋落。"黑脸连长涨红了脸强词夺理："这工事是我带人先冲进去的！"

184团连长嘲讽说："你脸上那是眼睛，还是肚脐眼？要是眼睛，就该看见把他们打投降的是我们184团！"黑脸连长气急了，说："184团咋的？"184团连长毫不客气地说："你是被炸弹凿屁了吧，咋明知故问呢？"

黑脸连长脸红脖子粗地喊："知道你们184团是主攻团，主攻团咋的？主攻团就该拿'主攻'这俩字压人哪？我就不信这主攻团还能叫你们一辈子包下来！"

这时，186团团长胡毅骑马跑过来问："咋回事？咋回事？"184团连长答道："报告首长，你们的人抢我们184团的战利品！"

胡毅听了一怔。石光荣不冷不热地开腔了，他不看胡毅只对自己的连长说话："他们缺枪缺给养就让他们拿去，别忘了打借条就行！"说完晃晃悠悠地走了。

胡毅气紫了脸，喝令自己团的连长："还不给我回去！"说完狠狠给了马一鞭子，打马朝相反的方向跑了，186团的人紧随而去。

石光荣扑哧一声笑了，小伍子不解地问："团长你笑啥？"石光荣说："人急眼了还真能看出来，胡毅那小子急了。"

蜿蜒起伏的山路，轰轰的脚步声由远而近、由弱到强地响起来，在山谷里面引起阵阵回声。

浩浩荡荡的解放军队伍出现在山路上，穿着臃肿的二大襟子军装的战士们挺着胸脯扛着枪，精神抖擞地行进着。

雄浑有力的歌声突然从后面响起来："向前！向前！向前！我们的队伍向太阳……"

战士们回头看，只见武器装备整齐的三十二师184团迈着整齐的步伐从后面赶上了，他们气势压人一头地与友邻部队擦肩而过。友邻部队的战士们眼红地看着184团的行头和装备，一个战士捅捅旁边的战友说："看人家184团。"战友感叹说："都是从战场上下来的，他们咋就不一样呢。"

那位战士感慨地说："他们团长是谁？他们团长是石光荣！打起仗来像疯子，打完仗了护犊子，战利品别人别想动。几场仗下来，他们的兵个个新装备、新武器，走出来打扮得跟新姑爷似的。"

另一位战士小声说："你看，你看，石光荣过来了。"

184团的战士们挺着胸脯神气活现地走着，团长石光荣骑在高头大马上，小伍子紧跟在他身边。

炮兵部队拉着炮车从岔道上汇拢过来，炮兵团长勒住缰绳说："石团长，你攻城的时候我借给了你一门山炮、二十发炮弹，仗打胜了，风头归你，战利品得分给我一半。"石光荣不认账，笑骂说："你他妈的当我是地主老财呀？"炮兵团长笑呵呵地问："没有我的炮，你拿啥打，用大腿？"

石光荣照他的马屁股上给了一鞭子，炮兵团长哈哈笑着跑了。

前面山坡的岩石上刷着巨大的标语：打到沈阳去，解放全东北！能跑就跑，能飞就飞，到沈阳就是胜利！

女文工团员们精神抖擞地站在路边冲着行进中的部队说着快板："184团真英雄，辽西战场打先锋，钢铁的团长，钢铁的兵……"

石光荣一脸得意，明知故问："小丫头片子，弄两块破板子穷呱哒啥？"小伍子说："这叫鼓舞士气。"石光荣信心满满地说："184团的士气从来用不着别人给鼓！"

不远处，通信员骑马跑来喊："报告团长，军部命令部队快速进入沈阳城。"说完，他打马朝后面跑去。

石光荣命令部队加快速度。无数双脚加快了速度，在踢起的烟尘中行进。

一个战士喘着气说："从锦州奔辽西，咱这一路上净跑了。"

另一个战士说："一个钟点跑二十里，饭跑着吃，觉跑着睡，连尿都跑着撒，跑得我这两脚都停不下来了。"

班长说道："跑咋的？咱们不跑敌人就跑了，咱们不跑，兄弟部队就跑到咱前头去了！"

三十二师186团赶上来，团长胡毅骑在马上，目不斜视地从石光荣的队伍旁跑过去，马蹄溅起一片泥。石光荣看了一眼溅在自己裤子上的泥点，抬起头眼睛死死地盯着胡毅的背影，大声命令部队："打起精神，加快速度，给我压住186团的气焰！"

184团的战士嗷嗷喊着口号跑步前进，压过186团。186团的一位连长看着184团的装备羡慕地说："看看人家的装备，跟人家的一比，咱这枪简直就是烧火筒子。"旁边的排长搭腔说："谁敢跟184团比？人家那才叫野战部队，野着呢！哪场仗都先下舀子，锅底下的稠的都让他们捞去了！"胡毅绷着脸一声不响地听着。

石光荣骑在马上目不斜视地从胡毅的身边跑过去，胡毅脸色铁青地看着他的背影。政委劝解道："人家仗打得好，到哪儿都是攻坚团，名气大了翘翘尾巴也是可以理解的。"

胡毅大声命令部队："给我把打锦州的劲头拿出来，跑步前进!"

186团喊着口号追上了184团。

两支生龙活虎的队伍在山谷里面较着劲前进，震耳的口号声此起彼伏，引起阵阵回声，战士们的身影在踢起的雪雾烟尘中时隐时现。

大部队急行军走出山谷，184团和186团互不服气地在公路上奔跑着，石光荣和胡毅骑着马紧紧地跟着自己的队伍。

一辆吉普车迎面开过来，军长从车上下来。石光荣和胡毅一怔，忙各自从马上跳下来敬礼。军长瞪着他俩问："干啥呢?"俩人站得笔直谁都不说话。

军长气冲冲接着问："你们俩还有完没完了?"两人都不回答。军长狠狠地盯了石光荣一眼，下命令道："184团让路，186团跑步进城。"

胡毅领命："是!"他面带一丝得意翻身上马，甩了个鞭花跑了。

石光荣直挺挺地站在原地，脸上十二个不服。军长慢慢走到石光荣面前看着他说："石头啊，石头! 我以为你小子听到枪响才疯，原来枪不响也这德行!"

石光荣梗着脖子看着军长，军长纳闷儿地问："瞪着我干啥?"

"我对你有意见。"

"啥意见?"

石光荣气呼呼地说："我在下面跟你闲聊天说的话，你在会上也给我晾出来，你是故意出我的丑。"

军长笑了："我点你石光荣的名了吗? 我只是说有的人很骄傲，他跟我说这场仗如果不用他打主攻破城，别的团就只好在城墙外面，边睡觉边等着进城了。"

石光荣撇撇嘴说："我说过这话，当然得站起来承认！"

军长哈哈大笑："你自己脱下来裤子，让大家看你的屁股，怪得着我吗？"

小伍子差点儿笑出声来。

石光荣瞪着军长问："我吹牛了吗？我一点儿都没吹牛！我只用半天的时间就带着队伍攻进城了。"

"你别给我在这儿抖机灵，我问你，你和胡毅到底怎么回事？"

"我哪里知道？他总跟我绷着劲，攻打锦州的时候，他就和我抢打先锋的任务，没抢过我，心里就疙疙瘩瘩不舒坦。这次的战斗打响了以后，我率领部队从镇西一直往镇东打，轰塌了敌人指挥部前面的所有工事，正打得带劲，他们186团的人突然钻出来，冲进了指挥部押我的俘虏。"

"部队进展得太快，有的地方连电话线都来不及铺，各部队之间失去了联系，大家都是哪儿有枪声就往哪里冲，肯定会产生一些矛盾。就为这事？"

石光荣"哼"了一声。

"别跟我打埋伏，这是个借口。我看你们俩是因为骄傲，才两下里较着劲互相不买对方的账。"

石光荣不说话了。

浩浩荡荡的解放军队伍喊着口号唱着歌，往沈阳城行进。石光荣陪着军长慢慢地走着，小伍子牵着马跟在他们后面。

军长若有所思地问："石头，进城以后想干啥？"石光荣不假思索地回答："打仗。"军长又问："以后没仗打了呢？"石光荣一愣说："那就到有仗打的地方去。"

"你打了多少年仗了？"

"十三岁当的兵，整整打了二十三年。"

军长感叹说："论战功，大仗小仗打了数百场。论年龄，也是三十六七岁的人了，该娶个老婆成个家喽。"

石光荣不明白地看着军长问："军长，你啥意思？"

"这事我帮你张罗张罗。"

"张罗啥？"

"给你张罗个老婆。"

石光荣愣了一会儿，说："瞎扯淡，仗还没打完呢，我不娶老婆。就是到了那时候，也不用组织上操心。"

"组织上不操心，你能找着老婆？"军长上下打量了一番石光荣，"你这熊样，说个媳妇也不难，说个好媳妇，难了！"

石光荣无所谓地说："难就难！"

"别怕难，组织上会帮助你的。"

"我就是打一辈子光棍儿，也不能为个媳妇去求组织，我不丢这个人现这个眼。"

军长绷起脸说："石光荣，我告诉你，你是个有着二十三年军龄、二十年党龄的人，为中国革命流过血，你这样的人娶不上老婆才丢组织上的脸呢。"

军长拉开车门钻进车里，吉普车开走了。石光荣愣愣地站在那里，看着远去的吉普车，问小伍子："老爷子又整我呢吧？"小伍子摇摇头："不知道。"

石光荣挠挠脑袋说："不管他，走，进城！"

石光荣、小伍子飞身上马。

沈阳城里，锣鼓喧天，鞭炮齐鸣，到处洋溢着欢快的气氛。

中街上，数十支唢呐吹奏着《解放区的天是明朗的天》，十几双握着鼓槌的大手重重地敲在一面大鼓上，敲着腰鼓的人在路边欢呼跳跃。解放军部队开进沈阳城。

载歌载舞的人群和满街飞舞的秧歌队围住了解放军，人人欢欣鼓舞，个个喜气洋洋。漂亮的姑娘和英俊的小伙子把红绸子舞得呼呼生风，他们在队伍前穿来穿去。

石光荣被围在中间有些不耐烦，他看准一个空当，举起马鞭准备打马溜开。突然，年轻漂亮的褚琴扭着秧歌跳到石光荣的马前，一条鲜红的绸巾被她舞弄得上下翻飞，两条又粗又长的大辫子在身后快乐地跳跃着。

石光荣举着马鞭的手僵在半空中，他张着嘴巴目瞪口呆地看着褚琴。褚琴被逗得忍俊不禁，咯咯地笑起来，笑过之后觉得自己失态，伸了一下舌头，急忙转身踩着舞步逃走了。石光荣像被梦魇住一样呆站在那里。

小伍子看看跑远了的褚琴又看看石光荣。石光荣终于说出声："哎呀，妈呀！"

小伍子纳闷儿地看着他。石光荣情不自禁地再次感叹："哎呀！妈呀！"

小伍子不解地问："咋啦？"石光荣反问："那丫头俊不？""刚才那个？"小伍子回头往褚琴消失的地方又看了一眼说："俊！像画上下来的人。"

新一拨扭秧歌的人又围上来。石光荣提马四处张望，褚琴早已不见踪影，他失魂落魄地抽了马一鞭子，马挤出人群，颠着小步追赶队伍去了。

傍晚时分，石光荣躺在师部驻地的床上，呆呆地看着屋顶，脸上时不时地泛出一丝笑容。小伍子端着饭进来，石光荣翻身跃起，嘴里哼着《解放区的天是明朗的天》，朝桌子旁走去。小伍子偷笑。

石光荣不解地问："你笑啥？"小伍子摇摇头："没笑啥。"石光荣瞪起眼睛说："跟我藏奸耍滑！"小伍子笑出了声，说："平时宣传干事怎么教你唱你都不学，今天可好，从白天唱到了晚上，而且可着一句唱，解放区的天是明朗的天……听得我耳朵都出茧子了。"

石光荣愣了一下，问："我唱歌啦？"

"唱了一天啦。"

"还唱了一天？"

小伍子点点头："嗯。"

石光荣挠挠脑袋纳闷儿地问："我咋想起唱歌了呢？"

部队休整，在军区召开会议。军长说："部队就地休整期间，一定要注意纪律。好，会就开到这里，大家回去执行吧。"

大家起立往外走，军长叫住政治部主任："像石光荣这样没老婆的人，咱们军里有多少？"政治部主任说："不少呢，主要集中在作战部队中，他们没有机会搞对象嘛。"军长说："那就给他们创造个机会。"

这天傍晚，军区礼堂里面灯火辉煌，礼堂上方挂着军民联欢会的横幅。团职以上的军官和年轻漂亮的姑娘分男女两大阵营坐着，中间是一大片空地。姑娘们不好意思地低着头，军官们像观察前沿阵地一样腰杆笔直、两眼热辣辣地在她们的脸上身上搜索着，石光荣和胡毅也在其中。

炮兵团长打量四周一圈，用胳膊肘碰了碰石光荣问："石团长，你知道咱坐在这儿干啥吗？"石光荣说："不是说有任务吗？"炮兵团长笑着说："啥任务？这是给咱张罗媳妇呢！"

石光荣吃了一惊，不由自主地和胡毅互相看了一眼，两人不自在地扭过脸去。他们身边的军官们兴奋起来。

政治部主任打开留声机，礼堂里响起欢快的舞曲。政治部主任喊道："跳吧，跳吧，大家都跳起来。"

军官们一脸茫然地看着政治部主任，只见他拉过自己穿着军装的老婆，搂住她的腰在乐曲的伴奏下当场示范起来。两人在乐曲中跳得相当优美和谐，军官们看呆了。政治部主任边跳边鼓动大家："大家都像我这样，带着自己的舞伴赶紧跳起来！"

军官们静场片刻，呼啦一下冲上去，拽起自己早已看中的姑娘，死死地搂定后，学着首长的样子，踉踉跄跄地在舞场上走了起来。

一对对舞伴走过来，姑娘们羞答答地低着头。军官们身体僵直，瞪着眼睛，汗水顺着帽檐小河一样地流淌下来。

军长打量了一会儿舞场上的军官，对身边的人摇摇头说："这叫跳舞吗？我看像徒手搏斗。"身边的人点点头说："看看他们的脸，像是要去堵敌人的枪眼。"

军长大笑起来。

石光荣坐在那里没动，他抽着烟心不在焉地扫视着周围，身边的位置几乎全空了。这时，文工团孙团长领着褚琴急匆匆地跑进来。孙团长埋怨褚琴说："告诉你有任务、有任务，你怎么这会儿才来？"褚琴伸了一下舌头说："不就是联欢吗？又不是演出，早一会儿晚一会儿有啥要紧的？"孙团长说："快坐到那儿去吧。"

褚琴在角落里坐下，好奇地看着跳舞的人们。跳舞的人们磕磕绊绊地转了过来，军官笨重的皮鞋不时踩在姑娘的脚上，姑娘们哎呀哎呀地叫出声，军官们见状越紧张越手忙脚乱。褚琴觉得好玩儿，咯咯地笑出了声。

胡毅搂着一个姑娘步履艰难地从石光荣的面前转过去，石光荣抬头看了看胡毅，他的目光突然定住了，对面角落里的褚琴笑得像花一样。

石光荣惊呆了，愣了片刻，猛地站起来大步流星地朝褚琴走过去。他站在褚琴面前口干舌燥，半天没说出话来。褚琴收住脸上的笑容，有些紧张惶惑地看着石光荣。

石光荣鲁莽地抓住褚琴的一只手把她拉起来，另一只手笨拙有力地把她的腰紧紧地搂住。褚琴小声惊叫着挣扎了一下，石光荣的大手箍得更紧了，拉着她大踏步地迈向舞场。

周围的人和乐曲声都隐去了。石光荣的眼睛死死地盯在褚琴的脸上，褚琴慌乱地避开他的眼睛。石光荣问："你叫啥？"褚琴不回答，低着头提防着他不断踩上来的皮鞋。

"家住在哪儿？"

褚琴不说话。

"今年多大了？"

褚琴仍旧不回答。

石光荣宽容地看着褚琴说："咱俩见过面，你还记得吗？"褚琴抬起头飞快地看了他一眼，他提醒说："队伍进城的时候，你扭着秧歌，我骑在马上。"褚琴记起他那副傻样子忍不住笑了，神情放松起来。

石光荣介绍自己说："我叫石光荣，小名石头，石光荣是我到队伍上后军长给起的名字。"

褚琴觉得石光荣怪有趣的，忍不住又打量了他一眼。

石光荣接着说："我在三十二师184团当团长，今天是带着组织上交给的任务来联欢的。"

褚琴被石光荣的官衔吓着了，脚上乱了套，正巧石光荣也走错了步子，一脚差点儿把她绊倒。石光荣手腕子一使劲儿把褚琴拉了起来，搂着她问道："你也是带着任务来的吧？"褚琴惊诧地问："任务？什么任务？"

石光荣说："你不知道？这屋子里面跳舞的人，都在执行一个任务，找媳妇结婚。"褚琴一愣，顿时慌了，随即使劲儿往外挣扎着说："不知道！这事我可不知道！"石光荣又把她搂回来说："你干啥？想让满场子的人都看你啊？"

褚琴打量了一眼站在舞场边上的军长、孙团长及诸位首长，不敢轻举妄动了。

"我老家住在蘑菇屯，爹娘都冻死了。"

褚琴抬起头，目光惊异地看了石光荣一眼。

"我十三岁就到了队伍上。"

褚琴镇定下来，看石光荣时的目光里多了一些崇敬。

"这些年我一直在打仗，打完小日本打老蒋，一打就是二十多年。"

褚琴默默地听着。

"今天才忽悠一下想起来我已经三十六岁了！"

褚琴躲开石光荣像火炭一样烤人的目光，他盯着她感慨地说："三十六啊！"褚琴用胳膊肘往外撑着被石光荣紧紧搂住的身子，他毫不气馁地把她搂回来，态度诚恳地说："在我们蘑菇屯，这岁数孙子都抱上了！"褚琴紧张地又开始挣扎，石光荣再次把她揽回来。

军官们搂着他们的舞伴倾诉着，女孩子们也一反开始跳舞时的羞涩拘谨，倾听询问着。石光荣满头是汗地说着，他的声音淹没在军官们嘈杂的自我叙述中。军长和政治部主任站在舞场边上看着大汗淋漓的军官们，好笑地轻轻摇了摇头。

石光荣搂着褚琴转过来，褚琴已经累得精疲力竭了。政治部主任感叹说："石光荣搂那个姑娘搂了两个小时了，一直就没敢撒手。"军长说："这小子又把抢占阵地的浑劲儿拿出来了。"

乐曲声继续，军官们的步子从容潇洒起来，姑娘们有说有笑地和军官们聊着。

石光荣搂着褚琴在舞场中间大踏步地走着。

政治部主任关了留声机，走到舞场中间大声说："联欢会到此结束，愿意接着了解的同志们可以在下面自由活动。"

军官们恋恋不舍地松开手。褚琴突然从石光荣的怀里挣出来，飞也似的逃出门外，石光荣一怔，跟着冲出去。

礼堂外乌漆麻黑，褚琴踪迹皆无，石光荣懊恼地狠狠跺了下脚。

回到师部驻地，石光荣躺在炕上翻来覆去地睡不着。他一会儿看着屋顶摇摇头，一会儿傻乎乎地咧嘴笑了。

石光荣碰了碰在身边熟睡着的小伍子。小伍子惊醒，一骨碌爬起来，伸手就到枕头底下掏枪。石光荣利落地抓住他的手扔到一边说："醒醒！"

小伍子迷迷瞪瞪地问："团长，你要干啥？"石光荣说："问你个事。"小伍子"嗯"了一声，石光荣披着被子坐起来问："你说，我咋想不起来那丫头长啥样了呢？”

小伍子绝望地两眼一闭，扑通一声又摔躺在炕上。石光荣央求说：“起来，陪我聊会儿天！”

小伍子嘟嘟囔囔披着被子坐起来，石光荣卷了一根烟递给他，小伍子抽了一口，呛得直咳嗽。石光荣皱着眉头问：“她是双眼皮还是单眼皮？”小伍子打了个哈欠说：“操那心干啥？”

“自己的老婆能不操心吗？”

小伍子扑哧一声笑了：“八字还没一撇呢，就老婆老婆地叫上了。”

石光荣理直气壮地说：“这个山头我要是拿不下来，我就不是攻坚团的团长！”

“打仗是打仗，娶老婆是娶老婆。”

“娶老婆还能难过打仗去？”

“我看你是瞎琢磨。”

石光荣自信地说：“她不是我老婆，还能是谁老婆？”

两人披着被子抽烟，烟头在黑夜中一闪一闪地亮着。

“小伍子，你想过娶啥样的老婆吗？”

“没想过。”

“那就想想！”

小伍子听话地翻着眼睛看着房顶琢磨着。石光荣是急性子，问道：“想好了吗？”小伍子点点头：“想好了！”石光荣忙好奇地问：“啥样的？”

“大手大脚大脸盘子，扔下锄头拿起扫帚，屋里管着孩子，屋外吆喝着牲口，就像我妈一样。我妈在家啥都干，我爹还动不动就擂她一顿，我妈挨完打照样干活，照样把锅里面的干的捞到我爹的碗里去。"

"我记不得我妈长啥模样了。我八岁那年，下大雪，家里没吃的，我爹和我妈进老林子打猎，结果迷了路。三天后蘑菇屯的乡亲们找到了他们，他们冻得比石头都硬了。八岁到十三岁这段时间里，我吃遍了蘑菇屯所有人家的饭，蘑菇屯的乡亲们是我的恩人。我总想，等不打仗了，我娶了老婆生了孩子，一定带他们回去报答乡亲们。"

"咋报答？"

石光荣想了想说："在场院里面支上两口二十二印的大锅，一锅焖大白脸高粱米干饭，一锅炖猪肉粉条子，叫大家敞开肚子可劲儿吃。"

小伍子咽了口口水说："说得我哈喇子都流出来了。"石光荣问："有啥吃的没有？"

小伍子跳到地上，从炉子里面的灰中扒拉出几个烤熟的土豆，吹掉灰捧到炕上。石光荣边剥土豆皮边说："嗯，香！这要是烤黏豆包就更好吃了。"

小伍子咬了口土豆说："你就把它当成黏豆包吃，一口造下去贼啦香！"

石光荣闭上眼睛狠狠地咬了一口烤土豆，边嚼边美美地憧憬着。

郊野雪地里，184 团的战士们在热火朝天地练兵。射击、投弹、翻院墙、爬城、捆炸药包、安雷管、接导火索，干什么的都有。练刺杀的汗流浃背，喊杀声惊天动地。

石光荣和小伍子打马跑过来，有人大声喊口令："立正！向右看齐！向前看！"

石光荣下马，走到队伍前面声音洪亮地喊："刚才看了一圈，我们184团的士气不错，没有因为打了胜仗产生自满松懈情绪，对得起军里面给我们的'英雄团'称号。在这儿我再次提醒大家，虽然东北解放了，可是还有很多仗等着我们去打。我们现在进城只是暂时休整，大家要抓紧时间练兵。同志们！一定要把劲头给我鼓得足足的！练好杀敌本领，时刻准备上战场！"

战士们高声呼喊："时刻准备上战场！"

口号声在旷野里久久回荡着。战士们在对着靶子练刺杀，石光荣牵着马走过来，边走边看。一个小战士的动作不规范，石光荣见了，站住喊："三连长！"三连长跑步到石光荣面前立正敬礼："到！"石光荣说："你给他示范一下。"

三连长抬枪刺杀，石光荣不满地说："兵熊熊一个，将熊熊一窝，你一个连长的枪拿得跟娘儿们似的，战士们还能爷们儿起来吗？"

三连长瞪眼看着石光荣，石光荣问："不服气？"三连长瓮声瓮气地回答："不服气！"石光荣甩掉皮大氅命令道："那我教教你，把靶子给我集中在一起！"

一百五十个稻草扎成的靶子插在雪地上。石光荣抄过八连长手里的枪走过去，嗷嗷喊着杀起来，他一口气捅倒了一百四十个靶子。靶子被捅得七零八落、狼狈不堪，训练场上爆发出阵阵欢呼声。

石光荣被战士们围起来，他满脸得意。三连长鼓动大家，喊道："同志们！想不想跟团长活动活动？"战士们一齐喊："想！"

石光荣高兴地问："谁先上？"一个很敦实的战士冲过来说：

"我!"石光荣打量着他说:"瞅着眼生嘛。"三连长说:"他是刚入伍的。"

石光荣点点头说:"新兵?让你一招。"战士信心满满地说:"别让,我爹宰牛的时候,牛都是我扳倒的。"石光荣哈哈大笑:"小子,有种!"

石光荣扔了棉衣棉帽和战士在雪地上转起了圈,战士使蛮劲,石光荣使巧劲,战士被一次次地扔在雪地上。围观的战士不断地喝彩,又有战士冲进去和石光荣较量。

小伍子给马上料,细心地刷着马背上的毛,他不时瞥一眼人群。

石光荣和高大的三营长趴在雪地里掰手腕,他们将身子趴成一条直线,胳膊支得像两根钢管。石光荣脸憋得紫红,五官死死地拧在一起,一双鞋深深地抠进雪地里;三营长两眼紧闭,棉帽歪斜,胳膊肘下的雪地已经融出很大一片水渍,后背的棉军装已经湿了。

石光荣大吼一声扳倒了三营长。三营长不服输,爬起来说:"再来一次!"

这时,吃饭的号声吹响了。石光荣捡起棉衣棉帽说:"吃饭!吃饭!不服气的找机会再练!"

营房里,战士们端着碗稀里呼噜地喝着高粱米粥,石光荣蹲在凳子上,一口咸菜一口粥地吃得满头大汗。炊事员老刘进屋,蹲在地上一声不响地抽着烟袋锅。

石光荣满意地吧嗒着嘴说:"这粥熬得真香,老刘,我就爱喝你熬的粥。"

老刘不说话,石光荣觉得不对劲抬头看他,见他在偷偷地用手抹眼泪。

石光荣吃了一惊问："老刘，你这是咋的啦？"老刘抱怨说："为啥非叫我干地方？"石光荣一愣，问："干地方？"

"昨天教导员找我谈话，说东北解放了，地方上需要大量的干部。你上了年纪又负过伤，去支援地方吧，他还告诉我说这是组织上的决定。"

石光荣眨巴眨巴眼睛说："组织上安排你回家干地方，你就干嘛，这有啥哭的？"

老刘蹦了起来喊道："我哪里有家？我的亲人全被日本鬼子杀了，我的家就在这儿！我从当兵的那天起就在连里当炊事员，吃过我做的饭的人，有的当了连长、营长、团长，我把战士们都当自己的亲兄弟看！你们把我从家里往外赶，让我去哪儿？"

石光荣耐心地劝解说："老刘啊，你今年已经四十二岁了，好好在地方上干，没有家还有故土。回去娶个老婆，有了老婆也就有个家了，这也是组织上对你的照顾嘛！"老刘眼圈红了："我不要老婆，也不要照顾，我死也要死在部队上。"

"老刘……"

"团长，你别给我讲道理，你在部队上打了这么多年仗，让你离开部队干地方你受得了吗？"

石光荣卡了壳，他的脸严肃起来。老刘呜咽出声，石光荣安慰说："别哭，我给你说说去。"

老刘脸上露出笑容，他抢过石光荣手里的碗，又满满地给他盛了一碗说："团长，吃吧，有的是。"

夜里，天上飘起雪花。石光荣和小伍子骑着马在雪地上跑着，前面村庄里的灯火越来越亮。石光荣问："住在罗家窝铺的是几营？"小伍子说："三营。"

雪越下越大，漫天飞舞。罗家窝铺里星星点点地亮着灯光，石光荣和小伍子下马往前走着。

哨兵一拉枪栓喊："口令！"小伍子回答："准备！"哨兵说："战斗！"

不远处一栋大房子里面传来阵阵笑声，石光荣皱皱眉头朝那边走去。

大房子厚厚的棉门帘子被掀开，三营长挟裹着一团热气从屋子里面出来。他看见石光荣愣了一下忙立正敬礼，石光荣绷着脸问："练了一天兵，不好好休息穷折腾啥？"

三营长回答："军长说战士们冰天雪地搞演习训练辛苦了，所以特意把文工团派过来搞一下慰问演出。"石光荣的脸色缓和下来说："假招子，一点儿用都没有。"

"战士们可喜欢看呢，进去坐吧。"

"我不去，哪有闲工夫听他们瞎咧咧？"

小伍子拴好马搭话说："团长，咱们进去看看吧。"

石光荣一瞪眼睛，只听屋子里面传来阵阵掌声，男文工团员的声音："下面给大家来一段《白毛女》好不好？"军民齐声喊："好！"

小伍子看看石光荣，又恋恋不舍地看着门口。刚下岗的战士心急火燎跑过来，看见石光荣和三营长，收住脚步立正敬礼，石光荣和三营长还礼。

杨白劳的歌声响起来，三营长说："快进去吧！"战士急急忙忙掀开门帘要进屋，一股热气涌了出来。石光荣很随意地往屋子里面瞟了一眼，屋子里面灯火通明，人们胳膊和肩膀的缝隙中露出褚琴的笑脸。

石光荣忙一把架住门帘，拨开人群拼命往屋子里面挤，小伍子和三营长不知道出了什么事，晕头转向地跟着他挤进屋里。

房间里面点着马灯，南北两铺大炕下面几个灶坑里面炉火通红，几十个战士和几十个老乡盘腿坐在热炕上，大娘大嫂们忙着往里面添劈柴烧炕。

喜儿甜美的歌声响起来，扮演喜儿的褚琴坐在炕上欢快地冲着父亲舞着一根红头绳。

石光荣如雷击顶呆站在地中间。小伍子明白了，他满脸坏笑地看看褚琴又看着石光荣。

褚琴满脸憨笑地让谢枫扮演的爹给自己扎红头绳。

石光荣和战士们一样傻了，他的目光一点儿一点儿地软了下来，直至柔和无比。

小伍子给石光荣端来个凳子，他不坐。石光荣一只脚踩在炕沿上，一只脚站在地上，手里拿着马鞭轻轻地晃着。

《白毛女》唱完了，战士们拼命鼓掌，石光荣跟着使劲儿拍手。小伍子故意问石光荣："团长，走不走？"石光荣头也不回地说："戏没看完，走啥走？"小伍子偷笑。战士们往炕里面挤着热情地给他俩让座，石光荣拣了个面对褚琴的地方不客气地坐下。

褚琴看见石光荣先是一愣，随后镇静下来，她像什么事也没发生过一样把脸扭过去。石光荣两眼热辣辣地盯着褚琴。

石光荣突然注意起个人仪容仪表，他对着一小块镜子刮脸，小伍子走来走去地看他。石光荣摸着自己的下巴问："咋样？"小伍子认真地回答："像一块刚咔嚓干净泥的青萝卜。"

石光荣戴上军帽，整理好风纪扣说："走，出发！"小伍子提醒说："今天文工团在 186 团的地盘上慰问演出。"石光荣眼睛一瞪说："186 团咋了，他胡毅还能把我撅巴撅巴吃了？走！"

石光荣和小伍子在雪野中纵马驰骋。小伍子喊："天天看，那点儿节目我睡着觉都能唱出来。"石光荣骂道："扯淡！"

小伍子扯着嗓子唱："雄鸡雄鸡高呀么高山叫……"

石光荣不由自主地跟着喊了下句："叫得妹妹心呀么心里跳……"

小伍子听了笑得差点儿从马上摔下来。

几盏汽灯把谷仓照得亮如白昼，褚琴和谢枫在舞台上唱《兄妹开荒》。186 团的官兵们盘腿坐在地上如醉如痴地看着，胡毅坐在后排面带笑容地看戏。政委碰了碰他，他的眼睛顺着政委的手指往旁边一扫，不禁愣住了。

只见石光荣站在舞台的边上，一只脚踩在土坯上，一只脚站在地上，手中的马鞭随着歌的节奏轻轻地晃动着，眼神中满是温情。

胡毅的脸绷紧了，政委拉他没拉住。胡毅站起来，从战士们中间穿过走到前面，政委紧跟在他后面。

演员谢幕，战士们热烈鼓掌。胡毅石破天惊地喊了声："起立！"官兵们哗的一声站起来。胡毅喊道："立正！向右看齐！"

官兵们的脸一起扭向石光荣。石光荣一脸尴尬，急忙放下脚，戴正帽子，整理风纪扣。胡毅大喊："向前看！"

政委跑过来打圆场，向石光荣敬了个礼："欢迎石团长前来我团视察！"石光荣还礼说："李政委，别整得这么外道，在你的地盘上看看演出，就这样往外轰我吗？"李政委说："哪儿的话？欢迎还欢迎不来呢！"

李政委腾出块地方让石光荣进去坐，石光荣大咧咧地走过去。

胡毅大吼一声："坐下！"战士们整齐地坐下，演出继续进行。

文工团员们在唱气势磅礴的《黄河颂》，战士们投入地看着。石光荣总觉得有双眼睛在烤着他的脖子，他回头看。胡毅像没发现他的目光一样，目不斜视地盯着舞台。石光荣顺着胡毅的目光往台上看，怎么看都像是盯着褚琴。

石光荣的脸沉下来，站起来对小伍子说："走，回去！"

看俩人起身离开，胡毅面露一丝微笑目送他们的背影。

石光荣和小伍子骑着马往回走。石光荣气呼呼地说："胡毅这小子，打仗跟我抢头功，找老婆也跟我往一个人脑袋上划拉。"

小伍子不明白地看着石光荣，他说："这事跟打仗一样，不能等，得进攻。"

小伍子忙问："咋进攻？"

石光荣"哼"了一声，没回答。

两匹马消失在雪夜中。

第 二 章

恋爱就像攻山头

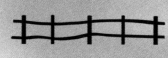

文工团员们在院子里面排练节目，有的练琴，有的练声，有的练舞姿。褚琴和谢枫坐在椅子上熟悉新歌，谢枫不时给她纠正一下唱法。

石光荣带着小伍子走进排练场，褚琴看到他，忙垂下眼皮站起来，转过身把脚放到窗台上压腿。

小伍子给石光荣搬来一把椅子，石光荣不坐，把一只脚放到椅子上踩着，手里面摇晃着马鞭，他目光温和地盯着褚琴苗条的背影。

文工团孙团长过来和石光荣打招呼："欢迎领导来检查工作！"石光荣挥挥手说："我就是看看，忙你的去吧。"孙团长笑了笑："这几天来的都是稀客，再忙，我也得招呼好了。"

"谁来了？"

"胡团长刚走。"

石光荣一惊，问："胡毅？"

孙团长点点头说："站在这儿看了俩钟点儿。"

石光荣暗自咬了一下牙，问："老孙，下午文工团有演出任务吗？"

孙团长摇摇头说："没有。"

"给褚琴半天假。"

孙团长一副大彻大悟的模样，说："好！好！我跟她说。"

石光荣摆摆手说："不用，我跟她说。"

孙团长走了，文工团员们收拾道具陆续离开。石光荣转身对小伍子说："去，把那丫头请到咱们团去吃饭。"小伍子一个立正答道："是！"

石光荣转身往外走，小伍子迈着军人的步伐走到褚琴面前敬了个军礼:"褚琴同志,我们团长请你去吃饭!"

褚琴看了小伍子一眼没说话,低头编散了的辫梢。小伍子凑过来说:"哎,说你哪!听见没有,我们团长说了,中午他要请你吃饭。"褚琴小声说:"我不去。"

小伍子卡了壳,他愣了一下跑上去追上石光荣说:"团长,她说她不去!"石光荣白了他一眼小声说:"笨蛋!白跟了我这么多年,你就没有别的招儿吗?"

小伍子急得脑门子上沁出了汗珠,他照自己的脑门子上使劲儿拍了一下,转身朝走出门的褚琴追去。

褚琴走出大门,小伍子朝她大喝一声:"站住!"褚琴一激灵站住了。小伍子跑过去大声命令褚琴:"跟我走!"褚琴态度更坚决,说:"不去!"

小伍子不管三七二十一拉住褚琴的一只胳膊拽她,褚琴火了,两眼圆睁使劲儿甩开他的手,大声说:"我根本就不认识你!你拉我干什么?"小伍子说:"我这张脸不值得你认,你认识184团,认识我们团长就行。"褚琴气恼地喊:"滚开!"

小伍子也火了:"我告诉你,今天我耗住你了。我小伍子还从来没办砸过团长交给的任务呢。你不去也得去!马上跟我走!"

小伍子再次抓住褚琴的胳膊,往门外拽她。褚琴气晕了,挥手给了他一个响亮的耳光。褚琴被自己的行为吓着了,小伍子惊呆了,他摸摸被打麻了的脸,又扭头看石光荣。

石光荣脸色铁青地盯着褚琴,握着马鞭的手在颤抖,他很响地甩了一下马鞭,大喝一声:"把她给我拖回去!"说完翻身上马打马跑了。

小伍子和褚琴都被这个结局弄傻了,俩人你瞪着我、我瞪着你，僵在那里。

过了好一会儿，小伍子开口了："你到底跟我去不跟我去？"褚琴回答得很干脆："不去！"

小伍子点点头，利落地掏出枪顶上火。褚琴紧张地往后退了两步。小伍子紧跟两步，手腕一扭将枪口朝自己，枪把对着褚琴："给你，拿这把枪把我毙了吧！"

褚琴吓得语无伦次："你……你……"小伍子说："我给石团长当了七年警卫员，他交给我的任务，我从来没干砸过一次。这次砸在你手里了。活儿干得利落点，往太阳穴上打。"

褚琴不知所措。

小伍子接着说："告诉你，石团长命令我请你去吃饭是板上钉钉的任务，你不去，我只能干瞪眼地站在这儿。你要是敌人，我五花大绑捆着你去。你要是个男同志，我扛也要把你扛回去。可你是个女同志，拉拉不得，打打不得。任务完不成，我没脸回184团，没脸向团长交代。反正我这张脸也被你大嘴巴子抽过了，干脆好事做到底，就地把我处理掉算了。"

褚琴乱了阵脚，小伍子逼她快点动手，枪毙了他。褚琴脸都白了，大喊："我不干！凭什么让我干？"小伍子咄咄逼人："你不干也得干。现在你只有两个选择：一跟我去184团，二就地把我收拾了。"

褚琴六神无主地站在那里。

"你可真是白穿这身军装了，怕啥，二拇指一扣，咱俩就都不犯愁了。"

褚琴把手死死地背在后面，摇着头说："我死都不会向自己人开枪的。"

小伍子冷笑:"你还知道我们是自己人啊,自己人请你吃顿饭怕什么?你也是个军人,怎么连和军人吃顿饭的胆子都没有呢?我们石团长又不是蒋介石,你怕他干啥?"

褚琴涨红了脸,嚷道:"蒋介石我也不怕!"

小伍子说,褚琴不怕蒋介石怕他们团长。褚琴被绕糊涂了,说她谁都不怕。小伍子使用激将法说:"不怕去呀!"

褚琴卡壳了,小伍子嘲笑她,还是怕。褚琴大窘,一时说不出话。

小伍子故意激褚琴:"算啦!算啦!其实你也就是那么回事,是我们团长看走眼了。我们 184 团是啥部队?是赫赫有名的英雄攻坚团!像你这样的没囊没气的人,根本就不配往我们 184 团的饭桌上坐!"

褚琴生气了,瞪着小伍子问:"你凭什么这样说我?"小伍子继续加码:"你胆小如鼠,不配穿这身军装。"褚琴气得直哆嗦:"你凭什么这样说我?"小伍子做出鄙视的神情说:"又不是让你打主攻,抢阵地,只不过是吃顿饭,你犯得着吓得腿肚子朝前吗?"

"我根本就没害怕!"

"害怕了!"

"没害怕!"

"没害怕为啥不敢去?"

"去就去!"

年轻气盛的褚琴一不留神,掉进小伍子挖的坑里。

团部的桌子上摆着红烧肉、酸菜炒粉条、炒土豆丝和小葱拌豆腐,外加一瓶东北的高粱烧,石光荣铁青着脸站在桌子旁边。

小伍子领着褚琴进来，褚琴像个女英雄一样，昂首挺胸地站在石光荣的面前。

石光荣一言不发地看着褚琴，她赌气扭过脸去。

石光荣倒了一碗酒，咕咚咕咚地喝了，他把碗狠狠地镦放在桌子上。褚琴吓得一激灵。

"要不看你是个女同志，我早大耳光子扇你了！"石光荣手指着褚琴的鼻子，又指着小伍子说，"他是谁？他是一个有七年军龄的战士，参加过的大小战役比你吃的盐都多，你挨过敌人的枪子吗？你挨过敌人的炮弹吗？没有他这样的军人在枪林弹雨中开辟革命根据地，你们文工团这些臭丫头片子，能吃饱了喝足了，扭着小腰满台跑吗？"

褚琴被击中要害，惭愧地看看小伍子，小伍子板着脸不看她。

石光荣又喝了一口酒，问道："我请你来吃饭，咋的啦？你是老虎的屁股不能摸啊？"小伍子悄悄捅了他一下，石光荣自知失言，端起碗喝酒，不说了。

小伍子端了把椅子放到褚琴跟前，说："坐吧。"褚琴犹豫着不知道该坐还是不该坐。石光荣喝道："让你坐，你就坐！"褚琴被他的声势震慑住，一屁股坐在椅子上。

石光荣下令说："你吃！"褚琴低着头不动碗筷。石光荣不理她，自己大口喝酒，大块吃肉，气呼呼地说："我还真没见过你这样的丫头片子，敢动手打我的人，你这是捋老虎须子，知道吗？"小伍子趁机求情："算了，我这脸糙得能当筛子使，扛造。她那巴掌伤不到我哪儿去。"石光荣剜了褚琴一眼说："看你年轻不懂事，饶你一回！"

褚琴像个做错了事的孩子，耷拉着脑袋坐在那里。

石光荣掏心掏肺地说："告诉你，我这个人就得意你这点，性子烈。这点咱俩一样，当兵就得当出个兵样来，三杠子压不出一个屁来的人，没法穿这身军装。今天我把话撂在这儿，你，我是娶定了。我请你来吃饭，就是要把这句话告诉你。"

褚琴慌乱地抬头瞥了石光荣一眼。

石光荣气哼哼地说："你别拿白眼球翻我，日本鬼子让老子赶回东洋了，老蒋也让老子整到南边去了，你一个丫头片子能折腾成啥？我石光荣就不信攻不下来你这块阵地！"

石光荣又喝了一大口酒，他把酒碗放到桌子上对小伍子说："让她吃，吃完送她回去。"说完推门出去。

石光荣走到院子尽头的树下，站在那里气哼哼地抽着烟。

小伍子给褚琴盛饭夹菜，褚琴满脸凄苦地坐在那里不吃。

小伍子诚心诚意地说："我们团长脾气不好，人可好了。我从一参军就跟着他，平型关战役、秀水河子战斗、四平保卫战、三下江南、四保临江、怀德战役、彰武之战几大战役都参加了。人家都管我们团长叫石疯子，他一打起仗来，就扒光了膀子拎着冲锋枪冲在最前面。我掩护他，他就疯了似的踹我，还骂我说，你狗日的不往前冲，老扑我干啥？我说，你是团长，你的任务是指挥全团战斗，我是警卫员，我的任务是保护你。你是一团之长，不能冲在前面图痛快。他两只眼睛瞪得跟牛蛋子似的骂我说，老子不冲在前面，还让你冲在前面啊？你要是再敢挡老子的道，老子先照你屁股上扫一梭子。我不管那些，他冲我就掩护他。最后他用枪顶着我的脑门子，扯着嗓门喊要毙了我。仗打完了，他又给我赔不是，请我吃肉。我说，你踹得我屁股挨不了马鞍子了。他说，邪乎啥？不就踹了一脚吗？我说，一脚？我屁股上最少有四个紫鞋印子。他马上理短了，说我那不是打红眼了吗？"

褚琴听进去了。

"我们团长受过十八次伤，最严重的一次，肚子被炸开了，胳膊上露出白花花的骨头，全身血肉模糊。当时炸弹把我震昏过去了，我醒过来，找到团长的时候，他简直就成一堆碎肉了。我把他抱起来可着嗓子号。有人跑过来摸摸他的鼻子狠狠地踹了我一脚，号啥号？团长还喘气呢，快抬下去送医院。"

褚琴紧张地瞪着一双黑亮的眼睛听小伍子说。

"我们把团长送进后方医院，医院尽全力进行抢救。团长那血流得叫人看着眼晕，人要是有四盆子血，那一次他就流了三盆。医生说，他伤太重失血太多，怕是活不过来了。"

褚琴两手托腮，一声不响地听着。

"我当时一听，脑袋就炸了。我冲进手术室说，拿刀来，放我的血，把我这一腔子血给他。不够，我回去叫人，我们184团的全体官兵都会把自己的一腔子血灌给他的。医院的人看我犯浑，把我架到一边去了。我冲出来砸门，他们把我捆起来锁上。我们团长的命大，整个人被打烂了，重新缝起来竟然又活了。他伤还没好利索，又吵着出院上前线，说是害怕打针。"

褚琴扑哧一声笑了。

小伍子如释重负也跟着笑了："别看我们团长三十多岁了，其实还跟小孩一样。他拍桌子瞪眼睛你别当事，就当天上打雷，梗着脖子挺一会儿就过去了。"褚琴开口了："你说得他像个英雄。"

"当然是英雄。"

"我看他像个胡子。"

小伍子笑了说："小声点儿，小心我们团长听见了，一枪毙了你！"

石光荣抽着烟溜达回来，他心里挂着褚琴，没着没落的。

小伍子像是讲评书，继续说："我一去医院看他，他就让我想办法把他偷偷弄回部队去。我不理他的茬，他骂完我又求我，说宁肯子弹在身上钻眼儿，也不让小丫头片子们在他的屁股上扎针。"

褚琴笑着伸手抓过来几颗盘子里面的花生米吃，花生米进嘴了才意识到自己不该吃，窘在那儿。

小伍子假装没注意，也抓了几颗花生米，边吃边讲："有一次我来医院看他，正赶上他打针。我看见小护士手里面的棉花球一晃，我们团长的脸色不对了，人直往下出溜。我大声喊，团长你咋的啦？大夫跑过来问，怎么了？怎么了？团长歪在那里，要不是有床挡着，他就出溜到地上去了。"

褚琴又抓了几颗花生米，边很自然地吃着，边瞪着眼睛听小伍子讲。

"当时可把我吓坏了，大夫看着护士手里的针问，是不是晕针了？护士生气地说，晕啥针？我这针还没扎呢。刚用酒精棉球消了一下毒，他就不行了，他这是晕棉花球！"

褚琴咯咯笑起来。

石光荣边在院子里面来回踱着步边竖着耳朵听，听到这里小声骂道："小兔崽子，这丢人现眼的事也给我往外抖搂？"

不知不觉间，盘子里面的花生米吃光了。

小伍子把一盘菜挪到褚琴面前："尝尝这个，这是我们炊事班长的拿手菜。"

褚琴不动筷子。小伍子央求说："我们团长好不容易给我这么一个改善伙食的机会，你不动筷子，我也没法动筷子。"

褚琴同情地看了小伍子一眼，小伍子说："吃顿饭又有啥呢？你在文工团吃的也是部队伙食，这儿也是部队伙食，在哪儿吃都是在部队吃，你说是不是？"

褚琴听他说得在理点点头，拿起筷子吃起来，小伍子热情地给她夹着菜。

石光荣脸上浮现出笑容。

晨曦微露，隐约的起床号声此起彼伏。街上零零星星没有几个行人，轰轰的脚步声由远而近。184团的官兵们全副武装地跑在街上，各营营长跑在队伍的最前面。186团的官兵们从另一条街道上喊着口号跑过来，截住184团的队伍从前面穿过去。184团的官兵不得已停下来，看着他们的队伍跑过去。

石光荣和小伍子骑着马跑过来，在队伍前勒马站住。胡毅骑在马上目不斜视地从石光荣的面前跑过去，石光荣沉着脸看着他。

小伍子凑到石光荣耳边小声说："胡团长确实是看上褚琴了。那天我送褚琴回去，他就等在文工团的院子里面。褚琴见到他时有说有笑的，最后还领他去了排练厅。"

石光荣脸上的肌肉绷紧了，眉头皱起来。

"团长，说句你不爱听的，那丫头看见你和看见胡团长的表情，差远了去了。"

石光荣忍不住骂道："他比我多啥，多颗头？他就是比我多一颗头，老子也要把他那颗头咬下来！"

小伍子朝胡毅远去的背影撇撇嘴："看那架势，脊梁骨上写着一百个不服气呢。这次军里搞射击比赛，他把186团的士气鼓得嗷嗷叫。"

石光荣气鼓鼓地说："咱们靶场上见，传我的命令，跑步前进压住对方的气焰！"

184团嗷嗷喊着跑步前进。一个战士的枪背得很不规范，枪托在屁股蛋上来回碰撞。石光荣打马跑过去，一把揪过来他的枪。战士吓了一跳，回头抓自己的枪。石光荣训斥说："我要是下手，这会儿你的脑袋已经叫你的枪打开花了！三营长！"三营长出列应声："到！"

"你们是咋教育战士的？"

"他是昨天刚分过来的投诚人员。"

"给他好好上上课，告诉他军人应该咋对待枪。"

"是！"

石光荣把枪还给那位战士打马跑了。投诚战士悄悄问旁边的班长："他是谁？"班长说："石光荣，我们团长。"投诚战士一伸舌头："我的妈呀！城西的那仗就是和你们打的，我们举白旗投了降他还没完没了的，问我们长官，为啥不鼓动大家再和他打一仗，把我们长官臊得脸都没地方撂了。"

班长说："你们指挥部大楼里面，一个窗户伸出来一挺重机枪，足有好几十挺，楼外的沙墙外面卧着几门平射炮，旁边还停着三辆坦克严阵以待。我们团长想是碰到硬仗了，他边跑边布置任务，一营打哪儿，二营打哪儿，结果你们熊瞎子似的举着俩巴掌出来，能不叫人扫兴吗？"

前面传来口令："跑步进靶场！"

口令一声声地传下去，184团精神抖擞地跑进靶场。

石光荣在自己的队伍边上转了一圈勒住马缰绳下了马，看见军长，他迈着标准的军人步伐走过去敬礼，军长还礼问："准备得怎么样?"

"抱枪吃抱枪睡是军人的天性,用不着准备。"

军长皱皱眉头说:"你这个骄傲的毛病就是改不了。"

"啥是天性?天性就是单传八辈子也改不了的毛病。只要能让我听见枪声,你想咋敲打就咋敲打吧。这段日子没仗打,闲得我都快长毛了。动不动就在党小组会上自我检查,弄得像只耗子一样,整天灰溜溜的。"

军长笑了:"把你那争强好胜的毛病改改,不就不用检查了?"

"你批我骂我,就是因为我仗打得好,想帮我把别的毛病咔嚓咔嚓,整得更像个人样。我要是仗打得不好,就是把天吹出个窟窿,把地拍起个包,也没用!领兵打仗,抢山头,夺阵地,争得就是个高低强弱,不喜欢争强好胜的兵就像被劁了蛋的公牛一样,没用!"

"你这是什么逻辑?"

石光荣嘿嘿地笑着。

"个人问题怎么样了?"

"正整着呢。"

"抓紧啊,很多人已经走到前面了。"

石光荣紧张了:"是吗?"

"从那次联欢到现在,一个冲锋下来,有一个连的人结婚了。"

"胡毅呢?"

"听说正搞得热乎,估计也快了。"

石光荣铁青着脸看着前面观礼台下黑压压战士的人头。参谋长走过来说:"军长,开始吧。"

军长点点头,石光荣大步归队。

郊外，一辆大马车拉着文工团的战士们在路上走着，战士们你争我抢地唱着歌。褚琴坐在马车的后面，她不住偷眼往旁边看。坐在她身边的谢枫，两眼看着前面想着心事。

小柳子捅捅褚琴："哎，这又不是在台上唱歌得看指挥，这一路上你老盯着他干什么？"

褚琴的脸红了，揉了她一下，掩饰地拽下来棉帽上的护耳。

又有人起了一首歌的开头，小柳子转过脸大声地唱起来。褚琴低头看着手中的歌谱，歌谱的封面上写着"谢枫作词"几个字。褚琴的手在这几个字上轻轻抚摸了一下，她早已芳心暗许。

前面突然传来枪声，文工团员们不唱了，紧张地看着前面。孙团长从马车上跳下来，几个男文工团员跟着跳下来。

一位男文工团员说："这个地方不太平，听说还有胡子出没。"

孙团长带头掏出枪，往枪响的地方跑过去，几个人跟着跑过去。剩下的男同志护住了女同志，谢枫一声不响地挡在褚琴前面。褚琴抬起头动情地看着他那不太宽阔的背影。

前去探路的人跑回来，孙团长说："咱们的部队在前面搞射击比赛，咱们得绕道走。"

人们松了口气，谢枫从褚琴的面前走开，褚琴有些遗憾地看着他。

孙团长说："大家上车吧。"

一个团员说："坐了三十里地的车，腿都麻了，得活动活动。"

另一个团员提议："想方便一下的，以这个土坡为界，男左女右。"

女文工团员嘻嘻哈哈笑着朝土坡上跑去。

远处，传来一阵密集的子弹声。褚琴、小柳子等姑娘悄悄地从土坡上露出头来，她们好奇地往下看着。

打靶比赛进行到白热化的程度。184团和186团的战士一纵队一纵队地拎着枪，扑倒在掩体前对着靶子进行实弹射击。

简陋的观礼台上，石光荣和胡毅坐在军长的两侧看着，两人都绷着脸。报靶员报着两个阵营的环数，两团咬得很紧不相上下。

军长面带微笑，看看石光荣，又看看胡毅。

男女文工团员们在土坡上露出一溜脑袋全神贯注地往下看着，孙团长在下面喊："快走，出发了！"

小柳子回答："再看一会儿。"

子弹在靶面上炸开了花，靶场上一片沸腾。

军长说："营以下的骨干全都打出了好成绩，就看你们俩团长的了，可别窝头翻个，现大眼子。"

石光荣和胡毅互相看了一眼，分别走下观礼台。

石光荣和胡毅的面前各摆着一百发子弹。胡毅在射击的位置单腿跪下，上好弹夹从容不迫地射击起来。报靶员一次次地报着八环、九环和十环。石光荣不动声色、一声不响地看着。

报靶员报告环数，全场一片掌声。胡毅昂首挺胸地在掌声中走回到自己的部队里。

这时，战士们把头靶、胸靶、射孔靶、机枪靶、半身靶和全身侧面跑步靶，所有的靶子混合着分成两组，呈四十五度角分别埋在左右前方。

石光荣左右手各掂着一支镜面盒子，在射击位置上单腿跪下。一百发子弹在他面前隆起一座金色的小山，他先压满两个弹匣分别装入枪内，抬起右手就打，射击的是右边的一组目标；弹夹刚打空，他左手的枪就响了起来，射击目标转向左前方的一组靶子。

与此同时，石光荣右手拇指一按退弹钮，卸下空弹夹，紧紧攥住卡口，随后用指尖飞快拈起一颗子弹对准卡口，拇指顺势一压一推，子弹便咔地进入弹夹。他将弹夹压满之后，迅速一磕手腕，实弹夹便被装入空枪，再将枪在膝头一蹭，枪筒套向后一退送弹上膛。整个装弹过程中，左手丝毫没受影响仍在射击着，靶场上的人目瞪口呆地看着石光荣。

石光荣的一百发子弹打完了，战士们把两组靶子扛回来，各靶面上弹孔密布。

石光荣问："要数吗？"三十三师的战士大声喊着回答："要！"石光荣大度地一摆手说："数！"

人们拥到靶子前数了好几遍，只有九十九个弹孔。胡毅舒了一口气，脸上露出微笑。石光荣走到被打得乱七八糟的靶子前，挠着脑袋有些费解地看着。军长惊讶地问："石头，你也有脱靶的时候？"石光荣的脸上露出了得意的笑容，他指着一个胸靶的靶心说："好好看看这儿。"

军长和胡毅走过去看，靶心上的三个弹孔中有一个明显地比另外两个大。军长下最后的结论："串糖葫芦，两颗子弹钻了一个弹孔。三十二师赢了三十三师一环。"

三十二师的人呼啦一下围上来，嗷嗷叫着把石光荣抬起来一次次地扔到空中。

石光荣孩子一样地蹬腿大笑着。胡毅冷着脸翻身上马，打马离去。

马车在公路上走着，文工团员们兴奋地议论着这场射击比赛。褚琴坐在车后面一声不响地看着一群落在地上寻食吃的麻雀，车夫响亮地甩了声脆鞭，麻雀惊飞了。

小柳子回头小声问褚琴："哎，你怎么了？"褚琴醒过神来，摇摇头说："没怎么。"小柳子问："你觉得胡团长厉害还是石团长厉害？"褚琴不知道该怎么回答。

小柳子自问自答："石团长枪打得是好，可是人太霸道。"褚琴不说话。小柳子纳闷儿地说："哎，那天一提石团长，你还'怒火三千丈'的，今天这是怎么了？"

褚琴涨红了脸。

小柳子凑过来小声问："是不是被那家伙的英雄气概给镇住了？"褚琴窘住，她飞快地瞟了谢枫一眼。谢枫出神地看着前面，他掏出本子和笔，把刚刚涌上心头的旋律记了下来。

褚琴的心慢慢平静了下来，她默默地看着谢枫奋笔疾书的侧影。谢枫感受到了她的目光，回头看她，两人的目光碰在一起。

褚琴慌乱地躲开他的目光，看着别处。谢枫的目光在褚琴的身上停留了片刻，又回到手中的乐谱上，他写了几个字又回头看褚琴。

心有灵犀，褚琴正巧抬头看谢枫，他冲她笑了。

冬天清晨，白雪皑皑，文工团的人在结了冰的河边喊嗓子练功。一部分文工团员围着河沿跑步，褚琴在其中。谢枫站在树下目光追随着褚琴。

褚琴跑热了，摘下军帽，跑到河面上来回打出溜滑，几个女文工团员跟着她打，河面上被她们的鞋蹭出来很光亮的一溜。

褚琴像小孩子一样，边滑边摆出各种动作造型，她单腿滑出去时喊："仙人摘球。"两腿跪在冰面上滑出去时喊："羊羔吃奶。"谢枫被褚琴的孩子气逗笑了。

小柳子冲过来跑到褚琴跟前，学长辈的样子往起搀她："不年不节的，给爷爷奶奶磕啥头？"褚琴爬起来追她，小柳子尖叫着跑。小柳子眼看要被抓住，褚琴一个马趴子摔出去很远，小柳子哈哈大笑地逃了。

褚琴翻了个身，眯着眼睛看着天。天空一片碧蓝没有一丝云彩，谢枫的头映入眼帘，他低头看着褚琴。

褚琴的眼睛一下睁大了，不知所措地看着谢枫。谢枫不顾周围的眼光朝她伸出一只手去，褚琴稀里糊涂地握住了那只手，谢枫把她拉起来。

两人站在那里互相看着谁也不知道该说什么。褚琴涨红了脸转身要走，谢枫喊住她："褚琴！"褚琴站住回头看他，谢枫说："我写了首新歌。"褚琴"嗯"了一声。

谢枫问："练完功来唱唱好吗？"褚琴兴奋地使劲儿点点头。

宣传干事骑着一辆破自行车从湖边路过，文工团员们叽叽喳喳叫着在后面追他。小柳子一把揪住车子的后架："张干事，你为啥就不能给我们文工团的同志拍张照片？"

张干事两腿支在地上，说："不是我不给你们照，是底片太紧张了。"小柳子说："你追着攻坚团的屁股后面拍的时候咋不说紧张呢？我看是你打心里瞧不起我们文工团！"

女团员们围上去七嘴八舌地帮着腔，宣传干事的汗流下来了，他招架不住，下车摘下照相机说："好，好，好，这里还有一张底片，我豁出去了，就在这儿给你们鼓捣了！"

大家欢呼起来，互相找着位置站进队列中。

褚琴偷眼看谢枫，他的目光扫过来，两人的眼神碰上，褚琴有些慌乱地看着别处。小柳子把褚琴拉到自己的身边，褚琴不住地偷眼往站在远处的谢枫那里看。

谢枫明白她的意思，犹豫了一下走过来，他脸上带着羞涩的笑，看看褚琴又看看小柳子。

小柳子把谢枫拉进队列让他站在自己和褚琴的中间，褚琴兴奋得满脸通红。

张干事喊："照啦！笑！笑！"文工团员们一起笑。

晨练完，大家回到文工团。

一阵欢快的手风琴声从排练室里面传出来，褚琴迈着极有弹性的步子往排练室走。路过窗子的时候，她踮了一下脚尖，从玻璃上看看自己的面容，满意地把两条大辫子甩到身后。

手风琴欢快的旋律越来越近，褚琴放慢了脚步。

谢枫很有激情地在排练室里拉着手风琴，褚琴推门进屋。谢枫停下不拉了，伸手把桌子上的乐谱递给褚琴。褚琴拿起来眼睛看着乐谱，心却在感受着谢枫的目光。

屋子里一片寂静。好一会儿，谢枫打破寂静说："我拉你唱一下怎么样？"

褚琴点点头。

谢枫拉了个前奏，褚琴张了张嘴，没唱出声来。谢枫重新拉过门，褚琴唱了一声又停下来。谢枫纳闷儿地问："你怎么了？"褚琴摇摇头："我也不知道。"

谢枫又起过门，褚琴唱了一声红着脸笑起来。谢枫严肃地问："你是怎么回事？"褚琴抬起头孩子气地看着他说："我一张嘴心就突突。"

谢枫放下手风琴问："你紧张什么？"褚琴说："只给你一个人唱有点儿不自在。"谢枫笑了："是吗，我可是天天听你唱。"褚琴认真地说："那不一样。"谢枫夸奖说："褚琴，你的天赋很好，音域宽，乐感好。"

褚琴不好意思地拿着辫梢往手指头上绕。

谢枫又说："缺点是你对你所歌颂的东西，理解得还不够。"

褚琴一愣，抬起眼睛看他。

谢枫解释说："就说《李二嫂改嫁》那出戏吧，你对李二嫂这个人物就没有做到真正的理解。"褚琴认真地点点头。谢枫话里有话地说："你还不能理解封建婚姻对一个人来说意味着什么。"

褚琴眨巴着眼睛茫然地看着谢枫，他感叹说："你还年轻，不懂这些。"

谢枫扭过脸去看着窗外，好一会儿不说话。褚琴关心地看着他。

"我这样说，是因为我对这样的婚姻有切身体验。"

褚琴吃了一惊："你结婚了？"

"我在上海读书的时候，父母给我定了门婚。女方比我大五岁，说好我一毕业就回去完婚。我越想越害怕这门婚姻，我一想那个从来没见过面的女人，一想将伴随我一生的死水一样的日子，我就喘不上气来。于是等不到毕业，我就和几个同学一起跑到延安来了。"

褚琴松了一口气。

谢枫扭过头两眼闪亮地看着褚琴，说："到了延安，我才真正地懂得了什么是革命。从救自己开始懂得了无产阶级只有解放全人类，才能最后解放无产阶级自己的道理。到了延安，我觉得是鱼游回到了水里，我的一切艺术才能都得到了真正的发挥。"

"真没想到你有这样的身世。"

"我从来没跟别人说过。"

褚琴认真地问："你为什么要跟我说？"

谢枫脸红了。褚琴明白了他的意思，脸腾地红了。两人涨红着脸不自在地看着窗外，年轻的文工团员们连说带笑地从窗前跑过。

傍晚，树林里静悄悄的，雪悄无声息地下着。

一根树枝轻轻摇动了一下，露出来石光荣的一只眼睛，他反穿着棉大衣趴在雪地上，眉毛胡子上挂满了霜。身边的一块雪动了一下，露出来小伍子的眼睛。

周围的雪块纷纷撬开小缝，露出一双双军人的眼睛。

石光荣对身边的人小声说："前面榆树屯就是胡子的老窝，这些胡子已经被打油了，奸得像成了精的黄皮子，一抓一出溜。命令部队行动时注意隐蔽，处理掉脚印。"身边的人小声答应："是！"石光荣下令："出发！"

石光荣带领着反穿棉大衣的部队在林子里面疾步行走，他的马蹄子上裹着厚厚的布，走在队伍后面的战士拿着树枝倒退着把脚印扫掉。

石光荣带领战士们摸进榆树屯子，围住了一栋大院子，院子里面隐约传来土匪们猜拳行令的声音。三营长匍匐着爬过来说："院子里面放着两挺机关枪，四百多个胡子都在屋子里面。"

石光荣看了一眼面前一人高的围墙说："把四个角一起给我炸开！"

三营长点点头："是！"他转身爬走了。

石光荣伸出一只手，小伍子把装满子弹的冲锋枪递到他的手里。石光荣抖搂掉身上的积雪站起来，抬头看了一眼天空。

"轰"的一声巨响，整个天空被映红了。影墙开花，院内的两挺机枪被炸飞，房门和窗子被炸开，战士们冲进屋子一阵扫射。

土匪垂死挣扎，负隅顽抗。这时，后墙被炸开。石光荣端着冲锋枪出现在漫天的火光中，他对着匪徒猛烈射击，边打边扯着嗓门吼："打！打烂糊你们这些王八羔子操的！"

战斗很快结束，被俘的土匪披着棉被毛毯低着脑袋在雪地上走着，石光荣和小伍子骑着马跟在队伍的最后面。

石光荣问出来几天了。小伍子说，十天。石光荣感叹说："日子不短了。"小伍子不解地问："十天还长啊？"石光荣说："也不知道那丫头咋样了。"小伍子笑嘻嘻地问："想了吧？"

"王八犊子才不想呢！"

"那咱先去看看她？"

石光荣态度坚决地说："不行！团里面还有事等着我呢，不能让私事占先！"

他抽了马一鞭子，朝前跑去……

石光荣和小伍子骑着马一身硝烟跑进军部的院子。军长闻讯迎出来，石光荣下马给军长敬礼，军长还礼后，笑呵呵地问："石头，这一口肉咬得过瘾吧？"

石光荣摇摇头说："牙缝那么大块肉，刚把馋勾上来。"

军长说："你这个人可真不知道好歹！本来不该派你去，你死缠硬磨地非要去。派你去了，你又抱怨不解馋。"

石光荣嘿嘿笑着说："不是我不知道好歹，是那帮王八犊子太不扛揍了！"

文工团员们在院子里面排练节目，谢枫给褚琴、小柳子等女团员讲歌词的意义。

褚琴认真地听着，不时地在本子上面记录着。

此时，刮干净脸的石光荣和小伍子打马在街道上跑过来。小伍子打趣问："团长，几天没跑这条路，是不是觉得这路有点儿长了？"石光荣笑骂："你个兔崽子！"小伍子嘿嘿直笑。

石光荣说："咱没跑这条路，胡毅那小子也没跑这条路，这几天他在四平那边忙活呢。"

两人打马拐向通往文工团的小路，没想到胡毅带着警卫员骑马迎面跑过来。

石光荣看见他们一愣，胡毅也不由自主地勒了一下马缰绳，随即两人的脸都沉了下来。

石光荣抽了马一鞭子向门口冲去，他要抢在胡毅前面进文工团，见到褚琴。胡毅也抽了马一鞭子，两匹马同时到达门口，大门开了一扇，只能进一匹马，胡毅抢先一步冲进大门。

不料，石光荣一提马缰绳，马飞身跃过院墙，站在院子里面的孙团长惊呆了。

石光荣在院子里面奔跑一圈，漂亮的骑术引得一群男女文工团员围上来观看，褚琴目瞪口呆地站在那里，谢枫走过来站在她的身后。

胡毅的马兴奋起来，咴咴叫着扬着前蹄站起来，胡毅的帽子落在地上。石光荣来了个"海底捞月"，在马上探身把帽子捡起来扔过去。胡毅把飞过来的帽子用马鞭打掉，玩了个"镫里藏身"捡起帽子。

石光荣被胡毅傲慢的态度激怒了，他将两手拢在嘴边，追着胡毅的马"啊—呃－啊—呃"地喊了一通。胡毅的马突然四蹄刹车猛地站住，差点儿把胡毅从背上抛出去。它刨蹄子，尥蹶子，全然不顾主人的吆喝。

石光荣偷笑。胡毅下不来台，使劲儿甩鞭子抽马。那马前刨后蹶，局面更不好收拾，胡毅有几次跳下马的机会，但是他不肯跳下来。

石光荣嘴上挂着一丝微笑自言自语道："小子，你是做给我看哪！"

跑来看热闹的战士越来越多，胡毅已经忘了来文工团的初衷，他怒火冲天地抽打着自己的坐骑。马被打惊，拧身冲出包围圈，在马蹿跃的一瞬间，胡毅失去平衡，从马鞍上弹起来。

小伍子大惊，抽出枪准备打死马救人。石光荣拦住他，吹了声悠长的口哨，那马奇迹般地站住。胡毅一骨碌跳起身，有战士跑过去拉住马。

胡毅下马，他铁青着脸点着一根烟，慢慢走到马跟前，突然抢起鞭子狠狠地抽了马三鞭子。

石光荣像没看见一样，跳上马背，端着架子，腰杆笔直地骑在马鞍上，提马目不斜视地往外走。小伍子上马紧紧地跟在石光荣的后面，从胡毅的面前走过去。

俩人走出大门。胡毅愣了一会儿神，跳上马背紧追他们而去。

谢枫回过头，见褚琴脸色苍白地站在那里发呆，关切地问："你怎么了？"

褚琴像是没听见。谢枫叫道："褚琴。"褚琴回过神来惊慌失措地看着他："嗯？"

事情还没消停，石光荣和小伍子骑马在前面走，胡毅紧紧地跟在后面，三个人一声不响地走着。三匹马卷起一溜黄尘。

石光荣和小伍子骑马路过186团，胡毅突然驱马赶上去挡住石光荣的马头，他盯着石光荣的眼睛说："既然赶到我们的饭口上，就请进去吃顿便饭。"

石光荣眯着眼睛看了胡毅一会儿，提马拐进 186 团的驻地。

门岗立正敬礼，石光荣潇洒地还礼。

来来往往的三十三师的官兵十分纳闷儿地看着这一对素不来往的冤家。胡毅下马，用洪亮的嗓门儿喊："司务长！"司务长跑过来立正敬礼，胡毅下令："备饭！"

司务长看看胡毅又看看石光荣。

胡毅说："快去，上扛饿的！"司务长点点头："是！"

石光荣下马，大摇大摆径自走进屋子，小伍子跟在他后面。

第三章 山头攻下，却不见笑脸

石光荣在屋子里面溜达着四处查看，胡毅进来说了声："坐！"就再也不说话了。胡毅的警卫员进来叫小伍子跟他走，小伍子用询问的目光看了石光荣一眼。

石光荣朝小伍子摆摆手，叫他跟着去。两个警卫员走了。

石光荣和胡毅面对面坐在八仙桌旁，两人腰板挺得笔直，谁也不说话。司务长端上来一笸箩煮熟的土豆、一盘子猪油、一盘子咸盐，外加一大盆汤，他把东西摆在桌子上。

胡毅绷着脸说："请！"他率先拿起一个土豆，一口咬掉半个吃起来。石光荣拿起一个土豆，蘸着盘子里面的猪油和咸盐，狠狠地咬了一口叫道："香！这是老毛子吃的东西。咱也开开洋荤。"胡毅说："司务长，给他盛碗汤。"石光荣态度坚决地说："不要！"

胡毅本想喝汤也不喝了。石光荣拿起第二个土豆，胡毅瞥了他一眼，加快了吃土豆的速度。这两人互不相让，较着劲儿大口吃着土豆。

笸箩很快就见底了，司务长吃惊地看着他俩。石光荣咽下最后一口土豆，吧嗒着嘴说："这土豆子真香，可惜不管饱。"胡毅脸上挂不住了，问道："司务长！怎么搞的？"司务长慌了："这一笸箩是五十个土豆。"胡毅下令："再给我上。"

司务长跑出去。屋里炉火烧得很旺，石光荣摘掉帽子，脱掉棉衣，撸起袖子坐在桌子旁边吃咸菜。胡毅也脱了棉衣挽起袖子，摆出大战三百回合的架势。

此时，满怀心事的褚琴坐在砸开一个冰窟窿的河边洗衣服，她洗着洗着动作慢下来，看着河面发呆。谢枫走过来轻声喊："褚琴。"

褚琴一下醒过来，谢枫关心地看着她。褚琴躲开他的目光，把泡在水里面的被单捞出来拧，谢枫伸手帮她。

谢枫把自己的棉手套递给褚琴说："戴上暖和暖和。"褚琴听话地戴上棉手套。

谢枫说："我写的申请团长批下来了。"褚琴问："什么申请？"

谢枫说，他要下连队采风。褚琴问："去几天？"谢枫说："大约一个星期。"褚琴松了一口气，抬头看着谢枫问："团里的人都知道了？"谢枫摇摇头说："没有。"

褚琴脸红了，她掩饰着转过头看着别处。谢枫含意丰富地看着她，却不知道该说什么。褚琴等待着他说她想听到的话，可谢枫说的却是，他要走了。

褚琴生怕谢枫走，抬起头紧张地看了他一眼。谢枫嘴里说走，腿却像扎了根一样牢牢地站在那里。褚琴明白他的心思，忍不住笑了。谢枫尴尬地笑了，他转移话题问："那首歌你会唱了吗？"褚琴点点头。谢枫说："等我回来你再唱给我听吧。"褚琴又点点头。

谢枫从怀里掏出一沓柔软的桦树皮，递给褚琴说："我写过的歌都抄在上面，你要是喜欢就留着看吧。"

褚琴接过桦树皮，心情激动不敢看谢枫。她把桦树皮小心翼翼地放进怀里，弯腰端起盛满衣服的盆。谢枫忙伸手接过去，褚琴充满感情地匆匆看了他一眼。

俩人并肩朝营房走去。

司务长端着一大木托盘豆腐跑进来，他把豆腐放在桌子上，汇报说："没有啥现成能吃的，只有刚磨好的豆腐。"

胡毅看看石光荣，石光荣一撸袖子说："就吃它！"

胡毅和石光荣都脱掉了绒衣，只剩下一件大针小线补着补丁的衬衣。两人腰板笔直地站在那里，眼睛死盯着对方。

石光荣先下手抓起一块豆腐，大口大口地吃起来；胡毅紧跟而上抓起一块，塞进嘴里。石光荣又抓起来一块豆腐，胡毅不甘示弱也拿起一块。盘子里的豆腐一块块地少了。

石光荣一三五跳着拿托盘里的豆腐往嘴里送，胡毅二四六拿豆腐往嘴里塞。慢慢地，托盘里只剩下最后两块豆腐，司务长目瞪口呆地看着他俩。

石光荣和胡毅同时扒掉身上的最后一件衬衫，扔在地上。两只手伸过来一人抓起一块豆腐，他们抬起眼睛逼视对方，不禁愣住了。

胡毅身上伤痕累累，石光荣的目光由硬变软，柔和起来。

胡毅盯着石光荣身上的伤疤说："你和我都是在战场上被打烂了，又重新敛巴敛巴缝起来的。就冲这个，咱俩碰在一起是缘分。"

石光荣笑了："少给我扯犊子！"

胡毅笑着说："我最烦你这副不知天高地厚的熊样！"

"你不也这熊样吗？"

"凭这身伤，就知道你是在前面冲锋陷阵的人。打仗时凭着嗓门儿大和我抢主攻任务，我不服你；打靶比赛比我多一环，我也不服你；看见这身伤，我才从心里面佩服你。我后背上还有伤，你一块都没有，你一直是迎着敌人火力往前冲的。老石，你确实有资格翘尾巴。"

石光荣不好意思地捡起衬衣披上，说："你往桌子底下整我是不是？"

胡毅也把衣服穿上。

石光荣说："这次咱俩打了个平手。一人二十五个土豆子，十块豆腐。"

胡毅摇摇头说:"跟你说实话,你要是再让司务长上饭,我这肚子就炸了。"

"我最后吃的那块豆腐还在嗓子眼儿那儿站着呢,肠子肚子里都满得没地方去了。"

"过去打仗行军,除了打之外,只想着一个字'吃'。吃成这样了,才知道吃也挺遭罪的。"

"你说那时候咋那么饿呢?刚开头脚没跟,浑身直突突冒虚汗,饿过劲就不觉得饿了,可就是不能见吃的,一见到能进嘴的东西就想吃就想咬。吃皮带,吃草根,见啥吃啥,越吃越饿。战士们在一起的时候总是琢磨革命成功了以后干啥。我说等革命成功了,我先弄三个红烧猪蹄子,捆在一块好好地啃上一顿。"

胡毅听了哈哈大笑。

司务长着急地说:"还笑呢,你们吃的都是发胀的东西,赶紧出去溜溜,这事可不能开玩笑。"胡毅说:"老石,咱们溜溜去?"石光荣点点头:"溜溜去!"

外面天色已黑,天上飘起了雪花,石光荣和胡毅敞着怀,皮带挂在身上,牵着马在街上慢慢地走着。

胡毅说:"天可够冷的。"石光荣问:"再冷还能冷过打四平去?"胡毅感叹说:"那个冬天冷得嘎吧嘎吧的,枪栓冻得都拉不开,打冲锋的时候得先撒泡热尿浇上才能把子弹射出去。"

"记得秀水河子那一仗吗?"

"当然记得,那时我在二营当营长。"

"我在一营当营长,过河的时候,天已经冷了,当时河面结着一层薄冰,还没冻实,战士们脱了棉裤,半个身子泡在水里往前走，那两腿冻得跟猫咬似的。走到前面的炊事班已经上岸，我带着队伍刚走到江心，后卫连还没有下水，已经上到河岸的战士突然喊，左边有敌人。我一看大约有一个团的敌人扑过来，要抢占渡口。我急眼了，命令部队跑步占领滩头阵地。战士们在河里面跑起来，那水花溅得老高。先跑上岸的战士抱着机枪开了火。三连也把机枪架在河北面的土坎上猛射起来，我领着战士们边跑边甩手榴弹，光着屁股冲上去了。二连从东南方向一顿机关枪，压住了敌人，炊事班的人全都冲上去了，活捉了上千人。押俘虏的时候，俘虏们举着两只手，用那种偷偷摸摸不地道的眼神打量着我们。我顺着他们的眼神低头一看，才发现我们还都光着屁股呢！"

胡毅哈哈大笑。

"记得驼鼻子山那场战斗吗？"

"还用说，那仗打得三天三夜没合眼。"

"老爷岭呢？"

"记得，那天晚上夜行军，部队一个紧跟一个听着脚步声前进，谁想到敌第六师也向老爷岭以南开过来，当时部队很疲劳，很多战士倒到地上就睡着了。我走到沟口看部队安置得怎么样，炊事班已经做好了饭，这时候影影绰绰跑上来一大群人揭开锅就盛饭吃。炊事员急了，说后面的部队还没到，等会儿再吃。他们不听，我火了，抓住一个家伙仔细一看是敌人。原来敌人的部队也开到这儿，竟然把宿营地和我们选在同一地点上。我拽过他身上的冲锋枪就是一梭子子弹，战斗打起来了，满山遍野都是敌人。枪不好使唤，干脆用刺刀，过瘾！过瘾！"

石光荣埋怨说："还过瘾呢，我听见枪声前来打援助，你小子差点儿把我捅了。"胡毅反唇相讥说："打扫战场的时候，你把好武器都拿走了。"石光荣嘿嘿笑着说："胜利果实装哪个兜里都是往自己家扛，你说是不是？"胡毅笑着摇头说："打沈阳的时候，我把你战场上的胜利果实往家扛的时候，你怎么就那么小肚鸡肠的？"

石光荣掏出烟叶子，两人卷喇叭筒抽着。

夜已经很深了，雪还在静静地下着，胡毅和石光荣的帽子上挂着一层白霜。

胡毅问："家里还有什么人？"石光荣说："没啥人了。"

"我还有一个六十岁的老妈。"

"我八岁的时候死了爹妈，屯子里面的人轮番养活了我五年，然后我投奔抗联，当了娃娃兵，后来又到了延安。"

"我当兵没你早，那几年村里面轮番过队伍，今天共产党，明天国民党，庄户人也闹不清。有一天村干部把村里面的小伙子集中在一起讲革命道理，做动员工作让大家参加八路军。说心里话，我根本就没想过当兵。村干部怕大家冷，使劲儿烧炕。我坐在炕头屁股烙得不行，忍不住抬了下屁股，村长马上鼓掌说还是胡毅有觉悟，起带头作用了！我慌了，说我妈没人照顾。村长说你放心去，你妈我们照顾。我这个人要脸，话都说成这样了，还能不去？说啥也得去了，就这样稀里糊涂地当了兵，到部队接受教育以后才真正懂得了革命的道理，而且越来越离不开部队了。"

"老太太现在咋样？"

"挺硬实的，就想抱个孙子。"

"这些年净打仗了，哪有工夫想老婆孩子的事？打小日本，打蒋介石，这么多年战争打的是啥？其实打的就是咱爷们儿身上的精血。"

石光荣和胡毅越聊越近乎，越聊越投脾气，两人索性牵着马往城外走。城门口的哨兵一拉枪栓问："口令！"石光荣回答："成功！"哨兵回道："前进！"

夜已深，雪花纷纷扬扬地下，城外一片白茫茫。

石光荣感叹说："当时我们连以上的骨干发誓说，抗战不胜利，谁也不许提娶媳妇的事，谁提谁就是王八蛋！光当王八蛋不行，还得请大家喝烧锅子吃大肉。"

说完嘿嘿笑。

胡毅沉默了一会儿说："我结过婚。"

石光荣听了一愣。

胡毅看着远处说："她是卫生员，组织上介绍我们结的婚。她也是苦出身，妈死得早，她爹把她换了两担谷子，给别人家当童养媳。她受不了虐待，跑出来参加了革命。"

石光荣卷了根烟递给胡毅。

"结婚那天晚上，她端来一盆水要给我洗脚。我说，我娶你是要和你过日子，不是让你给我当丫环的。我一个放牛出身的苦孩子，今天能娶上你这样的媳妇，晚上做梦都能笑得掉到地上摔醒了。我不能使唤你，我使唤你不也成地主老财了吗？组织上把你介绍给我，我感谢组织。从今往后我要好好消灭敌人，报答革命。一辈子好好待你，只要不叫枪子撵上，这一辈子你就靠在我身上吧。"

石光荣入神地听着。

胡毅抽了口烟，继续说："我俩在一起过了一年，她怀孩子了。当时咱们和敌人打得很艰苦，不停地行军，不停地打仗，部队开进太行山的时候，敌人在后面追得很紧，她肚子疼，要生了。我把她背到避风的柳树棵子后面，孩子难产生不下来，她疼得爹一声、妈

057

一声地叫。我一边开枪还击，一边冲她喊，使劲儿！你快使劲儿！吃没吃，喝没喝，没完没了的行军、打仗，早已经耗干了她的力气。这时候追兵呈扇形包围上来了，子弹擦着我的头皮飞。她醒过来了，对我说：'别管我，你快跑……等革命胜利了，你再找个女人……'我不听她的，把她拽起来往身上背，她拼命挣开我，紧紧抱住了树。我扑通一声给她跪下，她哭了……"

胡毅不说了，看着城门口走来走去的哨兵。石光荣看着他，手中的烟结了很长的烟灰。

胡毅哽咽地说："她抢了我的枪，喊了一声，等革命胜利了，你来给我们娘俩收尸吧！我扑过去抢枪，她扣了扳机，把自己打死了。"

石光荣手中的烟灰掉了。

"我捡起枪，冲出包围，追上了队伍。这么多年过去了，我一闭上眼睛还能看见她，看见她给我缝衣服补袜子，冲着我笑。我一直没再动过找女人的念头，直到那天军长把我撵到联欢会上，我看到了文工团的……"

石光荣一激灵，打断胡毅的话："哎，我说，咱俩现在算不算朋友？"

胡毅语气坚决地："算！当然算！"

"朋友之妻不可欺，褚琴可是我先占下的。"

"褚琴？我要褚琴干什么，文工团的小柳子和我下星期就结婚了。"

石光荣怔了片刻，随即哈哈大笑起来，他拍着自己的脑袋说："整错了，我整错了！"

胡毅恍然大悟地说："我说进了沈阳城，你怎么跟我较劲的劲头比在战场上还大，原来是为了女人啊！褚琴……嗯，有你的！没想到你个又粗又黑的熊瞎子，倒专找那又白又嫩的知识分子掰扯。"

石光荣嘿嘿笑着说："小柳子那丫头也不错嘛，圆盘大脸的，看着就实诚！"

"别说我，说说你，你和褚琴进展得怎么样了？"

"难整，那丫头到现在都不用正眼瞅我。"

"娶老婆也是打仗，必须速战速决，正面攻不上去就抄后路。"

石光荣不明白地眨巴着眼睛问："后路？"

胡毅意味深长地看着石光荣问："你小子打仗历来鬼，不用我教你吧？"

石光荣明白过来狠狠地给了他一拳。

司务长骑着老式自行车满头大汗地跑过来，他跳下车给两位团长敬礼："团长，我找你们找了大半夜。"胡毅问："啥事？"司务长从怀里面掏出来一包药递给胡毅说："这是我跟卫生员要的泻药，你们吃的那一肚子东西不整下去会出事的！"石光荣叫道："泻，泻啥？我这肚子又饿得咕呱乱叫了！"

司务长吃惊地看着石光荣，胡毅呵呵地笑。

石光荣说："到我那儿坐一会儿，暖和暖和去，我那里还有瓶高粱烧。"胡毅说："走！"司务长着急地劝说："二位首长，你们可不能再喝了！"胡毅笑着朝他挥挥手说："没事，你回去吧。"

天边露出一缕亮色，城门口的哨兵在换岗，石光荣和胡毅牵着马朝城里走去。

胡毅突然问："哎，我忘了问你了，那匹马跟了我两年多，从来没给我丢过这么大的脸。你那边过来一声口哨，它怎么一下就那德行了？"石光荣哈哈大笑："我是告诉你那匹儿马，我这儿有骒马。你那匹儿马六根不干净，眼下追求骒马是它的大事，哪还有工夫听你吆喝？"

胡毅生气地骂道："你个狗日的！"石光荣呵呵笑着说："我后面吹的那声口哨是告诉它，骒马已经走了，该干啥就干啥去吧。"

胡毅摇着头笑，两人的身影在雪地里走远了。

热闹的沈阳中街街道，电车、人力车、自行车穿梭行驶。

两匹高头大马迎面跑来，石光荣和小伍子骑在马上跑过去又返回来。小伍子勒住缰绳，四处打量了一下，指着一家杂货店说："就是这家。"

杂货店的老板从铺子里面跑出来，不知所措地看着他们。石光荣从马上跳下来，把缰绳扔给小伍子，拎着马鞭子朝老头走过来，亲切地问："老人家，生意好吗？"老头慌忙点头："好，好！托共产党的福！"

"您是褚琴的父亲吗？"

老头忙答道："是，是！这位首长快请屋里面坐。"

石光荣把马鞭子递给小伍子，跟在褚琴父亲的后面进屋。

老太太看见丈夫领了一个解放军军官进来，慌得一时不知道做什么好。老头咳嗽了一声提醒老伴，褚琴母亲镇定下来忙着给上烟倒茶。

石光荣接过茶杯说："大婶，别忙活了，我有话对您二老说。"

褚琴的父母在石光荣对面的椅子上小心翼翼地坐下，石光荣抬起头羞怯紧张地看着两位老人，一时不知说什么好。褚琴的父母紧张不安地看着石光荣。

屋子里面一片寂静，石光荣打破僵局说："我叫石光荣，是野战军 184 团的团长。"褚琴的父亲被石光荣的官衔吓着了，慌忙站起来。褚琴的母亲看见丈夫站起来，也跟着站起来，带倒了桌子上的茶壶，她忙拽过抹布擦桌子。老头儿帮老太太的忙，手忙脚乱碰倒了椅子，石光荣过去帮着扶起来。

三个人忙完了，站在地中间互相看着。褚父惶恐地说："石团长，你请坐。"他拉了老伴一把，两人坐下。

三个人坐下，静场片刻。石光荣说："我这次来，是想征求一下两位老人的意见。"褚父忙不迭地说："你说，你说！"石光荣一咬牙说："我要娶你们家的褚琴。"

老两口一愣，互相看了一眼，傻在那里。

石光荣眼一闭，心一横，扑通一声跪在他们面前说："我八岁的时候就死了爹娘，二老要是愿意收留我，从今往后你们就是我的爹娘了！"

褚父醒过味儿来，忙用手往起搀石光荣："这是干啥？快起来，快起来！你看你这孩子！"

老头儿一声孩子叫得石光荣的眼圈红了，他跪在地上不起来，动情地看了一眼老头儿，又看了一眼老太太说："爹妈你们二老放心，今后有我吃的，就有你们吃的，我吃干的，决不让你们喝稀的。"

褚母惊慌失措地看着石光荣，又看看自己的丈夫。褚父感动得连连点头，褚母几次偷偷拽老头儿的袖子，都被他甩开。

褚父笑呵呵地把石光荣拉起来，让他坐在凳子上，说："我说今天早上咋有两只喜鹊落在对面的树梢上，冲着我的铺子叫呢，原来是给我道喜呀！"

这时，褚琴笑容满面地在街上走着，她不时探头往旁边的铺子里面看。

石光荣满面笑容地走出杂货店，褚琴的父母诚惶诚恐地送出门来。石光荣热情地说："爹妈，你们别送了。"老两口闻言站住。

石光荣喊道："小伍子，牵马来！"

小伍子牵马过来，石光荣翻身上马，朝老头儿老太太挥挥手，一提马缰绳，高头大马迈着碎步跑了。

褚琴的父母看着石光荣和小伍子远去的背影，心里五味杂陈。回到杂货店，老两口愣愣地坐着发呆。褚母看了一眼丈夫问："团长是多大的官？"褚父说："你没看他骑着马挎着盒子炮？比林彪小不到哪儿去。"

"咱家琴嫁给他能行？"

"咋不行？嫁给带长的，以后咱老两口也算有个靠山了。这个铺子从我爷爷开张，到我爹那辈上才见着点儿钱。等我接到手里就没摊上一天好日子，先是日本人侵占东北，汉奸、鬼子不断地来找麻烦，挣的钱都叫他们刮了去买太平了。日本人投降，国民党占了沈阳城。照样得往他们手里面送钱，咱起五更爬半夜地张罗这点儿生意，为啥见不着钱？不就是因为咱没有靠山吗？这回好了，解放军的团长要给咱做女婿了。"褚父喝了口茶满意地靠在椅子上，"咱老两口快四十岁上才生了琴，没想到还真得了这个丫头的济了。"

褚母眨巴着眼睛问："这团长看着咋这么老相呢？"褚父说："老啥老，我看那孩子浓眉大眼的，挺受端详。"

这时，褚琴风风火火地推门进来喊："爸，妈！"褚父满脸笑容地看着女儿问："吃饭了吗？"褚琴笑嘻嘻地说："没呢，有啥好吃的？"

褚母忙站起来到后屋去张罗，褚父大声叮嘱："别给孩子吃凉的！"褚母回道："坐着你的，瞎吆喝啥？"

褚琴要跟母亲进后屋，父亲拦住她说："坐下，和爸说说话。"褚琴笑嘻嘻地趴在父亲的肩膀上问："爸，你想听啥？"

石光荣没回团部，径直去了军部，找军长求援。

石光荣一点也不拘束，进屋就脱鞋，把脚搭在炭火盆前烤着。政治部主任和军长脸上带笑看着他。

石光荣说："我和褚琴也处了挺长时间对象了。"军长不以为然地说："一厢情愿，那叫处吗？"石光荣发狠说："你不用拿话堵我，我今天来就是要跟组织上汇报一下。老爷子已经同意把褚琴嫁给我了，我决心已下，今生今世非她不娶。如果组织上不帮这个忙，我就打一辈子光棍儿。"政治部主任笑了："你这是给组织耍光棍子！"石光荣一梗脖子说："开联欢会的时候，我不去，你们非拉我去。我去了，看中了褚琴，你们又不出面帮忙，想把我当腊肉吊在房梁上看着解馋哪？"

军长听了哈哈大笑。

政治部主任拨通了文工团的电话，问孙团长："褚琴同志没有对象吗？"孙团长说："没有。"

"褚琴回来后，叫她来我这儿一下。"

孙团长在话筒里面连连答应着。政治部主任放下电话，对石光荣说："回去等我的消息吧。"石光荣站起来敬了个军礼："是！"

褚琴哪里知道石光荣的组合拳一个接一个，此刻她正迫不及待地下手拿起一个热气腾腾的饺子放进嘴里。母亲疼爱地看了她一眼，把蒜、醋、碟子和筷子摆在她面前说："十八九的人了，还吃没个吃样，坐没个坐样，看将来嫁出去婆婆咋收拾你！"

父亲说："我闺女找个没婆婆的。"褚琴没听出父亲话里有话，说道："这饺子真香！"母亲说："猪肉酸菜馅的。"

褚琴看到桌子上的烟、酒和果匣子问："爸，谁来咱家了？"父亲眉开眼笑："你们队伍上的石团长。"褚琴差点儿被饺子噎住，问道："他？他来干什么？"

褚父笑盈盈地说："求婚，让我们把你嫁给他。"褚琴急了，眼睛在父母脸上来回巡视着问："你们说啥？"褚父坦然地说："有啥可说的？同意呗！"

褚琴哇的一声哭了。母亲忙拽过来一条手巾给女儿擦眼泪："哭啥哭，你也不小了，过了年就往十九上数了，女人早晚不得嫁人吗？"褚琴叫嚷道："你们没有权利决定我的终身大事！"

褚父提高了嗓门儿说："父母之命，媒妁之言，到你这儿就变了？我们生养你一回，连这点儿主都做不了了？"褚琴大喊："谁做主谁嫁给他去！"褚父怒道："你个王八羔子，翅膀硬了是不是？当初你非要上女子师范学校，我和你妈啥也没说，卖了老家底供你念。你念了半截子又不念了，要去当那唱歌跳舞的兵，我由着你的性子同意了，谁叫我是你爹来着？"

褚琴不说话，泪水长流。

老头儿手点着褚琴的脑门数落道："都是我把你惯坏了！从小到大事事你自己做主，这婚姻大事我决不能再让你自己做主！闺女家家的，在这上头一步走错步步错。再说我又不是那不通情达理的爹，我没让你嫁给别人，你是解放军，人家也是解放军，解放军嫁给解放军有啥不对头的？"

褚琴和父亲说不清，气得呜呜地哭。她一摔门出去了，母亲追出去拉她，却没拉住。褚父大喊："给我回来！看这个犟眼子玩意儿能犟到哪里去！"母亲抹着眼泪进屋。

褚琴低着头在街上走着，不时抬起头泪眼婆娑地看着前面，街上热闹的人群和悲伤的褚琴形成极大的反差。

傍晚，184 团团部里热热闹闹，大家忙忙活活地为石光荣张罗着婚事，小伍子跑里跑外张罗得最欢。三营长问："新房安在哪里？"小伍子理所当然地说："就安在团部。"

三营长摇摇头说："你小子胡子茬还没长硬呢，懂啥？新房得安在僻静点的地方，省得那帮臭小子听房惊了咱团长。"小伍子挠着头问："那安哪里？"三营长想了一下说："林子边上有个老毛子留下来的木头房子，团里一直用它当库房来着，赶紧找人把那房子倒出来。"

小伍子答应了一声连蹦带跳地跑出去。

别人都欢天喜地的，唯有褚琴愁绪满怀。她在街上漫无目的地溜达到天黑，一回到文工团，孙团长就火急火燎地让她去军部，说政治部主任找她有事。

褚琴磨磨蹭蹭来到军部，政治部主任热情地招待了她，先是请她坐在炭火旁烤火，又倒了一杯热水递给她。褚琴低声道谢，心里忐忑不安。

政治部主任开门见山地说："我叫你来，是想和你谈谈个人的大事。"

褚琴的脸腾一下红了。

政治部主任一脸严肃，说他不代表个人，是代表一级组织。褚琴紧张地看着他，感觉压力山大。政治部主任问褚琴，对石团长有什么意见没有？

褚琴一愣，看着政治部主任不知道该说什么。

政治部主任语重心长地说："谈谈吧，放开了谈，不要有顾虑。组织上考虑这件事主要是从工作上出发，你可以谈谈自己的看法。"

褚琴小声说："我从来没想过这件事。"

"该考虑了。"

"我现在还小，不想考虑这事。"

"你岁数不算大，可石团长年纪不小了呀。人家在他这个年纪上，孩子都能拉牛耕田了。"

褚琴坐在那里不说话，低头绕着自己的辫梢。

"褚琴同志，我知道你没有足够的心理准备，对这事可能一时有些琢磨不开，可能还有些不好意思。其实这事也没有太多好想的，石团长的个人情况很清楚，他十三岁参军，十六岁入党，勇敢、正直、思想觉悟高、立场坚定，大大小小立过十几次战功。不管在哪个战场上，他都是我党我军顶呱呱的骨干。组织上之所以让你考虑和他的事情，也对你的情况做了全面了解，尽管你的出身稍微高了一些，但是条件基本符合组织上的要求。你们结了婚，成了家，一方面你可以帮助组织上照顾好石团长的身体，让他安心地工作；另一方面，你也可以从他身上学到很多革命好传统，提高自己的思想觉悟。在生活上你照顾他，在思想上他帮助你，你们俩互相学习，共同进步，这是不是一件两全其美的好事情呢？"

褚琴的头越来越低。

"你觉得石团长是不是一个好同志？"

褚琴费力地点点头。

"他为解放全中国，为全中国的老百姓，包括你的父母都能过上太太平平的好日子流过血，负过伤，这样的人不值得敬佩，不应该被照顾吗？"

褚琴觉得泰山压顶，她除了点头，还能做什么？

政治部主任盯着褚琴追问："怎么样？"

褚琴一声不响地看着地面，她心乱如麻，既委屈又无奈。

"褚琴同志，你也是在部队上接受教育的人，这个问题还要我给你讲吗？"

褚琴头昏脑涨地摇摇头，声音很小地说："首长，你别说了，我相信组织。"

"你相信组织？"

褚琴艰难地点点头，泪珠围着眼圈转，说："我把一切都交给组织了，怎么能不相信组织？"

"你同意了？"

褚琴又艰难地点点头。

政治部主任高兴地一拍腿说："只要你同意，事情就简单了嘛！"

褚琴低着头不说话，政治部主任从抽屉里面拿出来一个苹果递给褚琴，亲切地说："小鬼，吃吧。"

褚琴接过苹果眼泪汪汪地看着，政治部主任笑眯眯地催促说："吃啊！"褚琴咬了一口苹果眼泪扑簌簌地掉下来。

政治部主任摇摇头："你这小同志啊！结婚是件高兴的事，你应该笑啊！"

褚琴的眼泪再也止不住，她索性抱着苹果呜呜地放声哭起来。

林子边上的那座木头房子被布置成新房，宣传干事带领一帮战士进进出出将房子收拾得焕然一新，到处洋溢着喜气洋洋的气氛。

石光荣身穿一水的新军装，打着新绑腿，皮带上的手枪擦得锃亮，枪把上吊着半尺长的红绸布，透着威武精神。他脸上挂着笑，站在旁边满意地看着自己的新房。

政治部主任和军长走过来，石光荣上前给他们敬礼。军长笑呵呵地说："动作挺快的嘛，褚琴昨天晚上刚点头，今天晚上你就迎新娘进洞房了？"政治部主任打趣说："他是怕煮熟的鸭子飞了。"石光荣嘿嘿笑着问："你俩谁当我的主婚人？"

军长说："你急什么？"石光荣央求说："我咋不急？我都三十六了，能不急吗？二位首长，你们行行好，最好把这件事情弄得简单点儿。"政治部主任慢悠悠地说："这得看酒供得怎么样了，喝完酒，我们大家研究研究再做决定，简单或者复杂都与你没关系。"

石光荣苦着脸看他，无可奈何。

军长又问："今天的活动是怎么安排的？"石光荣一个立正，汇报说："杀猪、宰羊，全团放假一天。"政治部主任问："谁去接新娘子了？"石光荣说："小伍子带着警卫连去了。"

军长皱着眉头上下打量着石光荣问："脸洗了吗？"石光荣一本正经地说："用开水秃噜了两遍，差点儿把皮扒下来。"

这时，接亲队伍已行进至中街。小伍子牵着石光荣那匹披红挂绿的高头大马昂首挺胸地在前面走着，警卫连的战士迈着整齐的步伐跟在后面，沿街店铺里面的人们好奇地探头观看。

小伍子带领的队伍在褚家杂货店门口停下，马引颈长嘶，看热闹的人们围了上来。小伍子大声喊："请新娘子上马喽！"一个连的战士跟着齐声呐喊："请新娘子上马喽！"这喊声惊天动地，围观者羡慕地看着褚家。

父母把穿着军装哭肿了眼睛的褚琴从屋子里面推出来，她哭着不肯往前走。警卫连长见了，悄悄扯了扯小伍子的衣襟纳闷儿地问："她怎么哭成这样？"小伍子解释说："这是规矩，女人上轿必须得哭，不哭不孝顺！"警卫连长费解地点点头，问："接下来怎么办？"小伍子说："该咋办，就咋办！"

"那我就上啦！"

小伍子手一挥说："上！"

警卫连长领着一群人上去，把褚琴抬起来往马背上一掼，打马便跑，整齐的脚步声由近而远。

褚母张了张嘴没喊出来，眼泪却落了下来；褚父朝已经走远了的迎亲队伍很有气派地挥了挥手。

小伍子带领的迎亲队伍一出现在 184 团的操场上，等候已久的全团战士齐声呐喊："新娘子！新娘子！"褚琴吃惊地抬起头，全团将士们齐声喊："新娘子好！"

褚琴被这场面镇住，傻呆呆地坐在马上。军长给石光荣使眼色，让石光荣把褚琴弄下来。石光荣走过去向褚琴伸出手，褚琴想拒绝又不敢拒绝，可怜巴巴地把手递给他，石光荣把她扶下战马。

战士们兴奋地嗷嗷叫着起哄，石光荣先是瞪眼睛，见不管用只好咧着嘴傻笑。

政治部主任走到队伍前面说："今天是石光荣同志和褚琴同志结婚的日子，在这个大喜的日子里，我代表组织向他们二位表示衷心的祝贺！"

雷鸣般的掌声响起来，褚琴慌张地看着操场上黑压压的人头手足无措。

政治部主任大声喊："请新郎新娘发言！"

掌声过后静场，石光荣走到队伍前面站住，有人大喊："立正！"战士们精神抖擞，脚跟碰脚跟发出整齐洪亮的声音。又是一声喊："敬礼！"全团将士手臂抬起，带起一阵风声。

石光荣还礼后，大声说："我是个粗人，只会打仗不会说话。在这里我只有一句心里话要告诉大家。我石光荣活了半辈子，今天能娶到这样的老婆，全靠党和组织。今后我要加倍地好好干，报答组织的关怀，完了！"

操场上响起雷鸣般的掌声，政治部主任对褚琴说："小褚，该你了。"

褚琴镇定下来，走到队伍前站住，她抬起头看了一眼远处的天，一群鸟儿从蓝天上飞过。

褚琴的眼泪涌出来，她强忍回去，声音有些颤抖地说："我是个军人，部队培养了我，教育了我，我的一切都是党给的。今天组织上要我和首长结婚，我感谢组织上的信任和关怀，我一定不辜负组织上的期望，努力向首长学习，争取成为一名合格的革命战士！"

掌声再次像雷鸣般地滚过去，石光荣感激地看着褚琴。褚琴脸色苍白，一副大义凛然的气概。

政治部主任大喊："新郎新娘向领袖敬礼！"

石光荣和褚琴恭恭敬敬地向马恩列斯毛朱的照片敬礼。

"向首长和战士们敬礼！"

石光荣和褚琴恭恭敬敬给将士们敬礼，全团将士訇的一声，整整齐齐地向一对新人抬臂还礼。

隆重而简单的婚礼结束后，喜宴在大礼堂举行。各种颜色的纸剪成的彩带拉在屋顶上，煞是好看。宽敞的大厅里面摆着上百桌酒席，桌上摆着大碗的酒、大盆的肉。

石光荣端着酒碗亮着嗓门儿说："今天我结婚，是 184 团大喜的日子，来，干！"

他带头干了，上千人呐喊着跟着干了。褚琴被这场面、这激情弄晕了，傻头傻脑地站在那里。

军长悄悄对石光荣说："凡是来吃饭的人，你和褚琴都得把酒敬到了。你们这事组织上从上到下操了不少心，跟打一场仗差不多了，好好谢谢人家！"

石光荣点点头，他端着酒碗挨桌敬酒，褚琴跟在后面。邻团的一个团长说："石光荣，你这小子真不像话！战斗英雄你当，漂亮姑娘你娶，天下的好事都让你一个人占了，你让我们这些人还活不活了？"石光荣嘿嘿傻笑："你喝一个，我喝俩行不行？""嫂夫人也得喝俩。"说完，那个团长把褚琴敬到面前的酒端过来喝了，"该你们了！"

石光荣痛快地把两碗酒喝了，又把褚琴应该喝的两碗酒替她喝了，他一手一个掐着两个空碗给那团长看。那团长羞臊石光荣说："还没咋的呢，就护起来了！"石光荣理直气壮地说："自己的老婆当然得护了！"褚琴红着脸看了他一眼。

那团长起哄说："你只讲夫妻恩爱，不讲同志感情！"石光荣脸红脖子粗地跟他嚷："我咋不讲同志感情了？"他夺过来那团长手里面的酒一口气喝了，"你的酒我也替你喝了，行了吧？"团长占了便宜哈哈大笑。

胡毅带着小柳子从人群里面挤过来，他拿着酒瓶往碗里倒，石光荣抢过酒瓶往自己的碗里面倒。小柳子拉着褚琴站在一边说悄悄话。

胡毅接过来石光荣的酒碗，石光荣接过胡毅的酒碗，两人一饮而尽。胡毅关切地问："形势怎么样？"石光荣说："山头是攻上去了，可她到现在也没给过我一个笑脸。""女人就是这样，得收拾，进了洞房，你把她收拾了，她就笑了。"胡毅拍了拍石光荣的肩膀鼓励说，"这也跟打仗一样，老弟，你好好干吧！"

石光荣心里有数了，他又给胡毅倒了酒，胡毅挡住他喊褚琴："兄弟媳妇，过来给大伯子敬酒！"小柳子搡了胡毅一把埋怨说："别那么没大没小的！"胡毅严肃地说："哎，三天不分大小，这可是老辈儿定下的规矩。"

褚琴过来乖乖地给胡毅敬酒，他心满意足地喝了。

几个军官挤过来，用线吊着一块糖，非让褚琴和石光荣咬。石光荣死活不干，军官们拥着石光荣上，石光荣涨红了脸，差点儿就急了。小柳子捅捅褚琴，褚琴就是不过去，小柳子硬是把她搡过去。褚琴站稳脚，涨红着脸看着那块糖。

拴在线上的糖在褚琴和石光荣的脸前荡来荡去。战士们推搡着一对新人起哄，褚琴窘得恨不得钻进地缝里。石光荣被逼无奈，吼了一声跳起来把那块糖叼住咬碎吃了，解了褚琴的围。褚琴舒了一口气，石光荣傻笑着看她。

军长拿着酒瓶子走过来给石光荣倒了三碗酒，石光荣接过来喝得一干二净，他还把碗翻过来给军长看。军长提高了嗓门儿问在场的将士们："你们知道我为什么敬石团长这三碗酒？"将士们大声回答："不知道！"

"他为消灭日本鬼子，打垮蒋介石解放全中国死过三回。"

全场肃静下来。

"他为我们全中国的解放事业立过汗马功劳，所以我要把我

的所有祝福都融在这三碗酒里面，祝福这一对革命夫妻，革命
到底！"

　　大家欢呼着端着酒碗拥到石光荣面前，大家说着各类祝福的
话，灌石光荣酒。

　　石光荣来者不拒，褚琴想拦又不敢拦。

　　小伍子看着敬酒的人，心生一计转身出去。

第四章 见不着想，过日子烦

夜色阑珊，透过窗子可以看到礼堂里热热闹闹的场面。婚礼上的酒再加一把火就能喝到高潮，这把火自然要由小伍子来点燃。

只见小伍子带领着一群端着酒碗的棒小伙子走过来，他截住给石光荣灌过酒的邻团首长敬酒："首长干了吧！"那位团长推托着不想喝："我不能再喝了。"小伍子不依不饶地说："这样吧，首长，我先替你干了！"

小伍子说着连喝三碗以后再敬，那位团长还是不喝。小伍子给"敬酒队"使了个眼色，小伙子们一起围上去硬把酒给他灌下去。那位团长气得跳着脚骂石光荣："石疯子，你他妈的带的这是什么队伍？"

石光荣开怀大笑，军长和政治部主任跟着笑。那位团长岂肯吃哑巴亏，他组织起一批连以上的干部围攻石光荣。石光荣豪情万丈，挨个儿点着前来敬酒者的鼻子说："今天就当是一场恶仗，宁可战死，决不投降！"

礼堂里面热闹非凡，各种声音混杂在一起像熬着一锅热粥。石光荣追着别人敬酒，喝得人家直给他敬礼、作揖。石光荣喝得昏天黑地，抓住军长的胳膊口齿不清地说："军长，你陪我喝一个。"军长劝道："别喝了，你都快醉了！"石光荣瞪着眼睛认真地说："醉了我就看不见他们了。"军长不解地问："谁？"

石光荣哽咽地说："那些牺牲了的战友，刘黑子、歪把子连长、温大个子，还有老潘……他是当着我的面给活活打烂的。我结婚了，我和和美美了，我的战友呢？他们都盼着有这一天，可是他们一直到死都不知道自己的老婆到底是啥样的！"

褚琴的眼圈红了。石光荣呜咽了一声，鼻涕眼泪一起流了出来。小伍子忙给他擦了，石光荣推开他的手说："是我指挥不当害了他们！我不准别人提'青石岭'这几个字。这几个字钉在我的心里面，一口一口地嚼着我的肠子肚子。"胡毅打断他的话："老石，大喜的日子提这些干啥？"石光荣痛不欲生地冲胡毅竖起一根手指头哭喊："一千人啊！那一仗我们两个营一千个弟兄没了！"

石光荣泣不成声，褚琴的眼泪掉下来。

石光荣喊道："他们被敌人扔到阵地上的两千发炮弹炸碎了！"

石光荣蹲下来抚地号啕大哭。军长生气了，他往起拽石光荣，喊："石头！"

石光荣甩开军长的手，拿起酒瓶子倒满一碗酒，喊道："刘黑子、歪把子连长、温大个子、老潘，今天咱们三十二师全体官兵都在喝酒，喝的是我石光荣的喜酒。你们要是在天有灵就把这碗酒喝了吧！"

石光荣把酒洒在地上，砖地很快吸干了泼上去的酒，他破涕为笑："刘黑子，好酒量！"他摇摇晃晃地站起来去拿酒，一下扑空摔在地上，小伍子赶紧扶起他来。

军长叮嘱小伍子说："快把他弄回去。告诉大家是我说的，谁也不许去闹洞房，让石头今天晚上过个囫囵日子。"

小伍子答应了一声和胡毅把石光荣抬了出去，褚琴和小柳子跟在后面。

军长端起酒杯大声说："喝酒！喝酒！不服气的冲我来！"

礼堂里重新热闹起来。

雪花纷纷扬扬地落在俄式的木屋顶上，屋顶上的烟囱里冒出淡淡的炊烟。

窗子玻璃上厚厚的冰凌一点点融化了，露出红红的喜字。

四周很静，门外二十米的树丛里两个全副武装的哨兵在站岗。

屋子里的壁炉烧得通红，两把椅子一张桌子，桌子上放着一个筐箩，里面装着花生、榛子、红枣、冻梨。

石光荣衣服也没脱，枕着马褂子四仰八叉地躺在暖炕上。褚琴坐在椅子上，一声不响地看着他。石光荣被酒烧得撕扯着衣裳，褚琴犹豫了一下，走过去给他解开扣子把棉衣脱了，鞋脱了，拽过被子盖上。

石光荣嫌热踢开被子，扯开身上的衬衣，由于用力过猛，衬衣上的扣子全都被拽掉了。衬衣的衣襟从胸前滑落，露出胸和肩上密密麻麻的伤疤。

褚琴愣在那里，痛惜、崇敬、悲壮掺杂在一起涌上心头，眼泪流了出来。

她拉过被子，轻轻地给他盖好。

褚琴往壁炉和炕洞里面添了几块柈子，披着棉衣坐在石光荣的旁边给他守夜。

窗外，雪无声无息地下着，哨兵悄悄换岗。

石光荣翻身坐起来嫌衬衣碍事，扒下来扔在一边，光着膀子喊了声："小伍子，水！"

褚琴把凉好的水递给石光荣，他接过来咕咚咕咚地喝着，他用眼角瞟到褚琴先是一愣，猛地想起来什么不喝了，拽过棉衣利落地穿上。褚琴涨红着脸，掩饰着自己的不自在，捡起来衬衣给他钉扣子。

石光荣咳嗽了一声，褚琴没抬头。于是，石光荣在她身边坐下。褚琴做针线活的手乱了，线挽了个疙瘩，她用针挑开。

石光荣猛地抓住褚琴的手，她往回躲了一下。他干脆把褚琴使劲儿一拽拉进怀里，褚琴挣扎了一下不动了。

石光荣呼吸急促地说："进沈阳城，一见你的面，我就喜欢上你了，联欢会上我就在心里面发誓，这辈子非你不娶！今天真把你娶到手了，咋想咋觉得这事不像是真的。琴，我这不是做梦吧？"

褚琴低着头不说话，石光荣心满意足地看着她长嘘了一口气："我一个没爹没妈的苦瓜蛋子，能有今天，我知足了！"

褚琴的头发滑落下来挡住脸，石光荣给她撩上去，看着她的眼睛说："我石光荣感谢共产党，没有共产党就没有我石光荣的今天。从今往后我只想两件事，一是好好带兵打仗报答革命；再就是养上一大群儿子、闺女，好好跟你过日子。"

见褚琴脸腾地红了，石光荣大大咧咧地说，这有啥臊的？大丈夫要想顶天立地，身边就得有儿女老婆围绕。

褚琴不说话，石光荣小声问她，困不？褚琴摇摇头。石光荣不由分说地帮她脱衣服。褚琴躲闪着说，她得洗洗。石光荣不解地问，洗啥洗？他把褚琴的棉衣脱下来扔到一边，紧紧地搂住她只穿着一件白衬衫的身躯。

石光荣小声问，冷不？褚琴轻轻摇头。石光荣把自己的棉衣拽下来，裹住她的后背，用自己滚烫的胸膛暖着她的前胸。石光荣醉了一样，把脸深深地埋在她的怀里，褚琴缓缓地抬起头看着窗外。

窗外，雪花飘飞。突然几声枪响，石光荣把褚琴往身后一推，伸手从枕头下面掏出来枪，披上棉衣冲出门去。褚琴惊恐地看着窗外。

黎明时分，184 团团部办公室里，谢枫被五花大绑地捆在椅子上。石光荣走到谢枫面前站住，仔细端详着他说："看着有点儿眼熟，在哪里见过？"小伍子附在耳边低声提醒他："文工团。"石光荣愣了一下。

这时，孙团长气喘吁吁地进门，给石光荣敬了个军礼。他走到被捆成粽子一样的谢枫面前，长长地叹了口气说："小谢！你疯了？半夜三更地跑到这儿开哪门子枪？"

谢枫低着头不说话。

孙团长问："石团长，伤着谁没有？""没有，他冲天开的枪。"石光荣说着长长地打了个哈欠，"孙团长的人，松开吧！"

有人过去给谢枫松绑，孙团长不解地问："小谢，有什么事可以找组织谈，这是干什么？"谢枫抬起头两眼冷冷地盯着石光荣说："我要杀了他！"石光荣把没打完的哈欠咽了回去问："杀了谁？"谢枫语气坚决地回答："你！""我？"石光荣哈哈笑了，他一跷二郎腿坐在椅子上，"为啥？"

"你霸占了我爱的人！"

石光荣吃惊地问："啥？"谢枫情绪激烈地说："我爱褚琴！"孙团长愣住了："你说什么？"谢枫咬牙切齿地说："我刚离开五天，你就强行和她结了婚！"孙团长眨巴着眼睛说："小谢，人家石团长和褚琴结婚是组织上决定的，政治部主任做的主婚人，怎么是强行结婚？"

石光荣觉得这事挺好玩，面带一丝微笑，上上下下地打量着谢枫。

孙团长说："你和褚琴是不是恋爱关系，组织上不知道，因为你从来没汇报过。"谢枫不说话。石光荣说："结婚是两相情愿的事，褚琴不同意，我能把她绑了来，拜天地进洞房成两口子？"谢枫听了痛苦地闭上眼睛。

孙团长摇着头说："小谢，你挺明白个人，怎么做这没理的事呢？"谢枫大喊："什么是理？我爱褚琴这就是理！"石光荣问："你爱她咋不娶她？"谢枫一下卡了壳。石光荣大声说："我爱她就娶她，这也是理！"

孙团长看看谢枫，看看石光荣，不知道如何是好。警卫连长下令说："押走！"

孙团长急得团团转，石光荣让放了谢枫，警卫连长不解地问，为啥？石光荣口气轻松地说："他说爱我老婆，那我就看在我老婆的面子上放了他！"说完转身走出去，小伍子一溜小跑跟在后面。

小伍子问石光荣，咋把姓谢的放了？石光荣反问，不放还养活着？小伍子担心谢枫再次开枪。

石光荣不屑地说："小样儿！他要是敢开刚才就开了。我站在他身边，腰里的枪就在他眼皮底下挂着，他一伸手抓过来，二拇指一扣，我这脑瓜子就开花了。他想都没敢往这上面想，只会小脸煞白地瞎叨叨，男人和女人的那点儿事有啥可叨叨的？你丢了阵地是你没能耐。"

"回去跟不跟嫂子说？"

"说，不用藏着掖着。"

"团长，你真的不生气？"

"生啥气？我的老婆有人惦记着，证明我有眼光，我得找地方偷着乐去。"

"要你是他，你咋办？"

"我咋能是他呢，我要是他这丫头早被磨叽丢了。"

石光荣扯着嗓子喊："号兵！"号兵应答："到！"石光荣大声喊："吹号！"

此刻，褚琴在新房里面不安地走动着，她不时站在窗口往外看。

寂静的郊外由远而近响起整齐的脚步声，一支浩浩荡荡的队伍全副武装地跑过来了。石光荣跑在最前面，头上帽子上挂满了白霜，他扯着嗓门儿喊："一、二、三、四！"战士们声音洪亮地接应："一、二、三、四！"路边树上的霜雪被震得纷纷落下。

文工团排练场里，大家聚在一起窃窃私语，不时瞟一眼埋头练功的褚琴。褚琴知道大家在议论自己，窘得不敢抬头。

文工团长陪着谢枫走进来，大家不说了，散开练功。褚琴神情复杂地看了谢枫一眼，谢枫不看她，跟着孙团长进了屋。

大家散开开始练功。不一会儿，愤怒、凄婉、悲凉的二胡声从屋子里面传出来。褚琴的眼泪涌了出来，她转过身拼命地踢腿练功。

谢枫在排练室低着头、闭着眼睛拉着二胡，最后一个音节拉完，他收了弓，长长地嘘出一口气，慢慢转过身。

透过门口看，院子里面空了，只剩下褚琴一个人满脸泪痕孤零零地站在那里，谢枫目光凄凉地看着她。

褚琴慢慢地走过来，谢枫制止她："别过来！你别过来……"褚琴绝望地站在那里，谢枫声音低哑地问："你为什么这样做？"褚琴抑制着悲声说："组织上安排的，我有什么办法？"

"你为什么不告诉组织我们在谈恋爱？"

"你从来没说过你要跟我谈恋爱。"

谢枫痛苦地把拳头砸在墙上，褚琴一声不响地看着他。谢枫问："你爱他吗？"褚琴摇摇头。谢枫又问："你崇拜他？"褚琴迟疑了一下没回答。

谢枫愤愤然地说："你懦弱！"褚琴说："他为革命事业已经牺牲了自己的一切！"谢枫气愤地说："你可真糊涂！为革命做贡献和为个人做牺牲，这是两个概念，你不懂！你什么都不懂！"

褚琴糊涂了。

谢枫摇摇晃晃地站起来往外走，悲伤地说："我为了逃避没有爱情的婚姻参加了革命，结果我爱的人却为了革命走进了没有爱情的婚姻。悲剧啊！悲剧！"

他把褚琴推开，自己出去。褚琴泥塑一样愣愣地站在地中间。

夜里，新房静悄悄的，褚琴坐在灯下愣神，石光荣风风火火地进来，他一进屋就把褚琴揽过来搂在怀里。褚琴挣扎着躲避石光荣的脸，他呵呵笑着说："昨天刮的脸，不扎。"

褚琴小声说："洗洗去。"石光荣手脚一起忙活着说："刚才踩到冰窟窿里去了，顺便涮了涮，你看鞋现在还湿着呢。"

褚琴挣开石光荣，给他倒水。石光荣挠着脑袋无奈地看着她。

小伍子还是不放心，拎着枪在新房周边的雪地里来回走动着，不时站住脚警惕地听着四周的动静。

鸡叫了。窗子透出朦朦胧胧的白。

石光荣仰脸躺在枕头上，赤裸的肩膀和胸膛闪着油一样的光。褚琴侧过身，目光蒙眬地看着他。石光荣感受到她的目光，伸出一只胳膊把褚琴揽过来。

石光荣说："再过一会儿，我就得走了。"褚琴问："去哪儿？"

"打仗。"

褚琴一骨碌爬起来，趴在石光荣的胸前看着他问："部队不是在休整吗？"石光荣说："昨天晚上刚接到命令，让我们提前入关。"

褚琴沉默了一会儿，问："什么时候能再见面？"石光荣摇摇头说："不知道。"

褚琴爬起来穿上衣服，给石光荣收拾东西。石光荣翻过身趴在炕沿上看着她说："别动．我没啥可收拾的。"

褚琴愣愣地站在那儿，石光荣伸手拉她上炕。褚琴把脸埋在石光荣的胸前轻轻地蹭着。

石光荣轻声叫了声"琴"，褚琴回应了一声，他无限留恋地又叫："琴。"褚琴不动了，石光荣在自己的胸膛上摸了一把，手湿了。

石光荣坐起来捧着褚琴的脸看着，两人一声不响地对视着。石光荣松开手开始穿衣裳，动作越来越快。不一会儿，石光荣就戴帽挎枪、全副武装地站在地上。褚琴呆呆地看着他。

屋外，小伍子咳嗽了一声，石光荣伸手拉开门走了出去。

褚琴扑到窗前看，石光荣跨上战马，头也不回地打马跑了，小伍子的马紧紧地跟在后面。褚琴开门出来，天上零零星星地飘起雪花。石光荣和小伍子的马蹄声渐渐远了。

雄壮的集合号吹响了。

雪花纷飞，战士们扛着枪迈着整齐的步伐走着。文工团的战士们坐着大马车过来，马车被装扮得像家一样。

车上的炭火盆烧得正红，褚琴和女战士们捂得严严实实地围坐在火盆旁。褚琴欠身大声问车下的战士："你们是哪个师的？"那个战士大声回答："六师。"褚琴失望地重新坐回到车上。小张问褚琴："谢枫走了，你知道吗？"褚琴一愣，随即摇摇头。小张说，谢枫被派到哈尔滨学习去了。褚琴听后若有所思，抬起头久久地看着远处没说话。

时间一晃，进入盛夏。远处，群山巍峨。解放军战士们背着枪迈着整齐的步伐走在峡谷里，石光荣骑在马上一溜小跑过来，小伍子跟在身后。

行进的队伍慢下来，石光荣喊："咋回事？"有个战士跑过来立正敬礼报告说："前面的路坏了，炮车过不去正在抢修。"

石光荣骂了一声，打马朝前跑去。身后汽车鸣笛，石光荣回过头刚想骂，就见胡毅从吉普车里面探出脑袋冲他笑。石光荣也笑了："你小子咋坐上这东西了？"胡毅笑着问："上来坐坐？"石光荣摇摇头说："我闻不了里面那股子怪味儿。"

"闻闻就惯了。"

"不坐，不坐，我这屁股坐惯马鞍子了。"

"我刚坐上来的时候，屁股也直找马鞍子，现在习惯了。"

马在前车在后，两人边聊边走。峡谷里面的道路越来越窄，被队伍堵死了。

胡毅下车，石光荣下马。

卫生队的女战士从前面跑过去，石光荣看着她们站在那里发愣。胡毅瞟了他一眼心里明白了，他卷了一根烟递给石光荣说："不知道咱们军的文工团现在在哪里？"

石光荣抽了口烟不说话。

"多长时间没见了？"

"半年，妈的！"

胡毅开玩笑说："一个炕上才睡了两个晚上，就这熊样了？"

"你这叫饱汉子不知饿汉子饥，你把老婆调到团部后勤，借工作之机搂草打兔子黏乎黏乎，谁也说不出啥。我想老婆了，只能炕上烙煎饼，两头翻腾。算了，算了，不提她。走，过去看看，咋整的？就是用手刨也该刨好了。”

石光荣、胡毅、小伍子往前走。原地休息的战士们拉起了歌，这边唱《军歌》，那边唱《向前！向前！向前》。

雄浑有力的歌声在山谷里面此起彼伏，三人在歌声中行进。

石光荣站在路口疏通道路。突然清澈、优美的歌剧声响起来了，有人在唱《小二黑结婚》。

石光荣和小伍子一愣，互相对视了一眼，抬腿往歌声飘来的地方走。胡毅跟在他们后面，边走边莫明其妙地看着他们。

歌声越来越近，石光荣的脚步越来越快。小伍子跑起来，他边跑边喊："褚琴！褚琴！"

站在卡车顶上唱歌的褚琴，听到有人叫她四处寻找，只见石光荣和小伍子朝这边跑来。褚琴的歌声戛然而止，她从车上连滚带爬地下来，往他们面前跑。

喧闹的峡谷突然间静了下来，人们一起往他们这里看。褚琴拼命地跑着，她跑到石光荣的面前，像是要扑到他的怀里面实际却没有，她在离他只有一步远的地方站住了。

两人站在那里眼睛一眨不眨地互相看着。石光荣看着褚琴隆起来的肚子嘿嘿笑了，褚琴的眼泪唰唰地流下来。

胡毅最先从沉默中清醒过来，他冲站在那里的战士们大声喊："站在这儿傻看什么？赶快赶路！"人们呼啦散开。

石光荣和褚琴来到一棵大树底下，浓密的树荫遮住了他们。石光荣盯着褚琴的肚子笑呵呵地问："那天晚上种上的？"褚琴不好意思地点点头。

石光荣由衷地称赞："真是块好地！"褚琴的脸腾地红了。

"啥时候生？"

褚琴小声回答:"腊月。"

石光荣想摸褚琴的肚子,觉得不妥,手伸出去又缩回来。褚琴不错眼珠地看着石光荣:"怎么胡子都不刮?"石光荣小声回答:"你不在,我刮它干啥?"褚琴的脸又红了。石光荣死死地盯着她小声说:"琴,你快想死我了!"褚琴问:"咱们什么时候才能在一起?"石光荣摇摇头:"不知道。"

小伍子大喊一声:"报告!"石光荣从树下走出来,小伍子说:"轮到咱们团过了。"石光荣一挥手说:"出发!"

石光荣翻身上马,打马走了,小伍子紧随其后。褚琴百感交集地看着石光荣的背影。

突然,石光荣勒住马回头看。褚琴追赶队伍的臃肿身影在峡谷里面显得那样孤单,石光荣打马追上去。

褚琴听到马蹄声站住脚回头看,石光荣骑着马跑过来,围着她转了两圈,想说什么又没说出来。石光荣的目光紧紧追随着褚琴,褚琴定定地看着他。

石光荣颇具深意地深深地看了褚琴一眼,从怀里掏出来一个土豆给她,然后打马跑了。

浩浩荡荡的队伍在人字形的岔道上分开前进,石光荣带领自己的队伍拐向右边的道路,褚琴所在的文工团队伍拐向左边的道路。

石光荣腰杆笔直地骑在马上没有再看褚琴一眼,褚琴站在大卡车上目光一直跟着石光荣。

队伍走远,顺着蜿蜒的山路消失了。

土路上,装满文工团员的卡车在颠簸地行驶着,文工团员们大声地唱着歌。褚琴捂得严严实实地坐在驾驶楼里面,小张坐在她的旁边。

褚琴脸色蜡黄，额头上渗出豆大的汗珠子。小张发现不对急忙问："褚琴，你怎么了？"褚琴说不出话，疼得叫了起来，司机紧张地看她。

褚琴两手捧着肚子往车座下面滑，小张使劲儿抱住她，司机忙踩刹车。车猛地停住，车上的人被闪得差点儿摔倒，有人气得大声叫起来："怎么了？"

司机从驾驶楼里面慌慌张张地钻出来朝车上喊："团长，你来看看褚琴……"

孙团长从车上下来，其他人也跟着蹦下来。

大家把褚琴抬到车下面，有人脱下大衣垫在底下。孙团长问："褚琴，你怎么了？"褚琴艰难地睁开眼睛说："肚子疼……怕是要生……"

人们一片慌乱，七嘴八舌地议论。

"不是还不到时候吗？"

"这路太颠，可能是动了胎气。"

"这怎么办？"

孙团长一咬牙，下令说："开！往前开。"小张担心地说："这离营地还有好几百里路呢。"孙团长说："赶到哪儿算哪儿。"

卡车颠颠簸簸地往前开，车上的人被颠得东倒西歪。孙团长拍驾驶楼的顶子喊："慢点儿！慢点儿！"一个男文工团员说："你刚才还叫他快点儿开。"孙团长急得直搓手，担忧地说："这么颠还不把孩子颠下来呀？"

车突然熄火了。孙团长问："怎么回事？"司机跳下来说："车坏了。"

孙团长也从车上跳下来，围着车乱转，焦急地说："黄鼠狼单咬病鸭子，这可真急死我了！"

司机把头钻进掀开的车盖里面鼓捣着，大家七嘴八舌地给团长出主意。孙团长不停地问，好了没有？司机说，有个零件坏了。孙团长一拍大腿叫道，要了命了。

褚琴在驾驶楼里面闭着眼睛呻吟，疼得她手使劲儿撕扯着自己的衣襟。孙团长跑过去安慰她："褚琴，你忍一下，车马上就修好了。"

褚琴咬着牙点点头。

汽车边点着一堆火，褚琴裹着大衣蜷在火堆旁边，大家围着她给她喂水暖手。

褚琴疼得连眼睛也睁不开了。

孙团长急得时不时跑到司机那儿问："行不行？"司机满头大汗地鼓捣着汽车说："团长，别催了，我都快把自己当零件安上了。"孙团长说："不是我催，是褚琴肚子里面的孩子等不了。"

远处灯光一闪，文工团员们一起喊："汽车！汽车！"孙团长大喊："拦住！快拦住！"

远处，驶来的是一辆后勤部队的吉普车，后勤连长和司机看到前面飞舞的火光，吃了一惊，司机问："这是闹啥妖？"连长说："跟土匪碰上了！"司机有点紧张地问："怎么办？"连长兴奋地拔出枪说："开过去，打狗日的！"司机也拔出手枪，他一踩油门，吉普车冲了上去。

文工团员们一人手里面拿着一根着火的木棍，冲着疾驰而来的吉普车挥舞着。吉普车居然没有任何刹车的迹象冲了过来，文工团员们扔了手里面的木棍，手拉手拦住了车，车灯和火光照亮了他们的脸。

连长大喊一声："是咱们军文工团的人，快停车！"

司机踩下刹车，连长打开车门跳了下来。孙团长连喊带叫地跑过来："老天有眼！老天有眼！这下褚琴有救了！"

连长问："半夜三更在这闹腾啥？"孙团长说："褚琴要生孩子了！"连长着急地说："上医院哪！"

"车趴窝了！"

"快上我们的车！"

孙团长跑到火堆前一把抱起褚琴，褚琴颤抖着嘴唇说不出话来。孙团长抱着褚琴往吉普车前跑，小张紧紧地跟在后面。

褚琴被安置在吉普车后座上，她脸色苍白，嘴唇哆嗦着。

荒野里面的火光越来越远了，褚琴的呻吟声却越来越大。孙团长急得不知道该怎么办好，他咽了口唾沫说："你憋着点儿，千万别把孩子生在这大荒甸子上。"

褚琴脸色难看闭着眼睛不说话，小张伸手要摸褚琴的肚子。褚琴挡住她的手，艰难地说："别动，我快疼死了！"

孙团长挽起袖子把肌肉隆起的胳膊递到她的嘴边说："咬我的肉，狠点咬，你就不觉得疼了。"褚琴死死揪住他的手说："我不行了！"孙团长大喊："你给我顶住。"褚琴大汗淋漓地闭上眼睛说："我顶不住了。"

孙团长急了，他两眼瞪着褚琴肚子说："孩子，我知道你嫌里面憋屈，急着出来，我也急着想看看你，那咱爷俩也得挑个地方啊！你说你要是在这钻出来，上不见天，下不着地，咋整？"

褚琴被孙团长的一番话打动，睁开眼睛看了他一眼。孙团长命令褚琴说："我告诉你，你憋着、挺着、扛着也得给我把孩子带回去生，要不我处分你！"

褚琴咬着牙，眼睛里面透出一种决心。她把身子挪正，两腿夹紧，两手紧紧地护着肚子里面的孩子。

吉普车在公路上飞驰。城市的灯火渐渐近了。

吉普车在医院门前紧急刹住，孙团长抱起褚琴下车，一刻不停地冲进医院，在医院走廊里快步小跑，他边跑边喊："人呢！人呢！"小张跟在他后面见门就砸。

值班的大夫睡眼惺忪地跑出来问："怎么回事？"孙团长喘着气喊："生孩子！"

值班大夫打了个哈欠说："上妇产科。"小张火了，质问："你是大夫不是？"值班大夫忙解释说："我是儿科大夫。"小张不管那么多，连拉带扯地让他带路："管孩子的就行！"

褚琴被送进产房，孙团长和小张在产房前来回走着。孙团长站住脚问："进去多长时间了？"小张说："三个钟头了。"

孙团长急得又来回走起来，产房门开了，大夫走出来问："谁是病人的亲属？"

孙团长连忙大声回答："我！"

"产妇难产，你是保大人还是保孩子？"

孙团长没听懂，问："啥意思？"

"产妇难产，在生产过程中会出现种种不测，我问你一旦这种可能发生，你是要大人，还是要孩子？"

孙团长两眼一瞪说："我都要！"

大夫耐心地说："首长，这不是感情用事的时候。"

"别跟我说这个，大人和孩子有一个出了事，我先毙了你！"孙团长掏出手枪蛮横地说。大夫吓得一哆嗦，退回产房紧紧关上了门。

孙团长黑着脸，恶狠狠地盯着产房的门。小张从来没见过团长这副模样，吓得噤了声。

静场片刻，产房里面传来婴儿的哭声。孙团长一激灵，脸上的神情一寸寸地柔和起来："小张，小张！你听孩子哭啦！"小张激动地竖着耳朵听着。

产房的门缓缓地开了，大夫抱着一个襁褓走出来。孙团长一步跨过去，接过她手里面的孩子。大夫说："男孩。"

孙团长笑了，他细细地端详着孩子说："这小子长得跟他爹像一个模子里面扣出来的。"

浩浩荡荡的解放军队伍行进在山林中。石光荣坐着吉普车靠边停下，他下车站在岩石上往远处看。通信员骑着马跑过来，下马敬礼："报告首长，电报！"

石光荣还礼接过一沓电报，打开来一封封地看。看着看着他突然愣住了，旁边的小伍子忙问："团长，咋的啦？"

石光荣手里捏着电报就地翻了个跟头，他躺在地上来回打了个滚哈哈大笑。

周围的人莫明其妙地看着他。

石光荣腹肌一收利落地蹦起来大声叫道："酒！快拿酒来！"小伍子疑惑地说："酒？"石光荣咧着大嘴傻乐："褚琴把儿子给我生出来了！"

小伍子高兴地"哎呀哎呀"直叫，手忙脚乱地打开挎包拿出半瓶子酒"咕咚咕咚"倒进缸子里面。石光荣接过来喝了一大口，把酒递给身边的人，大家兴高采烈地一人一口轮流喝着，议论着。

"咱都当叔了。"

"咱给孩子起个名吧。"

"叫金柱咋样?"

"啥金柱,我看还是叫狗剩,名贱好养活。"

"人家爹还没说话呢,你们瞎吵吵个啥?"

石光荣挠挠脑袋看看四周说:"我看这片林子里面的树不错,一棵棵的都能成材,我儿子就叫石林啦!"

转眼就到了夏季,褚琴抱着小石林坐在行李上,女团员们坐在她旁边帮她照料孩子。卡车帮上拴着绳子,绳子上挂满了彩旗一样的尿布。

文工团员们唱着歌,孩子突然睁开眼睛哭了。孙团长和男团员们凑过来看,褚琴打开襁褓。石林的小鸡鸡竖起来,一泡尿结结实实地浇在孙团长的脸上,孙团长边张大嘴假装喝,边哈哈大笑。

众人哄笑,卡车载着一片笑声向前开去。

远处的炮声此起彼伏,浩浩荡荡的解放大军在山野中行进。扛着重武器的队伍喊着口号在被无数双脚踢出来的黄尘中大踏步走着。

石光荣打开吉普车窗子往外看,心情格外舒畅,他跳下车,小伍子也跟着跳下来。吉普车慢慢地跟在他们的后面开着。

石光荣满意地说:"痛快!一月初攻进天津,月末占领北京。二月开始南下,三月过黄河进入豫南鄂北,四月向武汉进军,五月过长江。蒋介石这狗日的真不扛揍,一打就跑,你说他不好好地打仗老跑啥?"

小伍子开心地说:"打得太痛快啦。"

"躲到台湾也没用，部队休整完了，还得打这王八蛋小子！"

"对！早晚的事。"

"也不知道我儿子长成啥样子了。"

"肯定会叫爹了。"

石光荣憧憬地想了一会儿笑了，通信员骑着马跑过来："报告首长，军部有新任务！"

石光荣接过电报拆开看完后，对身边的三营长说："奉命北调！"三营长一个立正："是！"小伍子问："北调？咱们回东北？"

石光荣"嗯"了一声。

小伍子接茬问："咱们军都回东北？"

石光荣又"嗯"了一声。

"这下能看到那个大胖小子了！"

石光荣听了嘿嘿直笑。

小伍子叮嘱石光荣说："团长，进城前找个河沟子好好洗洗脚，你已经俩月没洗脚了，那脚臭得能把人熏个跟头。"石光荣不相信地问："是吗？"

"昨天晚上你脱下鞋来睡觉，三营长进来被熏得直倒抽气。他说以后哪个战士违反军纪不用关禁闭，让他拎着咱团长的鞋站一会儿，以后啥错误都不敢犯了。"

石光荣哈哈大笑。

"还笑呢，你那袜子硬得脱下来都能自己站着。"

"硬咋的？影响我打冲锋啦？"

"小心褚琴不让你进屋。"

石光荣一下没词了，他挠挠脑袋说："那就洗洗吧。"

东北的冬天来得早，纷纷扬扬的雪花漫天飞舞。

城里街道上很是热闹，石光荣和褚琴穿着棉军装一前一后走在人群中。石光荣走在前面，褚琴抱着一岁多的石林走在后面。

石光荣脸上带着满足的笑容，两人手里面拿着安家用的锅碗瓢盆。

他们的新家布置得简单，褚琴擦抹桌子，石光荣往墙上钉毛主席和朱德的像，石林在炕上爬。

褚琴感叹说："这个家像个家样了。"

小伍子把从食堂打回来的饭放在桌子上，石光荣伸手就要抓馒头。褚琴打他的手说："洗手去。"

"我这手又没抓屎，洗啥？"

"饭前便后要洗手，这是常识，不洗就不让你吃。"

石光荣皱着眉头站起来去洗手，小伍子偷笑着走开。石光荣象征性地在脸盆里面涮了涮手，褚琴走过去，把他的手按在水里面用肥皂仔细洗着。

"你这个人就是爱把简单的生活复杂化。每天刷牙、洗脸、洗脚、洗屁股，少了哪道程序都不行。白天还要没完没了地洗手，在这家里除了洗，你还能不能整点儿别的？"

"进城了，不像在你们蘑菇屯，得讲讲卫生。"

石光荣甩开褚琴的手说："你看你，一说起我们蘑菇屯，嘴撇得跟瓢似的。蘑菇屯咋了？没有蘑菇屯就没有我石光荣。卫生，狗屁卫生！打仗的时候我经常半个月不洗脸，照样夺阵地立战功。"

褚琴生气地说："你这个人怎么这么胡搅蛮缠？"

"我胡搅蛮缠？是你没事找事！"

褚琴的脸由白变红，转身摔门走了。石光荣挠着头愣在地中间，不知道哪句话说错了。

小伍子进来问:"师长,褚琴怎么了?"石光荣大手一摆说:"谁知道,不管她。"小伍子扭头看了一眼石林,惊叫一声扑过去。石林坐在炕上看着自己的小鸡鸡,一泡尿在床上迅速地洇开。

郊野外,石光荣领着战士们跑操。

战士们围着石光荣,看他做单臂大回环。石光荣一口气做了十几个,战士们鼓掌。

石光荣混在战士中飞快地爬上屏障。

石光荣混在战士中像豹子一样在沙坑上飞跃。

秋夜,一轮明月挂在天上。军营里面一片肃静,游动哨兵在来回走着。

石光荣家里,石林哇哇哭起来,褚琴爬起来哄他。不知何故,石林不住地啼哭,褚琴抱起他来在地上来回走着。石光荣鼾声响亮地在炕上熟睡。

石林越哭声音越大,褚琴连拍带颠地哄着。石光荣被吵醒了,睁开眼睛看了看,抓过被子蒙上头。

石林锲而不舍地哭着,褚琴心烦意乱地哄着。石光荣忍无可忍,掀掉被子坐起来嚷道:"天天晚上号,号啥?你就不能不让他扯着脖子这么号?"

褚琴赌气地把石林往石光荣身边一放说:"这话你别跟我说,跟他说。"孩子大哭不止,哭得石光荣心烦意乱。

石光荣叫嚷着:"再哭,我拿毛巾把你的嘴塞上。"

石林蹬着小腿哭,褚琴硬着心肠不看他。

石光荣从炕上跳下来,抱起儿子在地上大踏步地走着,大幅度地颠着,孩子被他折腾得越哭越厉害。石光荣火了冲孩子大声吼道:"再号,我拎着腿摔死你!"

孩子受了惊吓,哭得上不来气。褚琴抢过孩子抱在怀里,她像母狮子一样瞪着石光荣吼:"你摔!你摔一个给我看看?"

石光荣鼻子里面"哼"了一声不说话了。孩子看见父母争吵不哭了,他瞪着小黑眼睛紧紧地偎在母亲的怀里。

褚琴忿忿地说:"你一个月在家住过几天?想来就来,想走就走。孩子笑的时候你当爹,孩子有病有灾的时候,我连你的影子都抓不着。我没急眼,你倒急眼了。"

石光荣嘟囔说:"忙了一天,回家连个囫囵觉都睡不成。"

"自从石林落地,我睡过一个囫囵觉吗?白天上班,下班回来做饭,洗尿布子,半夜还要爬起来给孩子喂奶把尿。"

"哪个女人不是这样的?咋你就这么娇气?"

褚琴被噎住,说不出话来。

石光荣沉着脸说:"跟我过了这么长时间,咋连这么点儿进步都没有?"褚琴瞪着眼睛气愤地看着他,一时找不出话来还击。石光荣上炕拉过被子睡觉。褚琴嘴唇哆嗦着说:"我真不应该结婚,更不应该生孩子!"

"这话你跟组织说去。"

"我跟你结的婚,跟你生的孩子,跟组织说得着吗?"

"跟我结婚委屈你啦?"

"我委屈不委屈,你心里知道!"

石光荣掀开被子瞪着褚琴说:"我知道,我当然知道,结婚的时候你对组织说的那些个感激的话,现在我还一句都没忘呢。"

褚琴气得呜呜直哭。

石光荣翻身坐起来穿衣服,气呼呼地说:"哭!哭!大的哭小的号，这家还是人待的地方吗？"褚琴喊："你以为我想待啊？告诉你，我早就不想待了！"石光荣不耐烦地说："不想待走！爱哪儿去哪儿！我石光荣不拉你！"

褚琴抱起孩子气急败坏地往外走，石光荣坐在炕沿上看着她。褚琴见石光荣真的不拉自己，摔门走了。

石光荣呆呆地坐了一会儿，蹦到地上，一脚跺扁了一口铝锅骂道："操！"他戴上帽子也摔门走了。

门被撞得大开后又关上，褚琴抱着孩子坐在门后，她捂着被撞疼的脑袋看着跑下台阶的石光荣，站起来抱着孩子回了屋。

第五章　血染的风采

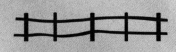

石光荣在路上大踏步地走着，脸上的肌肉绷得紧紧的。他的脚步由慢到快，直至跑起来，他飞起脚一棵一棵地踹着路边的树。踹热了，他脱下衣服挽起袖子接着踹，边踹边"嗨嗨"地喊。

一辆吉普车由远而近，灯光罩在石光荣的身上。石光荣挺着胸膛眯着眼睛，站在路中间等着那辆车。车在他跟前停下，胡毅探出头来问："老石，半夜三更不睡觉，在这闹啥妖？"

"憋屈，睡不着。"

"我刚从白城子回来，走，到我那儿去，咱俩喝两口？"

石光荣二话没说上了吉普车，跟着胡毅来到三十三师师部。两人坐在炉子前，胡毅拿出一瓶酒倒在两个杯子里面说："没啥下酒的。"石光荣说："这么喝更痛快，一气儿三碗中间不许换弹匣子。"

俩人一声不响地喝着酒，石光荣忍不住骂道："操！"胡毅问："骂谁呢？"

"骂我自己呢！"

"新鲜！"

"你别在这儿捡笑！"

"我笑了吗？"

"笑啦！"

胡毅端详了一下石光荣的脸色，用手点着他的鼻子说："和老婆吵架了。"石光荣一愣，问："你咋知道？"胡毅嘿嘿笑着说："哎，我说老石，小鬼子和老蒋四处围追堵截，你都没皱一下眉头，这褚琴倒有本事把你折腾得半夜三更地挨棵踹树练腿功。你看看你这张脸跟苦瓜似的。"石光荣无可奈何地说："跟小鬼子和老蒋可以阵地上分胜负，白刀子进去，红刀子出来。褚琴是谁？她是我老婆！打扎手，骂粘嘴，你说我咋办？"

"男人和女人的想法永远不会在一趟线上，你要是跟老婆叫阵，那你可就是给自己下套子了。记住，别跟老婆讨论什么问题，遇到任何事情都大事化小小事化了，别计较不就完了吗？"

"我不跟她计较，她跟我计较。我倒想完，她可没完。你说女人咋就那么多事？一会儿嫌我没刷牙，一会儿嫌我吃饭吧嗒嘴。好不容易晚上没会，在家躺会儿吧，她又要拉我陪她出去看月亮。我说有啥看头儿，像个烧饼似的。烧饼还能顶会儿饿，它顶啥？我就是顺嘴说说，她小脸呱哒一下就撂下来了。"

胡毅哈哈大笑。

石光荣摇摇头说："女人真他妈的难弄。"

"谁叫你当初找对象，非要找那漂亮的文化高的？我看人家褚琴对你够客气的，张团长的老婆天天晚上给他补习文化课，弄得老张天一黑就冒汗。"

"我的汗都让她当眼泪流了。青草驴子屁多，丫头片子泪多，真够闹心的。"

"算了！算了！你一个吃百家饭的野孩子，进了城，娶了漂亮的媳妇，又抱上了胖儿子，你知足吧！"

"我知足！知足！"石光荣叹气说，喝了口酒沉默了一会儿，"这么长时间没仗打，心里空得跟城门似的，咋能知足？一想这事，我就火往上拱。"

胡毅凑过来小声说："朝鲜爆发战争了！"

"这我知道。"

"调我们回来干啥？调我们回来就是有戏让我们唱啦！"

石光荣瞪大了眼睛。

"现在朝鲜人民军已经打到洛东江，同敌军形成胶着状态已成定局。"

石光荣呼地站起来走到地图前看，胡毅跟过去指着地图说："杜鲁门发表公开声明，公开宣布武装入侵朝鲜，干涉朝鲜内政，并命令其海军第七舰队入侵台湾海峡，霸占我国台湾。昨天，美国的轰炸机和战斗机多次在鸭绿江北岸的安东城、辑安城、临江城及大栗子车站等地侦察扫射，造成我国居民的严重伤亡。"

"狗日的！他还癫蛤蟆打立正一手遮天了！"

"中央军委为了保卫我国东北地区安全和必要时刻支援朝鲜人民反侵略战争，已经做出《关于保卫东北边防的决定》，从部分地区抽调部队组成东北边防军。现在很多部队已经把开荒生产、运粮以及老兵复员的工作都停了下来。"

石光荣高兴得眼睛一下子亮了，叫道："这下可有盼头了！来，干一杯！"

此时，褚琴抱着石林呆呆地坐在椅子上，孩子在她的怀里面又哭起来。褚琴站起来悠孩子，孩子大哭不止。褚琴觉得石林太过反常，用脸贴贴他的额头，他的额头滚烫。

褚琴惊慌失措地包好孩子，跑出门外。

好在师部卫生队有值班医生，给石林打了一针，进行物理降温。褚琴焦急地守候在一边……

天已蒙蒙亮，石光荣带着微微的醉意昂首挺胸地在路上走，走着走着他咧着大嘴笑起来，笑声传得很远很远。

石光荣推门进了家，屋子里面空空荡荡的，一个人也没有。他挠着脑袋在地上转了一圈，推门出去。

见石光荣在师部院子里转来转去，值勤的连长走过来跟他说，褚琴抱着孩子去师部卫生队了。石光荣一怔撒腿就跑。

石林安静地躺在病床上睡着了，褚琴满脸倦容不错眼珠地盯着儿子。石光荣大步进来，褚琴看了他一眼没理他。

石光荣走到儿子身边趴在床边看他，石林醒了，睁开眼睛看着石光荣。他认出了父亲，伸出两只小胖手捧住父亲的脸。

石光荣的眼泪差点儿掉下来，他用腮帮子贴贴儿子的额头。过了一会儿，石光荣走到门口喊："大夫！"

医生进来给石光荣敬了个礼："师长。"石光荣还礼后问："我儿子咋的啦？"医生说："发高烧，现在烧已经退了。不过，还得在医院观察一天。"石光荣点点头说："知道了。"

医生转身离开，石光荣对褚琴说："你回去睡一会儿，我陪着他。"褚琴不理他，石光荣小声说："我只有三个小时，三个小时后还有个会要开呢。"

褚琴爱答不理地说："开去，谁不让你开了？"石光荣站在那儿不说话，褚琴赌气地说："走啊！"石光荣说："那我走啦！"说完，他摸摸儿子的小手转身走了。

褚琴气哼哼地坐在那里，听着石光荣的脚步声由近到远渐渐地消失了。眼泪噼里啪啦地掉下来，她带着哭腔抱怨道："叫你走你就走啊，你怎么这么听话？"

石光荣回到师部，精神抖擞地站在门口大喊"小伍子"，让他叫号兵吹号。小伍子从石光荣兴奋的脸上意识到了什么，高兴地领命而去。

清晨的野外，激越的号声响起来了。

上百把雪亮的刺刀狠狠地扎进靶心中，战士们练兵的喊杀声惊天动地。

石光荣迈着威武的步伐，目光挑剔地从战士们的面前扫过去。

司令部里，作战部的参谋长和师长们端坐在椭圆形的桌子前开作战会议，石光荣和胡毅在其中。

司令员站在巨幅作战地图前神情严肃地说："我们这支队伍在毛主席的指挥下，从井冈山转战二万五千里，首战平型关，威震敌胆；建立了冀、鲁、热、辽根据地；解放战争从兴安岭、松花江，一直打到柳江、红河边，才打出了新中国，现在美国佬又把炸弹扔在鸭绿江北岸，这是我们所不能容忍的。现在美国鬼子侵略朝鲜，越过三八线向中朝两国边境鸭绿江、图们江疯狂进犯，朝鲜处境危险，我国安全受到严重的威胁。毛主席、党中央决定组成中国人民志愿军，抗美援朝，保家卫国。"

高级军官们目光炯炯地看着司令员。

"这场战争是继第二次世界大战之后，具有相当规模的又一场国际性战争。敌方是以美国为首的十六个国家的军队组成的所谓'联合国军'以及南朝鲜军队。我方则是朝鲜人民军和中国人民志愿军两支军队。敌我双方经济力量和军事技术设备优劣悬殊。敌军装备优良，有大量的飞机、坦克和大炮，火力强，机动快。我们现在没有坦克，也没有空军，只有少量炮兵和步兵的轻型武器，但是我们必须得打赢这场战争！这关系到我们新中国的生死存亡，同志们！"

军官们齐刷刷地站起来，一个个立正。

"我们必须得打赢这场战争！"

军官们喊道："打赢这场战争！"

开完会，石光荣和司令员在大院里慢慢走着。见石光荣一脸喜色，司令员说："听见炮响，又该烧包了吧？"石光荣嘿嘿一笑：

"一年多没打仗，快憋死我了！"

"什么一年多，刚两个月。第一批入朝，有什么困难吗？"

石光荣打了一个立正，报告说没有。司令员严肃地问，真的没有？石光荣态度诚恳地说，真的没有困难。老婆有了，儿子有了，又让他第一批入朝打仗，净是顺当事，哪还有啥困难？

"这么多天没回家，老婆该有意见了，快回去看看吧。"

"没有国哪有家？褚琴明白这个理。"

"那也得回去看看。"

石光荣又是一个立正："是！"

褚琴领着文工团员们在排练厅练舞蹈，石光荣悄悄走进来。褚琴像没看见他一样，继续练着舞。

褚琴领着文工团员们在地上转圈，她依旧窈窕的身躯在石光荣的面前转过来，又转过去。石光荣一只脚踩在凳子上目不转睛，有滋有味地看着褚琴跳。

下班铃声响了，团员们和褚琴打着招呼离开。褚琴收拾好自己的东西转身往外走，石光荣忙站起来跟着。

褚琴走在文工团大院里，她知道石光荣跟在后面，就是不回头看他。石光荣盯着褚琴的后脑勺，没话找话："你们窗台上的花盆里种的是啥花？"褚琴不理他，他咧着嘴讨好地冲她笑："别说，过去看着这些花啊草啊假模假样的，今天看着咋这么舒坦呢？"

褚琴翻了石光荣一眼，石光荣一脸惋惜地说："挺好看的俩眼睛，这么一整全剩白眼球了，白瞎啦。"褚琴说："嫌难看别看！"石光荣假装无奈地说："凑合着看吧，谁叫你是我老婆呢？"

"你还有老婆啊？"

"我不但有老婆，还有儿子呢！"

褚琴冷笑："我看你什么都没有，只有兵营和枪。"石光荣嘿嘿笑："丫头！"褚琴绷着脸说："别来这套！"石光荣诚恳地说："丫头，别闹了！"

"你这个人怎么这么不讲理？那天晚上你又摔孩子又踹锅，孩子发烧了，你打个照面就逃出去躲清净，连着几天影都见不着，怎么今天舌头一翻个，倒成我闹了？"

石光荣认真地问："我摔孩子了吗？"

"你想摔！"

"那不是没摔嘛！"

褚琴学着石光荣的口气："我和儿子有你没你都一样，你爱去哪儿就去哪儿，我褚琴决不拉你！"石光荣问："真的？"褚琴赌气说："真的！"石光荣笑了："好，那我就可以放心地走了。"褚琴怒气冲冲地看着他问："你什么意思？"

"琴，我们三十二师接到任务了。"

"你哪天没任务？"

石光荣眼睛里蹦出火花，兴奋地说："这次任务可不一样，入朝打仗！"

褚琴的目光由愤怒转为惊愕："入朝？"石光荣点点头："嗯，我们是第一批，今天晚上出发。"褚琴傻愣愣地看着石光荣，他催促说："快，抓紧，接上儿子，去看看爹和妈。"褚琴傻了，站在那里没动。石光荣拉了她一把说："走啊！"

夫妻俩抱着石林去了褚家，褚父、褚母笑逐颜开，欢喜得像过大年。

石林玩累了，在炕上熟睡。褚父和石光荣坐在炕桌旁边喝酒。

石光荣大口地吃着菜，菜汁滴得哪儿都是。褚琴眼睛一眨不眨地盯着他看，竟然一句抱怨都没有；见石光荣狼吞虎咽地吃菜，褚父既欣慰又满意。

褚母端着一大盘子饺子进来，她把饺子放到炕桌上说："吃，敞开吃，还有一盖帘呢。"石光荣夹起饺子一口一个地吞下去。褚母提着心，不错眼珠地看着他。石光荣连吃三个，褚母拿起筷子把饺子翻了翻说："吃底下的，底下的热乎。"

褚父热情地劝道："咱东北人出门前讲究吃饺子，吃了好赶脚。吃，多吃点儿。"他说着伸筷子给石光荣往碗里面夹饺子。褚母制止说："让姑爷自己夹。"褚父纳闷儿地看着她。

石光荣又夹起一个饺子，咬了一口，觉得异样不嚼了，疑疑惑惑地看着丈母娘。褚母长长地舒了一口气说："可算吃着了。孩子，你细细地嚼，把它咽了，那是颗红枣。"

褚父问："好好的饺子放那玩意儿干啥？"褚母高兴地笑了，看着石光荣说："这么多饺子里面就包了一颗枣，还被你吃着了，孩子，你真是个福将啊！你吃了它，肯定能早打胜仗，早还朝。"

石光荣哈哈大笑。石林被吵醒，爬了过来。石光荣抱起儿子，用筷子蘸着酒给儿子喝。石林舔着筷子直吧嗒嘴，褚父和石光荣哈哈大笑。褚母把石林接过来抱在怀里，石光荣逗孩子："叫爸爸！"石林盯着石光荣的嘴，一声不吭。

石光荣问丈母娘："妈，小孩一般多大开始说话？"褚母说："一生儿（一周岁）多一点儿就该说了。"石光荣纳闷儿地说："他都两生儿了，咋还不会叫爸？"褚琴说："他懒得叫你！"

石光荣有点儿着急，凑到石林面前说："儿子，快叫声爸，要不我就听不着了！"褚母赶紧制止说："不许说不吉利的话。"

褚琴的鼻子酸了，石林突然张口叫了声"爸"，全家人惊喜。石光荣笑呵呵地说："儿子，再叫一声！"石林不再吱声，石光荣假装生气把他抱起来扔到空中，石林嘎嘎大笑。

酒足饭饱，一家三口离开褚家。

石光荣抱着儿子和褚琴在街上走着，他不错眼珠地看着石林说："儿子！儿子！是你让我当上了老子，你这一声爸比那老烧锅子劲都大，整得我这腿软得都迈不开了。"

褚琴神情复杂地看着这父子俩。石光荣跟儿子聊着天，儿子嗯嗯啊啊地应答着。褚琴先是紧傍着石光荣走，后来悄悄地把手伸进石光荣的臂弯里。石光荣没发觉，他扭头跟褚琴说："老爷子今天喝了不少酒，老太太可一口东西都没吃。"

褚琴说："妈不放心你。"石光荣说："你告诉妈，叫她老人家放心，枪子撵不上我！"褚琴叹了口气和石光荣靠得更紧了。

来往的路人频频回头看他们夫妻俩，石光荣被人们看得有些发毛，先是纳闷儿后来低头一看，才明白别人看什么了。他站住把胳膊弯里面褚琴的手拿出来放下说："咱们两个都是军人，这样在老百姓面前影响多不好，想亲热咱回家亲热去。"

褚琴低着头跟着他往前走，问："什么时候能回来？"

"不知道，那得看仗打得咋样了。"

"这下你可如愿以偿了。"

石光荣不说话，嘿嘿直笑。

褚琴埋怨说："我知道，以你的意思你巴不得在战场上不回来。"她话一出口自知失言，慌忙捂住嘴。石光荣心情舒畅地看着褚琴说："阎王老子都怕我，你怕啥？"

"我怕你一听见枪声就把老婆和孩子都忘了。"

"要是那样就好了，想人的滋味比啥滋味都难受。"

"你还知道想啊？"

"我又不是傻子，咋不知道？你和孩子对我很重要，而且是非常重要。但我是军人，心里面明白，现在不是老婆孩子热炕头、黏黏糊糊的时候，我的脚下应该是战场，我的任务就是打仗！"

褚琴默默地看着石光荣，石林在他的身上不安分地扭着。石光荣逗儿子："小子，给爸爸笑一个！"

石林冲着石光荣笑，伸手抓住他的帽子往下拽，石光荣躲闪。石林突然尿了他一身，石光荣慌忙把孩子扔给褚琴，哈哈笑着擦抹自己身上的尿。

回到家后，褚琴给石光荣准备赴朝的东西。石光荣在炕上和儿子玩，他架着儿子的两只胳膊一二一地喊着口令教他正步走。石林扭着身子叫唤，石光荣跳到地上，把儿子一次次地往屋顶上抛。石林开心得手舞足蹈咯咯笑着。

褚琴叮嘱说："小心点儿，别把孩子摔着！"石光荣把孩子夹在胳肢窝下，凑到褚琴身边问："你咋把这小东西养得这么肥，用啥喂的？"

"用啥？用饭呗。"

石光荣的目光在褚琴的脸上意味深长地抚摸了一遍，说："你好好吃，好好给我养儿子，他要是掉了一斤肉，看我回来咋收拾你。"

褚琴放下手里的活儿，抬起头看着石光荣；石光荣把孩子放到炕上，转回身看着褚琴，她的脸在柔和的灯光下显得异常美丽。

石光荣轻声叫"琴"，褚琴没吱声。石光荣又叫了一声"琴"，褚琴慢慢地朝他走过去，他用目光鼓励着她。

褚琴走到石光荣面前站住，把脸贴在他的胸前轻轻地蹭着，他伸手轻轻地抚摸着她的头发。褚琴一颗一颗地解开石光荣军装上的扣子，他温柔地看着她解。

褚琴解开石光荣的外套，又解开他衬衣的扣子，露出来他一身的伤疤。褚琴小心翼翼地伸出两只手从上到下，先是脸，然后是脖颈，再往下是胸，一个一个伤疤细心地摸着。

褚琴轻声问："这块是在哪儿落下的？"

"平型关战役落下的。"

"这一块呢？"

"黄土岭。"

"这一块呢？"

石光荣歪着头想了想说："想不起来了，不是四平就是秀水河子。"

石林坐在炕上吃着手指头好奇地看着父母，不吭不哈。

褚琴抬起头看着石光荣轻声说："一共十八块伤疤，再多一块，我决不轻饶你！"

石光荣的喉头哽咽了一下，他展开双臂把褚琴搂在怀里，一点点地加重力量。褚琴在他的怀里发出呻吟声，他也没松开，直到把褚琴整个埋进自己的身体里。

夜晚，一辆辆军车从热闹的街道上开过去。

一辆辆闷罐车从铁路上开过去。

炮弹的呼啸声由远而近，炮弹落在阵地上一片片地炸开……

寒冬，大地上白雪皑皑，炮声轰隆隆地响着。

由废弃的铁路隧道改建的师指挥部门口，浑身硝烟的指战员们出出进进的，石光荣和参谋长们在地图前研究战情。外面响一声炮，石光荣往桌子下面的箱子里面扔一颗子弹，他骂道："狗日的往咱们阵地上扔了八十颗炸弹了。"

参谋长担心地问石光荣："小伍子能找到地方吗？"石光荣自信地说："这小子有过目不忘的本事，哪里多了个村子，哪里少了几棵树，他都能分辨出来。"

三团团长带着警卫员跑进来了，他们满脸烟尘，身上的衣服多处被弹片撕破。

三团长给石光荣敬了个礼，石光荣摆摆手让他坐下，接着看地图。

三团长靠在洞壁上，身子不由自主地一歪打起鼾来。石光荣走到他跟前看着他疲惫不堪的脸，警卫员小声说："我们团长已经两天没闭眼睛了。"石光荣看了一下表说："让他睡十分钟。"

一阵炮弹的轰炸声惊醒了三团长，他一下蹦起来问："我睡着了？"石光荣说："你睡了三分钟。"

"给我任务吧。"

石光荣看着对面的山说："给我拿下对面的 511 岭。"

"是！"

"右面是 332，你从右边打，顺山梁打到主峰。"

三团长点点头，石光荣指着前面叮嘱他，那地方有新土，可能有敌人。往这边靠靠，从洼的地方打上去，明天早上五点攻击，估计几点能打下来？三团长想了想说，九点差不多。石光荣神情严肃地让三团长给个准确时间，三团长果断地说，九点。石光荣点点头说，好，去吧。三团长领命跑了出去。

炮火声越来越厉害，震得隧洞直往下掉土。参谋喊："师长，

184团通了。"

石光荣跑过去抓起电话："刘海，咋看不见你们火力支援？你狗日的把重火力搂在怀里下崽啊？打！给我把所有的炮弹都砸在王八蛋头上，一分钟也别让他们喘气！"

这时，小伍子头上冒着汗，穿着被汗水湿透的单衣单裤跑进来一个立正："报告，我回来了！"石光荣拿起一件大衣裹在他身上问："命令送到了？"

小伍子把汗水浸透的字条递给石光荣说："这是高团长的收条。"石光荣看完后在小伍子的肩上狠狠地拍了一巴掌，夸奖说："好小子，天上飞机，地上大炮，来回近三十里路，你只跑了五十分钟。像我石光荣的兵，给你记功，给你记功！"

接着，石光荣看了一眼手表，大手一挥，恶狠狠地说："麦克阿瑟，我让你今天好好过个新年，给我往死里打！"

数不清的炸弹，呼啸着在阵地上炸开。

东北大后方的城市里，雄壮有力的《志愿军军歌》激动人心，震耳的锣鼓声、口号声响彻大地。

一辆辆满载赴朝战士的军车从欢送的人群中开过去。

一辆辆满载军需物资的火车开往前线。

排练场上正在进行热火朝天的志愿军入朝签名运动，褚琴和文工团员们也挤在队伍里面。一个战士对负责审核的孙团长说："团长，我哪次打仗没上去？"孙团长说："你拉肚子，治好了再去。"那个战士急了："已经好了，不信我拉泡屎给你看看！"孙团长把他抓拉到一边。

褚琴挤上去说："我报名。"孙团长一愣，说："褚琴同志，上面有规定，除了医院里面必要的女同志外，其余的女同志一律不准入朝。"

小张等女同志叽叽喳喳地叫成一片，对此表示不满。

褚琴抱怨说："你们平时口口声声说男女都一样，到了关键时刻男女还是不一样。"孙团长解释说："这是组织上对你们的关心嘛！再说了，石师长已经入了朝，你再去朝鲜，你们的儿子怎么办？回去吧！回去吧！"

褚琴还要争执，听见不远处传来一个熟悉的声音："我报名。"负责报名的同志头也没抬地问："姓名？"

"我叫谢枫。"

褚琴吃了一惊，慢慢扭过头顺着声音看过去。谢枫站在不远处，他察觉到褚琴的目光，朝这边看过来。

两人的目光牢牢地黏在一起，对视几秒钟后，谢枫先把目光移开了。褚琴忘了自己到这里来干什么，她挤出队伍，默默地走开。小张等人喊着追上来说："褚琴！褚琴！"褚琴站住等她们。

小张兴冲冲地说："咱们找军区政委去！你怎么了？脸色这么难看。"褚琴有气无力地说："我有点儿不舒服。"

"那你先回去吧。"

褚琴点点头，她心情复杂地回到家。父亲抱着石林坐在凳子上逗他玩儿，母亲则擦擦洗洗打扫卫生。母亲问："姑爷没来信？"褚琴摇摇头。母亲埋怨说："这孩子，他就不知道家里人惦记着？"父亲说："他是在朝鲜，你以为在沈阳呢？出门就有信筒子，哪有那么方便！"母亲不说话了。

吃完饭，收拾完毕，母亲看看女儿的脸问："饭吃那么少，是不是不舒服？"

褚琴摇摇头。母亲关切地问："要不妈在这儿陪你两天？"父亲说："你在这儿，我咋办？我看还是让闺女带着孩子跟咱家去住吧，省得咱老胳膊老腿地总往这儿跑。"

褚琴不耐烦地说："告诉你们别来，别来，你们偏来。"父亲眼一瞪说："你别给我脸子看，我来是看我外孙子，你以为看你啊？"

母亲扯了褚琴一把，她不说话了。母亲感叹说："这院子里可真肃静。"褚琴说："男人们都上朝鲜去了，只剩下些女人。"母亲叹了口气："不知道仗打得咋样了。"父亲信心满满地说："咱姑爷带兵打的仗还用问吗。"

夜色已深，隧洞外炮声零零落落地响着。

师指挥部里只有石光荣和小伍子两个人，石光荣披着棉大衣在大型军用地图前仔细看着，小伍子在炉子旁边烤湿透了的鞋。

石光荣转过身上带着笑容问："小伍子，有吃的没有？"小伍子指了一下炉子上盖着的铁锹头，里面的黄豆被火烤得直蹦。石光荣在炉子边上坐下来，捡起一颗黄豆扔进嘴里说："可惜没有酒啊！"小伍子从怀里面掏出来一个小瓶子，递给石光荣，他接过来闻了一下眼睛亮了，问道："哪来的？"

"第二轮战役打胜了以后，司令员来视察的时候给你留下的。"

石光荣高兴地直拍小伍子的肩膀："你个小伍子啊，要啥有啥。"他说着美滋滋地喝了一小口。小伍子听听四周说："可真静啊。"

"美国鬼子在调兵遣将呢。"

小伍子望着隧道外面说："祖国的人民不知道在干什么呢。"

石光荣点着一根烟深深地吸了一口，眼神虚了。小伍子翻着铁锹头上的黄豆。

石光荣叫了一声"小伍子"，小伍子站起来一个立正。石光荣说："拿纸和笔，帮我写封信。"小伍子答应一声，转身拿过来纸和笔。

"我说，你写。"

小伍子打开纸笔看着石光荣。

"老婆、儿子，你们好！"

小伍子抬头看着石光荣建议道："师长，这么称呼不好吧？"

"我说啥，你就写啥，啰嗦啥？"

小伍子低头写。

"一出国就想给你们写信，每天想写，一直写到今天还没写出来。主要不知道该写啥，写仗打得残酷，怕吓死你们；想告诉你们打了大胜仗又怕笑死你们，这么一拖日子就过去了。"

小伍子刷刷地写着，石光荣又点着一根烟抽起来。

"离开这么长时间，真想死你们了！来朝鲜后打了几个大战役，都打胜了，我一根汗毛也没少，就是想你们哪！"

小伍子边写边笑，又不敢大笑，只好使劲儿忍着。

"老婆，你要把儿子给我带好喽，要是儿子有半点儿差错，我不饶你！"

石光荣说着吸了口烟，看着前面思绪走远了。

小伍子提醒着问："师长，写完了吗？"石光荣挥了一下手，说："老婆，我真的很想你，想也没办法，只能忍着，等打败了美国鬼子，再回去收拾你吧！"

小伍子不解地问："用'收拾'俩字？"石光荣斩钉截铁地说："对，收拾。"小伍子又问："就这么写？"石光荣火了："别废话，叫你写你就写！"小伍子听话地把"收拾"二字写进了信中。

此时，谢枫站在石光荣家窗外，望着褚琴的身影在床前晃动。她把怀里熟睡的孩子放下，弯腰把盆里面的衣服挂在绳子上。

门开了，褚琴端着一盆水出来，一抬头愣住了。谢枫站在门口不远的地方看着她，棉帽子上挂着一层白霜，看来已经站了很久了。

两人默默地对视着，褚琴打破沉默问："你什么时候回来的？"

"昨天。"

"毕业了？"

谢枫点点头说："毕业了。"

两人又陷入沉默，谢枫打破僵局问："我进屋去坐会儿行吗？"

褚琴点点头，谢枫进屋，褚琴把门关上。

谢枫走到炕前久久地盯着孩子，褚琴站在旁边目光复杂地看着他。

"孩子长得不像你。"

"像他爸爸。"

触到石光荣这个话题两人又不说话了，褚琴给谢枫倒了一杯水放在旁边。

谢枫转过脸看着她，褚琴在他的面前坐下。

"你没变，还和我记忆中一样。"

褚琴脸红了。

"我们两年没见面了。"

褚琴抬起头看着谢枫问："你还恨我吗？"谢枫摇摇头说："想恨，可是恨不起来，离开的时间越长，你的样子在我的心里越清楚。我发过几次誓要忘了你，可是不管用，学习的那段日子里，我天天晚上能梦见你。梦见你哭，梦见你笑，梦见和你一起排练节目。"

褚琴的眼圈红了。

"我没法从这种情绪中跳出去，这次入朝参战对我是个机会，我想改变一下环境，开始一种新的生活。"

"那是战场，那是战争！"

谢枫平静地回答："我知道。"

褚琴的眼泪流下来，问："你是在惩罚我吗？"

"不，我是想重新生活。明天部队入朝我就走了，我来这里是想最后跟你道一声别。"

褚琴看着他，嘴唇颤抖得说不出话来。

谢枫看着褚琴的眼睛深情地说："琴，谢谢你曾经给过我那么美好的东西。我没枉来人世一回。"

褚琴泪如雨下，哽咽着说："我害了你！"

"我这次赴朝，死了可瞑目而去，活着回来也算是脱胎换骨，重新做了人，前世的恩怨一了百了。"

褚琴呜咽出声："枫！"

谢枫深情地看着褚琴说："咱们没有缘分。咱俩只能像两棵互相倾慕的大树一样，遥遥相望，永远也不可能走到一起了。"

谢枫在眼泪即将流出来的时候，毅然决然地站起身朝门口走去。

褚琴哭喊："枫！"

谢枫站住转过身，他已经泪流满面。褚琴慢慢走过去泪眼婆娑地盯着谢枫，他的身体颤抖起来。

褚琴说："答应我，一定要好好地回来！"

谢枫控制不住自己，伸手想摸褚琴浓密的头发，又触电般地往回缩手。褚琴哭了，谢枫看着她的脸低声说："琴，你别哭！别哭！"

褚琴呜咽着，谢枫看着她，看着看着两行热泪又从眼眶里面滚落下来："琴，我求你一件事。"

褚琴抬起头看着他。

"忘了我，这样我们俩的灵魂都会安宁的。"

褚琴痛苦地望着谢枫，他深情的目光在褚琴的脸上细细地扫了一遍，他开门走了。褚琴禁不住泪如雨下……

远处传来阵阵炮火声。志愿军战士把一块大薄铁皮架在几块石头上烙大饼，有人烧火，有人烙饼。战士们等在旁边，熟一块，吃一块，吃得嘴巴周围全是黑。

石光荣带着小伍子走过来，战士们看见首长，扔下手里面的干粮，立正敬礼。

石光荣还礼问："这是干啥？"

四营长说："这么长时间战士们一直在吃冻成冰坨子的高粱米饭团，今天早上后勤送上来几袋子从祖国运来的白面，让大家改善伙食，做干粮备战。炊事班忙不过来，大家一起干。"

石光荣看着挤不到铁皮架前用铁锨当锅烙饼的战士笑着说："招还挺多嘛！"

一个战士把一块烙好的饼递给石光荣，他接过来大口大口地吃着连连称赞："嗯！嗯！是那个意思。"

四营长说："师长，昨天那一仗打得真过瘾。"石光荣满脸得意："仗就得这样打！不但能打狠仗，还要学会打巧仗，要学会调动老天爷和土地爷，把天上、地下一切可以利用的条件都利用起来。"

小伍子说："昨天那俘虏多得糊眼，一堆堆像窝窝头似的蹲在地上。"石光荣笑骂："小子，三句话就拐到吃上去了。"小伍子边吃烙饼边说："攻山头攻得一天水米没打牙，饿屁了！"

远处传来手风琴伴奏的雄浑的男声小合唱。

石光荣问："谁在唱歌？"四营长说："志愿军文工团的。"石光荣脸一板，问："胡闹！谁让他们上来的？"四营长忙解释说："是他们自己坚决要求上来的。"

石光荣大踏步地往那里走，四营长跟在屁股后面恳求说："师长，让他们再唱一会儿，战士们很长时间没听到祖国的歌声了。"

石光荣的神情缓和下来，他走到战士们围坐着的地方站住。

文工团的男战士们大声唱着《义勇军进行曲》，手风琴伴奏者低着头卖力地拉着。四营长感动地说："他们应战士们的请求，已经不歇气地唱了两个小时了。"石光荣满意地点点头。手风琴伴奏者抬起头，他和石光荣彼此在一瞬间都认出了对方。谢枫目光坚定地盯了一会儿石光荣，舒展双臂拉起《八一军歌》的过门。

战士们和文工团员们一起放声唱起来。石光荣嘟囔了一句："这小子！他倒不是个孬种！"四营长问："谁？"石光荣不答，叮嘱说："仗马上就要打起来了，三十分钟内叫他们撤下去。"四营长说："是！"

半个小时后，战斗再次打响。

枪炮声震耳欲聋，炮弹的爆炸声此起彼伏。

石光荣在师指挥部对着电话大喊大叫："立刻组织反击把101高地给我夺下来！组织团预备队打反击，把通信员和炊事员都组织起来。"

电话突然断了，石光荣抓起另一部电话喊道："把全师的炮火集中起来给我往 101 阵地上狠狠地砸！"

石光荣跑到瞭望孔用望远镜眺望阵地，他狠狠地往地下吐了口唾沫骂道："妈了个巴子！"

这时，184 团团长浑身是血、衣服破烂地跑进来汇报："报告！敌人的炮火太猛烈，我们的人冲不上去！冲上去的人和敌人展开肉搏战，碉堡里面的敌军就瞄着人群开火，把我们的人和他们的人一起炸上天。阵地上只剩下二十多个人。"

石光荣脸色铁青，牙咬得咯咯响："传我的命令，全师的共产党员和共青团员的战斗位置在阵地的最前沿。只要还有一个人活着就要把阵地给我夺回来！"

184 团团长了下军令状："是！如果我夺不回来阵地，就让弟兄们提着我的脑袋来见你！"他说完转身跑出隧道。

石光荣脱下衣服甩到一边，他慢慢转过身向小伍子伸出手去，小伍子把一支填满弹匣的冲锋枪递到他的手中。石光荣拎着冲锋枪大踏步地朝隧洞外面走去，指挥官们整理好军纪，拎着武器跟着石光荣走出隧洞。

激烈的炮火在阵地上炸开。

时空交错，大后方的礼堂里正在上演感人至深的剧目。男文工团员穿着军装的身躯在舞台灯光中旋转腾飞，志愿军代表团的英雄们在下面全神贯注地看着。

炮弹在阵地上爆炸……

男文工团员被击中，缓缓地摔倒在舞台上。

侧幕条里，褚琴默默地流着眼泪……

前沿阵地指挥所里，满脸硝烟、衣衫破烂的指挥官们围站在石光荣的身边。

头上胳膊上都缠着绷带的 184 团团长把一包东西放在石光荣的面前说："这是烈士留下的。"

石光荣慢慢地打开那包东西：一支炸断了的钢笔，一本染满了血迹的笔记本上面记满了乐谱。笔记本里面夹着一张照片，照片上的另外两个人已经被炸掉，只剩下血迹斑斑的褚琴、小柳子和谢枫。

石光荣声音沙哑地问："他是咋牺牲的？"

184 团团长动情地汇报说："文工团往下撤的时候赶上敌人的炮火，走不了了，他们就主动要求留在阵地上跟我们一起打。山坡上的火力点是个暗堡，这个暗堡建在山崖边，角度刁，既不好接近又不好用重火器射击，我派出爆破组抵近爆破。谢枫要跟着去，我没同意。火力掩护爆破组出击的时候，他突然冲了出去，怎么喊也不回来。爆破组刚跑了一半路，三个人都被撂倒了。敌人的火力压得我们这边抬不起头来，就在这个时候谢枫爬起来了，他爬到牺牲的战友身边，捡起爆破筒，开始朝前爬去，他的肠子被打出来了……他拖着肠子爬得很慢，子弹不断地打在他的腿上身上，他停停走走，最后爬到暗堡的死角上。这里没有站立和放爆破筒的位置，他就地一滚，把自己牢牢地塞进石头和暗堡之间的窄缝里面。他把爆破筒抽出来抱在怀里，先往里面扔了颗手榴弹，趁着爆炸声紧接着又拉开了爆破筒的引信，把它塞进了暗堡。我们喊，撤！快撤！他浑身是伤，两条腿都被打断了，根本就撤不下来了。暗堡被掀上天的那一瞬间，他扭过脸冲我们笑……"

184 团团长哽咽着说不下去，他哭出了声。

石光荣眼含热泪，猛地转过身登上山岗。他光着脑袋像一尊铜像站在硝烟弥漫的山岗上，一动不动地看着远处的山峰，小伍子一声不响地站在他的身后。

石光荣声音低沉地说："小伍子，把那点酒给我。"

小伍子从怀里掏出小酒瓶递给石光荣，他把瓶子里面仅剩的一点酒洒在被炮弹翻过的土地上。

远处轰隆隆的炮声还在响着。

第 六 章

哪有舌头不磕牙

1953 年盛夏，沈阳城里鞭炮声、锣鼓声响成一片，彩绸飞舞，红旗飘扬，满载着归国志愿军的汽车一辆辆地开过来了。

欢迎的人群呼喊着口号拥上前去，志愿军将士挥手微笑。

夜里，万籁俱寂。已经四岁的石林头上戴着爸爸的帽子，腰上系着爸爸的腰带，躺在炕上睡着了。石光荣和褚琴俩人一边一个地坐在桌子的两头。

屋子里面很静，谁都不说话。石光荣站起来从文件包里把谢枫的遗物拿出来放在褚琴面前，褚琴一声不响地看着用红绸子包着的小包。

石光荣低声说："这是谢枫留下的，打开看看吧。"

褚琴手颤抖着打开了小包，露出来她十分熟悉的乐谱，她的眼泪噼啪啦地滚落下来。照片上残存的谢枫、小柳子、褚琴冲着哭泣的人微笑，褚琴呜咽着泣不成声。

石光荣声音沉重地说："保存好，记住他，将来告诉我们的孩子要好好记住他。等他们大了去给他上坟磕头。"

褚琴抬起头看石光荣，眼睛里面的内容很复杂。石光荣感慨地说："我认识他认识得太晚了，太晚了！要不我会跟他结成过命的交情。"

褚琴号啕出声，石林被惊醒，他一骨碌坐起来，吃惊地跑过来偎在母亲的怀里。褚琴紧紧地搂着儿子泣不成声地哭着。石林的小脸由惊愕转为愤怒，他冲上来狠狠地给了石光荣一拳，喊道："不许你欺负我妈妈！"

翌日，褚琴来到河边，孤零零地站着，望着静静流淌的河水。她的眼前出现了幻觉，冬天的冰面上突然出现追逐奔跑的文工团员，褚琴跟他们一起欢笑，谢枫站在河边深情地注视着她。褚琴发现了他的目光，边跑边回视他。

文工团员们凑过来一起照相，谢枫挤过来紧紧挨着褚琴，宣传干事按下快门……

血迹斑斑、残缺不全的照片上，褚琴和谢枫面带微笑。

岸边的褚琴呆呆地看着流淌的河水，眼泪慢慢溢出眼眶。过了好一阵，等心情平复下来，她抹掉眼泪离开河边。

胡毅夫妇来家里做客，褚琴在厨房忙乎，小柳子在一边打下手，石林蹿进蹿出捣乱。石光荣拎着儿子耳朵进来，他嬉皮笑脸地挣扎着，石光荣把他按坐在墙边的小凳子上转身离开。

石林不安分地扭着身子东张西望，大人们的腿不时从他身边走过去。褚琴和挺着大肚子的小柳子正忙着做饭炒菜。褚琴问小柳子怀几个月了，小柳子说六个月。褚琴打趣说："身子挺笨的，看样子像个男孩。"小柳子说："老胡喜欢儿子，我喜欢女儿。女儿多好啊，乖巧，打扮起来也好看。"

"我也喜欢女孩儿。"

"那你就再生一个。"

"这一个就要了我的命了。"

"我就不信老石能饶过你。"

小柳子弯腰端盆，褚琴急忙拦住她说："注意点儿，别抻着。"

"哪那么娇气？我在家的时候，老胡也什么都不让我干。我说孕妇得多活动，他说老实待着吧，你就一个任务，好好给我养着。"

褚琴羡慕地叹了口气说："我可没你那福分，我在月子里的时候还得下地给他做饭呢。"

"真的？"

"那可不？人家一进屋就掀开锅找饭，没有饭就生气，说连口吃的都没有，这还叫个家吗？军区派公务员来，派一回他打发一回，说是让别人伺候不自在，就可着我一个人往死了累。"

"老胡也是死活不要公务员，他说打了一辈子地主老财，咋能又反过来当地主老财让人伺候呢！"

"你们家老胡什么都会做，他有资格这样说。我们家老石会什么？熬粥都能把粥锅熬着火了。"

小柳子听了咯咯地笑。褚琴拿刀切肉，却发现刀没了，问道："哎，刀哪儿去了？"小柳子说："刚才还在案板上。"

褚琴一回身，吓得脸都白了，只见石林手里面拿着菜刀，在地上剁着。褚琴上前一把夺过菜刀，洗了洗刀，继续在菜板上切菜。

石林闲着无聊，在地上转了一圈又抄起炉钩子在面板上刨着。褚琴气得追石林，他拎着炉钩子跑出去，小柳子见了挺着大肚子哈哈大笑。

石光荣和胡毅坐在客厅里面抽烟喝茶。石林嘎嘎笑着跑，褚琴追上来，一把把他抱起来，夹在腋下走进厨房。

石光荣不甘心地说："赴朝作战整整三年，打得还没解恨呢，战争就结束了，妈的！仗要是再打下去，老子两个月内肯定能把美国鬼子赶回老家去！"胡毅摆摆手说："行了，行了！你在朝鲜的仗打得已经够露脸的了。"石光荣嘿嘿笑起来。

褚琴在厨房真是够忙乎的，她一边要炒菜，一边还要盯着石林。小柳子问，老石升职了？褚琴点点头说，军区参谋长。

小柳子叹气说："你比我命好，能留在沈阳。我得跟着我们家老胡跑到湖南军区去任职，一想我得把孩子生在那个夏天死啦热、冬天贼啦冷的地方就害怕。"

褚琴同情地看着小柳子，她一分神，就见石林把一瓶酱油倒进茶壶里面。褚琴惊叫着把石林拎起来，这小子一刻都不得消停。

饭菜还没端上来，石光荣就在客厅和胡毅喝上了。胡毅没见着小伍子，问他哪里去了。石光荣说，到边境下连队当连长去了。

"你舍得放他走？"

石光荣沉默了一会儿说："他给我当警卫员当了整整十年，已经成了我身上的一块肉了。跟你说句心里话，我对老婆都没对他上心。从朝鲜回来，这小子就坐不住了，说不想在军区里面瞎逛荡。我说那你挑个地方吧，他要求回三十二师 184 团去，没办法，我只好同意了。"

胡毅叹了口气说："是啊！打了半辈子的仗，现在突然没仗打了，就像庄稼汉突然没了地，心一下子就没了底。"

"咋能没仗打，不是还有个台湾吗？"

胡毅眼睛一亮问："有信儿？"

石光荣自信地笑着说："等着吧，时间不会太长了。"

"咱俩还能摽着打。"

"对！我打主攻，你打阻击。"

"凭啥总是你打主攻？"

石光荣脖子上的筋蹦起来老高，叫嚷道："我石光荣在战场上从来就是打主攻的。"胡毅揭短问："你没当过预备队吗？"

石光荣噎住，一时无话可说。

"一边晒着太阳，一边听着前方的枪炮声，那滋味忘了？"

石光荣沉默了好一会儿才说："没忘。"

"没忘就好，喝酒！喝酒！"

"那是对我青石岭一战的惩罚，想起那次战斗，我的心就往出

126

渗血！"

胡毅忙劝解说："算了！算了！都过去了，还提它干啥？"

石光荣自顾自地说："当时我求战心切，没听上面的指挥，带部队深入敌后，结果被敌人包围。我们的阵地上最少落下了两千发炮弹，阵地前的高粱地被炸成了烂泥糊。歪把子连长、刘黑子、温大个子，还有老潘都是在那场战役中牺牲的。"

石光荣的眼圈红了，胡毅欲言又止，端起酒杯喝了一大口。

"青石岭我败走麦城，一路上打一仗队伍就少一截，越打越少，越走越少。战士们全打红眼了，第一梯队每人十几颗手榴弹开路，第二梯队全是炸药包，光着膀子机枪掩护着往上冲，啥命不命的？没死就算重托生一回。"

"打仗就是这样，壮烈了拉倒，活着就要往上冲。"

石光荣端起酒杯一饮而尽。两人一声不响地喝着。

褚琴和小柳子端着菜进来，看着桌上的空瓶子，看看他俩的神情愣住了。她们互相看了一眼把菜摆在桌子上。这时，石林端着一个脸盆摇摇晃晃地走进来，他大声喊："伯伯，喝汤，鱼汤来了！"

大家伸着脖子往盆里面看，石光荣的一只皮鞋漂在水面上，一条半斤大的鲫鱼围着皮鞋欢快地游着。

胡毅放声大笑，石光荣也气乐了，屋子里面沉闷的气氛被打破。

褚琴一把揪过来石林，小柳子嘎嘎笑着说："我已经看见有儿子以后的家是啥样了。"

秋去冬来，还是没仗可打，石光荣将家里一间屋子布置成作战室。房间里面挂满了军事地图，屋子中间摆着一个大沙盘。

石光荣皱着眉头在沙盘前指挥着一场想象中的战役，他想得非常投入。石林悄悄推门进来，走到沙盘旁边，探着小脑袋往沙盘里面看着。石光荣发现了，忙把他推出去。

忙得头发散落在额前的褚琴推开门进屋，看到一股细细的水流顺着洗澡间门缝流进客厅，大吃了一惊，地上的水越集越多，一只小鞋慢慢漂过来。褚琴一脚踩进水里，她慌慌张张从水上跑过去，溅起一片水花。

褚琴推开洗澡间的门，只见满地是水，石林浑身湿透地站在小凳子上，两手捧着水龙头里流出来的凉水认认真真地往脑袋上浇着，浴缸里面的水已经满了，从上面瀑布一样地溢出来流到地上。褚琴扑过去关上水龙头，抱起石林跑出洗澡间。

褚琴气急败坏地用拖布擦地板上的水，她边擦边斥责石林："这个家没有你摸不到的地方，你说怎么这么讨厌呢？"

换上干衣服的石林在屋子里面晃荡来晃荡去地走着，他抄起一大瓶子凡士林油好奇地端详了一会儿说："妈妈抹油，抹油。"褚琴没好气地把凡士林抢过来放在一边，石林翻着小眼睛看看母亲，转身跑了。

石林悄悄溜进作战室，石光荣把一辆坦克放在沙盘上沉思。石林悄无声息地从沙盘下探出脑袋，伸出小手拿走了沙盘上的一辆坦克，又拿走了一门大炮。石光荣沉浸于遐想，竟然毫无察觉。

石林坐在地板上，把手放在父亲的茶缸里面认真地洗着。石光荣发现自己布置的火力不见了，纳闷儿地嘟囔了一声："真他妈的邪门了。"

只听身后石林嘴里面嘘嘘着给自己吹口哨，石光荣回头看。石林正掏出来小鸡鸡往坦克口里面尿尿，石光荣哈哈大笑，把儿子抱起来扔在肩上说："儿子，你这招可够损的！"石林哈哈笑着说："再弄！"

石光荣又把石林扔一次，他赖在父亲的肩上不下来，叫嚷："爸爸，再弄！"

石光荣一路扔着把儿子扛到了客厅。褚琴心烦意乱地收拾着屋子抱怨："掏，掏，连老鼠窝都能掏到了，真得找条链子把他拴起来。"

石光荣替儿子说话："小子哪有不淘的？"

"他淘得连边都没了，我每次到托儿所接他，都看见他被罚站。"

石光荣眼睛瞪起来问："为啥？"

"上个星期他领着一帮小朋友偷吃食堂里面的咸鱼，然后又把他们手里面的糖骗着吃了；这个星期他领着一帮小朋友摸走廊里面坏了的电门。他打头，叫孩子们一个抱一个的腰，最后的那个叫牛牛的孩子被电打得都吐白沫子了。"

石光荣哈哈大笑："我儿子天生就是指挥官的料！"褚琴生气地说："你还笑呢！我一去接孩子，老师就批评我，弄得我脸都没地方撂了。我这一辈子都没挨过这么多的批评。"

石光荣不以为然地坐下说："淘小子出好的，淘丫头出巧的。他们老师不懂。"

说着，他发现凳子下面有一团纸，捡起来打开一看，是支离破碎的作战图。

石光荣勃然大怒，伸手去抓石林；石林见状撒腿就跑，石光荣在后面追。两人碰翻了水杯，撞倒了椅子。褚琴不明白发生了什么事情，吃惊地看着他们。

石林钻到桌子下面，石光荣伸手把他掏出来，照着屁股就是狠狠的两巴掌。

石林"嗷"的一声大哭，哭得差点儿上不来气，他挣扎着朝妈妈伸着两只小手叫："妈妈！"

褚琴一把抢过儿子心疼得搂在怀里，石林号啕大哭不止。石光荣忍无可忍大吼一声："给我闭嘴！再哭，老子毙了你！"

石林吓得把哭声咽了回去，可怜巴巴地抽搭着。

石光荣吼叫："给我憋回去！"

褚琴火了，指着石光荣的鼻子问："你算什么父亲？你为他擦过屎把过尿吗？你有什么权利这样下死手打他？"

石光荣抖搂着那团烂纸对褚琴喊："这是我琢磨了几个晚上才想出来的！我告诉你，他把这个家的房顶扒了我不管，我作战室里面的东西他要再动一下，我就把他的屁股打成八瓣！"

"把你的作战图收好，把你的作战室搬回到作战部去，这个家是过日子的地方，不是战场！"

石光荣瞪着两只眼睛看着褚琴问："你说啥？"

"和平鸽都换了几代了，国家已经开始社会主义大建设了，只有你还在这儿天天想着打！打！打！你想打仗想得都快疯了，想打仗想得已经自私透顶了！你不是丈夫也不是父亲，只是一支没血没肉的冲锋枪！"

石光荣像不认识似的看着褚琴。

"你不用这样看着我，你关心过打仗以外的别的事情吗？你关心过我吗？关心过孩子吗？关心过这个家吗？"

"你说得对！我就是一支冲锋枪，你嫁给我就是嫁给战场了。"

褚琴气得说不出话来。

"我想打仗咋的了？军人生来就是为了打仗的！不打仗有新中国的今天吗？我自私？我看你才自私呢！你有吃有喝，能躺在屋子里睡安生觉，就不再想别人的事情了。世界上还有多少人没吃饱？还有多少人没地方睡觉？你知道不知道？"

褚琴气得直哆嗦，眼泪下来了。

"哭啥？我说屈你了？你想过这个家以外的事吗？你想过烈士们抛头颅洒热血是为的啥吗？"

"我不跟你胡搅蛮缠！你这个人是永远正确！"

"我就是永远正确！"

"你没错过？"

石光荣理直气壮地说："我就是没错过！"

褚琴冷笑着揭他的短："打青石岭的时候不是你犯浑能死一千多人吗？"

石光荣被戳到痛处脸一下白了。

"还烈士呢，我要是你就不好意思提'烈士'这两个字！"

石光荣实在忍不住了，挥手给了褚琴一个耳光。褚琴的脸上立刻浮起五个紫手印子，她愣了片刻，立即疯了似的朝石光荣扑了过去，她两手死死地抓住石光荣的衣领。

石光荣更加恼火，像拎小鸡一样把褚琴夹起来。褚琴一声不响地反抗着，她连抓带咬。石光荣抡起大巴掌照着她的屁股狠狠地给了两下，然后丢在地上，摔门走了。

褚琴慢慢坐起来，头埋在两腿中间一动不动地待着。

屋子里面一片寂静。褚琴突然想起儿子，她惊慌失措地抬头寻找。

石林抱着装凡士林油的罐子从卫生间里面出来。罐子里面空了，他的小脑袋瓜像灯泡一样又亮又光，上面厚厚地涂着凡士林油。

褚琴绝望地号啕出声，石林眨巴着小眼睛不解地看着妈妈。

褚琴气呼呼地抱着石林来到文工团宿舍，她板着脸收拾自己的床铺。收拾妥当后，她把石林哄睡着了，望着墙壁发呆。

褚琴躺下睡不着，看着屋顶生闷气。孙团长敲门进来找小张，褚琴忙坐起来说，小张出去了。孙团长看见床上的石林，笑着走过来说："这臭小蛋子！"他不解地问褚琴："你们娘俩咋躺这儿了？"

褚琴说："心烦，回来住两天。"孙团长看看她的脸色，心里明白了，说道："那可不行，参谋长深更半夜地找到团里来，我交代不了。走，走，走！我送你回去。"

褚琴冷着脸不动地方，孙团长抱起石林，连推带拉地把褚琴弄出门去。

已是傍晚时分，孙团长抱着石林进屋，褚琴板着脸跟在后面。孙团长把孩子放在炕上，石光荣装傻说："老孙，鼻子够尖的啊。"

孙团长掀开炉子上炖着的砂锅看了看，说："砂锅炖肉，可惜我没这口福啊！"

石光荣说："见肉不吃是傻子，我这儿还有瓶好酒。"

孙团长笑着说："别拿酒勾我，我得赶紧回去，老婆在家等我呢。"说完给石光荣使了个眼色转身往外走，石光荣跟了出去。

石光荣和孙团长两人顺着小路往大门走。孙团长问，闹意见了？石光荣说，他打了孩子一巴掌，褚琴就翻脸了。孙团长以过来人的口吻说，女人和孩子一样得哄着捧着，侍弄不对就没舒服日子过。石光荣不以为然地哼了一声。孙团长让石光荣别送了，赶紧回去陪陪褚琴，别让她一个人待着生闷气。

石光荣和孙团长道完别，快步往家走。他推开家门，发现屋里空无一人，褚琴和儿子都不见了。石光荣挠挠头，知道妻儿去了哪里。

褚琴抱着石林回了娘家，知道女儿还没吃饭，当妈的一通忙乎。石林躺在炕上睡着了，褚琴坐在桌前吃饭，老两口坐在旁边疼爱地看着。

母亲不断地往褚琴的碗里夹菜，父亲问："姑爷呢？"褚琴气哼哼地说："他不是人，别跟我提他！"母亲打量着女儿的脸色，小心地问："吵架了？"

褚琴鼻子里面"哼"了一声。

父亲急了，骂道："你这个丫头才不知道好歹呢，他是军区参谋长，不是你爹，你咋说给人家撂脸子就撂脸子呢？你是嫁人的人了，不是在家，哪能随便使小性子呢？你嫁给人家，是咱家攀高枝呢！你这混蛋玩意儿咋就身在福中不知福呢？回去，赶紧给我回去！"褚琴赌气不动地方。

母亲说："孩子还没吃完饭呢。"父亲心急火燎地说："以后有的是工夫吃，现在马上给我回去，把孩子包严实了。老婆子，赶紧穿衣服，咱们送她回去。女婿把咱老两口当亲生父母看，咱们可不能做那没理的事儿。"

褚琴噘着嘴不动地方。父亲急得发脾气说："你走不走？不走看我拿扫帚疙瘩抽你！"母亲连哄带劝地把女儿拉起来。

穿戴整齐的父亲、母亲把抱着孩子的褚琴推出门去。

家里冷冷清清，石光荣坐在桌子前喝闷酒，心里别提多别扭、多不是滋味。

突然，只听屋门咯吱一声，褚琴的父母推门进来，褚琴抱着孩子跟在后面。

石光荣赶忙诚惶诚恐地站起来说："爹，妈，你们咋来了？"他拉过来椅子让二老坐下："要知道你们来，我叫人带车接你们去。"褚父摆摆手说："这丫头任性，惹你生气了。"石光荣愧疚地说："爹，你看我闹的这叫啥事？叫你们二老还深更半夜地跑一趟。"

褚琴把孩子放在炕上，脸冲墙不说话。

石光荣真诚地说："爹，妈，我这人说话粗粗拉拉，没深没浅的，惹褚琴生气了……"褚母说："两口子过日子哪有舌头不磕牙的？"石光荣一再检讨说："都怪我，都怪我。"

褚父说："我养的孩子我知道，她从小就不是个省油的灯！"石光荣越发不自在了："爹，你别这么说！"褚父站起来说："人给你送回来了，我们走了。"石光荣真心挽留说："住一晚上，明天再走吧。"褚父说："大半夜的，家里没人可不行。"褚母体贴人意，说："姑爷，你歇着吧，天不早了。"

石光荣让警卫员叫了一辆吉普车，亲自将岳父母扶上车，然后关上车门，嘱咐司机把车开得慢一点儿。吉普车缓缓开向师部大门，石光荣一直跟着车走到大门口才站住。

石光荣走进家门后，一声不响地在屋子里面转来转去。褚琴冷冰冰坐在屋子的角落里，像是泥胎一样毫无声息。

石光荣当着褚琴的面声音很响地刷牙、洗脸、洗脚，洗漱完毕他坐在炕上看着褚琴说："我说，天不早了，睡吧。"褚琴没听见似的看也不看他。

石光荣下炕走过去，把褚琴拦腰抱起来放到炕上，给她解扣子脱衣服说："犟！犟！看我今天晚上咋收拾你！"

褚琴扭过脸不看石光荣，他拿被子给她盖上，自己脱衣服往被子里面钻。褚琴压住被子边，不让他进来。

石光荣硬掀开被子钻进去说："你看见了，该洗的我都洗了。"褚琴使劲儿推开石光荣，嚷道："别碰我！"石光荣生气了，问："你还有完没完了？"褚琴一字一句地说："没完！"

石光荣泄了火，拽过自己的被子蒙上头睡了。

这日，褚琴来到医院检查身体。女医生边写病历边说："褚琴，你已经妊娠三个月了，知道吗？"褚琴点点头。

"有什么不舒服的地方吗？"

褚琴摇摇头说："没有。"

"回去注意点儿，别上高，别拎重东西，更别剧烈运动。"

"李大姐，我想拿掉这个孩子。"

李医生一愣问："为什么？"褚琴说："我们已经有一个了。"李医生说："两个不是更好吗？"褚琴沉默了一会儿说："我工作很忙，没有时间带孩子。""这不是理由。"李医生看了褚琴一眼问，"石参谋长知道吗？"

褚琴闷头不说话。

李医生郑重地说："那就更不能拿掉了。医院有规定，没有身体上的原因，是不能给做这种手术的，如果非得做，也得丈夫来签字。"

褚琴垂下眼皮，把诊断书揣在口袋里面出去，李医生关心地看着她的背影。

石光荣忘了跟褚琴闹矛盾的事儿，兴冲冲地推门进屋，挨个打开房间里面的灯，每间屋子里面都空荡荡的。他想起来和老婆打架，她肯定又回了娘家，心里有些懊恼。坐在客厅的沙发里愣了会儿神，石光荣站起身离开。

石光荣坐着华沙轿车来到岳父母家，褚琴不在，老两口正哄着石林玩儿。石林看到石光荣，忙把脑袋扎进姥姥的怀里喊："不让这个人进来，不让这个人进来！"褚父眼一瞪说："啥这个人那个人的，他是你爸爸！"石林叫喊："我不要这个爸爸！"

石光荣一脸尴尬，不知如何是好。

褚母不好意思地说："看看他妈把孩子惯成啥样了？"石光荣不自在地解释说："我没啥事，过来看看。"褚父说："他妈也不知道有啥事，把孩子扔到这儿就走了，说是晚上也不往回接了。"

石光荣支支吾吾地说："啊，啊，那我回去看看。爹妈，你们歇着吧，星期天我派车来接你们。"褚父笑了："这孩子，咋那么外道呢？"

褚父送石光荣出门，悄悄问他："那丫头还跟你怄气呢？"石光荣忙说："没有！没有！早就好了。"褚父松了一口气："好了就好！好了就好！"

傍晚，石光荣来到文工团排练室窗前，悄悄往里面看。只见褚琴穿着一件衬衣在垫子上面劈腿大跳，汗水湿透了她的衣衫，头发一缕一缕地贴在脸上。她玩命地跑着、蹦着、跳着，眼睛里面透出倔犟和疯狂。

石光荣看了一会儿，默默转身往家的方向走去。在军区大院里，他迎面碰上冯政委。冯政委笑呵呵地和他打招呼："老石恭喜啊！"

石光荣不解地问："有啥可喜的？"

"老婆怀孕还不是喜事啊？"

石光荣一脸困惑地问："啥？"

冯政委纳闷儿地问："你不知道？"

石光荣没回过味儿来，怔怔地看着冯政委。

冯政委告诉石光荣，褚琴怀孕了，是他老婆给检查的。石光荣明白过来，顿时喜笑颜开，高兴地"哎呀哎呀"叫了两声，他像是想起什么，笑容顿时僵在脸上。

冯政委问："怎么了？"石光荣神色大变，骂了句："这个王八犊子！"骂完，扭头撒腿就跑。冯政委不解地看着石光荣的背影，嘟囔了一句："这个石疯子！"

褚琴一门心思要把这个孩子弄下去，她在排练室拼命折腾，一个大跳落在地上，摔了一个滚，可身体却没有任何反应，她绝望地趴在地上。

石光荣一脸怒气地走过来，褚琴慢慢抬起头，眼睛落在他的脸上，目光像冰一样得冷。石光荣脸色铁青地看着她，咬着牙说不出话来。

褚琴垂下眼睛，挣扎着站起来。她捡起扔在地上的外套，披在身上朝外面走，石光荣追了出去。褚琴快步走在一条小路上，石光荣在后面紧紧地跟着，大喊："褚琴，你站住！"

褚琴像是没听见不理不睬，前面有一处结了薄冰的水洼，她没看见似的一脚踩进去。石光荣气急败坏地喊："站住！你给我站住！"

褚琴跑起来，石光荣想追，正好路上有行人经过，好奇地看他俩。石光荣碍于身上的军装，不敢追了。

褚琴头上是汗、脚下是水，不管不顾地冲进家门，接着跑进卧室，"嘭"的一声把门紧紧地关上。石光荣进屋后冲到卧室门口，推门却推不开，他喊道："你把门开开，我有话跟你说！"

屋子里面的褚琴一声不响，石光荣强压怒火问："你开不开？"

褚琴还是不回答，石光荣气得飞起一脚，踹坏门锁，门开了。褚琴面朝墙一动不动地坐着，石光荣大踏步地走到她的面前，他激动得抖着手问："你这个女人咋这么狠？"

褚琴一动不动地看着墙壁，石光荣让她说句话。褚琴冷冰冰地说，和他已经没话可说了。

石光荣质问："你可以不和我说，但是你得回答这个孩子，你是不是想弄掉孩子？"褚琴斩钉截铁地答道："是！"

"为啥？"

褚琴扭过脸平静地说："你和我没有感情，石林生出来已经是多余的了。"石光荣怒不可遏地斥责道："你胡说八道！"

褚琴转过脸去不理石光荣，他像困兽一样在屋子里面来回走着。褚琴冷静地说："你要是同意，明天就上医院签字，我把孩子做掉。你要是不同意，我就加大活动量，早晚也得把他弄掉。"

石光荣咬牙切齿地说："你可真够狠的！"

"我狠？我打你耳光子了吗？！"

石光荣被噎住，吭哧了一会儿说："我那不是气急了吗，我要是知道你怀孩子……"褚琴打断他的话："知道怎么样，不知道又怎么样？我已经看得透透的了，对你这个人，不再抱任何幻想。"石光荣息事宁人地说："抱不抱幻想以后再说，先把鞋换了，小心冰着。"

"少来这套。"

"你这丫头咋这么犟呢？好赖不懂！"石光荣生气了，拽过褚

138

琴的脚给她扒湿透了的鞋，褚琴挣扎。石光荣呵斥说："给我老实待着！"褚琴挣扎不过只好由着他去。

石光荣扒了褚琴的鞋，又扒下来湿透的袜子，把她冰坨一样的脚握在两只手里面暖着。褚琴的脸由白变红，目光由硬变软。

石光荣认真地问："暖和不？"见褚琴不回答，石光荣解开衣扣，把她的脚搂在怀里。这时，褚琴的气消了一半。

石光荣看着褚琴的脸色关心地又问："还冷不？"

褚琴仍旧不回答，石光荣拽过被子把她包起来搂在怀里。褚琴挣扎了一下，没挣扎开，只好又由着他去了。石光荣看着她的脸色缓过来，小声问："几个月了？"褚琴白了石光荣一眼说："你管不着！"

石光荣嘿嘿笑着说："我的地哪能只管种不管收成？"褚琴一骨碌坐起来看着他问："你怎么这么招人烦？"石光荣扑过去按住她说："你慢点儿，小心把我儿子窝着。"

"一口一个儿子，你怎么知道就是儿子？"

"我撒的种我知道！"

褚琴气得扑哧一声笑了："讨厌！"石光荣像捧鸡蛋似的小心翼翼地把褚琴搂在怀里感慨地说："老婆，老婆！有了老婆有了家，马上又要添一个儿子了，我石光荣还说啥呢？"

天寒地冻，石光荣派车去接岳父母。见华沙轿车在院门口停下，石光荣一溜小跑，亲自过去打开车门，恭敬地请褚琴父母下车。

褚琴挺着大肚子迎出来，母亲满脸喜悦打量着女儿的身子说："肚子尖，怀的靠下，这回是个丫头。"石光荣乐呵呵地说："丫头就丫头吧，以后再生小子，咱凑七个，正好够一个班。"

褚琴白了他一眼，扶着母亲进屋。

石光荣在客厅招待岳父母，褚琴到厨房给炊事班长打下手。炊事班长问褚琴，老爷子六十六了吧？褚琴点点头。

炊事班长说："在咱东北，爹妈的六十六大寿讲究姑娘给过。姑娘得用六两六钱面，和六两六钱肉，包六十六个饺子给老人做寿。"

褚琴端过来一小盖帘小巧精制的饺子给炊事班长看："老石早晨就弄了肉和面，我已经包好了。"炊事班长由衷地夸奖说："石参谋长真是个少见的大孝子，每年老人过生日他都张罗。"褚琴点点头说："别的事上他粗粗拉拉的，这事上他倒挺细的，比我想得周到。"

石光荣陪着褚父抽烟喝茶，褚母给外孙缝衣裳。

褚琴把凉菜热菜依次端上桌，石光荣把两位老人让到桌子上，大家落座。

石光荣倒了杯酒敬给岳父母说："爹，妈，感谢你们让我娶了褚琴，给了我这么好个家。我祝爹福如东海，寿比南山。祝你们二老，年年有今日，岁岁有今天。"

"我姑爷要文能文，要武能武，我闺女嫁给你真是掉进福窝子里了。"褚父说完，高兴地把酒喝了，母亲抿了一口把酒杯放下。石光荣忙着给岳父母夹菜。

褚父心满意足地说："街坊四邻都羡慕我，羡慕我有这么个好女婿。"

褚琴低着头给石林喂了口菜。

褚父喝了点儿酒，感慨地说："我们那趟街上就我没儿子，可是我有福气，别看没儿子，那些有儿子的人谁也跟我比不起，我这姑爷比他们的儿子强百倍。"

褚母频频点头，褚琴给父亲碗里夹菜。

石光荣又给岳父满上酒说："我每天忙，没有工夫常去看你们。你们二老年龄也大了，搬到这里来吧，褚琴能照料你们，家里有老人这个家也就更像个家了。"

褚父目光慈爱地看着石光荣说："合营以后，我在纸盒社干得挺好的。再说我那房子再不济也是祖上留下的一份家业啊，不能扔在那儿不管。趁着还能干点儿就干着，啥时候干不动了再说吧。"

褚琴把煮好的饺子端上来放在桌子上说："爸，你吃。"

褚父心满意足地吃着饺子。这时，八岁的石林背着书包跑进来，进门就叫："姥姥，姥爷！"褚琴父母眉开眼笑地答应着："哎，哎！"

褚父夸道："看我大外孙，刚会提裤子洋书包就挎上了。"褚母白了他一眼说："说话咋那么不中听呢？我们石林已经是识文断字的大小伙子了！"

褚父不以为然地说："他就是当上县长也是我外孙子。来，给姥爷揪个鸡儿吃。"石林捂着裤子站在那儿不动。石光荣笑着说："今天是姥爷六十六大寿，姥爷要吃啥，你就得给他吃啥！"

石林小眼睛一转，从口袋里面掏出来一块糖说："姥爷，给你吃糖。"褚父高兴地接过来石林手中的糖连声夸赞："看我大外孙，有块糖都知道给姥爷留着。"

褚父剥掉糖纸把糖扔进嘴里，石林全神贯注地看着他。褚父夸张品糖的嘴突然不动了，他眨巴着眼睛问着石林："你给姥爷吃的啥？"随着最后一个字，他嘴里面吐出来一串肥皂泡。

石光荣和褚琴面面相觑，石林嘎嘎笑起来。褚父把嘴里面的东西吐出来，看了一眼说："你说这小子损不损？他把肥皂包在糖纸里面骗我。"

褚母用手背挡着嘴笑得前仰后合，石光荣气得跳起来追石林。石林笑着满屋子疯跑，见躲不过他跑到褚琴的身后。石光荣一把揪过石林举巴掌就要打，褚父大声喊："不许打！"

石光荣一怔，举起的巴掌硬生生没往下落。褚父下地把石林拉过来搂在怀里说："你打他就是打我！看看你那手，伸出来跟铁锹似的，一巴掌拍下去，孩子还不傻了？"

石光荣不敢申辩。褚父疼爱地摸着石林的脑袋，由衷地夸奖着说："你说你这小子咋恁聪明呢？别的孩子给俩钱儿，他都琢磨不出这道道来！"

日子过得真快，褚琴一眨眼就生了。她躺在医院的病床上休息，听见婴儿哇哇的哭声由远而近。

护士推着一辆两层的婴儿车进来，床上的产妇们都坐起来，急切地看着婴儿车。褚琴对站在床边上的石光荣说："那个嗓门儿最大的就是你闺女。"护士问："这么肯定？"褚琴笃定地说："抱过来，肯定是她。"

护士把哭得最厉害的婴儿抱过来，拿着她的小胳膊看，小胳膊上拴着一个环，环上写着10床褚琴。

护士惊讶地说："你就在产床上见过一面呀。"褚琴接过孩子说："当妈的看孩子都是那么一眼。"石光荣和石林凑过来看孩子，石林惊叹说："她这么小？"

褚琴说："你生下来比她还小，才五斤，她七斤呢。"

石林像看稀罕物似的看着新生儿，褚琴笑着对他说："你刚出生时，满脸褶子、红赤辣鲜像个小耗子，哪有妹妹好看？"石光荣从褚琴的手里接过孩子，满地走着炫耀说："一屋子九个秃小蛋子，就我们这一枝花。"

褚琴撇撇嘴说："你哪儿是抱孩子，活像抱了七斤碎肉。"石光荣边纠正自己的姿势边对女儿说："丫头，你妈当时还不想要你呢，她的阴谋要是得逞了，我哪儿找你去？"

石林看看褚琴又看看妹妹，突然问："妈妈，妹妹是从你肚脐里面生出来的吗？"

褚琴一愣不知道该怎么回答，病房里面的人都笑了。石光荣照石林的脖颈给了他一下，训斥说："臭小子，哪那么多话？"

褚琴回家坐月子这段时间，石光荣像变了一个人，火气没了，脾气小了，整天乐呵呵的。这天，他拎着点心包走到炕边打开，拿出一块提浆月饼递给褚琴说："吃吧，我特意给你买的。"

褚琴腻歪地扭过脸去，石光荣愣了一下说："你不吃，我吃。"他蹲在地上津津有味地吃了起来，边吃边说："我看生孩子这事挺好，光吃好的，不干活儿，还整天躺着。"

"那你怎么不生？"

"我倒想生，可不知道该把孩子撂在哪儿，总不能撂枪套子里吧？"

褚琴气笑了，石光荣凑过去闻孩子："一股子奶腥味儿，真好闻。"他闻着闻着就闻到褚琴的脸上去了，褚琴忙躲闪。

石光荣搂住褚琴说："你胖了。"褚琴脸红了，忸怩着说："丑死了。"

"比以前更好看了。"

"瞎说！"

石光荣认真地说："真的，搂在怀里实实在在的！"

褚琴笑着推开石光荣，他小心翼翼地把孩子抱起来，说："照这样再给我生一个。"

"两个我就够够的了！"

石光荣态度坚决地说："不够，我们老石家缺的就是孩子！"

孩子突然哭了，褚琴爬起来打开襁褓，她拿着尿布说："把孩子抱起来。"石光荣笨手笨脚地帮着忙乎着，他放在孩子屁股下面的手不动了。

褚琴纳闷儿地看着石光荣，他慢慢把手抽出来，手里面一摊黄黄的稀屎。褚琴嘎嘎笑起来，婴儿突然也笑了。

石光荣生气地说："你看这个坏东西，她还知道笑！"

要建设一支现代化的军队，就必须培养一批掌握现代军事科学技术的高级干部，石光荣有幸成为军事学院的一名学员，即将赴武汉学习。

这天，褚琴抱着女儿石晶、领着儿子石林到火车站送行，他们隔着车窗跟石光荣说话。

"爸爸，你到武汉是打仗去吗？"

"不是，是学习。"

"你这么大了才上学？"

"毛主席说要活到老学到老。"

"爸爸，你不打仗了？"

"学完了仗能打得更好。"

褚琴叮嘱说："记住，勤换换衬衣。"石光荣有点不耐烦地说："这句话，你一早上说了五遍了。闺女，过来让爸爸亲亲。"

石晶凑过去让爸爸亲。突然，开车的铃声响了。石光荣挥挥手，让褚琴带孩子回去。他特意叮嘱石林，好好听妈妈的话，不许惹祸。石林撇撇嘴说，这话他都说五遍了。

火车徐徐开动，石林追着火车跑。褚琴抱着孩子的身影越来越小。

冬天，身穿军官制服的军人在操场上跑步，石光荣昂首挺胸跑在最前面，腰板笔直的教官在旁边喊着口令。

盛夏，石光荣和一群高级军官在操场上进行体育锻炼。只见石光荣在双杠上做双臂大回环，一口气做了十个，大家吃惊地看着他；石光荣有意卖弄，在鞍马上做旋子，一口气连着旋了二十个，现场的人无不佩服。石光荣得意扬扬地走到一边擦汗。一个军官上去练，连两个都做不了就掉了下来。石光荣在下面起哄："老刘，养了这么一身大嫂子肉，还咋带兵打仗啊？给我打二斤酒，明天开始我带你跑步吧！"

老刘揭石光荣的老底："你也就是在操练课上逞逞能吧，文化课上哪一门你及格了？"石光荣气馁地说："老子要是能抓住那些狗日的洋字码，非用刀一个个地把它们劈了。"老张笑着说："老石一上算数、语文和哲学课就两眼发直、大汗淋漓。"石光荣沮丧地说："那些字跟长虫一样，在黑板上爬来爬去的，整得我直犯迷糊。"

大家哄堂大笑。石光荣生气地说："笑啥，笑我没文化？没文化咋的啦，我照样不是把小鬼子和蒋介石打败了吗？"

这时，教官走过来说："石光荣同志，你这个人的思想观念有问题，中国的江山我们打下来了，但是建设它的任务更加艰巨。总参谋部安排你们这次学习，就是要你们这些高级军官接受系统、完整的教育，成为有文化的军事家和革命者，否则我们的社会主义建设就会没有保障。"

石光荣梗着脖子看着教官说："你们这些当老师的不用老训我。"

"不是训你，是引导你端正思想。"

"我还真不信这个邪了，要是学文化真的比攻城堡打山头还难，我石光荣就打个冲锋给你们看看！"说完，石光荣气冲冲地朝教室走去。

第 七 章

军区大院『小霸王』

盛夏的夜晚，素有"火炉"之称的武汉又潮又热，对于来自东北的石光荣来说，这种日子实在难熬。他一个人坐在空荡荡的教室里面做习题，皱着眉头盯着书上的字，盯着盯着脑袋低下去，头嘭的一声撞在桌子上。石光荣醒了，揉了揉脸，懵懵懂懂地看着黑板出神。

石光荣从本子上撕下来一张纸，写起家信。

老婆、儿子、女儿，你们好！我真想死你们了。早就想给你们写信，可是各种课一上完天就黑了。我一点儿都不习惯这儿的生活，天天晚上做梦，总梦见自己打败仗……

没有石光荣的管束，石林像脱缰的野马玩疯了。

军区操场上，十几个男孩围在一起玩背烟盒。一个叫冯铁的男孩把一沓套在一起的烟盒放在手上，他一翻手背，色彩缤纷的烟盒像一条小龙一样整整齐齐地落在小臂上。

孩子们发出惊呼赞叹声，不过有两张烟盒站立不稳掉下来。大家一声叹息，替冯铁感到遗憾。石林不动声色地伸手要烟盒，冯铁耍赖说："不算！不算！"

石林理直气壮地说："说好全背，掉了就算输，烟盒全归我。"冯铁狡辩说："我没说全背。"石林轻蔑地说："你拉出屎还带往回坐的？"

孩子们都是看热闹不嫌事大的主儿，跟着一起起哄。

冯铁脸上挂不住了，怒道："你骂谁？"石林傲慢地说："谁找打我骂谁！"冯铁腾地站起来说："打就打！"

石林不甘示弱，也站起来把书包摘下来扔在一边。

两个男孩子像斗架的公鸡一样，转着圈杠起了拳。孩子们紧紧地簇拥着他俩，饶有兴趣地打气助威。杠着杠着，冯铁突然一闪身，石林猝不及防重心不稳，一头撞在墙角上。

石林捂住头，血流了下来，他"嗷"地叫了一声，朝冯铁扑过去……

此时，褚琴正在家里手忙脚乱地给石晶穿衣服、梳辫子，嘴里不停地说："快点儿，妈妈要迟到了。"

突然，两个男孩子跑进来喊："阿姨，你们家石林和冯铁打架了。"

褚琴扔下石晶就往外面跑，石晶号啕大哭。褚琴没办法，转身抱起石晶跟着孩子们跑出去。

操场上热闹极了，男孩子们围着厮打在一起的石林和冯铁，连喊带叫地助着威。见石林满脸是血，褚琴腿一软摔在地上，怀里的石晶摔出去老远，石晶大哭不止。

褚琴顾不上女儿，站起来往人群里面冲，大喊："石林！石林！"

石林生怕母亲拉走自己吃了亏，他眯起一只被血糊住的眼睛，抄起地上的一块砖砸在冯铁的脑袋上，血从冯铁的脑袋上流下来。

褚琴冲进人群，一只手拉着石林，一只手拉着冯铁往附近医院跑，石晶跌跌撞撞地跟在后面。

褚琴拉着俩孩子着急忙慌地进了医院急诊室，大呼小叫让医生给瞧瞧，两个护士见怪不怪，慢条斯理地给石林和冯铁清洗创面、缝合伤口。

冯铁疼得直哭，石林鄙夷地看着他说："你要是被徐鹏飞抓去了，不用上老虎凳，一鞭子准成叛徒甫志高。"

一个护士忍不住扑哧一声笑了，冯铁把抽泣声咽回去。护士给石林缝针，问："疼不疼？"石林逞强说："不疼！"

那个护士转过脸对褚琴说："他脑袋上将来可能会落块疤。"石林满不在乎地说："一块疤算什么，我爸身上十八块伤疤呢！"

抱着石晶的褚琴狠狠地瞪了石林一眼。

这年冬天，石光荣终于从军校毕业了。

大礼堂里，高级军官们精神抖擞、整整齐齐地站着。雄壮的军乐声响起来了，石光荣上台从校长的手里接过来毕业证书和毕业考试成绩单。

毕业典礼一结束，石光荣就迫不及待地回到宿舍收拾东西。他把毕业证书和考试成绩单塞进口袋里，拎起行装就往外走。

同宿舍的老张喊："老石，晚上会餐。"石光荣手一摆说："我不吃，再吃就吐了。从第一天开学到最后一天毕业，课堂上让我生吞活咽下去的东西有多少，现在还都在肚子里挨排站呢！"

火车在原野里面奔驰，拐弯钻进山洞，石光荣归心似箭……

石林是闲不住的，在自家院子里抽陀螺玩儿，石晶站在一边看。突然，石光荣拎着旅行包大步走进院子，大声喊："儿子，闺女！"

石林愣了一下，扔下陀螺跑过去，石晶也跟着哥哥跑向石光荣。

石林抱住石光荣的腿，石光荣却抱起女儿，用胡子扎她的脸，扎得女儿哇哇直叫。褚琴听见动静开门出来，看见是石光荣，身子一软靠在墙上，虚软地问："你怎么回来也不打个招呼？"

石光荣含意丰富地看了褚琴一眼说："回来就回来，整那景儿干啥？"他说完，抱着女儿，拉着儿子进屋。

石林和石晶围在石光荣的身边，他打开旅行包从里面拿出来一把玩具枪递给石林，又掏出来一个大花皮球递给石晶。

石晶高高兴兴地抱着皮球跑到一边去玩儿，石林琢磨了一会儿手中的玩具枪，觉得没什么意思扔到一边。他走到石晶面前说："给哥哥看看你的球。"

石晶知道哥哥是个"破坏大王"，抱着皮球不给他看。石林哄骗说："给哥哥看看，下次哥哥学校看电影带你去。"

石晶迟疑着把球递给石林，他兴冲冲拿着球跑出去，石晶忙跟了去。

见家里没旁人，石光荣慢慢走过来搂住褚琴说："想死你们啦！"褚琴挣扎着说："一身的怪味儿，洗洗去！"石光荣不松手，说："我不洗，一洗身上的热乎气都洗没了。"

石光荣亲吻褚琴，褚琴腻歪地躲闪。突然，门咣的一声开了，石光荣赶紧松开手。石晶大哭着进来，褚琴慌忙抱起女儿心疼地问："怎么了？"

石晶把裂了个大口子的花皮球举到妈妈面前，石光荣问："咋弄的？"石晶哭诉说："哥哥一脚就给踢烂了。"

石光荣生气了，开门走出去。

褚琴安抚好女儿，坐在沙发上给她梳小辫子。不一会儿，石光荣拎着石林进来，石林挣扎着说："看你买那破球吧，连一脚都扛不住。"

石光荣照石林屁股上踢了一脚，他气不忿地翻着小眼看爸爸。石光荣又朝着石林后脖颈子狠狠地给了一下子，训斥道："咋看人呢？"

褚琴不悦地看了石光荣一眼，对石林说："给妹妹道个歉，事情就过去了。"

石林用小眼睛斜着石晶，就是不说话。石光荣点点头说："小子，你主意够正的啊，过来！"石林一步三挪艰难地挪到父亲面前，石光荣问："说，我不在的这段日子都惹啥祸了？"

石林不说话，石晶趁机告状说："哥哥砸碎了学校的三块玻璃，把一只耗子放在女同学的手套里面，吓得她尿裤子了。"

石光荣的气喘粗了，竭力克制着情绪。石林鄙夷地用白眼珠看着石晶，有老爸撑腰，石晶放开了胆子继续说："他把家里的收音机和缝纫机都拆了，还把爸爸的奖章拿去卖钱……"

石光荣气得一把抓过石林，抡圆了巴掌照着他的屁股就打，骂道："我打死你个王八羔子！"

褚琴扑上去阻拦石光荣，解释说："他没卖成，我追上那个卖破烂的，又买回来了。"

石光荣把褚琴搡到一边，使劲儿揍着石林。石林声嘶力竭地号哭，石晶害怕了也跟着哭起来……

这一顿胖揍使石林记忆深刻，他晚上睡觉翻个身都给疼醒了，不由自主地哎哟叫出了声。屁股被打肿了，一碰就疼，他只能趴着睡觉。

月光照着墙上的钟，表针指向 12 点。石林慢慢睁开眼睛，吃力地下床，捂着屁股一瘸一拐地往卫生间走去。

解完手，石林从卫生间里面出来，睡眼惺忪地往回走，路过石晶房间的门口时他站住了。

石林侧耳听了听，旁边父母卧室里除了忽高忽低的鼾声，别无动静。此时，石光荣正搂着褚琴熟睡，褚琴睁开眼睛悄悄挪开他的手，回到自己的被子里面。

石林小心翼翼地推开石晶卧室的门，蹑手蹑脚地走到床边，石晶躺在小床上熟睡，两根扎着蝴蝶结的辫子搭在枕头上。石林若有所思地伏下身看着妹妹，脸上露出坏笑……

翌日清晨，石光荣坐在桌子前喝粥，褚琴收拾屋子擦地。石光荣摇摇头说："一个地你把它擦那么亮干啥？"褚琴说："看着舒服。"石光荣哼了一声："我看你是没事干闲的。"

突然，石光荣的眼睛直了，褚琴纳闷儿，顺着他的视线看过去。石晶走了过来，她的脸被墨汁涂成花脸，一根小辫垂在肩上，另一根小辫被齐根剪掉了。

石晶浑然不觉，天真烂漫地喊："妈妈，有鸡蛋吗？"

褚琴一下捂住了自己的嘴，石晶被父母的眼神吓住了，忙扭头去照镜子。镜子里面一个无比丑陋的小人在看着自己，石晶嗷的一声哭喊起来。

石光荣明白这是石林干的，他迈着箭步冲进了石林的房间。片刻之后，石林房间里面传出来巴掌结结实实落在屁股上的声音，还有石林呼天抢地的惨叫声。

褚琴一屁股跌坐在沙发上，绝望地用手捂住脸。

军区大院的岗楼上，哨兵在哨位上来回走动着。脚下大墙外尘土飞扬，石林领着一群孩子站在土堆上连喊带叫地打土仗玩儿，哨兵瞥了他们一眼走开了。

冯铁用绳子把书包捆成炸药包的样子，嘴里学着"突突突"的机枪声趴在地上匍匐着向前移动。孩子们喊叫着从土坡上滑下来，像土猴子一样的石林助跑几步最后一个滑下来。他手里抓着两把土，做出飞机俯冲的样子，嘴里面"哒哒哒"模仿飞机扫射时的声音，边往下滑边扬土。

冯铁假装突然被子弹打中，他拖着重伤的腿继续往前爬。石林嘴里面发出冲锋号的声音，冯铁举着"炸药包"大声喊："为了新中国冲啊！"随后嘴里面发出"轰"的爆炸声，然后壮烈牺牲。

滑到沟底的石林突然嗷地叫了一声，蹦了起来，已经牺牲的冯铁赶忙爬起来问："怎么了？"石林摸了一下屁股说："屁股破了。"

冯铁让石林扭过身，他帮着看看。看了一眼石林的屁股，冯铁说："没出血，就是裤子被划了个大口子，屁股蛋子露出来了。"

石林慌忙靠土堆站住，大声问谁有针线包，孩子们纷纷摇头。石林急中生智，捡了一根细铁丝递给冯铁，让他帮忙把裤子后面的大口子用铁丝连上。冯铁蹲在地上，笨手笨脚帮石林弄好裤子上的窟窿。

石林低着头在沟底边寻找边说："什么武器这么厉害，是敌人埋的滚板刀吗？"

冯铁和那帮孩子一起埋头找。一个孩子叫道："这儿有个东西。"

石林忙过去看，只见一小块生了锈的铁皮有棱有角地戳出地面。石林动手往外挖，铁皮越露越大，依旧看不出来是什么。

孩子们来了兴致喊："快挖！挖出来换钱去！"

哨兵踱了回来，探头往下看。孩子们像一群蚂蚁一样挤在一起使劲儿往外刨着什么东西，哨兵好奇地看着他们，发现这群孩子围着一个黑黢黢的东西连喊带叫地商量着。

哨兵瞪着眼睛往下看着，想弄明白他们刨出来的是什么，看着看着他突然神色大变，跑进岗楼抄起电话。

此时，石光荣正在参谋部和参谋们站在作战地图前研究作战方案。一个参谋匆匆进来说："报告参谋长，大院里的孩子们在院子外面挖出来一颗打沈阳时没炸的炸弹。"

石光荣扔下手中的笔，喊了一声："赶紧疏散孩子，命令工兵连赶紧到达现场排弹！"参谋说："没法疏散。"石光荣目光如剑地射向那位参谋问："你说啥？"

参谋汇报说："我们发现的时候，你儿子正骑在炸弹上往开卸呢，如果我们举动不恰当，他一失手……"

石光荣的汗下来了，他撒腿往外跑，参谋们紧随其后跑出去。

石光荣大踏步地跑上土堆，一个头上戴着柳树条、手里拎着木棍的小男孩拦住他喊："口令！"身后的一个参谋把小男孩拦腰抱起来扔到一边。

石光荣站在土堆上往下看，十几个孩子头上戴着柳条编的帽子趴在地上注意着前方动向，石林头上戴着柳条圈骑在炸弹上使劲儿地拧着炸弹上生了锈的螺丝。

石光荣额上的汗像小河一样地流淌下来，工兵连长带着自己的队伍跑上土堆，上前给石光荣敬礼："首长！"石光荣冲他一摆手，让他待命。连长看到沟底的景象一下愣住。

褚琴得到消息也赶了过来，她吓得腿肚子抽筋，面色惨白，跌跌撞撞地爬上土堆，一把拉住石光荣声音颤抖地问："儿子呢，儿子呢？"石光荣压低声音命令说："别嚷，惊了他就出大事了！"

褚琴一下噤了声，众人屏住呼吸往沟底看。

石林旁若无人地忙活着，他慢慢扭过头来朝土堆上看，脸上的土和汗混在一起，像画了个大花脸。石林发现了站在土堆上的父亲和母亲，他笑了，冲着他们扬了扬手里卸下来的东西，大声说：

"看！撞针被我拆下来了。"

孩子们欢呼雀跃。石光荣几步跨上去把儿子从炸弹上揪下来，褚琴腿一软瘫倒在地上。

工兵连长负责善后，石光荣拉着泥猴一样的石林回家，褚琴惊魂未定地跟在后面。

一进家门，石林就被褚琴逼着去洗澡。石林泡在浴缸里面，石光荣坐在小板凳上抽着烟问他："你咋会拆炸弹？"石林搓着身上的黑灰，满不在乎地说："工兵连练拆弹的时候我在旁边看过。"

"看和干可是两回事。"

"对我来说是一回事，有啥难的？找到接口，掀开盖子把撞针往下一拧，它就成废物一个了。"

石光荣绷着脸说："作为军人，我佩服你的胆量和勇气；作为你爹，我告诉你，下次再看见你干这样出格的事，我打断你的腿！"石林嬉皮笑脸地往起站，说："爸……"

褚琴拿着石林换洗的衣服进来，石林慌忙坐回到水里面抱怨说："妈，人家洗澡呢，你别进来。"褚琴纳闷儿地问："我不是一直都帮你洗澡吗？"石林说："那是过去。"石光荣脸上露出笑容说："浑小子觉得自己成人了！"

参谋部里，高级军官们聚在一起，七嘴八舌地议论着。

石光荣指着墙上的军用地图激动地说："他们的军队从东西两段边境同时向我们发动大规模的武装进攻。他们甚至冲进我们边防军的工事里面，和我们的人厮杀。边防军忍无可忍，进行了有力的还击，战况已经回来了。"

一个参谋兴奋地说："等了这么多年总算捞着仗打了！"

石光荣撸胳膊挽袖子说："我们来研究一下兵力部署。"

……

父辈们在屋里运筹帷幄，小子们则在军区大院里喊打喊杀。他们一个背着另一个，将自己当成骑兵冲锋陷阵。被当成战马的孩子气喘吁吁地奔跑着，当骑兵的孩子揪住对手拼命往下撕扯着，孩子们打得乱成了一锅粥。

石林从自己的"战马"上跳下来说："这样不行，咱们得选出自己的司令。"冯铁想当然地说："我当红军司令。"

"凭啥你当红军司令？"

"我比你大四个月。"

石林嘲笑说："大管啥用，你大才上四年级，我已经上六年级了。"冯铁撇嘴说："那是你们家讨厌你，没到上学的岁数就把你扔到学校里去了。"

"我比你个子高。"

"我爸是政委。"

"我爸是参谋长。"

冯铁揭短说："你爸用鞭子抽你，像个国民党。"石林火了，骂道："你爸整天挺着大肚子，像个大地主。"石林和冯铁不甘示弱，互相推搡起来。

孩子们兴奋起哄，鼓动他俩干仗。冯铁甩开石林说："咱俩摔跤，谁胜了谁当红军司令。"石林觉得合理，点头同意。于是，俩人抱在一起摔起跤来。石林突然伸腿，把冯铁绊倒。

女孩子们叽叽喳喳地跑过来，一个个倒立着竖在墙上，看着男孩子们大呼小叫、冲来冲去打仗。

石林率领"红军"英勇作战，将冯铁的"白军"打得落花流水。

他们把捉住的"白军"通通剥掉衣服，命他们靠墙站着。

石林挺胸叠肚地走到"俘虏"面前："你们这些白狗子，欺压百姓罪大恶极。我代表红军政府宣判你们死刑！""白军"中有人嘿嘿笑起来，石林把眼睛一瞪说："不许笑！"

女孩子们觉得好玩儿，忙结束倒立围过来。

石林从腰上掏出来自制的手枪，指着冯铁的脑袋说："先毙了你！"石林掏出一颗子弹塞进枪膛里，冯铁嘲笑他说："你那把破枪，根本就不响。"石林自信地说："我昨天晚上重新改造了，不信你打一枪。"冯铁接过手枪看了看，又还给石林说："它要是响了，我把我的幻灯片都给你看。"

"一言为定！"

"好，一言为定！"

石林慢慢抬起枪对着远处的树瞄准，孩子们屏住呼吸看着石林。石林一扣扳机枪响了，在他的脸和枪之间冒出来一大团浓烟。

孩子们吓坏了，石林举着枪站在那里一动不动。冯铁喊："石林！"石林像是吓蒙了，没有回答。冯铁又喊了一声"石林"，石林慢慢转过脸来，他的脸被从枪膛后面喷出来的火药熏得乌黑一团。冯铁和孩子们见了，笑得满地打滚。

石林回到家，石光荣并没有责骂他，而是将他带进作战室，用酒精棉给他擦拭脸上被火药烧坏的地方。尽管很疼，石林一声不响地挺着。

石光荣处理好石林的伤口，把他扒拉到一边，拿起那支自制的手枪检查着，问道："还挺像那么回事，谁教给你做的？"

"自己琢磨的。"

"嗯，你这枪做得有点儿像我在抗联时使唤的套筒。"

"啥是套筒?"

"是一种枪,这种枪只有一条锯断的枪管和用榔头敲出来的击发装置。枪身是用木头削出来的,没有瞄准器,后填手动单发,有的还没有来福线。"

石林崇拜地听着,石光荣看了儿子一眼问:"伤着几回?"石林翻着眼睛想了想,说:"想不起来了,不是三回就是四回。"石光荣气得瞪了他一眼。

石林跟没事人似的凑过来问:"爸爸,你说这把枪老打不着火是怎么回事?"

石光荣说:"你这把枪做的原理是对的,只不过扳机和弹膛之间有点儿问题。"石林恍然大悟,边伸手去拿枪边说:"那我再修修。"

石光荣打开抽屉,把自制手枪扔进去,重新锁上抽屉说:"以后凡是武器全部没收。"

儿子的事儿刚消停,一份文件惹得石光荣老大不高兴,他呕心沥血的作战计划落空了。他把那份文件扔在办公室的桌子上,气哼哼地在地上来回踱着步。一个参谋进来问:"参谋长,马上开作战会议吗?"石光荣手一摆,生气地说:"仗已经打完了!还开啥开?"

这天,石林带着一帮男孩子来到郊外,他们头上戴着用柳条编的帽子,趴在土坡下面。一辆毛驴车过来,车上装满了甜秆。石林掏出弹弓子,瞄准毛驴射出去。毛驴被石子击中受惊,尥着蹶子跑,把车上的甜秆颠了一地,车把式怎么也吆喝不住毛驴。

驴车跑远了,石林和孩子们冲下土坡捡起甜秆大吃大嚼起来。

这时,一辆军用卡车开过来,孩子们乱喊乱叫招呼车停下来。

车里的驾驶员一见这群毛头小子，眉头就皱了起来，坐在旁边的战士问："怎么回事？"

司机说，这是军区院里的一群小魔头，天不怕地不怕，千万别理他们。战士忙问，怎么办？司机说，凉拌，开过去。

军用卡车一刻也不停留地从石林等人身边冲过去，卷起一阵灰土。这帮孩子气得直跳脚，追着汽车扔石头。石林问，记住车号了吗？冯铁说，记住了。石林一挥手喊"追"。孩子们得令，撒丫子追着汽车跑，荡起一片烟尘……

傍晚，孩子们侦察到那辆军用卡车就停在军区后勤楼下，便一窝蜂拥过去，围着汽车琢磨起来。

石林把车门撬开，对孩子们一挥手说"上车"，大家伙儿兴奋地爬上汽车。

石林和冯铁爬进驾驶楼，见车钥匙插在钥匙孔里，石林高兴地说："有钥匙就能打着火。"冯铁问："你行吗？"石林自信地说："我爸的司机教过我。"

石林说着挂挡踩油门，汽车轰的一声往前蹿了一下，车上的孩子们高兴得吱哇乱叫。卡车开得东摇西晃，车厢里的孩子们吓得惊叫起来。

石林很沉得住气，一点也不慌乱，他居然在院子里慢悠悠地把车开了起来，孩子们一片欢呼雀跃。

军区大门口，哨兵看见一辆卡车摇摇晃晃地开过来，他纳闷儿地往车里面看。驾驶楼里只露出来两个头顶，却看不见驾驶员。哨兵赶忙吹哨，挥舞着小红旗阻拦，没想到那辆卡车加大油门冲了出去。哨兵抄起电话喊："喂！我是前门哨卫，刚才冲出去一辆卡车，车号是……"

这时，那辆卡车的驾驶员和战士扛着木头箱子出来，看见车没了，顿时傻了眼。

卡车在街道上摇摇晃晃，像喝醉了酒一样，孩子们却兴奋地在车上大声唱："向前！向前！向前！我们的队伍向太阳……"

石林手握方向盘，努力探头往前看着。红灯亮了，卡车不管不顾闯了过去。岗楼上的交警看见，忙打电话联络下一个街口的岗楼说："卡车上有一群孩子，驾驶楼里面好像没有人。"

卡车上的孩子们发现有两辆摩托车在后面追赶，高兴得嗷嗷直叫。

石林兴奋得两眼贼亮，说："敌人跟上来了！"冯铁有点紧张地问："怎么办？"石林说："冲过去，把敌人的火力引开。"说着他踩了一脚油门，迎面开来了一辆摩托车，石林把车拐进另一条街。

卡车突然熄火了，石林说："咱们战略转移吧！"

石林和冯铁偷偷溜下驾驶楼，一溜小跑钻进树丛里。孩子们见了在车上哇哇乱叫，三辆摩托车围了上来……

夜晚，石光荣坐在客厅的沙发上发呆，身边堆着一堆报纸；石晶靠在他身边看连环画。褚琴用抹布抹着已经很亮的桌子，又用拖布拖地，拖到石光荣脚下时，她说："抬抬脚。"石光荣腻歪地看着褚琴说："我就那么脏？带个脚印子回来你都受不了。"

"你以为你干净呢？不爱刷牙，不爱洗脸，晚上洗个脚像扒皮一样难受。"

"打石家庄的时候我十天没洗脸，不也照样打胜仗了吗？"

褚琴反感地说："别老陈芝麻烂谷子地翻腾了。"石光荣眼睛一瞪问："你说啥？"褚琴一针见血地说："没捞上仗打又跟我找茬儿是不是？"

石光荣没话了，他的确是借题发挥。

这时，门开了，保卫部的负责人领着两个民警和耷拉着脑袋的冯铁进来。保卫部的负责人说："首长，你们家石林领着院子里面的一群孩子，把后勤部的车偷着开出去，闯下祸了。"

石光荣和褚琴大吃一惊，面面相觑……

明月皎洁，月光如水，石晶抱着一大堆东西气喘吁吁地跑到一堆水泥管子附近，慌慌张张地扒着一个个水泥管往里面看着，她害怕地小声喊："哥！哥！"

一个水泥管子里面的稻草被扒开，石林露出头来警惕地看看四周问："你怎么知道我在这儿？"石晶说："你带我来玩过。"石林松了口气，问："有吃的吗？"

石晶把带来的棉衣递给石林，打开怀里面的书包，从里面掏出来馒头、咸菜和鸡蛋，石林接过来大口大口地吃着。

"哥，你可千万别回家，爸气得拍茶几把杯子都拍碎了。他要是逮住你，非把你的屁股打烂了。"

"妈呢？"

"在家和爸吵架呢。"

石林把身上的棉衣使劲儿裹了裹说："你回去吧。"石晶摇摇头说："我不走，他俩在家里砸东西，谁也不管我。"石林往水泥管里挪了挪身子说："那你进来吧。"

石晶高兴地钻进去，石林把大棉袄给她披上一半，两人一声不响地看着外面。

石林问妹妹冷不冷，石晶点点头，石林伸手搂住妹妹。

架也吵了，东西也砸了，这日子真的没法再过下去。褚琴喘着粗气想，她突然发现女儿不见了，忙拿起手电到军区大院里找。她知道，女儿一定是去找石林了。她来到一片小树林里，边找边喊："石林，石晶！"

石光荣来到军区大院外，打着手电四处照着找儿子和闺女。

兄妹俩把稻草铺在水泥管子里面，钻进去聊天。

"哥，明天怎么办？"

"我想好了，坐火车找小伍子叔叔当兵去。"

"我也去。"

"你去干啥？打起仗来还得我背着你。"

"我不让你背。"

"你说的比唱的都好听，每次要跟我出去玩，你都发誓不让我背，结果还不都是我背回来的？"

"你是哥哥，当然得背着我。"

石林不说话了，这是他的软肋。

"哥，你睡着了？"

石林扭过头问石晶："你敢跳火车吗？"

石晶摇摇头，石林忙说，连火车都不敢跳，更不能去了。石晶噘着嘴问，为什么？石林说，他得学铁道游击队扒火车去，火车开着时要跳上去，还要找机会跳下来，她行吗？

石晶一听，眼泪掉了下来。石林心一软，忙说："行了，行了，我带你去。不过你得答应我，一切行动听我的指挥。"石晶忙不迭使劲儿点头。

褚琴和石光荣打着手电在家门口相遇，两人看了看对方谁也没说话，又朝外面走去。

黎明时分，依稀可见石林和石晶盖着棉衣团在稻草里面熟睡。

褚琴披着外套靠在沙发上，疲惫不堪地盯着对面的墙发呆。

石光荣蹲在门口台阶上抽烟，脚下扔着十几个烟头……

天光大亮，警惕性很高的石林率先醒了，他叫醒妹妹一起去火车站。迷迷瞪瞪的石晶穿着快拖到地上的军用大棉袄，被石林拉着在马路上奔跑着，车辆从他们身边驶过，骑自行车上班的人纳闷儿地时不时回头看他俩。

石晶跑着跑着不跑了，她站在路边看着卖早点的摊位说："哥，我饿了。"石林皱起眉头说："你看你，还没长征呢，事就来了。"石晶乞求地看着石林，声音软软地又叫了声："哥！"

石林没脾气了，四处暗摸着想辙……

石晶站在早点摊前，垂涎欲滴地看着橱窗里面摆着的吃的东西。她不时抬起眼睛鬼鬼祟祟地看老板娘一眼，这引起了老板娘的警惕。老板娘不错眼珠地盯着石晶，生怕她偷拿自己的东西。

这时，一根拴着铁叉的杆子从老板娘的身后悄悄地伸进来，扎走了笸箩里面的一个烧饼。石林躲在棚子的缝隙处全神贯注地干活，他的怀里鼓鼓囊囊地塞着好几个烧饼，老板娘竟毫无察觉。

不一会儿，石晶听见远处传来一声口哨，她循声望去，看到石林朝她歪了一下脑袋。石晶知道哥哥得手了，忙撒腿跑了。老板娘有点儿纳闷儿，收回了目光。

石林和石晶一人拿着一个烧饼边走边吃，不知不觉间来到火车站。

石林说："我打听过了，咱们得先到新立屯倒车，然后到天津，从天津再往甘肃走。"石晶似乎没听进去，说："哥，我渴。"

"你怎么这么多事？候车室有个洗脸池子，去那儿喝去吧。"

"我不敢去。"

"就你这样，还想跟我当兵打仗去？快回家去吧！"

石晶看了哥哥一眼，委委屈屈地走了。石林坐在栅栏上往站台里面看，等待开车的火车头呼呼地吐着白色的蒸气。

上下车的旅客一伙一伙地从栅栏旁边走过去，石晶连滚带爬地跑回来喊："哥！哥！"石林吃了一惊，忙问："怎么了？"石晶指着不远处说："爸，你看爸！"

石光荣脸色铁青地大踏步跨上台阶四处看，石林慌忙把石晶托过栅栏，自己跟着爬过去，喊了一声："快跑！"

石光荣一眼看到了他俩，喊了一嗓子跑过来。

石林和石晶在站台里面跑，石光荣在外面追。追了几步，石光荣飞身跃过栅栏。一列客车进站，乘客们纷纷从车厢里面下来。

石光荣像猎豹一样迅捷，他一只手抓住石林的衣领，一只胳膊夹着石晶，怒气冲冲地往车站外走。石光荣恶狠狠地骂道："小兔崽子，看我回去咋收拾你们！"

突然，一只手重重地拍在石光荣肩上，问："收拾谁？"

石光荣回过头看，胡毅风尘仆仆地站在他面前。石光荣大喜，扔下孩子们，冲过去抱住胡毅连摇带晃。胡毅叫道："慢点儿，慢点儿！骨头要碎了！"

石林和石晶吃惊地半张着嘴看着他俩。

石光荣问："你这个混蛋，咋想起回来了？"

"开会，特意绕道来看看你！"胡毅看了看石光荣纳闷儿地问道，"你怎么知道我这趟车到？"

"我不知道，是这小子惹了祸，带着妹妹跑了，我追到这里，瞎猫碰死耗子撞上的。"

胡毅拍着石林的脑袋哈哈笑，石林偷偷用眼睛瞟石光荣。石光荣脸上全是笑："小王八犊子，看在胡伯伯的面子上，饶你这一次。"石林眉开眼笑地凑过来说："胡伯伯，我帮你拿包。"

胡毅高兴地拉着石林和石晶的手走出站台。

因"家丑外扬"，褚琴脸上有点儿挂不住，她见了胡毅很不自在，打了声招呼后，便领着石林和石晶出去了。石光荣对胡毅说："上班、上学、上托儿所的该走的都走了，就剩下咱俩好好唠唠吧。"胡毅试探着问："褚琴的神色不对啊，你们两口子是不是吵架了？"石光荣叹了口气说："三天一小吵，五天一大吵，家常便饭。"

"为啥？"

"鸡毛蒜皮。"

"既然是鸡毛蒜皮，你睁只眼闭只眼就过去了。"

"闭上再一睁开就不认识了，她变了，不再是我刚进沈阳城的时候见到的那个褚琴。我还是我呀，她咋就看我那么不顺眼？吃饭的时候嫌我吧嗒嘴，睡觉的时候嫌我打呼噜；早上嫌我刷牙糊弄事，晚上嫌我洗脚没用香皂。我撒泡尿她都要跟进去看看，看我冲马桶了没有。"

胡毅哈哈大笑。

"我在屋子里面抽根烟，她就像讨账似的，拿着烟灰缸子跟着我，生怕我把烟灰掸在地上。唉！你说，她整天擦呀洗呀，把家弄得跟个水池子似的，在这儿搂着老婆睡觉，还真不如在战壕里面搂着枪睡得舒坦呢。"

胡毅笑得一口水差点儿喷在地上。

"你老婆咋样？"

"小柳子？马尾穿豆腐提不起来。我那老婆哪像褚琴，她一点儿生活能力都没有，连衣服都洗不干净。我想换件衣服根本看不出来哪件洗了，哪件没洗，只好挑有点儿潮的穿。我想可能是洗完还没干呢吧。"

石光荣嘿嘿直笑。

"孩子小的时候，冬天她用棉被包着孩子上托儿所，每次我都得追出门去，看她把孩子抱反了没有。"

石光荣哈哈大笑："老胡啊！我多少日子没这么笑了！咱俩得整点儿菜好好喝两盅。"

"跟你说老石，我这个人天生就是土包子，七个碟子八个碗摆在那儿，我就是吃不饱。咱俩弄点儿解恨的吃。"

"炸一锅猪蹄子，整个小葱拌豆腐下酒，再整一锅疙瘩汤，咋样？"

胡毅高兴地说："好！好！扒拉疙瘩汤是我的拿手本事，我来弄。"

"我炸猪蹄子，我最爱吃猪蹄子。褚琴那人各色，死活不吃，说是有股子脚汗味。"

俩人连说带笑，撸胳膊挽袖子咋咋呼呼地走进厨房，动静很大地忙活着。石光荣边干活边说："这些年我过得一点儿都不舒坦，家里面疙疙瘩瘩的我认了，可是一仗都捞不着打，整得我受不了，这股子气整天在肚子里面蹿来蹿去的。"

胡毅炝好锅，把水添上说："我和咱们老司令员通过电话，我在电话里面问你的情况。他说，石光荣自打新中国成立以后就没老实过，一会儿要打台湾，一会儿要去西藏，一会儿又要去中印前线。"

石光荣理直气壮地说:"咱是当兵的,当兵的遇到战争不往前冲,那还叫啥兵,那不成老百姓了吗?"

这时,石林和石晶悄悄地溜进厨房。胡毅问,怎么没上学去?石光荣说,下学了。胡毅吃了一惊,时间过得好快,一眨眼大半天过去了。

石晶好奇地问:"胡伯伯,你们这是干啥呢?"石光荣摆摆手说:"去,去,去,别在这儿添乱。让你妈带你们到食堂吃去,告诉她别管我们了。"

石林看着一大锅疙瘩汤,觉得很稀罕,说:"我想跟你们一起吃。"石晶叫喊着说:"我也跟你们吃。"石光荣一听高兴了,朝厨房外喊:"喂!我说,你自己到食堂吃去吧,孩子们跟我们吃。"

褚琴走进来,看见厨房里面乱成了一锅粥,皱了一下眉头说:"老胡,那我就不陪你了。"胡毅笑呵呵地说:"忙你的去!"

胡毅给石林和石晶一人盛了一大碗,把锅里面的疙瘩汤舀出来盛在大盆里面。

石光荣端来一个洗衣盆,里面倒了些凉水,把盛着滚烫疙瘩汤的盆放在凉水里面。

石光荣见石林和石晶一脸惊讶,解释说:"这样凉得快,打仗的时候为了抢时间就这样吃。"

胡毅和石光荣豪气十足地一人盛了满满一大海碗。石光荣问:"咱们再赛一赛?"胡毅点点头说:"赛就赛!"

话音一落,石光荣和胡毅稀里呼噜地吃起来。两人狼吞虎咽如风卷残云一般,你一碗我一碗互不相让,盆里面的疙瘩汤很快就下去了。石林和石晶目瞪口呆地看着他俩。

俄顷,石光荣心满意足地摸摸肚子说:"五碗,你呢?"胡毅说:

"我也是五碗。"石光荣笑着说:"痛快!痛快!多长时间没这么痛快地吃过了。"

石晶不解地问:"你们为啥这么抢着吃?"石光荣说:"我们那时候当兵得学会两件事:一是打枪,二是吃饭。枪法好能消灭敌人,嘴快开饭时多少人都能抢上槽,速战速决。"

吃完饭,石光荣也不收拾,他一抹嘴和胡毅带着石林、石晶要了一辆吉普车去郊外打靶。

褚琴离开家去了菜市场,她心不在焉地排队买菜,交完钱菜也不拿就走了。

售货员喊她:"同志,你的菜!"褚琴如梦初醒,跑回来一边拿菜一边说:"谢谢你,谢谢你啊!"

拎着菜回到家,褚琴把菜扔在地上,走进厨房见一片狼藉,摇着头、皱着眉收拾起"残局",她站在那口脏兮兮的大锅前愣神,嘟囔了一句:"这哪里是人吃的?"

费了半天劲,褚琴才将厨房收拾干净。她想起了自己还没吃饭,便洗菜做饭。她的心思根本就不在做饭上,一会儿擦擦灶台,一会儿又洗洗菜,结果哪件事都没干完。她一赌气在小凳子上坐了下来,心绪烦乱地独自发呆。

来到郊外靶场,石光荣等人下了吉普车,他满脸喜悦地大声喊:"张连长!"

张连长跑过来立正敬礼喊了声"报告"。石光荣还礼后问,准备好了吗?张连长响亮地回答:"报告首长,按照你的吩咐已经准备好了。"

石光荣撸胳膊挽袖子大着嗓门儿问胡毅:"整不整?"胡

毅说:"整!"

石晶和石林站在一边看着他俩,石晶小声说:"哥,爸爸今天像换了一个人。"

石林点点头说:"自从姥姥死后,我就没见他笑过,我早就忘了他还会笑。"

胡毅和石光荣单腿跪在地上,一人面前放着一堆金灿灿的子弹。张连长拿过来两支枪,一支霰弹枪,一支狙击步枪。胡毅眼睛一亮,发出了喜爱的啧啧声。

石光荣说:"你是客人,你先打。"

胡毅也不推辞,自信地从枪台上取过那支霰弹枪,熟练地退下弹匣,朝枪口里瞄了瞄,然后装上子弹,举枪瞄准一百码之外的十个钢靶。他从容不迫地开始射击了,枪声响,弹壳飞起,落在几步之外。石林和石晶坐在土坡上聚精会神地看着。

报靶员大声报靶:十个钢靶全部被击中。

俩孩子使劲儿鼓掌,胡毅得意地朝他们笑了笑。石光荣不动声色地大踏步走向靶台,这时偏巧有一群鸽子从天上飞过。

石光荣开枪了,第一枪一个钢靶倒下。鸽群受惊扑啦啦飞散了,一只鸽子吓晕了离开队伍,转着圈在天空盘旋。

石光荣抱着枪不动,石林和石晶纳闷儿地看看他,又看看前面的目标,不禁愣住了。那只鸽子惊慌失措地落在钢靶上东张西望,觉得气氛不对,扑棱着翅膀飞走了。

鸽子飞走的一瞬间,石光荣手里面的枪响了。九枪连续射击,九个钢靶全部被击倒了,兄妹俩欢呼雀跃。胡毅不服气地看着石光荣,石光荣笑问:"不服?不服再来这个重武器。"

胡毅又抄起来狙击步枪。

见俩孩子兴趣盎然，石光荣叫石林过来，教他射击。石林兴奋地瞄准靶心，急不可耐地扣动扳机，砰的一声子弹飞出。一会儿，报靶员大声报靶："零环。"

这边，胡毅在教石晶射击，石晶趴在地上搂着显得很大的枪瞪着眼睛瞄着。

胡毅说："看看就得了，这枪后坐力太大，你受不了。"

胡毅话音刚落，石晶突然开了枪，把他吓了一跳。片刻后，报靶员喊："九环。"石光荣吃惊地看了女儿一眼。

石光荣和胡毅真是棋逢对手、将遇良才，聊起打仗来，他俩有说不完的话。他们坐在土坡上用树枝画着地图回忆打过的仗，石林和石晶挤在他们旁边看。

石光荣指着画的地图说："这里是必经之地，也是美国鬼子北进的补给总站。我们当时控制了这里，就等于卡住了敌人的脖子，也断了敌人南逃的路。"胡毅指了一下自己部队当时所在的位置说："我们守在这儿发起的进攻，那一仗打得很艰苦，攻下来后又坚守了五昼夜。"

石晶突然问："你们打过败仗吗？"石光荣沉默了一下说："打过。"石林问："胡伯伯，你是抗日牌还是解放牌？"胡毅说："我跟你爸爸一样都是抗日牌。"

石光荣感慨说："啥牌子老不用也得长锈，我们现在根本就没有对手，攻和守都没有用。"胡毅叹了口气说："刀枪入库，马放南山，这是我们早晚得接受的现实。"石光荣愣愣地看着胡毅问："现实？你说我当了一辈子的兵了，不打仗我能干啥？钉马掌、种倭瓜，还是打兔子？"

两个人谁也不说话了，石林和石晶不解地看着他们……

回到家，石光荣和胡毅做完饭，端到作战室边吃边聊。

夜色已深，桌子上摆着残汤剩饭，石光荣和胡毅坐在桌子旁边喝酒，俩人都喝多了。石光荣喊道："老胡，你熊了！"胡毅不服气地说："你才熊了呢！"

"熊了，有仗打的那会儿，咱俩两瓶老烧锅子对吹。"

"现在要是有仗打，咱照样一人一瓶对吹。"

两人情绪高昂、步履不稳地站在地中间，你争我抢地唱着爱国将领冯玉祥将军填词的《要耐久歌》：

当军人最要耐久，

男儿胆如斗。

自古英雄，

遇战时才把美名留。

……

第 八 章

衣锦还乡好风光

深夜，褚琴坐在被窝里打毛衣，听到两个大男人又喊又唱，气得扔下手里的毛衣，用被子蒙上脑袋躺下。她怎么也睡不着，又撩开被子，拿起枕头旁边的《红楼梦》看，看了一会儿她就看进去了。

天下没有不散的筵席。胡毅见夜深人静，拒绝了石光荣的挽留，告辞而去。送别了胡毅回到家，石光荣故意开着卫生间的门大声洗漱着，还不时探头往卧室看一眼。

褚琴聚精会神地看着书，石光荣满脸笑容地推开卧室的门进来，他坐在床边的椅子上，眼睛里面很有内容地望着褚琴，而褚琴沉浸在《红楼梦》中没有看他。

石光荣抽了根烟说："老胡已经走了。"

褚琴没说话，皱着眉头爬起来把窗子推开，寒风吹得她打了个寒战。石光荣掐灭烟，过去把窗子关上，然后宽衣解带，迫不及待地钻进褚琴的被窝。

褚琴无声地反抗，石光荣低声恳求："丫头，咱俩两个多月没整了。"

"我没情绪。"

石光荣满脸是笑地按住她说："整整吧，我刷了牙，还洗了脚。"

褚琴拼命挣扎，石光荣伸手关了台灯……

月光透过窗帘照在褚琴的脸上，她瞪着眼睛看着房顶，石光荣打着呼噜熟睡。

褚琴烦躁地来回翻着身，石光荣被惊醒了，问道："咋还不睡？"

"睡不着。"

石光荣翻了个身又要睡，褚琴使劲儿拽过来被子。石光荣坐起来迷迷瞪瞪地看着她问："咋的啦？"

"我们团的人员重新做了调整，因为我生孩子体形和嗓子都变了，不能再上台，昨天被分去管服装道具了。"

石光荣含含糊糊地应了一句"嗯"，拽过被子倒头又睡。

褚琴火了："你这是什么态度？我的前途和我的演员生涯都被你和这个家断送了！你'嗯'一声就完了？"

石光荣清醒了，睁开眼睛说："组织上的决定你让我说啥？你是个军人，一切行动听指挥，这还用我教你吗？"

"你这个人简直是个冷血动物。"

"半夜三更，我不跟你打架。"

"跟你这样的人结婚是我上辈子作了孽，老天爷对我的惩罚！"

石光荣的火气腾地升了起来，问道："你还有完没完？"

"没完！"

石光荣一掀被子说："没完接着打！"

褚琴两眼冒火："打就打，你以为你吃了半锅疙瘩汤，我就怕你啦？"

"吃半锅疙瘩汤咋的啦？"

褚琴鄙夷地哼了一声说："看那吃相就知道是饿死鬼托生的。"

石光荣勃然大怒："你没打过仗，也没挨过饿，知道个屁！"他说完，夹起自己的被子光着脚下地，冲出屋去，狠狠地把门摔上。

石光荣走进客厅，盖着被子躺在沙发上抽烟，抽了一会儿掐了，拉起被子蒙上头，很快就响起了嘹亮的鼾声……

褚琴又怀孕了，她挺着大肚子在服装库里面整理服装。累了，她扶着腰慢慢坐下，看着墙愣神。

冬日清晨，石光荣穿着衬衣在公路上跑步，他跑得大汗淋漓。

这次，石家又添了一个小子。褚琴现在已驾轻就熟，给襁褓里面的孩子换尿布子，石晶在旁边帮母亲忙活。

时光如白驹过隙，转眼石家的小儿子石海已满地乱跑。

褚琴领着石海在自家院子里玩土，石海天真无邪地笑着闹着，褚琴看着他脸上带着恬静的笑容。

石光荣夹着文件包大踏步地走进院子，看见石海朝他伸过手去喊："来，爸爸抱。"

石海扑到母亲的怀里，露出一只眼睛看爸爸。石光荣硬把儿子从褚琴的怀里拽出来，石海号啕大哭。石光荣扫兴地扔下他进屋去了，石海又钻进母亲的怀里撒娇。褚琴冷冷地朝屋里瞥了一眼。

石光荣坐在沙发上点着一根烟，抽了一口喊"石林"，半天不见动静。石晶拿着纸和笔从卧室跑进来说，哥哥在他自己的房间里呢。石光荣问，干啥呢？石晶摇摇头说，不知道，他锁着门不让人进去。

石光荣站起来走到石林房间门前，敲了敲屋门，里面传来石林不耐烦的声音："去，去，去！别来讨厌。"

石光荣皱着眉头咳嗽了一声，屋子里面乱响了一阵。石光荣口气威严地说："开门！"

门开了，石林忐忑不安地站在门口，石光荣走进他的房间。

只见屋子里面的墙上挂满了各种地图，床头挂着各种武器模型。石光荣一眼看到地图中有一张青石岭作战图，他吃惊地问："这是从哪里弄来的？"

石林老老实实地说："我自己按地图比例放大的。"

"你弄这玩意儿干啥？"

"研究啊。"

"研究？战场上的事你懂啥？"

"第二次世界大战时，东线战场上所有的著名战役我都知道。"

"哟嗬！人不大，牛吹得不小。来，来，先给你老子讲一讲东北战场，再往世界大战上划拉！"

石林从容地走到地图前面说："那我就讲讲青石岭战斗吧。"

石光荣神情不悦，拧着眉毛看石林。

褚琴做好饭，将饭菜放在客厅桌子上，她问摆筷子摆碗的石晶："你爸呢？"

石晶说："在哥哥屋里，已经待了两个钟头了。"褚琴说："去，叫他们吃饭。"

石晶跑过去喊爸爸和哥哥。

褚琴最心疼石海，甚至有点溺爱，她边给石海夹菜边说："宝宝，听妈妈的话，吃口菜。"石海摇头不吃，褚琴耐心地哄着他："小白兔都吃，你要是不吃，它就不跟你做朋友了。"

石海想了想，张嘴把母亲喂到嘴边的菜吃了。

石晶回来餐桌旁汇报说，他们都不搭理她。褚琴皱起眉头，站起来朝石林的房间走去。

褚琴推开房间门愣住了，作战沙盘摆在床上，床上的东西全被扔到地上，石光荣和石林脱了棉衣只穿件衬衫站在地图前。

只见石光荣脸涨得通红，脸上的汗流了下来。石林指着地图说："我要是你，第一步扫清外围，靠近城墙；第二步南北对进进行向心突击。"

褚琴不满地问："你们还吃饭不吃饭？"俩人谁也不理她。

石林继续说："根本不用绕行这个山口，可以走捷径去山关，这样敌人的部队就会被拦腰砍成五截，首尾不能相顾。"

褚琴提高了嗓门儿："说你们呢！"

石林盯着石光荣问："爸，我说得对不对？"

豆大的汗珠从石光荣的额头上滴落下来，他抹了一把头上的汗，说："吃饭，吃饭！"说完转身走出房间，石林和褚琴跟着走出去。

一家人围着桌子吃饭，石光荣感慨地对褚琴说："这小子要是不当兵，那可瞎材料了。"

褚琴给石海喂饭，根本就不搭腔。

石光荣感叹说："一样的岁数，我十三岁的时候懂啥？只知道吃饱了不饿。话又说回来了，那时候我吃的啥？现在他吃的啥？要不是乡亲们一人省下一口给我，早就没有我石光荣的今天了。"

这时，电话铃响了，褚琴跑过去接电话，"喂"了一声就不说话了，眼泪掉下来。石光荣忙问："咋的啦？"褚琴不答，扔下电话就往外跑，石光荣追出去又问："咋的啦？"褚琴说："爸摔倒在家门口，被送到医院去了！"石光荣神色大变。

一家人着急忙慌地赶到医院探视。褚父静静地躺在病床上，身上插着好几根管子。褚琴、石光荣和孩子们围在老头儿的身边，石光荣喊："爸，爸！"石林和石晶喊："姥爷！姥爷！"石海趴在母亲怀里，怯生生地看着姥爷。

褚父不睁眼睛，也不说话。医生说："老爷子不太好，心衰肾衰。"石光荣忙问："啥意思？"

医生把石光荣和褚琴叫到门口说，病情很严重，做好后事准备吧。褚琴如雷击顶傻了，石光荣神情凝重。他脚步沉重地走到病床前，不解地看着岳父问："咋突然就成这样了？"

褚琴的眼泪一对一对地往下掉，哽咽着说："妈死后，爸的魂就没了，整天在炕上看着妈的枕头说话。接他来住，他死活不来，说妈在家里没个伴孤单。"

石林、石晶眼泪汪汪地看着姥爷。石光荣把褚父露在外面的手掖在被子里面，声音低沉地说："你们回去吧，我在这儿守着。"

褚琴神情悲伤地摇头，石光荣说，孩子们还没吃饱饭呢。褚琴看了看手表说，她把他们安顿好了就过来。石光荣摆摆手说，不用，明天早上再来替他。褚琴迟疑地问，行吗？石光荣让她放心好了。石林说，他想跟老爸一起陪姥爷。石光荣把他推出病房，褚琴一步三回头地领着孩子们走了。

夜晚，输液瓶里的液体一滴一滴地往下流着。石光荣坐在病床边不错眼珠地看着褚父的脸，突然褚父的手动了一下，石光荣怕他拽掉输液管，轻轻伸手按住。

褚父低低叫了一声："姑爷。"石光荣高兴地说："爸，你醒了？可把我们吓坏了。褚琴刚刚回去，可能还没走出院子呢，我把她喊住。"

石光荣起身要走，褚父叫住他说，让她家去吧。石光荣只好又回到床边坐下。褚父问："我的装老衣服带来了？"石光荣为难地看看他说："褚琴刚送过来，就在你老脚下边呢。"

"拿过来。"

"爹……"

"我不忌讳，拿过来。"

石光荣把岳父的装老衣服包拿过来，褚父让他打开。石光荣打开那个包，褚父一件一件地看着衣服说："这是你妈活着的时候给

178

我做的，她总怕我死在她前头，结果是她死在我前头了。好在她走得不太远，能撵上。"

"爸，你咋说这样的话？现在医疗条件这么好，这不药刚使上你就见轻了吗？"

褚父摇摇头说："治病治不了命，我自己的事自己知道。"

"爹，你别瞎想。"

"我不瞎想，有啥瞎想的？我命好，摊上你这么个比儿子还好的姑爷给我养老送终，还有啥不知足的？"

"爸，你喝口粥吧，褚琴熬的小米粥可黏乎呢。"

石光荣扶岳父坐起来，他把粥从棉被包着的饭盒里面盛出来，一口一口地吹着喂岳父吃。吃了半碗以后，褚父推开了饭碗。

石光荣问："不吃了？"褚父点点头说："姑爷，你给我整点水擦擦。"

石光荣二话没说放下碗，端着脸盆去打水，褚父不错眼珠地看着他的背影。

石光荣兑热水，试水温，拧干手巾给老头擦手，擦脸，擦脚。

"孩子，你把这衣服给我换上。"

石光荣一愣说："爹，你这是干啥？"

"不干啥，穿上冲一冲。"

石光荣没办法，笨手笨脚地给岳父穿上。穿上装老衣服的褚父长嘘了一口气，脸上泛出红光，他靠在枕头上闭上眼睛。石光荣坐在床边聚精会神地给他搓着脚心，他慢慢睁开眼睛说："姑爷，别忙活了。"石光荣说："爹，你可别小看了这个搓脚，管大用呢。打仗那会儿哪不舒坦了，搓两下子就见轻。"

"姑爷，我和你妈晚年有吃有喝托的全是你的福。"

179

"爸，你这么说我心里不好受。"

"你妈咽那口气的时候，我在旁边看着你呢，亲生儿子也做不到啊！"

石光荣难过地看着岳父不知道该说啥。

"人死如灯灭，琴就交给你了。你们好好过日子。你们一家和和美美的，我和你妈九泉之下也能撒手了。"

石光荣眼泪差点儿流出来，他竭力控制着。

"琴那丫头，打小就让我惯坏了，都是仨孩子的妈了还不懂事。你就多担待着点儿吧！"

石光荣动情地喊了一声："爹！"褚父不说了，闭上眼睛靠在那里，好一会儿才说："我想抽袋烟。""那就抽一袋。"石光荣说着，掏出来烟荷包，细心地给岳父卷了一根大喇叭烟，点着了放在他嘴上。

褚父美美地吸了一口，声音很轻地说："这关东烟，地道！"他一口一口地抽着，石光荣端着岳父的尿盆走出去。

褚父手中的烟蒂越着越长，慢慢熄灭了。医生进来，看了褚父一眼，又抬头看看液体。这时，石光荣拎着空尿盆进来。

医生翻开褚父的眼皮，摸了摸他的脉搏，说："老爷子去了。"

石光荣手里面的尿盆咣的一声掉在地上，他脸色煞白在地上转着圈，好像是在找什么。

医生、护士把输液管拔下来，把抢救用的仪器搬开。护士把褚父身上盖着的白被单拉起来盖住他的脸。这时候，石光荣才反应过来，他扑过去拉下来白单子扑通跪下去，撕心裂肺地喊了一声"爹！"他趴在岳父的身上号啕大哭。

褚琴跑进来，看到这情景呜咽了一声，脸色苍白地靠着墙倒在地上……

父母去世后，褚琴的情绪低落了一阵子，时而喜怒无常，时而沉默不语；一门心思想着打仗的石光荣，对人生也有了新的认识。

这天，全家人坐在一起吃饭。石光荣说："这次咱们送爸和妈回老家并骨的时候，我突然想起了蘑菇屯。"褚琴看了他一眼没说话。

石光荣沉默了一会儿，说："以前总说回去看看乡亲们，可是总打仗，总是没空，现在没仗可打了应该回去看看了。"

石光荣说完，把饭碗递给褚琴，褚琴接过去给他盛饭。

石光荣边吃饭边问："你看过两天咱们带着孩子们回趟老家咋样？"褚琴语气生硬地说："要回你自己回，我和孩子不去。"石光荣放下筷子，不吃了，问道："衣锦还乡嘛，没有老婆孩子跟着算啥衣锦还乡？"

"石海这么小，到那地方去受得了吗？"

"蘑菇屯的女人就不养孩子啦？"

"我不是蘑菇屯的女人，我儿子也不是蘑菇屯的女人生的孩子。"

石光荣火了，怒道："你这人是咋回事？咋就这么别扭呢？以前总觉得你是因为爸没了，心里面难受。现在我才明白，你是故意跟我对着干。"褚琴赌气说："爱怎么想就怎么想去，反正你那破家我是不去！"

石光荣把筷子往桌子上重重地一搁，生气地说："真没见过你这样的女人！你不去，我带石林和石晶去。"褚琴看了看石林和石晶说："你们愿意跟着他去就跟他去，我不拦着。"

石林和石晶见状，忙低下头使劲儿往嘴里面扒拉饭，谁也不表态。石光荣问："石林，你去不去？"石林忙说："我上了寒假的航模班。"

石光荣皱着眉头问石晶去不去，石晶为难地说，听爸爸说过老家没厕所，拉屎的时候经常被猪追得满山跑。

褚琴制止说："正吃饭呢，女孩子家不能说这样的话。"石光荣有点不耐烦地问："你去是不去？"石晶态度坚决地回答："不去！"石光荣生气地看着他们，说："你们都不愿意去是不是？好！你们不去，我自己去！这趟家我是回定了。"

石晶看到父亲火了，乖巧地趴到石光荣的脸前看着他，问："爸爸，你生气了？"石光荣绷着脸不看她，"你别生气，我跟你去还不行吗？"

石光荣看着石晶"哼"了一声，脸上泛起笑容。

石光荣雷厉风行，说干就干，他要了一辆吉普车，拉着两辆军用卡车的东西往家乡驶去。山路崎岖，石光荣坐在吉普车上关注地看着外边，石晶在他旁边打瞌睡。

石光荣问陪同他还乡的地区军分区领导，东西都买齐了吗？那位领导点点头说，买齐了。石光荣又问，都买啥了，说来听听。军分区领导说，一千斤大白脸高粱、八百斤猪肉、二百斤粉条。首长给的钱没花完，还剩下了。

石光荣嗯了一声，抬头看着光秃秃的山说："离开这里四十年了，一草一木都没变。"军分区领导说："这里穷，没有钱搞建设。"石光荣感叹说："我离开的时候，穿着开裆裤，披着麻袋片，瘦得三根筋挑着个脑袋，我自己都不相信我还能活着回来。"

汽车一阵猛烈的颠簸把石晶弄醒了，她扒着车窗往外看。汽车拐弯，一个破旧的小村庄遥遥在望。军分区领导对司机说："停车！"

三辆车停在村子边，一个警卫排的战士从卡车上蹦下来。石光荣激动地走在前面，石晶跟在他旁边好奇地东张西望，军分区领导和其他陪同的人跟在后面，警卫排的战士背着枪排着整齐的队伍，夹道簇拥着迎接他们，吉普车和卡车缓缓地跟着。

蘑菇屯的男女老少听到汽车声纷纷跑到屋外，没见过世面的老百姓们被这阵势吓坏了。女人们纷纷往后退，孩子们往大人的两腿中间钻。

石光荣抑制不住激动的心情，朝人群大声喊："乡亲们！我就是这个屯子里出去的，年龄大的可能还记得我……"

年轻人面面相觑，年龄大的人瞪着眼睛直愣愣地看着他。

五十多岁的村支书慌慌张张地跑过来，搓着两只粗糙的手说："这话说的，首长们来咋不提前打个招呼？我好安排一下。"石光荣瞪着眼睛端详着他，看着看着笑了："柱子？"柱子一愣，眼睛瞪大了，吃惊地问："首长咋知道我的小名？"

石光荣照柱子的胸口捅了一拳头，柱子踉踉跄跄朝后退了几步，紧张得神色都变了。石光荣激动地说："柱子，柱子，我是石头啊！"

柱子两眼瞪得都快掉出来了，不敢相信地问："石头？"石光荣笑呵呵地说："小的时候咱俩经常站在山坡上比看谁尿得远，你总是尿不过我。咱俩上树掏鸟蛋，你从树上掉下来，脑门子戳在树桩子上落了这个疤。"

柱子目瞪口呆地看着石光荣，石晶好奇地看看父亲又看看柱子。

石光荣接着说："后来我跟人当兵走了，你一直追我追到山梁那边。"柱子激动得眼泪流了出来，说："老天爷，我不是做梦吧？你还活着？还活得这么排场。石头，你咋这么多年连个信儿都没有呢？我们以为你早就被冻死在深山老林里面了。咱们村参加抗联的没有一个活着回来的。走，家里去。"

柱子领着一行人往村里面走，走到一座干打垒的小院子外面，石光荣拉着石晶加快了脚步。柱子喊："妈！你看谁回来啦？"

一个七十多岁的瘦小的老太太从屋里面出来，她眯着昏花的老眼往人群里面看着问："谁回来了？"

石光荣把大衣往随从人员手中一塞，抢先一步挽住了柱子的母亲。老太太用衣袖擦擦眼睛说："看你婶这眼，柴火也湿光冒烟。"

石光荣声音哽咽地说："三婶，我是小石头啊！"三婶打量着石光荣问："小石头？哪个小石头？"石光荣说："屯子东头那个没爹没妈的小石头。"

三婶认出来石光荣，顿时呜咽出声。石光荣眼眶里面涌满了泪水，扑通一声给她跪下磕了个头。石晶被父亲吓着了，傻站在那里，咧着嘴要哭。石光荣把女儿拉到身边按倒说："给奶奶跪下！"石晶哇的一声哭了。

三婶大惊失色，忙说："孩子，快起来，这可使不得。"

柱子眼含热泪把石光荣拽起来，三婶把石晶拉过来搂在怀里说："看把孩子整得可怜的！"

石光荣说："三婶，我打了数百次仗，受了十几处伤，被撂倒一回，我爬起来一回。长这么大，我没低过头，没对人说过软话。可是我得给你、给养育过我的蘑菇屯跪下。我的命是这儿给的，没有你们大家的照应，我小石头活不到今天。"

石光荣慢慢转过身神色庄严地看着父老乡亲们，大家一声不响地看着他。

石光荣恭恭敬敬地给乡亲们敬了一个军礼，乡亲们乱了，男人和女人们嘀咕着什么，女人们纷纷跑开。石晶像看西洋景似的看着眼前的一切。

柱子把石光荣拉进屋去，他和母亲陪着石光荣和军分区的领导盘腿坐在炕上，石晶坐在石光荣身边吃柿饼和红薯干。

三婶不住地夸石晶说："看这闺女长得多俊！这两只小手跟水葱似的，以后准是个巧丫头。"

柱子媳妇在地上往灶坑里面添柴火忙着烧水，屋里挤满了看热闹的人。孩子们在墙角蹲着偷偷看着石晶，石晶一看他们，他们就你推我搡你地一阵傻笑。见石晶跟着傻笑，孩子们便不怕她了。

三婶对儿媳妇说："桂芝，你去把那两只鸡杀了。"桂芝小声说："都下着蛋呢。"柱子说："叫你杀，你就去杀。"

石光荣把眼一瞪说："你杀鸡就是往外撵我呢。"三婶不好意思地说："家里也没啥好招待的。"石光荣说："三婶，我就爱吃你做的杂面疙豆子，榆树皮煮的汤，吃着那才叫滑溜。"三婶听了眉开眼笑，说："那咋能上桌？"石光荣乐呵呵地说："我就爱吃这一口。"

"那三婶给你做。"

"三婶，这儿的日子现在怎么样？"

"好！比以前强多了，以前吃了上顿没下顿，现在一天三顿饭，过年过节的还能买斤酱油尝尝。"

不一会儿，一个年轻媳妇怯生生地端着大碗进来，把满满的一碗豆面条放到石光荣面前，话也不说转身跑了。三婶介绍说："那是你老舅爷家的大儿媳妇。"

石光荣也不客气，端起碗稀里呼噜地吃起来，乡亲们脸上露出欣慰的笑容。

石晶趁机溜下炕，和村子里面的孩子们玩儿去了。

一个女人红着脸把刚煮熟的一碗鸡蛋放在桌子上转身走了，三婶说："这是你二姑奶的闺女。"

石光荣摘了帽子，捧着大海碗满头大汗地吃着面条喝着汤，他边吃边招呼陪同来的人："吃，这屯子有个规矩，给你吃你就吃，不吃就是看不起蘑菇屯。"

大家笑了，跟着一起吃起来。

石光荣放下碗，对跟随着来的炊事班长说："把东西卸在场院上，搭两个大灶焖饭炖肉。"柱子不解地问："这是整啥？"

石光荣解释说："我在外面打仗的时候想过，等革命胜利了，我一定回蘑菇屯，在场院支上两口二十二印的大锅，焖大白脸高粱米干饭，做猪肉炖粉条子，把全屯子的人都请来，让大家敞开怀好好吃一顿。蘑菇屯的乡亲们帮我安葬了父母，一人嘴里面省下来一口救了我这条小命。我受人滴水之恩，当以涌泉还报。现在革命成功了，我石光荣来还这个愿。"

孩子们眼睛亮了，咽着口水看着石光荣。

柱子高兴地朝外面喊："狗剩，叫各家各户抱柴火。再把咱屯的秧歌队组织起来，好好扭一通，咱屯子穷，没啥好吃喝，咱用看着都烫屁股的秧歌，好好犒劳犒劳解放军。"

门外的人答应着跑开了。

柱子大声吆喝着说："走，帮解放军整饭去！"

村子里面沸腾了，村民们头上顶着柴笸箩，手里提着瓦罐，怀

186

里抱着一摞摞海碗往场院上跑。

场院上支起了两口大锅，锅上冒着热腾腾的蒸气，炊事班长用铁锹卖力地搅和着，女人们往灶里一捆一捆地添着柴。孩子们在人群中疯跑，不时引来大人的责骂声……

一大瓦盆一大瓦盆的高粱米饭和猪肉炖粉条子端了上来，人们拿着自备的碗筷蜂拥而上，使劲儿往碗里面盛着，用饭勺子使劲儿往下按着。

石光荣两手叉腰站在台阶上，像指挥官一样看着自己的"战场"。石晶端着大碗和孩子们蹲在一起连喊带叫地吃着，石光荣满意地看看自己的女儿，又看看大家大声说："使劲儿吃，有的是，肚子里面有地方就吃，吃到趴架子了拉倒。"

人们狼吞虎咽、稀里哗啦地吃着。柱子端着一大海碗饭走过来，蹲在台阶上动静很大地吃，石光荣高兴地看着他问："咋样？"

柱子感叹说："屯子里面活到八十岁的人也没见过这阵势。咱屯子的地主胡老六算有钱人吧？他娶儿媳妇的时候才摆了五桌，吃的是红脸高粱，菜吃到底了也没划拉着块肉。"

石光荣说："他那叫啥地主，耪地的时候还在前面当打头的。"

一个五十多岁的男人端着碗走过来，石光荣热情地和他打招呼："殿文，过来吃。"

殿文脸上带着笑和柱子蹲在一块吃。一个年轻人问石光荣咋不吃，殿文说，石头叔天天吃这个，肚子里面有油水。石光荣笑了笑问殿文几个孩子，殿文叫苦说，他养了四个儿子，都蹲在那里吃饭呢。四个儿子里，有一个已经结婚，还剩下三个等着要账呢，还得刮他三层油。

柱子对石光荣说："咱屯子里数他抠门了，拉屎揩完屁股，还得唧拉唧拉手指头。这老小子的钱都在肋巴扇上穿着呢，一个子儿都不舍得花。一颗咸鸭蛋下酒能下一个月。"

石光荣听了嘿嘿直笑。

"前些日子，他家老二出去耍钱，把他气着了，说这孩子不着调，不管他了，把给他攒的娶媳妇钱都下馆子吃了。全屯子的人都看见他背着褡裢朝县城那边走，天擦黑了才回来。一问，他进县城吃了一碗荞面条就回来了，哈哈！来回六十里地，就吃了一碗荞面条。"

石光荣听得哈哈大笑。

殿文说："那我还心疼得半宿没睡着呢。"

石光荣笑得眼泪都快流出来了。殿文问石光荣一年挣多少工分，石光荣说，部队不挣工分，按月发工资。殿文想当然地说，少说也得二十来块吧？石光荣想了想说，他的工资都是孩子妈领，具体多少他也说不太清楚，总有二百块吧。

柱子和殿文的眼睛全瞪大了，有点儿不敢相信自己的耳朵，二百块在他们看来可是一笔大钱。殿文感叹，他们一年的工分合起来还不到一百块钱。石光荣一个月就二百块，那咋花呀？石光荣听了，突然觉得心里有些不安。

柱子问道："石头，听说你家脑袋顶上还住着人，拉屎也在屋子里拉，那是啥日子？"石光荣不知道该咋回答，忙转移话题说："菜都凉了，快盛热乎的去。"

场院上人们吃饭的速度慢了下来，大部分都吃撑了。这时，锣鼓声和激昂的唢呐声响了起来。一队穿红着绿、脸上化着浓妆的农民秧歌队欢蹦乱跳地扭进了场院。

人们纷纷站起来让出场地。石光荣的热情被煽动起来，使劲儿拍手喊好。柱子和殿文按捺不住，碗还在手里端着，就扭腰送胯地扭了起来。

秧歌队很快就扩大了，那秧歌扭得豪放生动，动作很大，极具幽默感。石光荣和战士们被秧歌队里面的老太太、小丑们逗得前仰后合地大笑。

柱子和乡亲们围着解放军扭着，石光荣和解放军官兵们被拉进队伍里面扭起来。石晶抹着红脸蛋儿，头上插着绒花和孩子们夹在秧歌队里面卖力地扭着……

夕阳挂在村口的树梢上，三辆军车在乡亲们的簇拥下开出了村子。

蘑菇屯的老少爷们儿已经和石光荣亲热得不分彼此，孩子们轮流戴着他的军帽，拽着他的衣襟。石晶身上穿着新土布衣服，脚上穿着新绣花鞋，和村子里面的孩子们勾肩搭背恋恋不舍地走着。孩子们把自己心爱的羊拐、杏核塞进她的口袋里面。石光荣过瘾地抽着老乡给他的喇叭筒烟。

三婶不住地抹眼泪，不舍地说："过年回来，圈里那口猪到时候也长成了，叫柱子杀了，婶子给你做酸菜汆白肉吃。全家一起回来，孩子没人看，送到这儿来，婶子给你拉扯。"

石光荣动情地拉着三婶的手说："三婶，等柱子不忙了，一定叫他带你到沈阳去。"他回头看着乡亲们喊，"有空都到沈阳去，家里有的是地方住。"

乡亲们频频点头回应着。

柱子说："天眼见就黑了，上车吧，路还远呢。"

石光荣等人上车，他从车窗里面探出头来，向大家招手。

汽车开动，卷起阵阵黄烟。孩子们和年轻人跑着喊着追赶着汽车，石晶从车窗里面探出头来抹眼泪。

汽车提高车速，拐弯了，消失在路的尽头……蘑菇屯的乡亲们怅然若失地呆站村口。

石光荣和石晶兴高采烈拎着大包小包风尘仆仆地回来了，石海高兴地叫了一声扑过去抱住姐姐。石光荣脸上挂着亲切的笑容说："满载而归啊！"

褚琴从卧室里面出来，一只肩膀靠在门框上，两手抱在胸前，不冷不热地问："回来了？"石光荣把手里的大包小包放在地上说："回来了，快给弄点儿吃的，饿坏了，也累坏了。这一路上，我扛着东西还得背着闺女。不行了，不行了，我得躺会儿去。"

石林和石海翻着父亲带回来的东西。石光荣往卧室里面走，褚琴伸出一只手挡住门说："洗个澡，换了衣服再进来。"

"我又没在泥里面打滚儿，换哪门子衣服？"

"不洗澡换衣服不许进屋，我怕蘑菇屯的虱子。"

石光荣的脸色一下变了，气恼地说："你这个人咋没事尽找茬儿呢？"

褚琴毫不退让地挡在门口，眼睛不躲不闪地盯着石光荣。石晶看看爸爸，又看看妈妈。

褚琴板着脸说："石晶，你赶紧给我把这身衣服脱了，难看死了。"石晶叫喊说："这是奶奶给的，我不脱！"褚琴逼问："你脱不脱？"石晶大喊："不脱！"

褚琴伸手去揪石晶，石光荣打开她的手问："你想干啥？"褚琴吃了一惊说："你打我！"

石光荣沉着脸往屋里面走，褚琴再次拦住他。石光荣火了，吭的一脚把地上的椅子踢到一边，冲褚琴大吼道："让开！老子不吃你这一套！"

褚琴吓了一跳，不由自主地往开一闪。石光荣大步迈进屋子，穿着鞋上床直挺挺地躺下。石海见状屁颠屁颠地跑过去，把爸爸脚上的两只鞋扒下来。石光荣的袜子破了，异常醒目地露着两个后脚跟。褚琴厌恶地转过脸去，忍无可忍地把门摔上。

石林不识时务，问道："妈，爸爸带回来的这些高粱小米的放在哪儿？"褚琴气呼呼地说："送给别人家喂鸡去。"

冷战再次打响，夫妻俩谁也不理谁。

夜晚，褚琴和石光荣背对背地躺着，两人睁着眼睛谁也没睡着。

天蒙蒙亮，石光荣一骨碌爬起来，走出军区大院，沿着公路开始长跑。跑了一会儿，石光荣头上冒出热气……长跑完，石光荣来到军区大院操场，在双杠上做屈膝九十度，他咬着牙，长久地坚持着。

褚琴洗漱完，在客厅使劲儿地擦抹桌椅窗台，擦抹地板，累得一头汗……

褚琴招呼孩子们起床、洗漱、吃早饭，然后送石海去托儿所。忙完这些，褚琴便去文工团服装库上班，她认真地烫熨着服装，尽管看上去神色平静，可她的内心却波澜起伏；从鲜花和掌声的台前走到寂寞冷清的幕后，巨大的心理落差使褚琴难以适应。

石光荣心里也颇为烦躁，他坐在办公桌前看文件，参谋进来把新的文件放在他的桌子上。石光荣拿起文件看了一眼，提起笔签上自己的名字。

参谋拿着文件出去，石光荣掏出烟，划了一根火柴没点着，再划一根又灭了。他沉着脸将烟放在手中揉着，直至揉碎。他站起来走到大型作战图前看着，看了一会儿又走回到桌子前发呆。

黄昏时分，下班后的褚琴领着石海匆匆往军区大院门口走，她不时和过往的熟人打着招呼。警卫给她敬个礼说："首长，有人找石参谋长。"

褚琴往大门口看，见穿着白茬皮大衣、戴着狗皮帽子的柱子蹲在门口的台阶上，身边放着一个装得满满的面口袋，褚琴迟疑了一下走过去。

柱子看见褚琴过来，忙站起来，眼睛直愣愣地看着她。褚琴问："你找谁？"柱子反问："你是老石家的吗？"

褚琴点点头，柱子紧张得手脚没地方放，磕磕巴巴地说："嫂子吧，我是从蘑菇屯来的，来这儿看看我石头哥和侄子侄女们。"

褚琴一愣，犹豫了一下说："他还没下班……"

"那我在这儿等他。"

"你跟我回家吧。"

柱子慌忙"哎哎"地答应着，扛起面袋子跟着褚琴进了军区大院的大门。

柱子一进石家的客厅就蒙了，半张着嘴扛着面袋子呆呆地站在地中间。石林领着弟弟进来，看到屋子里面站着一个莫明其妙的人不禁愣住了。

柱子这时醒过神来，慌忙放下肩上的面袋子，他看着石林问："你是石林吧？"

石林点头"嗯"了一声，柱子又看看石海说："你是石海。"石海反问："你是谁？"褚琴说："不能这么没礼貌。"

柱子笑起来说："我是你柱子叔，从蘑菇屯来的。"石海高兴地说："你就是那个小时候和我爸比着撒尿的柱子啊。"褚琴脸色难看，厉声训斥道："石海！怎么说话呢？"

石海吐了一下舌头，柱子被褚琴训斥孩子弄得有些不知所措，他看见自己带来的那个面袋子又高兴了起来，说道："大侄子，来看看叔给你们带啥来了？"他说着从面袋子里面掏出来一包花生、一包核桃、一包红薯干、一包红枣以及榛子、松子等东西。

石海抓起红薯干就往嘴里面塞，褚琴制止他："不能吃！"柱子忙说："这是我妈专门给他们晾的，可筋道啦。"褚琴淡着脸说："他们是城里面长大的，没吃过这个，弄不好会拉肚子。"

柱子张着嘴看着褚琴，不知道该说啥。这时，石光荣和石晶推门进来，他俩看见柱子先是一愣紧接着就扑了过来。石晶热情高兴地跟柱子打招呼，柱子眉开眼笑地答应着，石光荣两手扶着他的肩膀使劲儿摇晃着说："你小子终于来了。"

柱子咧着嘴傻笑："来了！我早就到了，在你们家门口蹲了好几个小时。"

"咋不写封信来，我好去接你。"

柱子嘿嘿笑说："这沈阳可真大，人也多，那街上蚂蚁搬家似的，整得直我犯迷糊。"

孩子们觉得柱子说话有趣，一起笑起来。

柱子从口袋里掏出来一双老棉布鞋，递到褚琴面前，说："嫂子，这是你弟媳妇给你做的，穿上又跟脚又暖和。"褚琴把棉鞋接过来仔细打量了一番，推辞道："我们身上穿的都是部队上发的，这鞋给我有点儿浪费了，还是你们拿回去穿吧。"

柱子眨巴着眼睛不解地看着褚琴。石光荣说："柱子媳妇给你的，你就拿着，外头不能穿在家穿。"褚琴只好把鞋收下，柱子暗暗松了口气。石光荣冲褚琴说："孩子他妈，去整饭吧。柱子是和我光着腚一起长大的，多整俩菜，我们哥俩喝几盅。"

褚琴看了石光荣一眼走进厨房。石光荣从烟盒里面掏出一根烟递给柱子，他接过来闻了闻，小心翼翼地别在耳朵上面，又从怀里掏出来烟荷包，卷了个喇叭筒递给石光荣说："抽这个，咱的烟叶子好，天热抽着凉快，天冷抽着暖和，喘病犯了，抽着还祛痰压咳嗽。"

石光荣抽着烟坐在沙发上说："坐。"柱子往沙发上一坐，屁股陷下去，他吓了一跳，慌忙爬起来说："我的妈，这是咋整的？"孩子们像看滑稽戏一样又是哈哈笑。石光荣也笑了，说："这东西就是这么软和。"柱子说："跟掉棉花包里似的，哪有在炕头上坐着舒服？我就地上蹲着吧。"石光荣说："石林，给你叔搬把椅子来。"

石林搬来一把椅子，柱子坐在椅子上仍觉得不自在，他打量着屋子里的摆设说："石头，我看你这儿比皇上的宫殿也差不到哪里去。"

石光荣不好说啥，和孩子们一起笑。柱子没话找话，问石林十几了。石林告诉柱子，他十六岁了，上高中呢。

柱子感叹说："咱整个屯子也没有一个高小生。人比人得死，货比货得扔。还是你爸有眼光，出来参加革命，混到了这个份上，村里面的老少爷们儿，谁提起来都咂吧嘴。"

石光荣说："你也混得不错嘛，在屯子里吆五喝六的。福来比我还大几岁呢，还得每天揣着块凉饼子，赶着猪到山里面去放。"柱子叹了口气："唉！咱农村人是下眼皮，越穷越不好翻身哪。"石光荣安慰说："毛主席不会看着农民受穷，日子会慢慢好起来的。"

柱子点头说，那是，那是。石光荣问，蘑菇屯那一带还有那种粗脖子病吗？柱子说，有，咋没有呢。一旁的石林告诉柱子，那是碘缺乏症。柱子一脸疑问，缺啥？石林解释说，人体缺碘，第一代粗脖子，第二代矮个子，第三代就成傻子了。

柱子一拍大腿说："对，对！大侄子咋跟去过我们那儿似的？"他看着石光荣，"屯子西头的张大嘎，你还记得吗？"石光荣说："咋不记得，他就是粗脖子根。"柱子用手比画了一下说："他那儿子就三块豆腐那么高，张大嘎子说这是老倭瓜秧子串种了，一生气花钱给儿子娶了一个高个子媳妇。"

柱子说得兴起，觉得坐着不舒服，索性在椅子上蹲了起来，孩子们奇怪地看着他。柱子眉飞色舞地接茬说："儿媳妇生了个孩子，傻淘傻淘的。有一次，张嘎子的儿子追着揍那小子，那小子爬到炕上去了。张嘎子的儿子气得在地上跳着脚骂，小王八犊子，等你妈回来，把我抱到炕上去，看我打不烂糊你！"

石光荣哈哈大笑，孩子们也跟着嘎嘎笑。

第九章 父老乡亲来登门

褚琴在厨房里忙得不亦乐乎地做饭，客厅里不时传来大人和孩子的笑声。这个柱子像是说相声的，说几句话就抖一个包袱，逗得大家哈哈笑。褚琴停下手中炒菜的铲子，听了一会儿，把锅里炒好的菜盛到盘子里。

褚琴端着菜出来，看着客厅里面的情景愣住了。只见柱子蹲在椅子上，石光荣蹲在地上，孩子们都盘腿坐在地板上。大家连说带笑，房间里面乌烟瘴气。

褚琴把盘子带着点儿动静地放在桌子上，孩子们赶紧从地板上爬起来，石晶跑进厨房帮妈妈端菜端饭。

四菜一汤摆在桌子上，石光荣招呼柱子坐下。看着桌上眼花缭乱的饭菜，柱子不知如何是好地说："又不干啥力气活儿，整点儿稀的就行了，这么多油水吃了压炕头子，白瞎了。"褚琴客气着说："不知道你来，也没准备什么菜，平时吃什么咱们就吃什么吧。"石光荣一摆手说："对，都是家里人，坐下，整！"

柱子惶恐地在饭桌旁边坐下，拿起筷子碰倒了桌子上的醋壶，忙扶起来，用手在桌子上抹了一把。褚琴把抹布递给柱子，他困惑地拿起来抹抹嘴，又擦擦手。

孩子们又是一阵笑，褚琴瞪了他们一眼。

石光荣倒了一杯酒递给柱子说："来，咱哥俩喝一盅。"柱子接过来一口干了，石光荣也喝了，又给他满上。柱子真心实意地说："嫂子，我这次来，我娘让我捎话，让你和我石头哥过年的时候带着孩子们回去。"

褚琴看了一眼石光荣，他装着没听见，也不看她。褚琴脸上笑着说："单位忙，离不开。"柱子理解地点头说："我也跟我娘说过，城里人不猫冬。我娘说，那就等你们在城里面干不动了，再回来。

197

咱地虽然薄，可是人情厚，过日子不难。"

石光荣夹了块排骨放柱子碗里，问："柱子，你咋不动筷子呢？"柱子客套地说："吃着呢，吃着呢。"

柱子说着把碗里面的排骨小心翼翼地夹起来，放到石海的碗里，然后又用力地吸吮一下筷子头儿说："侄子，你吃。"

石海看了母亲一眼，嫌弃地把那块肉悄悄地扒拉到一边去了。石光荣和柱子推杯换盏地喝着。褚琴盛了满满一小碗饭递给柱子，关心地说："吃点儿饭，吃点儿菜，空肚子喝酒不好。"

石光荣把褚琴手里面的饭碗接过来放在桌子上，起身进厨房，褚琴不解地看着他的背影。不一会儿，石光荣端着一个大海碗出来，到饭锅旁盛了满满一大碗饭，还不住地用饭勺往下压着。他又把盘子里面的菜，挨盘扒拉到海碗里面，递给柱子说："敞开吃，有的是！"

柱子不自在地看了一眼褚琴，又看了一眼孩子们，低着头吃起来。吃了一会儿觉得不舒服，离开饭桌端着碗蹲在地上吃。石光荣也给自己盛了一大碗饭，蹲在地上陪着柱子狼吞虎咽地吃了起来。

褚琴一声不响地看着他俩，不愧是蘑菇屯出来的哥俩，吃饭的姿势如出一辙，左手托着碗底，右手横腰掐住筷子，嘴吧唧得山响。

兄妹仨面面相觑，褚琴放下筷子离开了饭桌，进了卧室，孩子们跟了进去。石海说，柱子叔和爸爸吃饭的动静真大。褚琴问他们，这样好听吗？仨孩子一起摇头。褚琴又问，以后他们吃饭还吧唧嘴吗？孩子们使劲儿摇头。石晶问，柱子叔在这儿住几天？褚琴摇摇头，她也不知道。

晚上，石光荣陪着柱子在客厅聊天。褚琴把被褥铺在支好的行军床上后，转身离开。见时间不早了，石光荣把柱子领到行军床前说，睡吧。

柱子看着洁白的被褥不知道如何是好，他把被子和褥子撩开，坐在钢丝架上脱鞋脱裤子，把白茬皮袄盖在身上。

石光荣纳闷儿地问："你这是干啥？"柱子说："我身上埋汰。"石光荣生气了，把柱子拽起来，整理好被褥，命令他说："就这样躺下！"

柱子乖乖地躺下了，石光荣给他掖好被角，熄了灯，走了。

柱子用粗糙的手抚摸着柔软蓬松的被子，自言自语："看看人家这铺的盖的，人比人得死啊。"他慢慢翻了个身，看着房顶叹了口气，"唉！这么活上一天，死了也值。"

一大早，石光荣起床走进客厅，下意识地往行军床上看了一眼愣住了，行军床上的被褥卷成一个卷靠在那儿，柱子不知去了哪里。

石光荣听见外面院子里有动静，开门出去，就见柱子戴着帽子，穿着一件紧巴巴的小棉袄，抡着铁锹在地上卖力地挖着拍着，平坦坦的院子已经被翻开了一大半。石光荣忙问："柱子，这是整啥？"

"这么大块地，空在这儿白瞎了。我给你们翻开晒晒，再弄点儿大粪沤进去，天暖和了我托人捎点儿倭瓜种子种上，那东西旱涝保收，吃上还扛饿。"

石光荣笑着说："净瞎操心，屋去吧，再睡会儿。"

"庄稼人起得早，我睡不着。"

"睡不着回屋待着去，外面冷。"

石光荣说完往外走，柱子问："哥，你干啥去？"石光荣说：

"锻炼去。"柱子琢磨了一会儿,没明白锻炼是啥意思,干脆扔下手里的铁锹追上来说:"挺冷的,我陪你去吧。"

石光荣没说话,在前面跑了起来。柱子愣了一下,忙跑了几步跟上。

石光荣在马路上大踏步地跑着,柱子气喘吁吁地追着问:"哥,啥事,这么心急火燎的?"石光荣边跑边说:"没事。"柱子不解地问:"没事你跑这么快干啥?"

石光荣放慢了速度,边跑边说:"打仗的时候先开始是被敌人追着跑,后来是我们追着敌人跑,把小鬼子追出中国,把国民党追到台湾,后来没敌人可追了,憋得难受,就自己追着自己跑。跑了几十年,不跑就浑身不得劲儿,睡不着觉,吃不下饭。"

柱子一听就泄了劲,他不跑了,弯着腰揣气。石光荣走过来把棉衣脱下来给他披上说:"你在后面慢慢溜达吧,一会儿我就跑回来了。"说完石光荣又朝前跑去。柱子把棉衣拽下来跟跟跄跄地追着喊:"哥,你穿上,看感冒着。"

石光荣不说话在前面跑着,柱子锲而不舍地在后面跟着,他边跑边叮嘱石光荣:"你慢点儿跑吧,岁数不小了,摔个跤啥的可咋整?"

石光荣健步如飞,柱子抱着棉衣直腿拉胯地追,喘得像火车头一样。训练归来的战士们跑着步与他们擦肩而过,被这奇异的景象逗得直乐。

晨练完回家,石家人和柱子围坐在饭桌前吃早点,柱子神态自若已经像自家人一样了。孩子们吃完饭放下粥碗离开饭桌,柱子把他们没吃干净的饭碗给打扫干净了,说道:"还有这么多米粒子呢,白瞎了。"石光荣脸上挂不住,呵斥孩子们:"再看见你们剩饭碗子,都给我回来舔了。"

柱子觉得自己给孩子们惹了麻烦，很不自在地看着他们。石晶和石林背着书包上学去了，褚琴领着石海上托儿所，石光荣也夹着文件包离开了家。

柱子在屋子里面坐了一会儿，觉得闷得慌开门出去。他一个人蹲在院里翻好的地上，细心地把大的土块敲碎耙平。干累了，他便蹲在地上抽烟。

来往的干部战士从院子前走过，柱子一律热情地和人家打招呼："到屋坐会儿，抽袋烟。"干部或战士们面带笑容地跟他点点头，走出去很远，还纳闷儿地回头看他。歇好了，柱子扔下手里面的烟头，又干了起来。

褚琴下班回来，站在旁边看柱子干活。柱子说："嫂子，忙你的去，这点儿活儿，抽袋烟的工夫就完。"褚琴笑着说："早就想把这块地翻了，种点儿花，一直没人帮我翻，真谢谢你了。"柱子不以为然地说："种那玩意儿干啥，不顶吃不顶喝的，还得种粮食种菜。"

褚琴见话不投机，不想多聊，转身进屋。柱子不知道哪句话说错了，眨巴着眼睛看着褚琴的背影。

石光荣下班回家，将自己不穿的衣物翻出来给柱子，他先是给柱子套上毛衣，又把一件军用棉大衣和棉帽子给他穿戴上。柱子站在镜子前打量着自己，感叹道："这么一捯饬，我跟县长也差不到哪儿去了。"

柱子把大衣和毛衣脱下来，小心翼翼地放进自己的面口袋里，不好意思地说："你大侄子看了还不知道咋高兴呢。"

柱子又把自己那件油渍麻花的棉袄穿上，褚琴找出来一大包石光荣和孩子们穿旧了的衣服，对他说："不是啥好东西，带回去吧。"柱子乐得合不上嘴，说："这话咋说的。"

石光荣把一卷子钱塞到柱子的手里，柱子态度坚决地拒绝说："你们用不着的东西我拿回去，钱是坚决不能要，这巴掌伸惯了，不是啥好事。"石光荣点点头收回钱，把火车票递到他手里说："拿好，别整丢了。"

柱子把车票小心地放在棉衣里面缝着的口袋中，小声问："咱家的茅房在哪里？"石光荣纳闷儿地问："你这两天在哪儿解的手？"柱子说："撒尿找个旮旯就行了，拉屎可不中。"

石光荣笑着把柱子领进卫生间关上门。不一会儿，他皱着眉头又跑出来，说："那么高个家伙，蹲上去还不掉下来？"石光荣哈哈大笑："那是马桶，让你坐着拉的。"柱子摇摇头说："城里人真会整，连屎都要坐着拉。我还是找个没人的地方吧，这样的茅房憋死我都拉不出来。"

孩子们听见了偷笑，石光荣瞪了他们一眼，对着石林说："石林，领你叔到院子里面的公共厕所去。"石林不情愿地领着柱子去了。

金窝银窝不如自家的狗窝。柱子待了几天，觉得该回蘑菇屯了。石光荣和石林帮柱子拎着大包小包来到院门外，褚琴领着石晶和石海相送。柱子说："哥、嫂子，你们回去吧。"石光荣点点头说："闲了来，日子紧巴了就捎个话。"

柱子频频地点着头，石光荣的司机过来帮助柱子把大包小包的东西往车上放。柱子上车后，脸紧紧地贴着车窗往外看。石光荣冲柱子挥挥手，他使劲儿推开车门叫了声"哥"。石光荣问他，还有啥事？

柱子冲着石光荣和褚琴大声说："你和我嫂子岁数大了就一起回老家吧，你侄子们能养你们的老！"

石光荣感动地朝柱子摆了一下手，汽车缓缓开走……

下班回家后，褚琴把柱子铺过盖过的东西拽下来准备拆洗。石光荣夹着公文包进来，看着满地的被褥皱了皱眉头问："这是干啥？"褚琴说："一股臭脚丫子和烟袋油子味儿。"

"我咋闻不出来？"

"你就那味儿，当然闻不出来。"

石光荣鄙夷地看了褚琴一眼，说："臭了脏了咋啦？能死人吗？你还有点儿阶级感情没有？我看你才脏呢，脑袋瓜子里面脏！"

褚琴被噎得说不上话来。这时，石晶和石林的吵闹声从石林的房间里面传出来，石光荣听见走了过去。

石光荣推门走进石林的房间，见石林和石晶推推搡搡地吵着，石海站在一边看着他俩。石光荣绷着脸问："吵啥？"石林气呼呼地说："她耍无赖，悔棋。"石光荣息事宁人地说："她比你小，又是个丫头，让着点儿不就结了？"

"你偏心眼儿！"

"哪偏了？"

"我和妹妹吵架不管对不对，你总向着她。"

"咱们是男人嘛！"

"那我妈妈比你小，又是个女的，你怎么不让着她？"

石光荣被儿子问住了。

石晶问："爸，你喜欢农村人，妈妈讨厌农村人，农村人到底是好还是不好？"石光荣反问："你说呢？"石晶摇摇头，说："我不知道。"石光荣态度坚定地说："当然好了，农民是中国革命事业的基础，新中国的成立走的就是农村包围城市的革命路线。"

石晶似懂非懂地点点头，石林看了父亲一眼，接着研究棋盘上的战况。

石光荣接着说："我是农村出来的，我说农村人好，是因为农村人的好特别实在，一个饼子掰开给你留一半。干完活儿回来站在当街给你一瓢水喝。你热得不行，他舍得用二里地外挑来的水给你冲冲脑袋瓜。城里人不行，你把心都给她了，她还觉得差着远呢。"

石光荣话里有话，石晶和石海不解地看着他。石林的心思还在棋盘上，他问石晶："还下不下了？不下我看书了！"石晶说："你让我个车。"石林翻着眼问："凭什么？"石晶理直气壮地说："我比你小。"

石林没办法，让了石晶一个车。

石光荣站起来在儿子的房间里面四处看着，窗台上摆着组装了半截的矿石收音机，屋角摆着没做完的轮船模型，桌子上摆着石林画的很复杂的草图和一摞关于机械制造的有关书籍。

书架上砖头一样厚的《军事词典》落满了灰尘，石光荣拿起那本书，用手细心地抹去上面的灰尘，扭过头来看了石林一眼，问："墙上的地图哪儿去了？"石林头也不抬地说："给我们同学了。"石光荣又问："不研究战争了？"石晶说："哥哥开始对科学感兴趣了。"

石光荣听了一愣，心里颇感失望。

这天，褚琴在服装库里面整理服装，排练室里面传出悠扬的小提琴声。褚琴被琴声吸引放下手中的活儿，她坐在那里静静地听着。

排练室里，一个年轻的男文工团员站在墙角十分投入地拉着《梁祝》。褚琴走进来，坐在一个不起眼的地方听着。年轻男人拉得很投入，感情迸发地抖弓揉弦……

褚琴被乐曲深深地打动，眼泪流了出来。一个年轻的女文工团员进来，看见褚琴在掉眼泪吓了一跳，忙问："褚琴老师，你怎么了？"褚琴不好意思地笑了："很长时间没听到这么美的音乐了。"

黄昏时分，军区大门口人来人往。蘑菇屯的殿文带着三个儿子蹲在石家院门口的台阶上，他们怯生生地看着从门前来往经过的行人。

石光荣下班回来看见了他们，先是一愣，紧接着大步奔过来，高兴地喊："我知道今天准有好事，左眼皮跳了一天。"殿文笑着站起来，指挥着儿子们说："还不叫叔？"三个壮汉子憨憨地叫了声"叔"，石光荣笑着答应，然后问殿文："大小子咋没来？"殿文说："家里面还有点儿活儿，走不开。"

石光荣一边掏钥匙开门一边问："咋想起来沈阳了？"殿文直言不讳地说："柱子从你这儿回去，穿着你给的衣服满屯子显摆。孩子们吵着要来，我想地里也没啥活就带着他们来了。"石光荣热情地说："走，家去！"

殿文父子跟着石光荣进大门，进到屋里。殿文的仨儿子站在干净的客厅里面，局促得手脚没处放。殿文这人却大咧咧的，手里面拎着烟袋满屋子转悠说："柱子这小子没白话，你这房子真跟皇宫差不多大，咱蘑菇屯的人来一半都能住下。"

石光荣招呼殿文的儿子说："别站着，过来坐下。"他们憨憨地走过来，像蹲在田头一样，在石光荣的面前蹲下。石光荣打量着几个壮汉子问殿文："看我这记性，他们叫啥？"

"这是二瓜，他叫三瓜，这个叫丑瓜。"

石光荣笑问："咋给孩子起这名儿？"

"咱庄稼人命贱得跟土坷垃一样，有个招呼的就行了。"

几条汉子蹲在地上卷烟抽，石光荣把烟盒递给他们。他们一人抽出一支小心翼翼地别在耳朵上，接着卷旱烟。

殿文把自己卷好的那根递给石光荣，石光荣深深地吸了一口，说："这烟有劲儿。"

殿文从面袋子里面掏出一捆烟叶子递给他，面露得意地说："这是我自留地里种的，柱子那烟跟这没法比，爱抽下次来人再给你捎。"

殿文说完，又从面袋子里掏出两瓶酒放在桌子上，说："这是我托人在县里面打的二斤散白酒，你尝尝咱老家的烧锅子。"石光荣高兴地收下了。

褚琴拎着菜回家，石晶和石海跟在她的身后。一打开门，还没进屋褚琴就被呛得咳嗽起来。石晶大喊："妈妈，咱们家着火了！"褚琴神色紧张地对两个孩子说："别进来。"她说完冲进屋里去。

客厅的景象让褚琴目瞪口呆，里面弥漫着一片烟雾，地板上到处扔着烟头，一群穿着黑棉衣和黑棉裤的人和石光荣蹲在地上热热闹闹地说着话。看见有人进来，他们不说了，看看石光荣又看看褚琴。

石光荣站起来给褚琴介绍说："这是蘑菇屯的殿文，比我大几天，得管他叫哥呢。这是他的三个儿子。"

褚琴不知道该如何应付这个场面，站在原地发愣。殿文命令自己的儿子"叫婶子"。二瓜、三瓜、丑瓜浑身不自在地站起来，怯生生地叫了声"婶子"。褚琴强笑着冲他们点点头转身进了厨房，殿文用挑剔的眼光打量着褚琴的背影。石晶和石海跑进来，也被屋子里面的情景吓了一跳。

褚琴心情糟糕极了，她把菜放进水池里，拧开水龙头，把锅坐在炉子上，看着空锅发呆。水池子里面的水漫了出来，流到地上，她慌忙把水关上。

暗暗叹了一口气，褚琴神情疲倦地开始洗菜做饭。

殿文在客厅跟孩子套近乎，他看着石晶问："不认识大爷啦？"石晶小声说："认识。"殿文冲石海招招手说："过来，让大爷看看。"

石海不喜欢这个老男人，就是不过去。殿文感叹说："到底是自己的侄子侄女，看着就亲。"

石海硬拉着姐姐进了厨房，他问褚琴："妈，他们又要住在咱们家吗？"褚琴说："小孩家，别管闲事。"

石林推开厨房门进来喊了一声"妈"，褚琴赶紧掏出钱递给他，让他去换十斤切面来。石林接过钱扛着半袋子面出去，褚琴安排石海、石晶剥葱剥蒜，姐弟俩边干活边抬头看母亲的脸色。

傍晚，石家客厅里热闹非凡，餐桌上摆着一小盆肉末炸酱和几个凉拌菜，石光荣、殿文和仨壮汉围坐在桌子旁。石林把满满一大盆过水面放在桌子上，石光荣率先捞了一大碗面，接着夹菜码、舀酱，为他们做榜样，说："到这儿就是回家了，自己张罗着吃。"

殿文学石光荣的样子为自己弄了一大碗，招呼儿子们说："石头叔不是外人，吃吧。"三个壮汉埋头稀里呼噜地吃了起来。殿文招呼石林、石晶和石海说："都是家里人，客气啥？上桌来。"

三个孩子纷纷摇着头后退。石光荣见状一挥手说，小孩子随他们去。几个大男人敞开了肚子吃，盆里的面条不一会儿就见底了。

石光荣冲着厨房大声喊："我说，再弄一盆来！"

褚琴满头大汗地这边烧水，那边在厨房里面翻找下锅的，她终于找到几斤挂面，然后下进锅里。石晶站在旁边同情地看着母亲。

　　石林又把一大盆面条端过来放到桌子上，壮小伙子们一拥而上，你一筷子、我一筷子地把面捞进自己的碗里。褚琴站在一边紧张地看着。殿文大声问："兄弟媳妇，这酱咋甜不唧的，有咸菜吗？"

　　褚琴慌忙进厨房去拿，没想到又一盆面光了。

　　殿文心满意足地撂了筷子，大声地喝着面汤。几个儿子都相继撂了筷子，像他们老子一样呼噜噜喝面汤。

　　褚琴端着一小盆面出来招呼孩子们吃饭，他们谁也不说话，低头吃饭。

　　殿文父子吃完饭开始抽烟，并不时把咳出来的痰吐在地板上，用脚一抹。

　　石晶实在吃不下去了，撂下筷子离开客厅，石林和石海也放下筷子相继走开。

　　殿文纳闷儿地问："咋吃得这么少？我家养的猫都比他们吃得多。"

　　褚琴沉着脸收拾碗筷，石光荣装着没看见，大喊："石海！"石海从自己屋里跑出来看着父亲。石光荣告诉他，今晚他和石林挤一张床，他的屋子要让给三个哥哥住。石海无奈地点点头。

　　殿文蹲在凳子上说："石头啊，打小你在我们家吃饭的时候，我就把你当亲兄弟待，我吃稠的，没让你喝过稀的。"石光荣忙不迭地点头说："那是，那是！"

　　"我这次来，有三件事。我给二瓜说了个媳妇，是高家岗老梁家的闺女，已经换了盅，想一开春就把事办了。"

"咱屯子不都讲究腊月过门吗？"

"那她不还得白吃几个月粮食吗？开春过门，进了咱家门，一天都不用闲就能张罗地里面的活儿了。"

石光荣笑着说："你可真会算计。"

"亲家提出来了，要五百块钱的彩礼。你知道咱穷，哪找那么多钱去？"

石光荣明白了他的意思，问道："缺多少？"

"缺五百。"

褚琴听见这话，往厨房走的脚步慢了下来。

石光荣慷慨地说："行，从我这儿拿吧。"

褚琴走进厨房，把门很响地关上。殿文根本就没把褚琴当回事，接着说："那次你回以后，三瓜就闹着要当兵去。"

石光荣高兴地说："好啊！扛枪保卫祖国光荣。"

"县里面当兵后门走得厉害，我一个刨垄沟的，哪能说得上话？兄弟你给你侄子帮个忙。"

石光荣一口应承下来，说："行。这算不上搞特殊化，战争年代要是没有那么多踊跃参军的年轻人，能打跑小日本，能把老蒋撵到台湾去吗？放心，明天我就给军分区打电话。"

二瓜咧着大嘴笑了。

殿文兴奋得脸上放着光说："咱蘑菇屯就你能在官府说上话。"

石光荣不嫌事多，又问："第三件事呢？"

"你侄子丑瓜，从小落下个抽羊角风的毛病，连个媳妇都说不上。我都快愁死了。沈阳这地方大，医生也多，我想在这儿给他扎箍扎箍。"

石光荣爽气地说："行。"

褚琴在厨房里听到这些，绝望地靠在墙上，她没想到更难以忍受的还在后头。

殿文挑事地往厨房那边看了一眼说："石头啊，你这家啥都好，就是媳妇娶得不咋的。"

石光荣不解地扭头看着他。

"咱蘑菇屯的媳妇可没有敢给当家的撂脸子的，看看你媳妇从一进门就没给个好脸子看，好像谁该了她二百吊钱。我是你哥，我来这儿，吃我兄弟的，喝我兄弟的，我兄弟乐呵呵的，你凭啥撂脸子？你是撂给我看呢，还是撂给你当家的看呢？"

石光荣的脸上挂不住了，说："她就那人，没啥坏心眼儿，就是不会来事儿。"殿文嘴一撇，说："啥不会来事？她是从心里面嫌弃咱蘑菇屯的人。我是家里人没啥，睁只眼闭只眼就过去了，外人来了不笑话？"石光荣的脸红一阵白一阵，说不出话来。

"女人得管，不管她就王八折个翻了天。"

说者无心，听者有意。褚琴知道，一场没有硝烟的战争即将打响。

丑瓜躺在石海的床上，二瓜和三瓜躺在搭好的床上。三人熟睡，呼噜声惊天动地；殿文躺在行军床上也是鼾声震耳。

石光荣和褚琴背对背地躺在床上睡觉，石光荣鼾声如雷，褚琴睁着眼睛怎么都睡不着。她爬起来找出安眠药吃了……

吃完早饭，石光荣陪着殿文父子逛街，他们在熙熙攘攘的人群中走着，穿黑棉衣、黑棉裤的父子们半张着嘴好奇地左右看着，不时被来往的行人碰撞着。殿文站在店铺门口挑剔地看着里面的货。

石光荣问："进去看看。"殿文说："不扛吃不扛喝的，看它干啥？"石光荣好心地说："不给嫂子买点儿啥？"

"不惯她这毛病。"殿文说着转身离开,"老娘儿们不能给脸,给了脸她就踩着鼻子上你头顶上蹲着去!"他还意味深长地瞥了石光荣一眼。

殿文在街上趔趄摸了半天,在一家店铺的橱窗前停住了脚步,凑到近前往里看。石光荣问,要不要进去看看,殿文二话没说抬脚迈进店铺。他看着货架上的桃酥问石光荣:"你给柱子带的果匣子里面有这个吧?"

石光荣明白殿文的意思,掏出钱让售货员称了二斤,他面带一丝得意包着点心包跨出店门。殿文给几个儿子一人半块桃酥,剩下的包好放进裤裆里。

殿文撇着嘴说:"你没看柱子那熊样呢,拿块果子满屯子走,四处说看人家沈阳人,吃果子都有谱,一手拿着果子,一手得这样。"石光荣好奇地问:"哪样?"

殿文想不起另一只手应该怎么样,就低头小心翼翼地咬了一口桃酥说:"嗯,好东西!"他嚼了几口突然想起来了,把一只手像搭凉棚一样遮在额头上,"这样,就这样!"石光荣愣了一下,哈哈大笑:"那是吃的时候怕掉渣用手接,柱子咋接到脑门子上去了?"

殿文打心眼儿里瞧不起柱子,一脸鄙夷地笑了。

又到了吃饭的时间,石光荣陪着殿文父子蹲在桌边吃,桌子上摆着几大碗炒菜。孩子们谁也不上桌,站在褚琴身边看着。殿文父子左手托着一大海碗饭,右手横掐着筷子中间,四双筷子在菜碗中拼命地翻着,几张嘴吧唧得山响。石光荣乐不可支地让菜让饭。

褚琴厌恶地转身离去,孩子们也跟着离开,殿文父子见了不以为怪。

对待父老乡亲，石光荣是热情好客、有求必应，他陪着殿文父子到医院问诊看病，自掏腰包抓药，殿文对这一点很是满意。

如果说还有点儿高兴的事儿，那就是褚琴调动了工作，到文工团坐办公室了。这天，她正在办公桌前看文件，石林领着弟弟妹妹来找她。石晶高兴地问："妈妈，你不管服装了？"

褚琴笑着点点头，石晶笑着过去搂住妈妈。褚琴问："你们下学不回家，跑到这儿来干什么？"石林说："妈妈，我想住校去。"

褚琴一愣，不知石林唱的是哪一出。石林抱怨说，家里面乱七八糟的，他根本就没办法学习。石海噘着嘴问褚琴："妈妈，他们都住了半个月了，怎么还不走啊？"

褚琴叹了口气，说："谁知道啊。"石晶告状说："妈妈，那个大爷吃着你做的饭还背后说你的坏话。"

"他说我什么？"

"他管你叫操蛋娘儿们。"

褚琴一下变了脸，石林见状使劲儿搡了妹妹一下。

下班回家，褚琴忍气吞声到厨房做饭。石光荣陪着殿文父子坐在桌边聊着天等待开饭。褚琴面无表情地端着一大盆面条走过来放在桌子上，石晶把一盆酱放在饭桌上，两人转身走开。

殿文挑剔地看着桌上的饭菜，说："送行的饺子，迎风的面，弟媳妇是个识文断字的人，咋连这么点粗理儿都不懂？知道我们爷们儿今天走，她给我们下面条吃，是想让我们蘑菇屯的人走得长久点儿，别再来，对不对？"石光荣忙说："哪来那些说道。"

"咱蘑菇屯人讲究这些说道。"

"她是城里长大的，不懂。"

殿文理直气壮地说："做了蘑菇屯人的媳妇就得学着懂礼儿。"

石光荣心里不舒服，放下筷子不吃了。

褚琴坐在卧室的床上生气，石光荣进来把缝纫机上面摆着的东西拿开。褚琴气呼呼地问："你干什么？"石光荣说："这东西自从买来你就没动过，给殿文吧，这样二瓜结婚还能省下买缝纫机的钱。"

"这是你的意思，还是他的意思？"

石光荣没说话。

褚琴一语道破："这是他的主意，你的眼睛里面除了军用地图就是沙盘，咱们家有什么你根本就不知道。我不在家的时候，那个人早就把这个家里面的东西细细地算计过了。"石光荣耐着性子说："他张了嘴，我也答应了，就给他吧。"

褚琴勃然大怒："石光荣，你把身上的肉剐下来给他换钱，我没意见。我褚琴的东西你休想动！"石光荣火了："这是我的家，我说了算！"褚琴气得嘴唇直哆嗦："我早就看出来了，你宁可要那个蘑菇屯，也不要这个家。"

"蘑菇屯养活了我石光荣，我不能让人在背后戳我的脊梁骨。"

"那你就回蘑菇屯过去吧，还在这儿待着干什么？"

石光荣怒火中烧，嚷道："我的部队在这儿，我的指挥岗位在这儿，我当然要在这儿！"他说完抱起缝纫机就往外走。褚琴大喊："石光荣！你要是敢把这个东西抬出这个屋子去，咱俩就离婚！"

殿文叼着烟袋、眯着眼睛蹲在沙发上细细地听着两个人的争吵，见石光荣铁青着脸搬着缝纫机出来，他脸上露出笑容，从沙发上下来，围着缝纫机转圈，几个儿子跟着他转。

殿文用粗糙的手摸着缝纫机光滑的漆面，满心欢喜。褚琴扬着脸从他们身边走过去，摔门走了出去。

殿文看不惯地摇摇头，批评石光荣说："丑妻薄地家中宝，你娶这么个小老婆有啥好？惯得连人样都没了。换上蘑菇屯的女人，嫁给你这样一个大官，叫她跪着她不敢站着，她倒好，还敢提离婚？石头啊，不是我说你，你这个人啥都好，就是怕老婆这毛病不好！"

石光荣感觉颜面扫地，神情大窘。石晶站在角落里，气鼓鼓地看着殿文，心里讨厌死了这个老男人。

别人怎么看，殿文一点儿也不在乎，关键是他捞到了实惠。他乐呵呵领着儿子把缝纫机和大包小包的东西抬到门外，看来这趟是满载而归。

石晶领着军区大院里的几个小姑娘拿着皮筋来到自家院里玩儿，两个小姑娘把皮筋举过头顶，石晶脚步轻盈地跳起来。

小姑娘们一起大声说着歌谣："一棵老藤结三个瓜，鬼子扫荡进村啦！吃我家的鸡宰我家的鸭，撑得放屁吹喇叭。嗒嘀嗒嘀嗒……嗒嘀嗒嘀嗒……"

三瓜抄着手站在那里傻乎乎地看着听着，殿文听出了门道，沉着脸推门进屋。

石晶见了兴高采烈地跳着唱着。突然，石光荣推门跑出来怒气冲冲地大喊一声"石晶"。石晶尖声笑着，扔下皮筋领着小姑娘们撒腿跑了。

傍晚，褚琴下班回家，推门进屋不禁一愣，原本应该走的殿文父子竟然还蹲在客厅的地上，一起抬头看着她。石光荣看见褚琴进来，用命令的口气说："整肉，给我哥和侄子们包一咬一兜油的饺子。"

褚琴的脸啪嗒一下沉下来，殿文眯着小眼睛观察着她。褚琴顾全大局，忍着一肚子气进了厨房忙活……

石晶和石林站在自家窗外，偷偷往里面看着。殿文父子围在桌子旁边狼吞虎咽地吃着饺子。石晶恨恨地骂："真没脸！"石林抱怨说："都怪你，要不他们就走了！"

"谁知道他们脸皮这么厚？"

"妈妈呢？"

"还在厨房里面忙呢。"

石林看着窗子里面的殿文，恨恨地说："这个人来了以后，爸和妈老吵架，咱们得想个办法把他弄走。"石晶抽着鼻子闻了闻，问："院子里怎么这么臭？"石林厌恶地说："他们从来不上厕所，有屎就拎着铁锹在院子里面挖个坑，拉完再埋上。"石晶捂着鼻子惊叫："恶心死啦！"

石林眼珠一转脸上露出坏笑，他在院子里面挖坑，石晶在旁边放风。

石林把一水桶黏乎乎的脏物倒进挖好的坑里面，把秸秸搭在坑上面再盖好土。这时，石晶喊："他出来了！"石林和石晶忙跑开。

殿文嘴里面哼着二人转，手里面拎着铁锹走过来，他把系裤子的布绳子解下来挂在脖子上后退了一步想蹲下，扑通一下摔进闪人窖里面。殿文惊慌失措地大叫："来人哪！救命哪！"

躲在角落里面的石林、石晶跺着脚捂着嘴疯笑。石光荣和仨瓜听见叫喊声，忙从屋子里面跑出来，七手八脚把身上臭烘烘的殿文拉出来。

石林和石晶知道惹了大祸，早一溜烟跑了。

远处，操场上正在上映电影《钢铁战士》。官兵和家属们坐在小凳子上聚精会神地看电影，石林气喘吁吁地跑过来冲进冯铁等孩子中间挤了几下不见了，石晶边笑边在士兵整齐的队列缝隙里面快速爬着。

石光荣气急败坏地跑过来，站在人群旁边叉着腰瞪着眼睛往人群里面看，下级军官纷纷给他敬礼让座。

跑了和尚跑不了庙。深夜，石林屋里传来石光荣暴揍石林的声音，石晶和石海吓得哇哇大哭。褚琴拼命地往开撞门，大喊道："石光荣，你给我把门开开！"石光荣在屋里怒吼道："你个护犊子的娘儿们，给我滚！"褚琴声嘶力竭地喊："石光荣，你不是个人！"

殿文让二瓜和三瓜搀着走过来，他捂着腰故意呻吟着说："兄弟啊！我算个啥呀？你可别为了一个农村人公母俩伤了和气！"

石光荣听了这话打得更狠了，石林发出阵阵惨叫。褚琴气得脸色惨白浑身颤抖，她指着门大声喊道："你再打一下，再打一下咱俩就离婚！"

石光荣正在气头上，这话就是火上浇油，他下狠手猛揍儿子，石林发出更加惨烈的叫声。

褚琴跑进卧室抱了一堆自己的东西，踢开门走了。

殿文嘬着牙花子，摇摇头说："这娘儿们，真把自己当成佘太君了！"

褚琴在文工团办公室搭了单人床，她在床上躺了一会儿，爬起来吃了几口饭盒里面的饭菜，又扔下筷子发起呆来。

殿文一家总算是走了。没人做饭，石光荣赶鸭子上架，给孩子们做起了他最拿手的疙瘩汤。石林、石晶、石海围坐在饭桌旁，石光荣端着一大盆疙瘩汤过来，乐呵呵放在桌子上说："吃吧，放了香油，可香啦。"

三个孩子愁眉苦脸地看着那盆汤，谁也不动筷子。石光荣问：

"咋不吃？"石海噘着嘴说："像猪食。"

石光荣生气地照着石海脑袋上就是一巴掌，石海惊诧地盯着父亲，眼泪涌出眼眶。石光荣火了，吼道："憋回去！你给我憋回去不憋回去？"

石海哇的一声哭出来，石光荣又是狠狠的一巴掌扇过去，骂道："你妈把你惯得没人样了！"

石海号啕大哭，石晶跳起来，拉着弟弟的手边往外走边说："本来就像猪食！"石光荣见状去追石晶，喊道："你给我站住！"石晶像是没听见，拉着弟弟冲出家门；石林神情木然地起身回自己的房间。

石光荣怒气冲冲地回到客厅，在桌子旁边坐下，喊："石林，出来吃饭。"石林在房间里冷冰冰地说："饱了。"

石光荣自己盛了满满一大碗，蹲在椅子上狼吞虎咽地吃起来。

石晶带着石海来找妈妈，得知他俩还没吃饭，褚琴在电炉子上给俩孩子下挂面。石海说："妈妈，我们不回家了，明天下学就到这里来。"褚琴说："这是办公室，妈妈也是临时住的。等妈妈找到地方再接你们出来。"石海委屈地点点头。

石晶说："妈妈，你要是不回家，再来人就把咱们家的东西都拿走了。"褚琴愣了一下，心一横说："家都不要了，还在乎那点儿东西？我要是和你爸离婚，你们跟谁过？"石海毫不犹豫地说："跟妈妈。"

石晶看看褚琴没说话。

"石晶，你呢？"

"你们要是离婚，我就上山打游击去，再也不回这个家！"

褚琴气乐了，她把面捞在两个小盆里面递给石晶和石海，他俩很香甜地吃着。

这日，石光荣下班回家，走到家门口时一抬头愣住了。门口的台阶上蹲着男女老少六个人，旁边放着大口袋、小口袋，看见石光荣回来，全站起来朝他拘谨地笑着。石光荣热情地迎上去，把他们领进院子。

这一大家子人要吃、要喝、要住，石光荣被折腾得焦头烂额不说，石林也跟着忙活。放学后，石林骑着自行车回家，车子后面夹着满满一面袋子馒头。

石林在院子里停好自行车，扛着面袋子推开门，一股浓烟涌出来，呛得他不住地咳嗽。客厅里面乱七八糟，地中间蹲满了人。他们抽烟吐痰，扯着嗓门儿大声聊着天。石林满脸不高兴地把面袋子放在桌子旁边，转身进了自己屋。

石光荣忙得不亦乐乎，他轻车熟路地做了一大盆疙瘩汤，笑呵呵将满满一大盆疙瘩汤放在桌子上，说："自己盛汤喝，面袋子里面有馒头。"

蹲着的人站起来一拥而上，呼噜噜喝疙瘩汤，大口吃着馒头。不一会儿，满满的面袋子就瘪了。

石光荣不见石晶和石海来吃饭，便推开石晶的屋门进来看，姐弟俩正坐在床上，就着开水吃咸菜、馒头。石晶跳下床去，不客气地把爸爸推出门外，然后插上门。

这边褚琴打定了主意要跟石光荣离婚，她到政治部找办公室李主任开介绍信，说要离婚。李主任吓了一跳，忙问为啥要离婚。

褚琴气呼呼地说："他粗野、暴躁，歧视妇女，军阀作风，这些我已经受够了，不想再受了。"李主任连忙安抚说："褚琴，你别激动，坐下来说。"

听完褚琴的哭诉，李主任哪里敢做主，他向冯政委做了汇报。冯政委知道褚琴和石光荣闹过好几回了，他苦口婆心地劝褚琴说："我知道你受了不少委屈，已经牺牲过了，再牺牲一次怕什么呢？"褚琴哭了："我从结婚那天就开始为他牺牲，一直牺牲到现在，难道不断地为他牺牲也是我参加革命的一部分吗？"

冯政委严肃起来，一本正经地说："褚琴同志，你和石光荣同志已经生活了十几年了，怎么还说这么没有觉悟的话呢？石光荣同志是我们中华人民共和国的功臣，照顾好他的生活是你的光荣，也是你的责任。我们不能总想着自己的得失，这是从小处说。从大处说，石光荣同志是这儿的最高首长，五十多岁的人还闹离婚，如果我批准了你们离婚，这是我们政治部政治工作上的头等事故。再说，给你们做主婚人的首长现在在总参谋部工作，你们两个离了婚，不是对他工作的否定吗？"

褚琴傻了，脸上挂着眼泪呆呆地坐在那里。

冯政委见状，态度和蔼地放缓了语气说："褚琴同志，你好好想一想。"

第 十 章 鸡鸣山哨卡

翌日清晨，石光荣在公路上大踏步地跑着。冯政委在岔道口截住他说："老石，咱俩谈谈。"石光荣脚步不停，说道："有话到我办公室说去。"冯政委说："要能说，我就去说了。"石光荣停下来，边擦汗边问："啥事？"

"你老婆提出要跟你离婚。"

石光荣吃了一惊："啊？"

"昨天她来找我，让我给镇压了。"

石光荣的火腾地升起来了，骂道："这个操蛋娘儿们！"

"老石，这就是你的不对了，怎么张嘴就骂呢？"

"我石光荣在战场上骂了几十年，改不了。"

"改不了也得改，最起码这几天得夹着尾巴做人。"

石光荣眼一瞪问："凭啥？"

"褚琴同意你接她回去住了。"

石光荣一屁股坐在冻硬了的土地上，好一会儿才说："操！这些日子，我那个家简直乱营了。老家一拨一拨地来人，我是张罗了上顿，张罗不了下顿，弄得我丢盔卸甲的。昨天晚上学校的老师也找到家里来了，说石晶和石海逃学，期末考试都不及格，让我先去开家长会，然后帮助辅导功课。妈的，带部队比带个家轻巧多了。"

冯政委说："你可别小看女人，家里没有女人那就塌了。我老婆常说，宁死当官的爹也不死要饭的妈，她说的就是这个道理。"

石光荣不说话。

"褚琴做得已经很不错了，军区里面有几个干部，原来在村子里面有老婆，参加革命后离了，进城又结了婚。农村的孩子长大后找了来，现在的老婆连门都不让进，人脑子都打出狗脑子了，影响非常不好。你们家来了农村人，人家褚琴还给张罗饭张罗菜，你把家里面的钱往外给，她心里面不愿意不也没说啥吗？"

"是没说啥，可她因为一个破缝纫机就和我闹离婚了。"

"那是人家娘家给的陪嫁，你拿去送人情，她当然急眼了。"

石光荣挠挠脑袋不说话了。

"今天一下班就去文工团接她，记住，就像什么事也没发生一样。"

"算了！算了！家里来人她又闹腾。"

冯政委严肃地说："老石，你也得做点儿退让，别再往家领人了。"石光荣语气坚决地说："那可不行，人家进城来投奔我，我不能不管。我告诉你老冯，这不是一顿饭两顿饭的事，这是共产党让不让人寒心的事。"

冯政委摇摇头说："你这个人白打这么多年仗了，攻山头抢阵地的办法多了，你怎么就不能活套点儿呢？"石光荣眼一瞪问："咋活套？"冯政委点化说："来了往咱们军区招待所一住，吃饭的时候往食堂一领。走的时候派个车，这不家里家外都照顾到了？"

"这个主意好！"石光荣高兴地拍了拍冯政委的肩膀说，"还是当政委的，花花肠子就是多。"冯政委叫道："你这小子，我帮你的忙，你倒骂我！"

石光荣哈哈一笑，继续跑步。

下班了，褚琴心不在焉地收拾桌子上面的文件。石光荣领着石林、石晶、石海进屋，孩子们过来拉她说："妈妈，走。"褚琴翻了石光荣一眼，没动地方。

石光荣装作什么事也没发生过的样子说："走吧，晚了没地方了。"褚琴不理他，石晶说："妈妈，爸爸要带咱们去饭馆吃饭，然后去看歌剧。"褚琴眼睛一亮，脱口而出问："歌剧？什么歌剧？"

石光荣就势搭话："北京歌剧团来沈阳演出的《江姐》。"

褚琴激动地叫了一声"太好了"，石光荣含意很深地看了她一眼，带头走出去，三个孩子拉着母亲跟了出去……

转眼到了秋天，蘑菇屯的人背着新打下来的粮食、山货，成群结队地走进军区大院，在院子里面散步的冯政委见到这情景，扑哧一声笑了，对陪着他散步的妻子说："蘑菇屯的人又来了。"

石光荣这回学聪明了，他将父老乡亲领到军区食堂，大口吃肉，大碗喝酒，一众人无拘无束，笑语喧阗。柱子给石光荣介绍说："这是公社的张书记。"石光荣和张书记握手问候。张书记说："首长，我来沈阳有事求你。"

石光荣爽快地说："蘑菇屯的事就是我的事，啥求不求的。"张书记叫苦说："咱那旮旯儿地薄，粮食产量总是上不去，想弄点化肥。县里化肥少，要的人多，咱说不上话去。"

石光荣沉吟问："弄化肥？"柱子点点头："嗯哪。"石光荣想了想说："我给你写张条子，你去找县里管农业的郑县长，他在我的手下当过兵。"张书记迟疑地问："行吗？"石光荣硬气地说："他敢说个'不'字。"

张书记感动得连连点头。

柱子说："哥，你上次批条子弄回去的拖拉机，咱蘑菇屯已经使上了，把别的屯子的人眼热得够呛。"

石光荣脸上充满了成就感，说道："地区农机厂的赵厂长叫我整得够呛，我打电话跟他要拖拉机。他说，他是有计划有任务的，完不成任务，上面要撸他的官。我说我不管，我只知道你是地主，我就是要分你的房子分你的地。他没办法把拖拉机给我了，听说他私下里骂我是胡子，胡子就胡子，能为老百姓谋利益就行。"

张书记端着酒站起来说："首长，我代表我们全公社的人敬你一杯。"石光荣接过来一口喝了。趁热打铁，柱子领着县里的干部坐在石光荣的办公室里面，听他给地方领导打电话："小李子，这车大豆能不能运出去，关系到县里的农民兄弟能不能过年。"

"石头，你别拿大话吓唬我。"

"批车皮的大权在你的手里，我哪敢吓唬你啊？我把话给你撂在这儿，我已经跟人家拍了胸脯子了。你要是不给我这个面子，我就到你那儿休假去，让你每天四个凉盘四个热炒、五两老烧锅子伺候着，还得天天陪我打兔子。"

电话那头传来爽朗的笑声："你这不是耍无赖吗？行啊，为支援农民兄弟，我破一回例。"

石光荣笑着说："你这人，不挤不出油。"

石光荣为了父老乡亲和地方建设不遗余力，他不光打电话，还身体力行。这不，家乡遭了灾，他亲自坐着吉普车，不顾一路颠簸，率领装满物资的十辆军用卡车前去救灾。

县长感动地说："首长，这次多亏你了，要不是你派部队的军车帮我们把救灾物资运进来，县里还不知道要遭受多大的损失呢。"

石光荣动情地说："老家有求我老石的就说，我能伸手帮忙的就一定帮忙。蘑菇屯的每一块石头都对我有恩，没有老家的这些乡亲们，我石光荣早就饿死了。我对这地方有感情，走到哪儿都能想起来这儿。等我没了这口气，你们在山脚下给我块坟茔地，叫我儿子把我运回来，埋在咱蘑菇屯。"

县长听了一个劲儿地点头。

忙完救灾的事情，石光荣风尘仆仆地赶回家，正好赶上家人围坐在饭桌前吃晚饭。孩子们看见石光荣一人叫了声"爸"，接着低头吃饭。

石光荣脱去外衣，褚琴从厨房里面给他拿来碗筷。石光荣早已饥肠辘辘，顺手抓起馒头就吃。褚琴不高兴地看了他一眼没说话，石晶却不干了，大声批评他："爸，你又不洗手。"石光荣对女儿赔着笑脸说："爸忘了，你看现在洗也晚了，下次我一定注意。"石晶翻了他一眼，接着吃饭。

褚琴问石林："你的志愿填好了？"石林点点头说："填好了。"褚琴说："让你爸看看。"石光荣边狼吞虎咽地吃着边问："啥志愿？"石林说："报考大学的志愿。"石光荣接过石林递过来的志愿表看了看问："你已经高中毕业了？"

石林"嗯"了一声。

石光荣感叹说："好像就一眨眼的工夫嘛。"褚琴讽刺说："你的心思哪在这儿啊？你就是坐在家里也想着蘑菇屯，好像那里还有你的三个孩子一个家。"石光荣爆粗口说："净扯淡。"

"第一志愿哈尔滨工业大学，第二志愿吉林大学。"石光荣读着志愿表上的志愿，抬起头看着石林问，"拿定主意上大学了？"石林点点头。

石光荣问，为啥不当兵？石林说，他更喜欢上大学。石光荣话里有话地说，部队也是一所大学校。石林听出来不大对味儿，说那是他志愿之外的大学校。

石光荣探究地问："你觉得当兵不好？"石林明白老爸的意思，说："我没觉得当兵不好，只是我更愿意上大学。"石光荣生气了，说道："扛枪保卫祖国是每个青年的责任，没有愿意和不愿意的选择。"石林倔劲上来了，据理力争说："祖国需要保卫，更需要建设，我在建设祖国上会做得更好一些。"

"你是怕艰苦，怕流血，怕牺牲！"

"爸，你别自己骗自己了。什么流血牺牲？敌人在哪儿？解放了这么多年，你捞过一仗打吗？你不是觉得英雄无用武之地，才跑到蘑菇屯帮助农民搞农业生产建设去的吗？"

石光荣说不过儿子，怒火中烧，骂道："你个王八犊子！"

"王八犊子是谁生的？"

"再说我大耳光子抽你！"

石林面带天真地盯着石光荣的眼睛说："爸，你这叫恼羞成怒。"石光荣扑过去抓石林，喊道："我打你个恼羞成怒！"

石林机灵地闪开，石光荣跑去追赶。石林饭也不吃了，夺门而去。石光荣回到桌前，继续吃饭。褚琴嘲讽说："五十多岁的人了，和个孩子一般见识，也不怕别人笑话。"石光荣理直气壮地说："老子教育儿子天经地义，谁敢笑话？"

褚琴转过脸去，不愿意搭理石光荣。

石光荣长长地出了一口气，感慨说："我十三岁当兵，打了几十年的仗，从来没有离开过部队，也从来没掉过队。部队就是我的家，我这一辈子都交给了部队，无论从组织上还是思想上，我都是党和军队地地道道的忠实者。你现在就是给我一百种选择，我也选择当兵，我认为军人这个职业是世界上最光荣的职业。"

"你不能把自己的想法强加在孩子的头上吧？"

"我是他爹，我让他干啥他就得干啥！"

褚琴生气了："我还是他妈呢，孩子考大学这事就这么定了！"

石光荣愣愣地看了褚琴一会儿，"哼"了一声转身走开。

操场上，石林和冯铁等几个十六七岁的发小正在聊天。突然，石晶骑着自行车摇摇晃晃地冲过来，她大声喊着："哎呀，哥！哥！我下不来了！"石林伸手握住了她的自行车车把。

石晶从车子上跳下来说："哥，妈让我告诉你，好好复习，别理爸爸。考上大学拍屁股就走，他还能派部队把你抓回来啊。"石林点点头。冯铁问："你爸不让你考大学？"石林说："他让我当兵去。"

"我应该考高中，可我爸硬逼着我当兵去。"

旁边的男孩说："我爸也是。"

另一个男孩不解地说："他们当了一辈子兵不算，还要我们子孙后代地续上，你说这帮老头子到底是怎么了？"

突然，一个篮球从场外飞过来，石林飞身跳起接住。男孩子们起了玩心，拿着篮球穿梭运球、传球，几个战士跑进操场和孩子们打起比赛。石晶坐在篮球架子下面看着。

石光荣走过来远远地站在那里看，只见石林玩了个花架子，两步半上篮，球没进去，他跳起来拼命地跟战士争篮板球。

石光荣摇摇头说："卖弄花屁股，中看不中用。"

夜晚，石林在房间里认真地复习功课。褚琴悄悄进来，把一碗鸡蛋面放在儿子的面前，心疼地说："吃了再看。"

石林放下书本吃香喷喷的面。褚琴问："还有半个月就考试了，怎么样？"石林信心满满地说："我已经复习过两遍了，肯定能考上。"

褚琴高兴地看着儿子，颇感欣慰。石林却说，他担心他爸在动什么心思，自从他俩吵完架后，老爸就不再提让他当兵的事儿了。

褚琴想当然地说，那是他自己觉得没理了。知父莫如子，石林摇摇头说，这不像他的做事风格。褚琴让石林别想太多，石光荣出差了，二十多天才能回来。等他回来也考完了，该走就走。

石林放心地点点头。

计划不如变化快。这天，褚琴做完早饭，石林急急忙忙地吃着，石晶和石海边吃边看着哥哥。褚琴让石林别急，时间来得及。

石林扔下碗拿起书包就往外跑，没想到石光荣风尘仆仆地推门进来，全家人愣住了。褚琴下意识地问："你怎么回来了？"石光荣说："这话问得奇怪，我的家我为啥不回来？"

"你不是说走二十天吗？"

"事情办完了我就回来了。"石光荣说着把一份文件递给石林说，"这是给你的。"

石林打开一看神色大变，拿着那张纸呆呆地站在父亲面前。褚琴从儿子手里拿过那张纸，竟然是"新兵入伍通知书"，上面清清楚楚地写着石林的名字和报到日期。

褚琴勃然大怒，说道："石林，别理他，马上考试去。"石林背着书包要出门，石光荣绷着脸吼了一声："给我站住！"石林被父亲的威力镇住了，背朝他站在那里。

石光荣吼道："你要是敢走出这个家，就不是我石光荣的儿子！"褚琴气得浑身直哆嗦，骂道："你哪像个共产党员，你简直就是个军阀！"石光荣掷地有声地说："我告诉你，正是共产党员的职责叫我这样做的！"

褚琴气急败坏地质问："你给我翻开党章看看，哪一条哪一款上写着，我儿子只能当兵不能上大学了？"石光荣说："我心里写着呢！"褚琴的眼泪奔涌而下，哽咽着说："你不是人！我嫁给你真是瞎了眼，害了自己不说，还害了儿子。"

石光荣怒吼道："你这个娘儿们找揍是不是？你说我是猪是狗

我都不言声，你敢说部队害了孩子，我狠狠地抽你！"褚琴不哭了，两眼冒着怒火往石光荣面前走，她扬着脸说："你抽！你抽！"

孩子们全惊呆了。

"你敢说，我就敢抽！"

"我身上穿的也是军装，是军队把我抚养教育成人的，我从心里面感谢部队感谢组织。你就是用枪顶着我的脑袋，我也决不会说部队半个不字。石光荣你给我听清楚了，是你把我和我的儿子害了。"

"我咋害我儿子啦，当兵就把他害啦？当兵咋啦？当兵就比上大学低贱啦？"

"石光荣，你别胡搅蛮缠。当兵是你的心愿，上大学是孩子自己的心愿。"

"心愿？他是军人的后代，生在这个部队里，一落地就得学会牺牲自己，服从命令听指挥。"

"凭什么听你的指挥？"

石光荣眼睛一瞪说："我是他爹！"

褚琴气得说不上话来。

"妈，爸，你们别吵了。"石林冷静地走到母亲面前，他把书包扔下，捡起那张入伍通知书说，"我决定去当兵了。"褚琴吃惊地看着儿子说："石林……你……"石林绝望地说："妈，你为我这么闹是闹不出结果的。"

褚琴泄了气，瘫坐在椅子上。

石林把入伍通知书小心地叠好放进口袋里面，石光荣脸上露出笑容，走过来拍拍石林的肩膀说："这才像我的儿子。"石林冷冷地把他的手从肩膀上抖下去，回自己的屋子去了……

一连两天，石林都将自己关在屋里不吃不喝。褚琴忧心忡忡，她端着饭站在石林屋门前，敲着门说："石林，石林，心里难受跟妈妈说，别不吃饭呀！"

屋子里面没有一点儿动静。

褚琴心疼地说："孩子，你已经两天没吃饭了，这样会闹出毛病的。"

石林像是没听见，就是不搭腔。

石光荣坐在客厅的沙发上，手里拿着报纸，竖着耳朵听石林房间的动静。

石晶领着石海敲哥哥的房门，喊道："哥哥！哥哥！"石光荣心头火起，怒吼道："给我回来！"

石晶和石海慑于父威，互相看了看，悄悄地离开。

夜晚，石光荣和褚琴背对背地躺在床上，俩人各想心事，都睡不着。

石光荣一骨碌翻身起来，开门出去。

天蒙蒙亮，客厅里面烟雾缭绕。石光荣手里面拿着烟在地上走来走去，桌子上的烟灰缸里面堆满了烟头。石光荣站住脚扭头往石林的房间那里看，房门紧锁，没有任何动静。

石光荣一咬牙，大踏步地朝石林的房间走去。他站在儿子的屋门口整理了一下风纪，抬手敲门喊："开门！"

话音未落门开了，石林背着行装衣衫整齐地出来，他径直走到客厅，不看也不理父亲。石光荣神情愕然，愣在那里。

石林喊了一声"妈妈"，褚琴听见，披头散发地冲出来回应："石林！"石林平静地说："妈妈，我要吃饭！"褚琴热泪盈眶答应着："哎！哎！妈妈这就给你做去！"

褚琴拢着头发跑进厨房。石光荣走到石林面前看着他,石林冷漠地看了看父亲,无言以对。

远处传来震耳的锣鼓声、鞭炮声,操场上挤满了送行的人。

十几辆军用卡车满载着入伍的新兵,缓缓朝大门口驶去。

褚琴领着石晶和石海在人群里面往前挤着,戴着大红花的石林在卡车上面喊:"妈妈!"褚琴朝儿子挥着手,眼泪流了下来。

石晶和石海大喊:"哥哥!"石林喊道:"石晶,好好读书!"石晶含泪点点头。石林又叮嘱弟弟:"石海,别在外面惹事,好好照顾妈妈!"石海恋恋不舍地边跑边点头。

车队鱼贯驶出大门,褚琴无限牵挂地看着大儿子远去的地方。

载满新兵的车队开上土坡。一辆军用吉普车开上远处的山坡停下来,石光荣拿着高倍望远镜看着远处的车队。司机说:"我开车可以从近路追上去。"石光荣摇摇头叹气说:"算啦。"

石林走后,褚琴失魂落魄,她经常来到排练室看和石林年龄相仿的年轻演员们练功。姑娘、小伙子们朝气蓬勃地踢腿劈叉,在垫子上翻跟头。

一个小伙子蹦大劲了,差点儿撞在褚琴的身上,他忙道歉:"褚琴老师,对不起。"褚琴摇摇头说:"没关系。"小伙子好奇地问:"我看您天天都来这儿坐一会儿。"褚琴疼爱地看着他说:"是啊,我来看你们,看着你们这些孩子,就像看见了我的儿子。"小伙子冲她笑了一下跑了。

音乐响起来,年轻演员们跟着音乐跳起了生龙活虎的舞蹈。褚琴入神地看着。

年轻人的身影不时遮住她,又闪开。

球场上年轻的小兵们在打篮球,石光荣从旁边走过情不自禁地驻足观看。

这天，石光荣坐在桌子旁边看报纸，褚琴把做好的饭菜放在桌子上。石晶跑进来说："妈妈，哥哥来信了！"

石光荣和褚琴不约而同地伸手去抓信，石光荣手快，先抢过去撕开看，褚琴等不及凑在他身边看信。

爸爸、妈妈：你们好！离家已经整整一个月了，我们新兵连在黑龙江最北边的一个山旮旯儿里。这个地方除了山就是山，连一根绿草都看不见。训练也很艰苦，这种苦是我怎么想象也想象不出来的。吃的也很差，除了馒头土豆就是馒头土豆，真想吃顿妈妈做的饭菜。这里的温差很大，晚上冻得睡也睡不着。连着发了几次高烧，一闭上眼睛就梦见妈妈……

褚琴的眼泪掉下来，石光荣拧着眉毛往下看着。

我已经听了爸爸的话参军来到部队上，我想对爸爸提一个小小的恳求，希望爸爸把我调到离家近一点儿、条件稍微好一点儿的连队去，在那里我一样会为祖国好好站岗的。

石光荣怒不可遏，三把两把地把信撕了。褚琴冷冷地看了他一眼，一言不发地离开。石晶把地上的纸片捡起来，对在一起看信。

石光荣让褚琴失望透顶，她决定自己行动，为儿子挪个好一点的地儿。经过一番运作，褚琴拿到了石林的调令，她心情大好，说话走路都眉开眼笑。

夜晚，褚琴轻轻地哼着歌铺床。石光荣推门进来，纳闷儿地看着褚琴的脸问："啥好事，这么高兴？"

褚琴不理他，掀开被子进去躺在床上，拿起《红楼梦》看着。

石光荣躺在床上看着褚琴的后脑勺问："这么本书翻过来倒过去地看了五六年，有啥看头？"褚琴反问："墙上的军用地图你一盯就是几十年，有啥盯头？"石光荣息事宁人地说："好！好！你看你的，我看我的，互不干扰。"

褚琴接着聚精会神地看书。石光荣声音软软地叫："丫头，丫头！"

褚琴不回头，翻书的手不动了，石光荣伸出手把她拉进自己的被窝里面。褚琴扭过头脸上带着笑，故作严肃地看着他问："干什么？"

"你这一笑多好看，干啥跟我整天耷拉着个脸？"

"你自找的！"

石光荣凑过去亲褚琴："那我就再找找吧。"褚琴一把推开石光荣说："刷牙去！"石光荣高兴地翻身下地说："老婆，我不但要刷牙，还要好好地刮刮胡子。"他在抽屉里面翻腾着问，"人家送我的那个刮胡子刀哪儿去了？"褚琴说："在旁边的那个抽屉里。"

石光荣打开抽屉，褚琴突然想起什么，一骨碌坐起来，但是已经晚了。石光荣手里拿着调令，脸色铁青地看着她问："这是啥？"

"我给儿子办的调令。"

"谁允许你以我的名义走后门的？"

"后门也走了，手续也办了，生米已经做成了熟饭，你就当不知道不就完了？"

"你这是拿猪屎往我脸上摔！"

"我这是为了儿子。"

"你这是害他！"

褚琴火了："你爱一个给我看看？"石光荣吼道："我是得让你好好看看！"他说着把调令撕得粉碎，扔在地上。褚琴疯了一样，抄起枕头边上的书狠狠砸过去……

远处是连绵的群山，两辆军用吉普车在山路上颠簸。

石光荣坐在吉普车里，面带倦容靠着座位靠背。随行的高团长在给他汇报工作："刚才咱们看的那几个连是生活条件相对好一点儿的连。还有一个连在山窝子里，路很不好走，首长，我看还是改天去吧。"石光荣说："去，我要把这儿的每个连、每个哨卡都看到了。"

高团长给了司机一个手势，司机打方向盘，拐向一条更加崎岖的小路。

山谷寂静，偶尔传来清脆的鸟鸣。军号声在远处隐隐约约地传过来，山脚下可以看见军人们单列双列地在操练。

石光荣问："那是哪个连？"高团长说："新兵连。"石光荣精神一振，坐直了身子说："去看看。"

新兵们全副武装围着操场跑步。军用吉普车悄悄开到一边停下，高团长陪石光荣从车上下来。

新兵连长一眼看到首长，高声喊："立定！向右看齐。向前看！"连长步伐规范地跑过来给首长们敬礼："新兵连葛连长向首长报到，请首长指示。"

石光荣及陪同来的军官们还礼，接着他走到新兵连的队列前。葛连长喊："敬礼！"新兵们一起给石光荣敬礼。

石光荣还礼，他的眼睛在新战士中间寻找着，目光最后定住了。黑瘦的石林站在新兵队列中,目光热烈急切地看着父亲。

葛连长说:"请军区首长讲话。"

大家热烈鼓掌欢迎。

石光荣大声说:"你们从到了部队上开始接受的就是部队教育,我就不再多说了,我只强调一点,你们的爹妈把你们送到队伍上就是想让你们脱胎换骨,把你们炼成一块块的好钢。"

石光荣的目光从石林的脸上扫过去,他对葛连长说:"接着训练吧。"

葛连长带着新兵连继续跑步,石林在队列中,不断把目光投向父亲。石光荣感受到他的目光也不看他,好像不认识他一样。

葛连长高喊:"立正!"

战士们听令立正。

葛连长不满意地说:"这叫立正吗?你们现在是军人,不是老百姓。你要想长出军人的第一根毫毛来,你就得学会立正,等你全身的毫毛都能立正的时候你便成为军人了。"

石光荣满意地看着葛连长。

葛连长问:"谁能说一下立正的要领?"

战士们纷纷要求说,葛连长却叫没表示发言的石林说一说。

石林平淡流利地说:"双目平视,脖子要直,嘴要闭上,下颌微收,收腹挺胸,五指并拢,中指贴于裤缝,两腿夹紧绷直,脚跟靠齐,脚尖向外分开呈六十度角。"

葛连长惊讶地看着石林说:"归队。"

石光荣嘴角泛起一丝笑容。

跳跃障碍物开始了,葛连长带头跃过障碍。新兵们一个接一个地跳跃过去。

石林跑过来，石光荣盯着他看。没想到石林冲到半截突然停了步，他看了父亲一眼，低着脑袋走开。

新兵们接着跳障碍物，石林又跑过来，这回他倒是跳跃上障碍，可是爬到半截又滑了下来。

石光荣忍无可忍，两个箭步跨过去，抬起腿在他的屁股上狠狠地踹了一脚，大声骂道："就你这吊儿郎当的熊样子，一辈子都别想成为一个真正的军人，滚开！"

在场的人被石光荣粗暴的行为惊呆了，只见石光荣后退几步，嗖的一声，像一只猛虎一样蹿过障碍物。在场的人目瞪口呆地看着石光荣，石林却恼怒地盯着父亲。

训练结束后，连长陪着首长们在食堂吃饭。桌子上摆着馒头、炒土豆丝和土豆汤，石光荣大口大口地吃着。

高团长说："首长，我们不知道您的儿子在新兵连。"葛连长汇报说："石林从来没提起过您。"石光荣打断他们的话，问道："他表现得咋样？"葛连长支吾着说："怎么说呢……"

"实说！"

"报告，不好。"

"咋个不好法？"

"出操的时候偷懒，站岗的时候睡觉。有一回他站着岗睡着了，我把他绑着扛回来，他都没醒。"

石光荣气得牙关紧咬。

"他这个人很骄傲，瞧不起班上的农村战士，有缺点别人也说不得，一说就炸……"

石光荣怒火中烧，大拳头捏紧又松开。

"新兵训练马上就结束了，营里让我往上报不合格人员的名单。

我们连的名单里面只有他一个人。"

石光荣脸色铁青地站起来，大步走出去。葛连长不放心要跟出去，高团长叫住他。

傍晚，石光荣在操场上来回走着……

翌日，石林站在营房宿舍的窗口前看着父亲困兽一样踱步的身影，心烦意乱。

石光荣停住脚步，抬头看着石林的窗口。

石林与父亲对视片刻，石光荣大踏步地朝这边走来，石林一动不动地看着他。石光荣走进营房站在儿子的面前，目光严厉地看着他。石林承受不住父亲的目光，转过脸看着别处。

石光荣说："走！"说完他推门出去，石林跟着父亲出门。

石光荣在前，石林在后，一老一小两个军人默默地在山梁上走着，阳光把他俩的身影投在光秃秃的石壁上。

石光荣不动声色地大步走着，石林气喘吁吁地在后面跟着，汗水顺着他的帽檐流淌下来。他俩来到边境旁，冰冷开阔的土地上竖着一块国界碑。

石光荣站在一块大石头前，上下打量着汗水湿透了军装的儿子。石林喘着粗气看着父亲。石光荣问："意外吗？"石林摇摇头说："不意外。"

"为啥？"

"你是我父亲，不会不管我的。"

石光荣的眼睛在儿子脸上盯了一会儿又移开，问道："知道新兵连的人咋看你吗？"

"知道。"

"不觉得丢人吗？"

石林满不在乎地说："我现在过的就不是人过的日子，还谈什么丢人不丢人？"

石光荣两眼冒火，声音颤抖地说："混账东西！你丢的不是自己的脸，你丢的是我石光荣的脸。"

石林看了父亲一眼没说话。

石光荣失望地说："我打了几十年的仗，我带的队伍中就从来没有过一个临阵脱逃的孬种。我真没想到，我的儿子竟然在我的部队中做了第一个孬种。"

石林反感地说："我只是让你给我调动一下，不愿意也没人逼你，扯到临阵脱逃上去干什么？"

"你就是临阵脱逃！我告诉你，你调动的事，你妈背着我办成了，调令都拿到手了。"

石林听了眼睛一亮。

"高兴得太早了吧，告诉你我把它撕了。"

石林愣住，他绝望地盯着父亲。

"你这样看着我干啥？我告诉你，你马上会离开这儿的。不是我给你走了后门，是新兵连淘汰了你！"

石林吃了一惊，无话可说。

"你马上就能回家，吃上你妈做的饭，可你回去了以后怎么见人？一出门谁都会盯着你看，因为你的脸上刻着字。"石光荣用手在石林的脸颊上一边点了一下，恶狠狠地说，"这边是丢！这边是人！丢人！你根本就不是我的儿子，我石光荣就没有这样的儿子！"

石林急了，说道："嫌我丢人就别说我是你的儿子！跟你说，我早就不想给你做儿子了！"

石光荣大怒，骂道："你个王八犊子！你可以不是我的儿子，但你还是个必须保卫祖国的中国军人！"

石光荣骂着，一把揪住石林的脖领子，把他拖到国界碑前，一脚踹在他的后腿弯上。石林扑通一声跪下了，他挣扎着往起爬，石光荣一脚又把他踹倒了。石林跪在那里不动了，他满脸仇恨地盯着父亲。

石光荣鄙视地骂道："我算把你看透了，如果仗打起来，你不是叛徒就是逃兵！死狗扶不上墙，你这种人放在哪里都是一块烂肉！"

石林气得浑身发抖。

石光荣怒视着他，咬牙切齿地说："只要你还没跟我断绝父子关系，你就给我好好看着这块碑！什么时候觉得对得起它了，再起来！"

说完，石光荣转身走了，石林直挺挺地跪在碑前。

夕阳西下，石光荣孤独落寞的身影在山梁上走着；石林孤零零地在国界碑前跪着……

石光荣回到连队，怒气冲冲地在屋里来回踱着步，葛连长和高团长等人一言不发地看着他。石光荣站住脚回过头看着他们问："新兵连训练还有多长时间结束？"葛连长说："十天。"

石光荣痛心地说："十天以后再把名单报上去，给他一个机会，如果这十天内他还是那个熊德行，还是各项考试都不及格，就该咋处理咋处理。这十天算是我求你们的。"高团长忙说："首长，啥求不求的……"

"是求。我一辈子没说过软话求过人，这次张嘴了。"石光荣抬起头面带悲凉地看了一眼远处的群山，"丢人哪！"

高团长给葛连长使了个眼色，葛连长心领神会出去了。

月光如水，照在辽阔的土地上，国界碑孤零零地竖立在边境上，石林直挺挺地跪在国界碑旁。远处传来脚步声，石林警觉地抬起头。来人是葛连长，他让石林跟他回去，石林看了他一眼没说话。葛连长告诉石林，他父亲已经走了，有什么话回连里说。

石林像雕像一样不动，葛连长伸手去拉石林，他扑通一声摔倒了。葛连长毫不犹豫，弯腰将石林背起来，往驻地走去。

一辆军用吉普车在坎坷的山路上颠簸着，石光荣坐在车里绷着脸一言不发地看着前面，身边的高团长不时担心地看他一眼。

山梁上，石林一瘸一拐地跟在连长后面，月光照着他失落的身影……

新宿舍里，一排闪着蓝光的枪整整齐齐地靠在枪架上，一排军用水壶整整齐齐地挂在墙上。

新兵们躺在通铺上熟睡。石林翻来覆去地睡不着，他脸朝天躺在那里看着屋顶，眼泪流了下来。他抹掉眼泪，爬起来穿上衣服裤子，戴好帽子，开门出去。

石林来到操场，蹲在沙坑里面痛哭着，他哭得畅快淋漓。这时，山里面传来野兽的叫声。

石林不哭了，他慢慢地站起来走出沙坑，站在障碍物前面。他狠狠地给了自己几个嘴巴子，大吼一声跃上障碍；滑下来，他再爬上去；爬上去，又掉下来。经过几番折腾，石林终于翻越过障碍。

石林骨子里的血性被激发，他疯了似的围着障碍物来回翻越着。

天边出现一抹亮色。石林浑身上下水洗了一样，他趴在障碍物上喘息着。远处葛连长站在暗处看着石林，他身上挂着一层薄薄的白霜，看来已在那里站了很久。

　　这几天，石光荣心里一直在期待着什么。他坐在办公桌前看着文件，牵挂的却是石林。突然，电话铃响了，石光荣一把抓起电话，说："喂，我是石光荣。"

　　高团长在电话里说："我是高向明，向首长汇报一下石林的情况。"石光荣有点儿紧张地说："你说。"

　　"石林这一段时间表现得相当不错，最后一次考核，他门门成绩都名列前茅。"

　　石光荣脸上露出笑容说："浑小子，不打不成才。"

　　"新兵马上下连，关于石林我想征求一下首长的意见。"

　　"听从组织的分配。"

　　"石林很聪明，又是新兵中唯一的一个高中生，我们想把他留在营里。"

　　石光荣脸上的笑容没了，严肃地问："这是谁的意见？"

　　"营里开会决定的。"

　　"谁决定的也不行！石林是我的儿子，他必须到最前哨去，必须到最艰苦的地方去！"

　　话筒里面没声音了，高团长一时不知说啥好。石光荣站起来，用手在地图最北边的一个小旮旯儿上点了一下说："把石林给我派到鸡鸣山哨卡去！"

　　高团长没说话，石光荣问："听到了没有？"高团长响亮地回答"是"。

　　陡峭的山崖上竖着一个小小的哨所。哨所门前立着一根旗杆，旗杆上迎风飘扬着一面五星红旗。

石林穿着厚厚的皮大衣戴着皮帽子，手握钢枪站在岗位上，他的眉毛眼睛上挂着一层厚厚的白霜，眼睛一眨不眨地看着前面。

一个穿着同样严实的战士，迈着规范的军人步伐走过来，立正、敬礼跟石林换岗。石林还礼后，离开哨位。

石林在铺着积雪的陡峭山路上走着，他的脚步声惊起了一只兔子。石林兴奋地在雪地里追逐起兔子，踢起一片雪雾。突然，石林一个前扑趴在地上，爬起来时手里面拎着那只兔子，他咧嘴笑了。

哨卡宿舍四周结着半人高的厚冰，像是穿着银光闪闪的盔甲。屋里点着一个旺旺的火炉，屋子中间拴着根绳子，绳子上拴着几个罐头瓶子，里面泡着的白菜心、萝卜根已经长出了嫩叶子。

四川战士张永厚坐在炉子边细心地剥着蒜，他把剥好皮的蒜，小小心翼翼地摆在一个盘子里面，然后倒上水。他把盘子端到火炉旁边怕太热，放到窗台上又怕太冷，就这么在地上转着圈。

石林推门进来，撞翻了张永厚盘子里的水。张永厚埋怨说："你看你，你看你！"石林张嘴便问："张永厚，你会不会杀兔子？"

张永厚看见石林手里拎着兔子，忙放下盘子接过来说："这还是个兔娃儿呢。"石林无所谓地说："有肉就行。"张永厚恳求说："放了吧。"

"那可不行，我还等着吃肉解馋呢。"

"改善伙食的时候，我把我那份肉菜都给你。"

"还改善伙食呢，咱们被大雪封在这里一个月了，他们上不来，咱们也下不去，菜都没了。"

"没菜吃有啥子嘛，有馍吃就行。"

张永厚说完，找了个小木箱把兔子放在里面。

石林说："那就先养着吧，养肥了再吃。"

这时，班长李大明带着一股寒气从外面进来，他看了石林一眼，把两个半拉窝头放在桌子上质问石林，是他扔的吗？石林点头承认。李大明"哼"了一声说，就知道是他扔的。石林态度不友好地反问，为什么知道是他？

李大明心头火起，挖苦说："因为那六个人都是农村来的，谁也没你金贵。你给我把它吃了！"

石林不屑地把脸转向窗外，李大明怒视着他，屋里的气氛紧张起来。张永厚看了石林一眼，把那两块窝头拿起来，吹掉上面的灰放到炉子下面烤着，说："班长，我替他吃了吧。"李大明生气地喊："张永厚！"张永厚一个立正回应："到！"李大明点着张永厚的鼻子说："你还有点儿思想觉悟吗？这个星期的班务会上你先发言。"

"说啥子嘛？"

"谈谈节约闹革命。"李大明说完，摔门走了。

张永厚傻站了一会儿，蹲下来烤那两块窝头。石林戏谑说："撞枪口上了吧？"张永厚说："你不该扔粮食。"

石林躺在床上拿起本书看，不再理张永厚。

"你命好，生在城里没挨过饿。我们那个村子很穷，我们家娃儿多，天天喝红苕粥。到了部队上我才吃到了馍，铺上了棉褥子。"

"你还是把这些话留着留到班务会上批评我的时候说吧。"

张永厚脸涨得通红，解释说："我不是批评你。"

石林带着情绪说："你得批评我，不批评我班长不会让你过关的。我无所谓，我已经被批评惯了，每次班务会脑袋上都得被摸一把。打靶成绩好了，说我骄傲。成绩不好，说我闹情绪。一会儿罚我去喂猪，一会儿叫我去洗菜，反正是我腻歪什么他让我干什么。"

"石林，班长是为你好。"

"我这一辈子净遇见为我好的人了，从我老子开始。"

"咱们在一起这么长时间了，我还是第一次听你提起你老子。你老子是干啥子的嘛？"

石林的脸沉下来，说："别跟我提他，我没有老子。"

"骗人，刚才你还提他了呢。没有老子，没老子你是从哪里蹦出来的嘛？"

"妈生的，这还用问吗？"

"你爹死喽？"

"你爹才死了呢！"

"我爹本来就死了嘛，是我妈把我们拉扯大的。"

"张永厚，张永厚，你这个人怎么这么笨呢？"

张永厚不服，辩解说："我笨？我妈说，我是我们家最聪明的！"

石林哈哈笑起来。

"就是嘛！"张永厚也笑了，他掏出炉子下面烤得焦黄的窝头咬了一口，"香，真香！你尝尝。"

石林被劝不过，接过来一小块放在嘴里嚼着说："嗯，是比原来好吃多了。"

"以后别扔了，吃不下去，拿回来，我帮你烤。"

"行，那我帮你准备批评我的发言稿。"

张永厚急了："石林，你这是干啥子嘛！"石林说："你老为我做好事，我也得为你做点什么呀。"张永厚支吾了一下说："把这只兔娃儿放了吧。"石林盯着张永厚看了一会儿，摆了摆手说："放了，放了！"

张永厚高高兴兴地抱起兔子要出去，一个身材魁梧的战士进来

244

看见兔子皱起眉头说："张永厚，你怎么总是往屋子里面弄这些臭烘烘的东西？再弄我可不客气啦！"石林不忿地说："这是我拿回来的。"

那个战士早瞅着石林不顺眼，挑衅说："你拿回来的怎么啦，我还怕你不成？"石林板着脸走过去，张永厚忙拉住他劝道："算了，算了！"

"你出去，我正想找个人打一架，那就和他过过招吧。"石林推开张永厚，看着那个战士说，"我知道你有劲，我可能打不过你，但是我不怕你。我这个人平时怕死，但现在不怕，你先来吧。"

那个战士见石林这么横，一时没了主意，不知道该不该动手。这时，李大明进来瞪着他俩喊："干啥，干啥？想关禁闭趁早说话。"

那个战士悻悻地走开了。

第十一章　百炼成钢一个兵

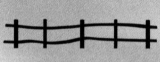

一辆军用卡车顺着陡峭的山梁开了上来，张永厚和几个战士连蹦带跳地追着汽车跑，高兴地喊："来啦！来啦！"

卡车在哨卡旁停下，战士们从车上往下搬着粮食、蔬菜、罐头等东西。李大明给大家发信："吕东，你的信。张永厚……"张永厚扑过去喊："我的信，我妈找人给我写信了？"他拿起信封对着太阳看着。李大明喊："石林，你的信。"石林控制着自己的情绪慢慢走过去，他接过信走到一边。

分发完信，李大明喊："给你们两个小时的时间看信回信，汽车下山的时候给你们带下去寄了。"

战士们纷纷跑进屋看信去了。

石林坐在自己的铺上撕开了手里面的信，妈妈在信里说："儿子，爸爸给你写信你连拆都没拆就退回来了，惹得他大发雷霆，发誓再也不给你写信了……"

张永厚拿着母亲托人写来的信，一脸兴奋地看着。宿舍里面的战士们忙着给家人回信。

石林给母亲回信：

妈妈，接到您的信我很高兴，尽管这样我还是希望以后您不要给我写信了。因为您在信中总会提到爸爸，看了我的回信也总会对他谈我的情况。我不希望这样，因为我们的父子关系已经走到头儿了。我在他的眼中不是儿子，是敌人。无论我做得怎样好也没用，落到他的手里我是没有出路的。我从上大学落到现在这个下场，都因为是他儿子的结果。所以我决定不再给他当儿子了，我要为自己活，为祖国活，而不是为他石光荣活着。他不是说我撂到哪都是一块臭肉吗？我一定要做给他看看，这块臭肉是怎样闪光的。

石林和战士们把写好的信递给随车来的战士，这个战士抱着一摞子信上了卡车，不一会儿车开走了。

石林看着远去的卡车若有所思，张永厚哼着川剧从他面前走过去。石林叫住他问："什么事儿这么高兴？"

"家里来信了。"

"这我知道。"

张永厚看了石林一眼，不好意思地说："我妈在信里面提了那个事。"

"有媳妇了？"

张永厚低下头小声说："我参军走之前，家里面给说下了一个。"

石林又问："漂亮吗？"

张永厚认真地想了想说："那天见面她低着头，我没看清楚，就看见她耳朵后面那一小块挺白的。"

石林被张永厚憨厚的样子逗笑了。张永厚问石林，谁给他来的信，都说了啥子。石林说，当妈的写信，唠唠叨叨内容都差不多。张永厚高兴地问："你妈也让你赶紧娶媳妇生娃儿？"石林一下愣住了，连忙摇头说："不是。"

"那说啥子？"

"扯闲话。"

张永厚不解地问："花八分钱就说闲话？"

这时，李大明从他俩面前走过，他对张永厚说，做好准备，晚上开班务会发言。张永厚一听就傻了。

夜晚，宿舍里的炉火烧得通红，七个战士围在炉子前开会。

一个战士说："石林同志骄娇二气很严重，吃不了苦，受不得批评。"

另一个战士说:"他从骨子里面看不起农村战士,经常当面嘲笑农村战士。有一次从画片上看见香蕉,别人问这东西咋吃,我说炒着吃,他笑话了我两天。"

石林满不在乎地听着,像是在看戏。

李大明点名说:"张永厚,该你发言了。"

张永厚站起来,脸涨得通红吭哧了半天说:"我这个人不会说话,班长非让我发言,我就说说。我是从穷山区来的,我们那地方把粮食看得跟命差不多。我参军以前,没吃过馍,不知道多少粮食才能做一个馍。后来班长告诉我,四两苞谷磨成面做一个馍。我数了一下,四两苞谷是二百五十粒,我是农村来的,从小在地里种庄稼。知道一滴汗换不来一颗粮食,这二百五十粒苞谷是多少汗换来的,你们文化比我高,都比我会算。"

石林听着听着,端正了态度,神情认真起来。

"小时候,我妈做饭,我帮她烧火。我往灶里填苞谷棒子,我刚填进去,我妈又把手伸进去拽出来了,火把她的手烫起了个大泡。她把苞谷棒子上剩下的一颗没剥干净的苞谷粒扒了下来,才又填进去。"

石林被打动了,他不知道农村的生活这么苦。

"我们那里的人为了吃饱肚子,整天起五更爬半夜地在地里忙活着,从来没有人敢小看一颗豆子一粒米。我说完了。"

张永厚涨红着脸坐下,石林带头鼓掌,战士们愣了一下跟着鼓掌。石林态度真诚地对张永厚说:"你说的都是实打实的实话。张永厚,我向你保证,以后决不再浪费一粒粮食。"张永厚却说:"你臊我。"

李大明对张永厚的发言不太满意，对石林的那番话更是不满，便问他是啥意思。石林反问李大明，他是啥意思。李大明严肃地说，这是帮助教育他。石林告诉李大明说："你做到了，刚才我不是向张永厚保证以后不再浪费粮食了吗？"

李大明诘问："大家在帮助教育你，你为啥只向他一个人做保证？"石林说："因为他说的话真正教育了我。"李大明气哼哼地看了石林一会儿，喊道："散会！"

翌日，李大明带领战士们在山坡上跑步出操，石林跑在最后面。在练习匍匐前进时，石林爬得很快，他看见前面有一处地方有些潮湿，便绕着爬过去。李大明看见皱起眉头叫住他，石林回过头看着李大明，其他战士也都停了下来。

李大明质问道："战场上允许你这么绕着前进吗？别人都爬过去了，你为什么过不去？如果战争中真赶上爬冰卧雪，你怎么办？"

石林一句话也没说，站起来走到带着冰碴的水洼旁边，一个前扑便扑了进去。

李大明吓了一跳，气急败坏地跑过去问："你干啥？"石林站起来问李大明："还往哪里扑？"

"石林，石林！你这是瘦驴拉硬屎！"李大明手忙脚乱地抖搂着石林身上的水，扭头对着战士们喊，"接着训练。"他拉着石林跑向宿舍……

石林披着军大衣坐在火炉前面烤火，他的棉衣棉裤放在火炉前烤着，李大明端着一碗姜汤走过来。石林翻着白眼看他，似乎不领情。

夜晚，石光荣坐在客厅的饭桌旁，看着石林写给妈妈的信，突然他一掌拍在桌子上，把水杯都震倒了。褚琴忙扶起水杯，拿抹布擦水。

石光荣抖着手里的信，怒道："小兔崽子反啦，他这是给我下战书呢！他不做我的儿子，我还嫌有这个儿子丢脸呢！你说说他身上还有一点儿像我的地方吗？"

褚琴冷冷地说："没有一对父子比你们更像的了。如果你们俩当中有一个不是这样的犟脾气，你们的关系也不会成这样，这个家也不会成这样。"

褚琴说着眼圈红了。

石光荣瞪着褚琴问："你儿子下的战书，你跟我哭啥？"

"你这个人才奇怪呢，石林被人夸奖的时候，你一口一个看我儿子。石林有了缺点被人指责的时候，他就成了我儿子了。"

"他现在这个德行就是被你惯的！"

"我惯的？小时候他淘得没边没沿的，你不是还口口声声夸他说，淘小子出好的吗？"

"他小时候聪明不聪明，勇敢不勇敢？现在咋变成了这个熊样？你心里不明白？"

褚琴怒火中烧，嚷道："我当然明白，如果你让他考大学，他肯定就不会这样破罐子破摔。"石光荣冷冷地说："褚琴同志！我再跟你说一遍，我的儿子必须去当兵，像他这样被你整得浑身资产阶级臭味的人，更得扔到部队的熔炉里面去，好好烧烧，再用大锤子重新凿巴一遍。"

褚琴气极了，质问："石光荣，你是天吗？"石光荣说："在这个家里面我就是天！"褚琴气得呜呜哭："我真是瞎了眼了，嫁给你这么个人！"

"你别跟我来这套，你儿子不是要跟我断绝父子关系吗？你告诉他，让他断好了。只要他还是一名战士，我就要用军人的标准严格地要求他，我就不信把他收拾不成人。"

这日，李大明陪着连长等人在山上视察，他给连长介绍着哨卡的情况。

五星红旗迎风飘扬，哨位下面竟然没有哨兵。连长严肃地问："哨兵呢？"李大明吓得一激灵，刚要叫人，连长制止了他。这时，一声轻微的武器碰撞声，引起了连长的注意，他领着李大明悄悄地绕了过去。

石林撅着屁股蹲在地上平端着枪瞄着前面，二十米远的岩石上摆着几个土豆。

石林一扣扳机，一个土豆被打碎了。

一声轻微的响动传来，石林听见猛地一扭头，把枪口顶在连长的胸前。连长扒拉开枪说："我要是下手，你的脖子已经断了。"石林涨红着脸站起来，给连长等人敬礼。连长绷着脸还完礼问："刚才那一枪，你是用什么打的？"

石林从口袋里面掏出来一把一骨节、一骨节的小钢棍递给连长。连长诧异地问，这是什么？石林说，是子弹。见连长不明白，石林解释说，把五六式子弹的弹头敲开，铜片里面包着的就是这个钢芯。连长下意识地"嗯"了一声。

石林来了情绪，继续说："先拉的枪机向后，让复进机成待发状态，然后把它从枪口灌进去，击发时撞针靠着复进簧的力量就能把子弹发射出去。"

"谁教给你这样做的？"

"我自己。"

"这样会打断撞针的！"

"打断撞针的概率是很低的。"

"你说什么？"

石林小声嘟囔了一句："那也比把枪涂上厚厚的一层枪油，神龛一样供起来强。"连长皱起眉头："你再说一遍？"石林看着别处不说话了。

连长扭头往山坡下走，走了几步回过头对李大明说："回去把他的事讨论一下，拿个处理方案给我。"李大明回答"是"，他狠狠地瞪了石林一眼，追着连长下山去了。

石林心里憋着气，他在食堂给猪剁猪菜，把剁好的烂土豆扔在锅里面煮着。

猪食咕嘟咕嘟地开着，石林看着锅愣神。

张永厚跑进来，闻着味儿不对，慌忙用大水勺子搅和锅说："烧焦喽！"石林接过大水瓢把煮好的猪食舀到两个大桶里面。张永厚说："我帮你喂去吧。"石林摇摇头说："不用。"

"班长不在，下山开会去了。"

"那也不用你帮我。"

张永厚帮石林拿来扁担，石林担起两桶猪食走出食堂，张永厚担心地看着他的背影。

听见石林的脚步声，四头猪嗷嗷叫着挤过来，用头撞着猪圈的门。石林把猪食舀进猪食槽子，猪哼哼着抢吃食。

有一头猪霸着槽子不让别的猪吃。石林心头火起，捡起一根棍子，进猪圈去打那头猪。那猪被打疼了，嚎叫着蹿出猪圈。石林忙拽上猪圈门，拎着棍子追了出去。

猪在前面跑，石林在后面追，猪突然掉头从石林的两腿之间冲过去。石林一个仰八叉摔在地上，等他爬起来又追，发现猪已跑得无影无踪了。

石林呆立在空旷的山坡上，显得那么渺小。突然他破着嗓子大吼一声，把一块半人高的石头推下了山谷。大石头坠落，引起阵阵轰鸣。

石林又把一块石头推了下去，再次引起山谷中的轰鸣；他一次次地推着石头，直至大汗淋漓，精疲力竭。

石林摇摇晃晃地站在那里，冲着空旷的山谷喊骂："有招都拿出来，我石林不怕你们！喂猪、砍柴、淘厕所，还有什么？都拿出来啊！我连石光荣都不怕，还怕你们？"

山谷里面传来阵阵回声：石光荣……石光荣……

石林破着嗓子喊："石光荣，我不怕你，有本事你把我开除出地球去！"

喊声在山谷里面回荡了一阵平息下来，石林沮丧地站在那里。那头猪不知道从什么地方钻出来，摇摇晃晃地朝石林走过来。石林拖着木棍，跟着猪朝山下走去。

冬去春来，连队训练场上传来一片喊杀声。连长逶巡着看各班训练，他的目光停留在石林的身上，发现石林的动作总是比别人慢那么一点儿。

连长咳了一声，清清嗓子走到队列前面喊："立正，稍息。坐下！"战士们齐刷刷地坐下。连长说："大家可以脱掉一只鞋，坐在屁股底下。"战士们统一脱掉右脚的鞋，把右脚放在左脚上。

连长叫石林出列，他一愣随即跑出队列站在那里。李大明和张永厚在远处不安地看着石林，不知他什么地方惹了连长。

连长问石林："我刚才看你好像是不太愿意和大家一起行动，

那么我命令你，现在全副武装，冲上制高点，然后再冲下来。"

石林二话没说冲上山梁，连长和原地休息的战士们看着他。石林大汗淋漓、气喘吁吁地跑着；等他跑到连长的面前站定后，喘得像拖拉机一样。连长严肃地下令："跳跃障碍，完成所有的规定动作。"

石林面无表情咬紧牙关做着各种规定动作，大家全都看着他。连长不紧不慢地踱着步、下达着口令。

石林全身像水洗了一样站在连长的面前，他边喘边不示弱地盯着连长。连长不动声色地问："有意见？"石林大声说："有，你这是变相的体罚。"

"有点儿体罚的意思，但是不变相。从刚才的训练来看，虽然你心里面一百个不服气，但是口令执行得并不马虎，这说明你是可以服从命令的。你第一次认真，也在第一次认真中表现了军人应有的气质。"

石林心里一动，看着连长没说话。

"刚才我故意错发了口令，你犹豫了一下，最终没有按我的来。当时你并没有多想，而是出于本能的责任感。这个细节对你我都很重要。"

石林站得笔直地看着连长。

"石林，其实你并不像你故意表现出来的那样糟糕。"

石林又是一怔，他没想到连长会这样说。

"你这个人相当自负，觉得谁也不如你。一名真正的战士得经过千百次操练的熬煎，身上蜕过十几次甚至几十次的皮，你离一名真正的战士还差得远呢！"

石林没说话，却很不服气地看着连长。

"你枪打得好，每次打靶都是全班第一，但枪只是战士的武器。"连长指了一下自己的脑袋，"它要接受这儿指挥，你思想跟不上，枪打得再好也是白搭。"

见石林不说话，连长在他面前来回踱着步问："喜欢小说吗？"石林摇摇头。连长又问："喜欢诗歌吗？"石林说："不喜欢。"

连长颇为遗憾地说："真没想到你一个高中毕业生，什么都不爱好。你要是有点爱好就好了，哪怕会下围棋呢。这样咱俩可以在棋盘上打一仗，不至于这样没话。"

石林说："我没说我不会下围棋。"连长惊喜地问："你会下？"石林点点头说："会。"连长急不可耐地说："晚上我带着棋去你们班，咱俩下一盘。"

"输赢怎么算？"

"小子，你还挺狂。你赢了，我带你去实弹打靶。你要是输了，给我把这双臭球鞋刷了。"

石林笃定地说："一言为定。"

夜晚，宿舍里面灯火辉煌，一副棋盘、两篓子黑白子摆在桌子上。

连长磨拳擦掌地来回溜达，李大明把石林拉到一边小声叮嘱他："记住，能赢也别赢。输了，连长的臭胶鞋我替你刷了。"石林不解地问："为啥？"李大明说："他是连长，你得给他这个面子。"

石林看了李大明一眼没说话，大步走到棋盘前。连长军纪扣扣得严严地坐在自己的位置上，班里面的战士们围上来看他们下棋。

李大明把一个上面写着"友谊第一，比赛第二"的黑板摆在屋子中间。

连长和石林下得非常投入，连长执白，石林执黑。连长的棋走得气势磅礴，有一块棋像一条白龙卧在棋盘上。你来我往几十个回合下来，棋局陡然发生逆转，石林将一颗黑子拍在棋盘上时，连长顿时傻了眼，他的大龙竟然成了一条僵龙。

石林说："连长，你输了。"

连长抹了一把额上的汗，呆呆地看着盘上的残局。

"你犯这样的错误，是太急于吃我的孤子，这种思考方式是片面的、不切实际的。"石林边说边从棋篓里面拿出两颗棋子，摆在棋盘上示范，"我放一颗子在这里，你就急于围地，我再尖一颗子呢，当然你可以再挡住我。这样你似乎也围起来不小的地，但被我这颗棋子冲，再被我这一断，我在左方也形成了很大的规模了，你得不偿失。我允许你收回这颗子重来。"

连长涨红了脸说："干啥要重来？"石林说："我让你重来，是让你学习怎么减少失败的可能性。"

"棋还没下完，你怎么就知道我一定会败给你？"

"因为你这是一步败招。"

连长固执地一定要下完。李大明急得在远处一个劲儿地给石林打手势，石林不理他。石林又走出一招关键的妙手，连长彻底傻眼。他认输了，气恼地划拉了棋盘，站起来就往外走。

石林笑着喊："连长，什么时候带我去实弹射击？"连长站住，回头指着石林的鼻子说："别得意得太早了，明天咱俩还下。"

一来二去，石林跟战友们的关系融洽了很多。这天，石林和张永厚到一山泉处挑水。张永厚把桶放在泉眼下面接水，说："我发现最近班长不点你的名字了。"石林笑嘻嘻地说："你说奇怪不奇怪，班务会上听不到有人叫我的名字，我怎么这么不自在呢？"

"刚才班长跟你说话的时候，你俩都笑了。"

"跟他处长了，发现他并不那么讨厌。"

张永厚憨厚地笑了："就是嘛！"

水满了，张永厚又换上一只桶。石林说："今天不该你值日。"张永厚解释说："孙明玉有事下山去了，班长叫我替他。"

"你这个人挺奇怪的，班长让你干什么你就干什么，从来没听见你发过牢骚。"

"我是军人，'服从命令听指挥'是到部队后记住的第一句话。我这人没啥子文化，从小干农活有把子力气。其实人的力气就像这泉水，舀了一桶，它还往出冒，舀得越多，冒得越欢。要是老不舀呢，它就成了死水。死水就没啥子用了嘛。你说是不是？"

"张永厚，看不出你还很有哲学头脑呢！"

张永厚不好意思地说："啥子哲学？我是说，人的力气用完了还能再生出来，咱们都年轻，有的是力气，能多做一点儿事情就做一点儿事情，这样也没白在部队接受一回教育，也没白吃这么多馍。石林，我是个粗人，不能跟你比的。要比只能跟自己比。跟自己比，心里面实在，闭上眼睛都能知道自己是不是有了长进。"

石林被打动，他看了张永厚一眼，什么话也没说，担起水走了。

连长又来找石林下棋，结局还是孔夫子搬家——尽是书（输）。他索性将棋盘扔在一边，跟石林蹲在地上比擦枪装枪。

不一会儿，石林放下自己的枪说："报告连长，完毕。"连长生气地说："你真爱斗啊，干啥都要弄出个第一第二来。"

石林不禁笑了。

"我发现你小子素质好，学东西很快。但是你得明白这个道理，一块牛皮蒙到鼓上就是鼓，扔到一边就啥也不是了。你要离开部队这个集体，枪打得再好，能一个人夺下来阵地？"

石林点点头。

"军队由三种人组成：一种军人是靠力量和技能存在的；一种军人是靠思想和智慧存在的；第三种军人是两种素质都有，同时还具有信仰。我希望你是第三种军人。"

石林两眼闪光地看着连长。

"说心里话，我第一次见你的时候，就喜欢上了你这个不服输的劲头。咱俩往棋盘前面一坐，我又一次证实了自己的眼光。当兵就是要赢，赢是一种征服一种战胜，有了这个信念，小萝卜头兵也能当出将军的滋味来。"

石林一声不响地摆弄着手中的枪。

连长继续循循善诱地说："荣誉确实能使人强大起来，但是你要记住，我们军人强大是因为灵魂强大。"

石林点头表示认可。

院子里，战士们在冲凉，他们被泉水冰得嗷嗷乱叫。连长拿起石林枕头边上的书问："看啥书呢？"石林说："巴顿转战北非、意大利和法国、比利时、荷兰、德国在作战间隙写的日记。"

连长满意地点点头说："光知道国外的哪行？你知道二次大战中，中国战场上持续得最久的一场战争是哪场战争？"石林说："衡阳保卫战。"连长吃了一惊，问："你怎么知道？"石林迟疑了一下说："我认识的一个人参加了这次战斗。"

"谁？"

"他也姓石。"

"他现在在哪里？"

石林转移话题问："连长，你知道这支五六式半自动步枪全长是多少？”

"不知道。"

"枪全长1.26米，折回枪刺1.02米，瞄准基线长480毫米，准星宽2毫米；标尺距离1000米；弹头最大飞行距离约2000米。"

连长吃惊地看着石林问："记得这么准确？"石林接着说："这种五六式半自动步枪、冲锋枪和班用机枪造型好看，使用起来舒服上手，准头也不错。另外，射程快、火力密集，一个步兵班的火力过去一个排也比不了。"

连长更惊讶了，问道："没有丰富的使枪经验的人是做不了这样的总结的，这也是书上写的？"石林摇摇头："不是。"连长刨根问底："那是谁告诉你的。"石林沉默了一会儿说："那个姓石的人告诉我的。"

都说父子连心。深夜，石光荣站在作战室的地图前，默默地看着那个叫鸡鸣山的地方，有些心神不宁。

此时，石林躺在宿舍的床上，肚子疼得满头大汗地呻吟着，一束手电光照在他的脸上。李大明来查铺，发现石林情况不对，忙问他怎么了。

石林捂着肚子爬起来，一个跟头摔在地上。战士们被惊醒了，李大明把石林抱起来惊呼："石林，你怎么了？"石林额头上沁出豆大的汗珠，咬着牙说："肚子疼得受不了。"李大明忙喊："赶紧绑担架送他上医院。"

众人七手八脚绑了一个担架，由李大明和张永厚抬着石林去医院。

深更半夜，山道难行，李大明和张永厚扛着担架在山梁上快步走着。厚棉被下面盖着的石林紧闭双眼，死死地咬着嘴唇。

李大明气喘吁吁地鼓励说："石林，你一定要坚持住，咱们马上就到了。"

石林疼得说不出话来。李大明和张永厚扛着担架，气喘如牛地在山梁上跑着……

凌晨时分，他们赶到医院，将石林送进急救室。

李大明和张永厚早已筋疲力尽，他俩直挺挺地躺在空荡荡的急救室门口，浑身湿透，闭着眼睛谁也不说话。

急救室的门开了，李大明和张永厚忙从地上爬起来。

医生和护士把刚做完手术的石林推了出来，李大明和张永厚跌跌撞撞地追过去。医生感叹说："幸亏你们送得及时，再晚十分钟阑尾就穿孔了。"

石林看着他俩眼泪在眼眶打转，哽咽说："谢谢你们！"李大明开玩笑说："看你这熊样子，我还从来没见过你这个熊样子呢！"张永厚问："要不要告诉你家里？"石林态度坚决地回答："不用！"

李大明说："好好养着，这次团里面比武，咱们连选了你呢。"石林的眼泪终于忍不住掉了下来。李大明摇着头说："你看，你看！说你熊，你就真熊起来了！"

出院后，石林像是脱胎换骨，训练积极认真，跟战士们打成一片。

远处，一辆军用吉普车在山路上颠簸着行驶，石光荣和高团长坐在车内。高团长往远处指了一下说："前面就是团部比武场。"石光荣问："啥时候开始？"高团长说："还有三十分钟。"

石光荣让绕过去看看，不要惊动大家。高团长点头说"是"。

秋高气爽，比武场里庄严肃穆。石林全副武装和各连选出来的战士们站在一起。李大明和战士们打着一个自制的横幅"胜败乃兵家常事"，石林感激地瞥了他们一眼。

指挥官一声口令，参赛者原地趴下。远处的靶子移过来停住，参赛者扣动扳机。石林连打几个十环，他所在的连里面爆出一片欢腾声。站在远处观看的石光荣脸上露出了笑容。

石林扔手榴弹，片刻后手榴弹在最远的地方爆炸。

石林跨越障碍，动作敏捷地跑在前面。

石林头上戴着护盔和对手刺杀搏斗，对方身上满是被刺中的白点，石林身上一处白点也没有。

指挥官命令三个对手围攻石林，石林沉着应战，跟他们勇猛地搏斗。石林连队的战士们热情高涨，像开了锅一样沸腾起来。

石光荣对高团长说："咱们走吧。"高团长问："不见见他？"石光荣果断地说："不见。"

吉普车在公路上行驶着，坐在车里的石光荣看着前方，脸上不经意露出得意的笑容。高团长从后视镜里面偷偷地看着他，暗暗松了一口气。

回到家时，天色已晚，石光荣将这个喜讯告诉了褚琴，褚琴听了自然既欢喜又欣慰。石光荣洗漱完毕，特意刮了胡子。他看着褚琴说："我说得没错吧，部队能把他调理过来。"褚琴忙问："他胖了瘦了？"

"瘦了，黑了，看着比以前结实多了。"

"你为什么不过去和他说话？"

石光荣把眼睛一瞪说："他不愿意给我当儿子，我凭啥上赶着跟他说话？"

"你是爸还是他是爸？"

"废话！"

"你见过哪个老子跟儿子置气的？"

"跟你说，我石光荣一辈子没弯过腰，跟这个小王八犊子较量，我的腰板更得挺得直直的。"

褚琴最不爱听这话，赌气把身子转过去不再理石光荣。

石光荣情绪高涨，控制不住自己碰了碰褚琴说："哎，哎，他们班报他当副班长了。"褚琴高兴地转过身来问："是吗？"石光荣把她揽进自己的被窝，褚琴警惕地问："干啥，干啥？"石光荣嬉皮笑脸地说："不干啥。"

春天来了，李大明带领着全班人在山坡上开荒。张永厚挥着镐头边刨边说："天一暖和，种上白菜，种上萝卜。"石林问："上哪儿找水浇？"李大明说："弄根管子，把山泉水引上来。"

大家直起腰往远处看。李大明感叹说："我和张永厚是吃不上了，半个月后我们就复员了。"张永厚低着头干活儿不说话。一个战士笑嘻嘻地说："张永厚的心思不在萝卜白菜上，人家回去就有新媳妇搂了。"张永厚憨笑着说："不要瞎说嘛。"

战士们哄笑着离开，石林跟着李大明走在最后面，他知道李大明有话要说。

李大明抬头看看远处的山说："我当兵三年，超期服役一年，一共在鸡鸣山待了四年。低头是石头、抬头是山，我待得够够的了。"

石林听了李大明这话觉得很意外，不禁盯着他看。

李大明的眼圈红了，声音有些颤抖地说："四年里我就探过一次家，连老婆长啥样都想不起来了，这下好了，老婆孩子热炕头，我再也不用回这山旮旯儿里了。"

他扯开嗓子声嘶力竭地喊："不回来了！"尾音竟带着哭腔。石林忍不住叫："班长！"

李大明不答应也不回头看他。

"班长，你在哭吗？"

李大明往脸上抹了一把，尽是泪，嘴却很硬地说："哭？我自从懂事后就没再哭过！他妈的，这风真大！"

复员的日子到了，老兵们在军营里收拾行装。张永厚一直在帮别人忙活着，石林一声不响地看着他。张永厚注意到石林的目光，扭过脸冲他憨憨地笑。石林问："下午车就来了，有什么要我做的吗？"张永厚放下手里面的活儿，走过来小声说："明天点名的时候，再点一下我的名，我不想部队这么快就忘了我。"石林动情地点点头说："行。"

窗外突然响起激昂的号声，战士们一怔随即冲出门去。

李大明拿着一把号站在军营门口很卖力气地吹着，他吹的是进攻号。战士们站在门口一起看着他。李大明一口气吹完，大家热烈鼓掌。石林说："班长，真没想到你还有这一手。"

李大明感慨地说："我刚当兵的时候学过吹号，是我们连有名的号手。后来连队集合改用哨子，我就不再吹了，这把号是我当兵的纪念。今天要离开部队了，我给自己和大家来段进攻号鼓舞鼓舞士气。"战士们齐声叫好："再来一段！"

突然，张永厚喊："班长，你看那边的天怎么红了？"大家一起往远处看，天边被火光映得通红。战士们一起喊："着火了，林子里面着火了！"李大明喊道："吕东，马上向连里报告，其余的同志拿上锹跟我去挖火道！"

大家急匆匆赶到树林时，风助火势，熊熊的火焰已烧过来了。

战士们跟在班长后面奋力铲火道，烈焰火龙般席卷而来。石林等人脱下衣服扑火，张永厚把呛晕了的战士抱到一边。

石林灵机一动，用衣服蒙着头在火焰中滚过去，滚过之处火灭了。一阵山风吹过，烈火再一次卷过来。

李大明大喊："石林，你带着战士们撤下去，顶着火头往过冲！"石林问："你呢？"李大明回道："我再往宽里扩扩火道。"

战士们一边用树枝等物抽打灭火，一边跟着石林往开阔地带撤。石林把呛晕的战士背出滚滚浓烟，又拿着锹就地滚进烟雾里……

衣衫褴褛的战士们东倒西歪地躺在开阔地带，张永厚清点人数，发现少了石林和班长，他毫不犹豫地转身冲进火海中。

两条火道隔开了火和营房。李大明趴在一条火道旁边，边铲土边往前爬着，他已经被烧得体无完肤。张永厚冲过去把李大明抱起来拖出火海，接着又冲进火里寻找石林。

石林被呛晕在另一条火道的尽头，张永厚冲过去抱起来他，火势像毒蛇追上来。张永厚抱着石林在火海里面跑着，一棵烧焦的树倒下来，砸在他身上。石林和张永厚一起倒在地上，两人都陷入昏迷。

好一会儿张永厚才醒来，他挣扎着爬起，看清楚眼前的处境，拽着石林的两条腿往前拖。张永厚呼哧呼哧地喘着粗气，石林醒过来睁开眼睛，身体却绵软无力。大火烧过来，眼见就要吞噬两人，张永厚用尽最后的力气把石林推下壕沟。

摔下壕沟的石林在落地的一瞬间，瞪大眼睛往上看。天空一片火红，张永厚的身体搭在壕沟的上面，他用自己的身体挡住了火龙。

石林号啕出声……

团部训练场庄严肃穆，全团战士神情严肃地整齐站着，听团长说话。

"三连三班的战士们在这场大火中集体表现出军人的勇敢，保住了哨卡和营房，班长李大明和战士张永厚为此献出了自己宝贵的生命。经研究决定，授予三连三班集体荣誉称号，追认李大明同志和张永厚同志为烈士。"

全团战士静静地看着台上。

"石林同志在这次火灾中表现突出，经决定，授予该同志二等功。"

石林迈着正规的军人步伐走到台上，给团长敬礼。团长把二等功的奖章戴在石林的胸前。石林给团长敬礼，转过身给台下全团的战士们敬礼。他神情肃穆，一丝泪光在眼睛里面闪动……

晚霞挂在天边。石林拎着一瓶白酒走进树林，他走到班长和张永厚的坟前坐下。掏出三个缸子倒满了酒，一个坟前摆一个缸子，他用自己手中的缸子和坟前的两个缸子轮流碰杯，随后一饮而尽。他拿起班长和张永厚坟前的缸子替他们把里面的酒喝了。

酒瓶空了，石林酩酊大醉，他头枕着坟土，脚向着军营，眼望着大山和蓝天，眼泪一滴一滴地从他的眼角流下来……

一辆军用卡车在山路上颠簸，石林背着背包站在车厢里，一声不响地看着四周的群山。开车的老兵从车镜里面看看石林大声说："下来坐驾驶室里吧，路远着呢！"

石林摇摇头拒绝了。

过年了，沈阳城里噼噼啪啪的鞭炮在空中炸响。石光荣、褚琴、石晶、石海围在桌前吃年夜饭，褚琴感叹石林已经四年没回来了。石晶随口说："哥也不写信，不知道是死是活。"

褚琴呵斥石晶："大过年的不许胡说。"石光荣说："石林不在鸡鸣山哨卡了。"褚琴忙问："去哪里了？"

"被炮兵团要走了，现在在郑州。"

"你怎么知道的？"

"我的儿子，我怎么不知道？"

石晶说："我明白了，哥哥的身边埋伏着爸爸的眼线。"石光荣笑着说："你这丫头说话咋这么不受听？"褚琴高兴地举起酒杯连声说："好事，好事！老石，咱们全家一起为石林的前途干一杯吧。"

全家人笑呵呵地举起手里的各种杯子……

这天，石光荣坐在客厅的沙发上认真地听着收音机里广播"两报一刊"社论。

外边传来唱毛主席语录的歌声，石晶带着石海跑进来，俩人拿着红小兵的袖章在抽屉里面找别针。

石光荣诧异地问："石晶，你咋不上课去？"石晶说："我们学校早就停课闹革命了。"石光荣愣愣地看着她，一时没闹明白。

"爸爸，你是不是也被革命了？"

石光荣生气了："我被革命？笑话！你爸爸革命的时候，外面那些闹革命的人还不知道在谁的腿肚子里面转筋呢。"

"那你就是不继续革命了。"

石光荣苦笑着问："丫头，你知道啥叫革命？"

"打倒走资本主义道路的当权派！"

石光荣疲倦地站起来说："学校不上课就在家老实待着，别满世界跟着瞎搅和。"说完，他开门出去。

军区操场上，战士们围坐在一起开赛诗会，他们一个个站起来念着口号一样的革命诗歌。

"革命战士胆气豪，泰山压顶不弯腰。"

"革命战士一声吼，帝国主义腿发抖！"

石光荣绷着脸站在一边听着，负责组织诗会的参谋看见石光荣带头鼓掌说："欢迎首长讲话。"

战士们热烈鼓掌，石光荣板着脸大步走到台前，参谋忙把麦克风端过去。石光荣一掌推开，他声音洪亮地说："你们知道自己是干啥的吗？你们是军人，扛枪保卫祖国的现役军人，不是秀才举子。军人练的是枪杆子，不是嘴皮子！"

会场上的人一愣，交头接耳起来。石光荣让大家有话大声说，可战士们没有一个说话的。

石光荣抬手指着参谋的鼻子说："你把兵都给我训练成嘴巴将，还咋冲锋打仗？马上把这个赛诗会停了，拉队伍出去搞军事训练，再给我搞这种乌七八糟的活动，我撤你的职。"说完，他转身气哼哼地走了。

战士们面面相觑，参谋的脸由红转白。

祸从口出，石光荣这番话被人告上去，给了他一个挂职处理。石光荣很不服气，坐在家里沙发上生闷气。褚琴埋怨说："你这人说话嘴边总是没个把门的，这种话能随便说？"

"这话有啥错？我当着毛主席也敢说！"

"说，说！说了有啥好处，不是被挂职了吗？"

石光荣"哼"了一声："挂职算啥新鲜事？自从没仗打的那天开始我就已经被挂职了。"褚琴瞪了石光荣一眼想起来什么，从口袋里面掏出来一封信递给他："你的信。"

石光荣看了一眼信封，觉得很陌生，就问："四川？谁在四川呢？"他撕开信封看了一眼，高兴得叫了起来，"小伍子，这个兔崽子！"褚琴高兴地凑过来看，叫道："哎呀，真是小伍子！"

"我给他写了好几封信都没动静，咋突然从四川冒出来了？"石光荣兴奋地看着信说，"这小子在野战军干到团职后，转业到四川一家军工厂当党委书记了。"

看完信，石光荣表情严肃起来，他叠起信揣进口袋里面，说："给我收拾两件换洗的衣服。"褚琴忙问："干什么？"

"小伍子被关起来了，这封信是他偷着寄出来的。"

"关起来了？他为什么被关起来了？"

"造反派说他是钻进革命队伍里面的反革命。"

褚琴吃了一惊，不敢置信地问："小伍子是反革命？"

"扯王八犊子！他要是反革命，这世界上就没有革命的了。"石光荣站起来穿衣戴帽整理风纪，"快点儿！我要赶火车。"

"你去有什么用？"

石光荣一字一句地说："我去把我的兵领回来！"

褚琴啥话也没说，转身进卧室给石光荣收拾东西去了。

火车在原野上奔驰，石光荣默默地望着车窗外……

第十二章

在那遥远的地方

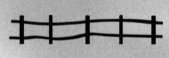

车厢里面挤满了人，石光荣和小伍子面对面地坐在那里，互相对视着谁也不说话。石光荣掏出两个烧饼，递给小伍子一个。两人一言不发，狠狠地咬着，默默地嚼着……

石光荣不辱使命，风尘仆仆地将小伍子带回了家，此时已是深夜。

褚琴看见小伍子惊喜地扑过来，拉住他的手叫了一声"小伍子"，眼泪就流下来。小伍子的眼泪也哗一下流了出来，石光荣扔给他一条毛巾，他拿毛巾捂着脸冲进卫生间。

石光荣绷着脸坐在沙发上抽烟，褚琴在厨房里面做饭，她边做边掉眼泪。

平静下来的小伍子和石光荣说着话，褚琴把一盆热汤面端上来。小伍子给石光荣捞了一碗，又给自己捞了一碗，两人坐在那里狼吞虎咽地吃了起来。

小伍子吃着吃着眼泪又落下来，石光荣皱皱眉头说："蛤蟆尿咋这么多呢？"小伍子委屈地说："我十五岁参军，脑袋掖在裤腰带上革命了半辈子，怎么就成了反革命了？"

"听蝼蛄叫唤农民还不种地了呢！"

"他们用鞋底子抽我的脸！"

石光荣的眉毛竖起来，骂道："王八羔子，我用鞋底子抽他们的脸！"

"那天要是没见到你，我就把自己解决了。"

石光荣一愣，随即严肃起来，问道："小伍子，你真那么想过？"

小伍子点点头。

石光荣郑重其事地说："你趴倒就是认输了。你当了二十年的兵，应该知道军人是不认输的。身下的高地就是打废了，敌人也别想占领。只要活着，阵地就在，军旗就在。"

小伍子受到鼓舞，抬起头看着石光荣。褚琴走过来，给他俩沏了一壶茶。

石光荣接着说："人生在世没有一帆风顺的，只要还活着就得一步一步地走下去。不能胆怯，不能退缩，就像在战场上一样，只能往前冲，没有第二条路好走。咱们打了这么多年仗，知道在战场上拼的是啥？拼的是勇气、信念和精神。"

褚琴像看陌生人一样，看着自己的丈夫。

石光荣问："你说我说得对不对？"

小伍子使劲儿点点头。

石光荣笑了，说："你是不是革命者我最清楚，好好在这儿待着，保存实力。反正我也被挂起来了，整天没事干，咱白天锻炼身体，晚上锻炼聊天。"

"师长，我怕他们来找你的麻烦。"

"我天天开着门在家等着，看谁来碰你一根毫毛。"

翌日，石晶趴在客厅的桌子上用胭脂抹红脸蛋儿、搽口红，她拿起眉笔给自己描眉，画了几下画不好喊起来："妈妈，妈妈！"

褚琴闻声走进来，看见石晶抹得乱七八糟的脸一愣，问道："这是干啥？把自己抹得跟花狸猫似的。"

石晶说："今天我们红小兵宣传队有演出任务。都快到点儿了，你看我这俩眉毛画不好。"

褚琴坐下来认真地给女儿修妆，石光荣和小伍子打外面走进屋。石光荣皱着眉问："这是闹啥妖呢？"石晶说："我们红小兵宣传队到咱们大院来演出，一会儿你们都来看啊！"褚琴纳闷儿地问：

"怎么想起来这儿演出了？"石晶说："我让他们来的，主要是想慰问一下小伍子叔叔。"

小伍子和石光荣一听都笑了。

小伍子说："我去，我得坐在第一排看。"石光荣嫌弃地说："你们去吧，我对蹦啊跳的事情不感兴趣。"小伍子揭石光荣的老底说："你忘了当年追着文工团满世界跑着看演出的事儿了？"

石光荣一脸尴尬。

褚琴说："他早忘了。"石晶不干了，质问道："你能看妈妈唱歌跳舞，为啥不能看我唱歌跳舞？"石光荣忙说："好，好！我去看，我去看！"

小伍子纳闷儿地看了看石光荣，扭头对褚琴说："我发现这个家里石晶是师长的上级啊！"褚琴说："卤水点豆腐，一物降一物。我们家唯一能冲老石指手画脚的就是他女儿。"

石光荣嘿嘿地笑，石晶得意扬扬地跑了。

军区大院操场上坐满了军人和家属，石晶和一群孩子抹着红脸蛋跳《草原上的红卫兵见到了毛主席》，孩子们满头大汗，跳得极其认真。

小伍子赞许地点着头说："好！小丫头跳得好！"褚琴说："我看应该让石晶去学学舞蹈，将来考我们文工团，这也是条出路。"石光荣不以为然地说："学木匠还能做个凳子，学这个有啥用？"

褚琴狠狠地翻了石光荣一眼，小伍子偷着乐。

石光荣不满地问："你翻睐我干啥，哪个阵地是唱歌跳舞攻下来的？"褚琴撇撇嘴说："你刚进沈阳城的时候说过，文工团是宣传队也是战斗队。"

石光荣一愣，他不记得自己说过这话。

小伍子提醒说："师长，你忘了，咱们解放大西南的时候，文工团员们打着快板在路边唱'是英雄是好汉，战斗打响比比看'，你还大声吆喝，说得好！"石光荣干巴巴地回答："我不记得有这事。"褚琴对小伍子说："他这个人就这样，不想承认的事，就说不记得了。"

小伍子捂着嘴呵呵笑。

石光荣和小伍子都是"闲人"，他们最喜欢到部队各处转转。这天，他俩来到军营，看战士们跑步出操，搞各种训练课目。

小伍子问石光荣，早上能跑多少公里。石光荣说，有时候三公里，有时候五公里，早上晚上各做一百个俯卧撑。石光荣说着，嗖的一声跃上身边的双杠，屈腿九十度停在那里说："看看咱这腹肌。"他从双杠上跳下来，"中央传达了毛主席'备战备荒为人民'的指示，看这阵势有仗要打了。"

小伍子感叹说："我真留恋在部队的日子，人和人之间的关系很单纯，不像地方有那么多的钩心斗角。只要仗一打起来，我还回部队来。"

"只要打起来，你就回我这儿来！一切还跟以前一样。"石光荣满脸笑容地看着远处的天，"那时候咱们打得艰苦，可是有滋味。白天一群愣小子冲锋陷阵，晚上一水儿的光瓢睡在地上。"说完哈哈地笑了。

"师长，你都没事可干了，还有啥可笑的？"

"谁说我没事可干？我天天在打仗。战争时期在战场上打，现在在脑子里面打。跟你说，北线和西线两个边境，他们军队的部署、兵力和装备都在我脑子里面呢。等炮声一响，我就冲上去了。我是个军人，有仗等着打，为啥不笑？跟你说，就是死我也要选择军人的死法，战死疆场。"

小伍子目光中充满崇敬地看着石光荣，他想了想说："师长，我想回成都去。"

石光荣一怔："嗯？"

"我在这儿的这段日子里想了很多，我虽然已经脱下军装离开了部队，但是兵的秉性已经渗透到我的骨髓里面去了。党叫我转业，让我负责工厂的工作。那么工厂就是我的岗位，一个革命战士任何时候都没有离开战斗岗位的权利，就是死也得死在阵地上。师长，你常对我们说，人在阵地在。我不能给你丢脸，更不能丢一个战士的脸。"

石光荣咧着大嘴笑了，抬起手用力地拍了拍小伍子的肩膀说："好你个小伍子！"

一九七一年夏，迎来了建党五十周年。石晶和同学们在学校操场上整整齐齐地站着，一个男学生指挥大家唱《国际歌》《三大纪律八项注意》。

几个成年人在《大海航行靠舵手》的歌声中走进学校礼堂，褚琴也在其中，学生们搬着凳子鱼贯而入，大家一起观看欢庆"七一"文艺演出。

舞台上学生演员卖力地演唱京剧样板戏《沙家浜》的片段，褚琴和几个成年人入神地看着。

大幕徐徐拉开，《北风吹》的歌声响起来，十六岁的少女石晶拿着一盏油灯，张开手臂，踮着脚尖，舞姿轻盈优美地飘出来。

场上的人们精神一振，褚琴激动地看着自己美丽的女儿。

石晶在台上天真烂漫地抖着红头绳跳着，褚琴看得热泪盈眶，旁边的人碰碰她说："这个小姑娘的条件很好。"

褚琴慌忙抹掉眼泪。

学校办公室里，招考文艺团体的人检查着几个被看中孩子的肌肉骨骼。男考官问："那个跳《白毛女》的女孩子呢？"老师说："被她妈妈叫走了。"

男考官很是纳闷儿，问那女孩的妈妈是谁。老师说，就是和他们一起来的军区文工团的褚琴同志。几个考官泄气地互相看了一眼。

回到家，全家人围在一起吃饭。

褚琴疼爱地看了一眼石晶说："妈妈怎么不知道你会跳芭蕾舞？"石晶大咧咧地说："在学校瞎跳着玩练的。"

褚琴问石晶，有没有想过毕业以后干什么。石晶摇摇头说，没想过。褚琴不解地问，为什么？石晶说，石家孩子的前途都由老爸主宰，她操那个心干什么。

石光荣听了这话一愣，说道："你这是啥话？"石晶说："真话，实话，我哥哥就是一个例子。"

石光荣"哼"了一声不说话了。

石晶故意气父亲，说："为了实现自己的理想而被封建家长逐出家门，像哥哥那样一连几年，再想妈妈也不能回家，我可不行。"石光荣生气地问："我不让他回家了？"石晶反问："你都不是他爸爸了，他怎么进这个家？"

石光荣气得把筷子摔在桌子上，站起身走了。石晶伸了一下舌头，接着吃饭。

褚琴伸手在她的额头上狠狠地点了一下。

褚琴收拾完厨房，走进卧室，见石光荣靠在床上，她问道："你想过石晶毕业以后的去向吗？"石光荣摇摇头说："石林一个人就把我整得够呛，这丫头爱去哪儿就去哪儿，我是不管了。"

褚琴面露喜色地说："今天好几个文艺团体的人到学校去挑人，我也去了，我们大家都看中了石晶。"石光荣不以为然地拿起报纸看，随口说："是吗？"

"现在大学也不招生了，家里还有石海，石晶如果不能进工厂就只能下农村，我看还是让孩子进文工团，这样就能名正言顺地留在咱们身边。"

"这事你还是问她自己吧。"

褚琴朝着门外喊石晶，让她过来，他们有话要问她。石晶穿着衬衣衬裤跑进来，钻进妈妈的被子。褚琴给她盖好被子，石晶搂住妈妈朝爸爸做了个鬼脸，石光荣假装没看见。

褚琴问："爸爸刚才说了，你毕业愿意去哪儿都行，他不管了。"石晶不相信地问："真的？"石光荣不说话。

褚琴说："妈妈想让你考一下军区文工团。"石晶看着妈妈说："我不想搞文艺。"石光荣的心动了一下，假装看报纸，竖起耳朵听母女俩的谈话。

"你没有更多的选择，只有一个选择就是下农村。你一个女孩子，吃不了那样的苦，还是搞文艺工作的好。"

"唱歌跳舞用业余时间陶冶陶冶情操就足够了，把它当成事业干没多大意思。"

褚琴不高兴地说："你这孩子怎么说话呢？"石光荣趁机说："我看她说得没错。"石晶嬉皮笑脸地说："还是我爸理解我！"石光荣不计前嫌地凑过来问："跟爸说，你想干啥？"石晶泄气地说："说了也不管用。"石光荣打气说："咋不管用呢，说说看，我一定支持你啊！"

褚琴感觉苗头不对，用警惕的眼神看着这父女俩。

"口头支持没用，你得帮忙。"

"能帮上忙，爸一定帮忙。"

"我想当兵。"

石光荣一愣，脸上随即乐开了花说："不愧是我闺女，一句话就捅到我心窝子里去了。"褚琴也笑了，说道："文工团的兵不也是兵吗？"石晶说："我想到内蒙古草原上去当骑兵。"

石光荣和褚琴都愣住了。

石光荣纳闷儿地问："骑兵？咋想起来当骑兵了呢？"石晶说："我听说内蒙古的骑兵团可厉害了，骑在马上挥舞着战刀，百战百胜，所向无敌。"褚琴手指在石晶的脑门子上狠狠地戳了一下说："一个女孩子，怎么这么不着调？"石光荣不以为然地说："当文艺兵就着调了？我看她说得挺好。"

石晶双手抱膝憧憬着沉吟道："草原上天很蓝，云很低，我骑在马上在草原上巡逻……还有牧人在远处唱歌。"

石光荣说："丫头，这个忙爸爸可帮不上，人家骑兵团里面根本就不招女兵，连卫生员都是男的。"石晶如同头上挨了一闷棍，问道："真的？"石光荣点点头，说："我看你还是选个别的兵种吧。"

石晶耷拉着脑袋下床走了，石光荣和褚琴互相看了一眼，谁也没说话。

这时，石海抱着自己的枕头跑进来说："妈妈，我睡不着，在你这儿躺一会儿好不好？"

褚琴掀开自己的被子，石海爬上床躺下。褚琴问："儿子，你长大了想干什么？"石海天真地说："什么也不干，陪妈妈在家待着。"石光荣一听，腻歪地转过脸躺下。

关于石晶去向的问题，石光荣和褚琴尊重她本人的意见。第二天，石晶对石光荣说，经过深思熟虑，她想好了，只要能去内蒙古草原，啥兵她都当。石光荣当然没啥意见，高兴还来不及呢。

褚琴不甘心地劝道："石晶，别那么不知轻重，你这么好的条件不搞文艺可惜了。"

"妈妈，当文艺兵是你的选择，不是我的选择。"

"你刚出校门，一点儿社会经验都没有。你得听妈妈的。"

"妈妈，你不要逼得我像哥哥一样，再也没办法进这个家。"

褚琴一下被噎住了，母女俩冷着脸，僵在那里。石光荣看看女儿又看看老婆，一句话没说。褚琴慢慢站起来，朝厨房走去，从背影上看，她老了。

天高地阔，秋风送爽。满载着新兵的列车在原野上飞驰，男兵女兵们在车上笑着唱着。

石晶和前来接兵的老兵聊天，她问老兵家住哪里，是蒙古族吗？老兵说，他家住呼和浩特，是蒙古族。石晶好奇地问，呼和浩特是草原吗，他们家住蒙古包里吗？老兵嘴角露出一丝调皮的笑容，觉得这个小姑娘傻得可爱。他笑着告诉石晶，呼和浩特是草原，他家住在蒙古包里。

石晶又问老兵，他家人上街也骑马？见石晶一脸天真，老兵忍不住开玩笑说，当然骑马，女同志可以骑小马，像她这样的小丫头可以先骑羊。

石晶的眼睛瞪大了，好奇地问："骑羊？"

老兵笑着说："我们那儿的羊可听话啦，你要是饿了，往羊圈那里一站，指着一只羊说，你过来，把羊皮脱了给我看看。哎！你怎么这么瘦？净是骨头。穿上快穿上！那只肥的过来，对，说你呢！去，自己把后腿放在锅里面涮涮！”

车厢里面爆发出一阵笑声，石晶知道被捉弄了，羞得揪下帽子蒙住脸。石光荣靠在车厢的门口满脸笑容地看着朝气蓬勃的新兵们。

火车换汽车，一辆辆军车停在县武装部门口。石光荣告诉石晶，只能把她送到这儿，不能再往前送了。石晶乖巧地点点头。

石光荣问："你哥哥当兵的时候，可没有这样的好事。你当兵爸爸一直把你送到这儿，知道为啥？"石晶噘着嘴说："你觉得我没有他有出息呗！"

石光荣板起脸说："你这个丫头可真没良心。"石晶嬉皮笑脸地说："爸，我知道，咱家你最疼我。你送我是因为舍不得我。"石光荣绷不住笑了："马屁精，好好干！别给爸爸丢脸。"

石晶脚跟一碰，一个立正，给父亲敬了一个很规范的军礼："是！"石光荣郑重其事地还了一个礼，转身上车走了。

吉普车在土路上颠簸着开出去，车后荡起一片黄尘。石晶欢蹦乱跳地跑回兵营。

第二天，装满新兵的卡车在大山里面行驶，新兵们在车上说着笑着唱着。石晶新奇地往远处看着，她问连长张大志："怎么没有草原？"张大志说："咱们通信连在山里面。"石晶愣了一下又笑了："没关系，是草原上的山就行。"

通信连宿舍地处光秃秃的大山里，那是一片红色的砖房。集合号声隐隐约约地传出来，新兵们来到操场上练正步走，跟着张大志的口令练习动作。

新兵们抬着左腿坚持着，张大志挨个儿用尺子量脚跟到地面的距离。一个叫于小兰的女兵坚持不住，脚落在地上。

张大志大声让大家重来，新兵们愁眉苦脸地看着他，依照口令迈出右脚。张大志的目光落在石晶的腿上，他命令石晶出列。石晶挺胸收腹动作漂亮地走出队列，张大志走过来上下打量着她。

石晶的军装明显与众不同，腰凹进去，胸挺出来，裤脚收回去，露出腿部优美的曲线。张大志皱着眉头问："你的军装是怎么回事？"石晶回答："没怎么着，自己收拾了一下。"张大志板着脸说："胡闹！给我收拾回来！"石晶回答："是！"

训练结束回到宿舍，石晶坐在床铺上拆着缝进去的军装。于小兰说："真可惜，本来我还想照你这样把我的军装也改了呢。"石晶笑嘻嘻地说："没关系，过几天我再改回来。"

于小兰问石晶是普招、特招还是内招。石晶傻乎乎的，不知是啥意思。于小兰解释说，普招就是普通招兵；特招兵主要与个人的专长有关，比如体育啊、文艺啊；内招兵多数是部队子女。

石晶问于小兰是哪种兵，于小兰说，她是内招兵，她爸爸是白城子警备区的副政委。石晶说，她是普招兵。于小兰摇头不信，问那个送她来的军官是谁。石晶笑着说，是他们家的邻居，他往这边出差，正好顺路，妈妈便托他照顾一下。

于小兰点点头，她低头收拾起从家里面带来的东西，惋惜地说："没想到咱们在大山里面，我带来的旱冰鞋和游泳衣都没用了。"石晶说："你带旱冰鞋了？我看看。"

于小兰把旱冰鞋递给石晶，石晶一手拎着旱冰鞋一手拉着于小兰，边往外跑边说："这下咱们可有玩的啦。"

石晶穿着旱冰鞋在连队宿舍走廊里跌跌撞撞地滑着，姑娘们站在旁边看着。

石晶的动作渐渐熟练起来，大家为她拍手叫好。石晶显摆地背冲大家倒着滑完又正着滑，玩得不亦乐乎。

张大志听见吵闹声，来到走廊嚷道："吵什么吵？"

女孩子们吓得噤了声，石晶伸了一下舌头，倒退着往后滑想藏起来。不留神溜进男厕所门里，和一个解完手的男兵撞了个满怀。

石晶和男兵一起惊叫，女孩子们跟着乱叫。张大志头都快炸了，冲过去把石晶拎出来，瞪着她说："又是你！"

说到打靶，这可是石晶的强项。这天，张大志带着女兵们来到靶场，大家趴在地上准备实弹射击。于小兰小声对石晶说："我想上厕所。"石晶诧异地问："你刚刚不是去过吗？"

"不行，我一紧张就得解手。"

"有什么紧张的？"

"我害怕打枪。"

"那你当兵干什么？"

"不下乡呗。"

张大志走过来，两眼像灯一样地看着两人，她俩忙闭嘴不再嘀咕。张大志下令说："石晶，你先打。"

石晶说了一声"是"，眯着眼睛瞄准射击，连发四枪。不一会儿，报靶员的红色信号牌横示两次竖示两次。张大志吃惊地看着石晶，她冲着他得意地笑了。

天蒙蒙亮，张大志领着新兵们在山下土路上跑操，他的手里面拿着一根棍子，离大门口还有三四百米的时候，张大志领头冲刺，跑到终点，他站住转过身大声喊："一二三……"

男兵女兵们拼命冲刺，张大志数到十的时候手里面的棍子就落了下来，大多数人都跑到了棍子前面。

大家喘息未定地站在那里，于小兰手脚酸软地靠在石晶身上。张大志大声说："有人向上级反映，说我训练你们的时候手段残忍像军阀。从明天开始你们可以不跟我跑操，三排长来了以后他带你们跑。"新兵们听了一阵窃喜。

张大志接着说："但是我得告诉你们，人有很大的惰性，随情随性不是军人。军人的体力不是天生的，是练出来的。当兵的上战场，练得好伤亡就少，松是害，严才是爱。解散！"

翌日清晨，山洼里沉睡着的通信连一片宁静。

突然，起床号响了。女兵宿舍里，石晶一骨碌爬起来，动作利落地穿衣穿裤。

于小兰睡眼惺忪地说："今天不出操，你起来干什么？"石晶说："跟连长跑操去。"

于小兰叫道："你疯了？大家躲他还躲不过来呢！"

"躲他干什么？我爸爸比他还军阀呢，我早就习惯了。"

"哎，你爸爸到底是干什么的？"

石晶没空闲扯，跑了出去。

张大志穿着件衬衫一个人在土路上跑着，他边跑边嗨嗨地大叫着。石晶追上来，跟在他后面跑。张大志看了她一眼，什么也没说。

不一会儿，新兵们一个一个地跟上来，跟在石晶的后面跑。张大志备受鼓舞，他的脚步越跑越快。慢慢地所有人都参加进来，土路上扬起一道烟尘……

黄昏时分，褚琴在自家院子里给花草浇水，初中生石海下学回来和妈妈打了声招呼就进屋了。半个钟头后，石光荣下班回来走进院子，摇摇头说："这叫啥东西，假模假式的，比我们蘑菇屯野地里长的野花野草差得远了去了。"

话不投机半句多，褚琴翻了石光荣一眼，懒得搭理他。

石海从屋子里面出来，拿着一本书坐在阴凉下面看。石光荣很是好奇，从他的手里抽过书一看，感叹道："唉，《红楼梦》，到底是你妈的儿子，口味都和你妈一样。"褚琴不干了，说道："看《红楼梦》怎么了，毛主席还提倡大家看《红楼梦》呢。"

石海理直气壮地从父亲手里面拿过来书，接着看起来。石光荣觉得跟母子俩交谈没意思，进屋去了。石海问："妈妈，这本书你看了几遍了？"褚琴说："数不清了，你还没出生的时候，妈妈就开始看了。"

"我知道你为什么这么爱看这本书。"

"为什么？"

"因为现实生活令你太不满意了。"

褚琴吃了一惊，她没想到石海年纪不大，却能看懂她。这时，石光荣从屋子里走出来冲着褚琴喊："喂，你还整饭不整饭啦？"

褚琴看了小儿子一眼，匆匆进屋去做饭。

山里经常一阵风一阵雨，阴晴不定。一根根电线杆子顺着起伏的群山伸向远方，石晶和几个女兵在冒雨查线。

石晶穿着雨衣爬上高高的电线杆，她检测电话是否畅通。突然，话筒里传来一个声音："喂，喂，石晶，你的电话。"石晶一愣，惊讶地问："我的电话？喂，谁呀？"片刻，话筒里响起一个男人的声音："是我，石林，你哥哥。"

石晶高兴地大叫了一声，喊叫声在山谷里面引起回荡。

于小兰仰着脖子喊着问："怎么了？"石晶伸了一下舌头冲她

摆摆手表示没事，她问哥哥："你怎么知道我在这儿？"石林说："我偷着给妈妈打了个电话，她告诉我的。"

"哥哥，你现在在在哪里？"

"我在石家庄。"

"你怎么又跑到石家庄去了？"

"我在军校读书。"

石晶高兴地叫起来，她的喊声在山谷里再次引起一阵回声。

石林读军校的事情，还是让石光荣知道了，这引起了他的警惕。他神情严肃地问褚琴："他那个军校是怎么上的？"褚琴理直气壮地说："部队推荐，加上文化和业务考试。"

石光荣放下心来，脸上露出一丝笑容。

褚琴把炒好的菜端上来，开心地说："儿子终于上了大学，心里面高兴，多弄了两个菜。"

石光荣用眼睛在桌子上扫了一圈没说话。褚琴把一瓶白酒拿出来，给石光荣倒了半杯。石光荣用手点点杯子说："倒满了。"褚琴笑呵呵地给他把酒倒满，石海边吃饭边看书。石光荣喜滋滋地喝了一口酒问："石海，看啥书呢？"石海头也不抬地说："《世界近代史》。"石光荣满意地点点头："好，好！"

山里气温低，天上纷纷扬扬地飘起了雪花。食堂里，石晶和大家围坐在一起吃饭。人逢喜事精神爽，张大志和颜悦色地走了进来。

于小兰好奇地说："看咱们连长，今天收拾得多干净。"一个战士小声说："他未婚妻要来了。"石晶忙问："从哪里来？"那个战士说："大连，来跟他结婚。"

大家发出一片惊讶感叹之声。

于小兰问："也不知道咱们连长的女朋友长得漂亮不漂亮？""来

了就知道了。"石晶说着，想了想扑哧一声笑了。于小兰纳闷儿地问："你笑什么？"石晶笑嘻嘻地说："连长整天拉着脸，谈恋爱怎么谈啊？"

女孩子们听了觉得还真是这样，一起叽叽嘎嘎地笑。

张大志见这么热闹，便走了过来，那张黑脸上竟然露出一丝笑容，问："你们笑什么呢？"大家立刻噤声，低头吃饭。张大志看了一眼窗外的天空，没话找话说："这场雪啊，小不了。"

机房里，女兵们在接线值班。张大志急匆匆走进来，一个女兵将电话递给张大志，他接过电话说："喂，是我。"

话筒里传来焦急的声音："103号公路95公里处塌方，交通中断，你的未婚妻没法上山，她留在山外的塔拉兵站里已经三天了。兵站的人打电话让我们载波站转告你这个消息。"

张大志拿着电话好一会儿没说出话来，女兵们偷偷看着他。

"喂，喂！你在听吗？"

"我听着呢！"

"你未婚妻说，她是来结婚的，只有十二天的假。路上走了四天，在这儿等了三天，还剩下五天；刨去回去路上用的四天，她只剩下明天一天了。"

"你转告她，叫她不要等了，回去吧。"

张大志说完把电话挂了，心情沉重地转身走出去。女兵们大眼瞪小眼地看着他的背影，谁都没说话。

夜晚，熄灯号声响了。女兵们躺在床上议论着白天的事情。

于小兰说："真没想到连长能说出这样的话。"

一个女兵感叹说："那个女的真可怜。"

另一个女兵说："坏事变好事，公路塌方救了她，要是她真跟连长结了婚，那才可怜呢。"

石晶翻身爬起来穿衣服裤子，于小兰问她干什么去。石晶说，她的个人总结还没写完。于小兰按住石晶说，明天早点起来写不就得了。石晶想想也是，便心安理得地重新躺下。

清晨，石晶睡眼惺忪地走出宿舍大门，门口铺着厚厚一层洁白的雪。石晶高兴地伸了一个懒腰，围着院子跑了一圈，觉得不过瘾，跑出大门。

石晶在土路上尽情地跑着，她拐过山脚，一下停住了脚。只见张大志一动不动地站在一块大石头上，朝山外连接公路的土路尽头眺望着。从他身上的积雪可以判断出，他在这里已经站了很长时间了。石晶被打动，远远地看着张大志。

回到机房，石晶有些心绪不宁，她悄悄将早晨见到的那一幕告诉了于小兰。这时，石晶手边的电话铃声响起，她忙接听电话："您好，请讲。"话筒里那人说："我是崔刚。"石晶立刻坐直了身子，说："团长。"崔团长说："叫你们连长接电话。"

不一会儿，张大志跑进来拿起电话："我是张大志。"崔团长大声说："你未婚妻的事情我听说了。"

张大志一怔，他不知道是谁将这事告诉团长的。

崔团长说："你未婚妻说，你们两年前就说好结婚，结果你因为连里面的事情一拖再拖。这次她特地来这里结婚，没想到又进不了山。"

张大志心潮起伏，一时不知说啥。

"你不该跟她说那样的话。"

张大志语气有些生硬地说："我没有办法。"

"这不是你应该说的话。"

听团长语带责备，张大志不说话了。

"你的未婚妻真是个好样的，她通过载波站拨通了我的电话，请求我允许和你在电话里面结婚。"

"什么？"

崔团长不理张大志，接着说："我已经答应她，做你们的主婚人了。"

女兵们一脸惊奇，相互窃窃私语。

崔团长大声说："我现在是通过交换台跟你们俩联系的，你们两边互相通一下信息吧。"

话筒里传来热热闹闹的声音，一个男兵喊着说："我们这边已经把鞭炮准备好了，你们那边有炮吗？"于小兰大声说："我去找！"

"新郎的军纪整齐吗？"

女兵们葵花向阳似的打量连长，异口同声地喊："整齐！"于小兰拎着一串鞭炮跑进来，喊："鞭炮来了！"张大志有些慌了，连说："不行，这可不行！"石晶冲着电话喊："我们连长紧张得快昏过去了。"

话筒里传来一个女人柔和的声音："大志，我是小楠。"张大志一把抓过来电话，控制着自己的情绪说："我是大志。"小楠声音哽咽了："大志……"

张大志的眼圈红了，他克制着自己的声音温和地劝道："小楠，你别哭！别哭嘛！"

"咱俩谈了八年恋爱，事事我都依你，这次就依我一次好不好？"

张大志沉默不语。

"大志，我还有十四个小时就得离开这儿了。"

张大志脸上流露出一丝伤感，说道："我听你的。"

女兵们高兴地打开窗子放鞭炮，噼里啪啦烟火弥漫，一片鞭炮炸响声。崔团长听见话筒里热烈的鞭炮声渐渐平息，大声宣布："夫妻交拜，共进洞房。"机房里热闹的声音突然平息下来。

小楠失声痛哭，张大志终于控制不住自己了，泪流满面。

女兵们被深深地打动，石晶给大家使了个眼色，众人悄悄坐回到自己的座位上工作起来。

张大志手握话筒哽咽着跟小楠说话……

夜色降临，石晶在值班，张大志坐在她的旁边和新婚妻子一会儿哭、一会儿笑地聊着天。

线路突然不清楚了，石晶查线问："线路怎么回事？"对方回话："我们在查。"石晶说："团长破例让连长夫妻在电话里进行新房夜话，你们得保障这条线路畅通。实在听不清的，请你们给他们互相转达一下对方说的话。"

张大志不好意思地看了石晶一眼，她咧嘴冲他傻笑。

翌日，石晶仍心绪难平，她给家里打电话说着这事。石光荣霸占着电话，褚琴一脸焦急地守在一边。石晶说："我们连长是六四年大比武的兵，干什么都要争个第一。"石光荣脸上挂满笑容说："当兵的就得争第一，在战场上没当上第一就得牺牲，就得吃败仗。"

褚琴要接电话，石光荣不给她。褚琴没辙，冲着话筒叫："石晶，你什么时候回来探家？"

"妈妈，等这次任务完成了，我就回家。"

"什么任务？"

"我们团接受了参与大型光缆的工程施工任务，本来不要女兵，我一生气跑去找团长要求参战，结果被团长批准了。"

石光荣高兴地笑着说："像我的闺女！"

"爸爸，让我跟妈妈说两句话。"

石光荣恋恋不舍地把话筒递给褚琴，她接过电话迫不及待地说："石晶，你得注意身体啊，别瞎逞能，一个女孩子抻着了是一辈子的事。"

石光荣不爱听地瞥了褚琴一眼，推门进了卧室。

"你和爸爸多注意身体，互相谦让着一点儿，别老吵架。"

"谁跟他吵架了，是他追着跟我吵。老盼着打仗，没仗可打，就把这个家当战场，把我当敌人追杀。"

话筒里面石晶哈哈大笑。

"你还笑呢，你回来看见他那个样子，你就笑不出来了。"

这时，石海放学回来。褚琴对他说："你姐姐的电话。"石海扑过去抱住电话喊："姐，姐！"

一轮即将坠落的红日挂在天边上，一望无际的草原被涂上金色的余晖，几辆军用卡车在草原上行驶。卡车上望着美景的石晶高兴地拍着于小兰的肩膀喊："太美了，太美了！"

女兵们跟着哇哇地喊叫，前面车里的男兵欣赏地看着这群朝气蓬勃的女兵，石晶大喊："我终于看到草原了！"

远处一座蒙古包，一群牛羊散在草坡上悠闲地吃着草。不知从什么地方隐隐传来一男一女的蒙古族情歌的对唱。石晶被深深打动，呆呆地眺望着歌声传来的地方。

车队在草原上被车轱辘轧出来的土路上拐弯了，接着开进骑兵团的大院。石晶从车上蹦下来问："骑兵团，这里就是骑兵团？"骑兵团的人点点头说："今天晚上你们就住在我们这儿。"石晶高兴地叫道:"太好了,马呢?怎么没看见马?"那人往远处一指:"马都在那边的坡下面吃草,再过一会儿就该回来了。"

石晶爬上草坡往远处看,马群潮水般地从远处的山坡上涌了下来,场景极为壮观,她惊呆了。

夜晚,骑兵团的战士和通信团的战士们围坐在草地上开篝火晚会。女兵挤坐在一起,男兵坐在她们对面,石晶好奇地打量着骑兵团的人。

骑兵团的战士给大家表演节目,大家轮番唱歌。有个战士喊:"排长,来个蒙古长调吧。"

人们的目光都投在那个叫胡达凯的排长身上,他一句话都没说,眼睛越过众人的头顶,声音低沉地唱起来,石晶好奇地看着他。

胡达凯的声音由低到高,长调声由辽远幽深渐渐变得高亢明亮起来。石晶的内心被歌声深深打动,不由自主地站起来。于小兰拉住她的衣襟说:"哎,坐下,后面看不见了。"

石晶下意识地摘下帽子交给于小兰,走进人群,众人诧异地看着她。

石晶眼神扫过众人的脸落在胡达凯的脸上,两人的目光触电般地相碰。石晶的眼睛刹那间闪出宝石一样的光芒,她舒展双臂,随着胡达凯的长调声即兴起舞了。军人们惊诧片刻,顿时爆发出雷鸣般的掌声。

石晶抖肩下腰,舞姿极其优美抒情。胡达凯边唱边看着她,深邃的眼神中流露出难以诉说的激情。

歌声终了,石晶一个亮相站在那里,周围掌声雷动。大家一起喊:"再来一个!再来一个!"石晶害羞地拨开人群跑了。

第十三章　爱情悄悄来

一轮明月挂在天上，石晶一个人坐在草坡上，远处隐隐传来军人们的歌声和笑声。石晶看着远处自言自语："我怎么想起给他跳舞了呢，我疯了吧？"

她笑了一下又不笑了，捂住脸趴在自己的双膝上。

此时，胡达凯的心里也不平静，他来到马厩外看军马。马群在圈里面来回挤着，一两匹不安分的儿马，互相尥蹶子引起阵阵骚动。

胡达凯一动不动地站在马厩边看着马群，明月照在他的脸上给他勾了一层轮廓光，他想着刚才激动人心的情景笑了。

宿舍里，女兵们躺在床铺上熟睡，石晶翻来覆去地睡不着。

天边透出鱼肚白，石晶悄悄走出宿舍，开始跑步。

石晶迎着初升的太阳跑着，花瓣上的露水被她的腿撞落，草丛里面的百灵鸟被她惊飞。石晶边跑边高兴地嗷嗷乱叫。

远处传来震耳的轰鸣声，声音越来越近。石晶站住朝声音传来的地方看，只见马群从远处潮水一样地涌过来了，身后荡起阵阵烟尘。

石晶站在那里激动地看着马群，那些马儿奔跑的速度放慢，散开吃草。

一匹戴着鞍子的黑马溜达过来，用眼睛斜着石晶。石晶从口袋里面掏出来一块糖放在手心里面，送到马的面前。黑马闻了一下吃了，她又掏出来一块给它，黑马又吃了。

石晶伸手摸黑马的头，马儿态度温驯地让她摸了。石晶大喜，看看左右没人，拉住缰绳爬上马背。黑马竖起耳朵原地转起了圈，石晶勒了一下缰绳，马儿站住不动了。

石晶得意扬扬地往后一仰躺在马背上，看着湛蓝的天空。胡达凯跑上草坡见此情景一愣,喊了一声:"喂!"

石晶坐起来,认出来是胡达凯,脸一下红了。胡达凯也认出来是她,眼神顿时柔和了,他俩面对面地站在那里不知道该说什么。

草原静了下来,鸟儿也停止了歌唱。石晶觉得自己的呼吸就要停止了,她涨红着脸抬起眼睛看胡达凯,正赶上胡达凯也抬起眼睛看她。

石晶克制住羞怯,勇敢地看着他。胡达凯小声说:"你下来。"

石晶刚要答话,黑马突然蹿出去跑了,石晶身子一歪差点儿掉下来,她使劲儿揪住缰绳把身子勉强坐正了。胡达凯急了,翻身跃上一匹马,追了上去。

石晶又勒缰绳,又用脚磕马肚子。黑马受惊,跑得更快了。胡达凯大喊:"勒缰绳,使劲儿勒缰绳。"

石晶使劲儿勒缰绳,几乎用尽了力气,黑马还在飞快地奔跑。风把石晶的头发吹向脑后,她紧张地闭上眼睛。

黑马突然拐弯把石晶甩下马背,石晶的一只脚还在马镫上拖着。胡达凯大惊,拼命打马追赶。黑马拖着石晶疯跑,石晶睁开眼睛。天地倒了一个个儿,胡达凯在蓝天上奔跑,他边跑边大声地喊着什么。

石晶突然冷静下来,她吹了声悠扬绵长的口哨。黑马竟然站住了。

胡达凯从马上跳下来,连滚带爬地跑过来,把石晶的脚从马镫上解下来。

黑马喷了声响鼻,没事似的低头吃起草来。

胡达凯把石晶扶起来问:"你怎么样?"石晶摇摇头说:"没事。"

"这是我的马，性子烈，生人骑它会出事的。"

"出什么事？"

"拖镫会出人命！"

"它不是站住了吗？"

胡达凯目光深邃地盯着石晶说："你舞跳得一流，胆子也一流。"

石晶的脸腾一下红了。

"刚才那口哨是谁教你吹的？"

"我爸爸，战争年代他一直骑在马上。"

"他是军人？"

石晶点点头，胡达凯告诉她，他父亲也是个军人，在战争年代也骑马。石晶欣喜地看着他，心里怦怦直跳。胡达凯向石晶伸出手说，相互认识一下吧。两手相握，彼此心灵中的感应都在眼神中流露出来。

远处传来通信连集合的哨声，石晶含意丰富地看了胡达凯一眼说："我该走了。"

"回来还路过这儿吗？"

石晶点点头，朝营房跑去，她所在的连队即将开拔。

几辆卡车在草原上行驶，胡达凯率领众骑兵骑着马追着汽车送行。石晶在车上悄悄地盯着胡达凯，当他看石晶时，她又躲开了目光。

马队和车队渐渐拉开了距离，石晶站在车上望着渐行渐远的胡达凯，他骑在马上的身影越来越远模糊不清了……

卡车行驶在崎岖的山路上，车上的战士昏昏欲睡。车辆一阵颠簸，睡着的战士差点被甩出车厢外，石晶睁开眼睛紧紧抓住车护栏。

此处地形十分险峻，一边是高山，一边是悬崖。前面的山路坑洼不平，有一处路被山上滑下来的泥石堵得严严实实的。

汽车停下来，张大志跳下车冲车上的人喊："下车，咱们把这段路扒开。"

战士们跳下车，用手中现有的工具把路上的泥石撮到崖下，没有工具的就用手搬。于小兰大喊："这么大的土堆，刨到天黑也刨不完。"

司机观察着路面说："悬崖边缘的山路虽然没有车厢宽，容纳车轮的距离还是可以的，咱们试试看。"他说完，上车发动车。张大志对大家说："我给车引路，等车开过这个危险地带大家再上车。"

车辆在张大志的引导下缓缓向前面开去，男兵们簇拥着跟着跑过去。汽车开过危险地带，在很远的地方停下来。男兵们向女兵招手，她们这才叽叽嘎嘎说笑着往前走。

远处隐隐传来一种很奇怪的声音，石晶抬起头往四周看了看问："这是什么声音？"

大家七嘴八舌地议论："马群？"

"不像，是牛群在叫。"

"车队？"

石晶抬头看看山顶说："声音是从上面传来的。"一块土落下来打在石晶的身上，她突然神色大变，大喊："不好，要塌方！"女兵们一听顿时乱了。石晶大叫："快往前面跑，跑得越远越好！"

大家飞快地朝远处跑去，石晶捡起一根棍子断后，谁动作慢了，她就照谁的屁股上给一棍子。

巨石挟带着泥土铺天盖地地倾泻下来，张大志和男兵们见了大喊大叫。女兵们在山脚拐弯处的一个角落里停下喘息着，于小兰带头哭起来。

泥石还在往下倾泻，巨响声压住了女兵的哭声。张大志等人目瞪口呆地看着眼前的情景。一座小山挺立在山路上，路被彻底截断，男兵女兵被小山隔开。

夜色降临，女兵们蜷缩在被泥石围起来的山脚下，冷得上牙打下牙。张大志大声喊道："你们坚持住，我已经和前线指挥部联系上了，工兵团已经派人和推土机来了。石晶，你们回答呀！"石晶精疲力竭地回答："我们一点儿劲都没了。"

张大志喊："不能睡，睡着会冻坏的！"

男兵们一起喊："女兵班来一个！来一个女兵班！"石晶一咬牙站起来，大声唱起来："战友，战友！亲如兄弟……"

女兵们跟着唱起来，声音越来越大，男兵们跟着和上来。

革命把我们召唤在一起，

你来自边疆我来自内地，

我们都是人民的子弟。

……

歌声越唱越响，嘹亮的歌声在深夜里面传得很远很远，在山野里面回荡。

天边透亮，远处传来汽车和推土机的轰鸣声，疲惫地挤在一起的女兵们呼啦一下站起来。张大志高兴地喊叫："来啦！他们来啦！"女兵们大声喊："在这儿呢，我们在这儿呢！"

推土机开路，后面跟着装满一车军人的卡车。汽车停在土堆前面，战士们跳下来冲过去开始清理路面上的土，胡达凯也在其中。

推土机扬起长臂不停地把泥石扔下山崖，堵塞的路被打开一个豁口，女兵们连哭带笑地出来朝救援部队跑去。胡达凯大声喊："石晶，石晶！"

石晶站住，她看见胡达凯，激动地叫了一声跑过去。她冲到胡达凯的面前突然醒悟过来，停住脚慢慢地向他走过去，胡达凯激动地看着她。这时，一个工兵团的人跑过来猛拍了一下胡达凯的肩膀说："胡达凯，你就是为她发疯啊？"

石晶的脸一下涨得通红，那人对石晶说："我们工兵团来的时候路过骑兵团，他听说通信连遇险，女兵被困在土里面，真快急疯了，找我们连长，死活磨着要参加这次援救。反正我们回去还要路过骑兵团，就让他来了，你没看见一路上他那个急啊，真恨不能把自己变成一辆推土机。"

这时有人喊那人，他答应了一声跑了。

石晶眼中饱含深情地看着胡达凯，他目光不躲不闪地看着她。

推土机和工兵们很快清除了路上的泥石，张大志带领男兵和女兵会合了。大家热情地握手互致问候，呼喊着挥手道别。

石晶和胡达凯的手紧紧地握在一起，他们深情凝视，互道珍重，直至车开远了。

卡车一直开到傍晚，通信连在草原上搭帐篷住下。女兵们找到一条小河，高兴地洗脸洗衣服。

石晶把洗好的衣服晾到树枝上，她发现不远处有一个石头堆，石头堆上拴着红绿缎带。她问身边的战士："这是什么？"有人告诉她："这是敖包。"石晶好奇地问："敖包？"

"知道《敖包相会》那首歌吗？"

石晶点点头。

"这就是歌里唱的敖包。"

明净的月亮高悬在天上，大地如洗。石晶悄悄从帐篷里面溜出来，跑到敖包前静静地站在那里。如水的月光洒在她的身上，她自言自语地说："爱情，这就是爱情吗？"

连石光荣都发现了，石海挺招女孩子喜欢，他虽觉得别扭，却没说什么。这天，石海和班上的几个女孩子坐在沙发上聊天。

女孩子们信口开河地说着笑着，石海坐在旁边一声不响地听着，他的脸上挂着柔和的微笑。

石光荣和褚琴下班回来，他皱起眉头看着石海和女孩们。女孩们收拾好自己的书包，站起来叫了声："叔叔，阿姨！"然后转身朝门外走去。石海起身出去送她们。石光荣问道："石海这小子是咋回事，净招些丫头回家。"褚琴撇撇嘴说："话一从你嘴里说出来怎么就这么难听？"

"可不是嘛！小子们从来不来，他在家的时候，不是看那些乱七八糟的书，就是和丫头们在一起。"

"咱们石海的性子好，人又敏感温和，女同学愿意跟他来往，这有什么不好？我看挺好。"

"这孩子早晚要毁到你的手里。"

褚琴最不爱听石光荣说她溺爱石海，索性不搭理他，低头收拾桌子上的东西。

"石晶来信了吗？"

"来了，在草原上挖光缆沟呢。"

石光荣满意地"哼"了一声，拿起桌子上的一本书看，是五线谱，他扔到一边。他又拿起一本书，竟然是围棋棋谱。石光荣翻着看了看说："这小子也研究围棋？"

石海推门进来，石光荣摆上棋盘，拿出棋子罐放在桌子上说："石海，过来下一盘。"

石海看了妈妈一眼，她给他使眼色，鼓励他和父亲下棋。

石海走过去在石光荣对面坐下，石光荣执白子气势很大地走出了第一步。

褚琴走进厨房洗菜做饭。

不一会儿，客厅传来石光荣和石海的争吵声。褚琴担心这爷俩打起来，忙开门出去。

石光荣教育石海说："你这是一步败招，你要设想这是在战场上，设想这是一场局部的战斗，狡猾的敌人就是利用这颗孤子代表一小股力量引诱你，让你失去用很大代价占领的大片阵地。"石海不服气地说："那是你的设想，我不那么想，我就这么走。"石光荣的眼睛瞪起来说："你不能拿阵地开玩笑。"

"这是下棋，不是打仗。"

"下棋就是打仗！"

褚琴忙劝道："就是一个玩儿，你跟孩子喊什么？"石光荣说："两军相争，刺刀见红，不喊不叫的算哪家子战场。"石海没轻没重地说："爸，你一回家就弄得人特别紧张。我知道你没仗打，心里面有火儿，那也不能逼着我和妈妈天天陪你练兵吧？"

褚琴吃惊地看着石海，又看看石光荣。石光荣勃然作色道："你再说一遍？"

石海看见父亲的神色不对，站起身就走。石光荣抓起棋罐子砸过去，石海低头闪开。棋罐子砸在墙上，白色的棋子撒落一地。褚琴大怒，骂道："石光荣，你简直不是人！"

从小到大，父母之间的争吵就没停息过。三天一小吵，五日一大吵，这已成了家常便饭，石晶不用想就知道。

石晶他们通信连的帐篷搭在一个山脚下，干的活儿是挖沟铺光缆。远处不时响起爆炸声，石晶和女兵们跑来跑去忙碌着。

男兵们喊号子的声音此起彼伏，爆炸声不停地响着。

一个男兵嘴里数着爆炸声："五、六、七……糟了，有一个炮没响。"他说着站起来朝那边走去。石晶见状忙问："哎！你干什么去？"

那个男兵不说话，石晶上前几步揪住他说危险。男兵说，危险也得去，一会儿警戒消除，它突然爆炸，会伤人的。他甩开石晶的手走了，石晶呆呆地看着他的背影，突然追上去。

那个男兵在炸开的地方寻找没爆炸的炸药，不承想炸药的捻子藏在一个大石头下面，正在悄悄燃烧着。石晶大叫，有声音。她拉着男兵就跑，男兵被拽着跑了几步，不以为然地甩开石晶的手说："你们女兵就是能瞎咋呼，哪有声音，啥声音？"他说完转身往回走。

石晶突然大惊失色，蹦起来扑在男兵的身上。这时，惊天动地的爆炸声响起来，两个人的身上顷刻间盖满了泥土。

四下里一片安静，众人惊呆了。战士们喊叫着跑过来，七手八脚地扒开泥土。石晶满脸是血昏迷不醒，那个男兵睁开眼睛，一骨碌爬起来看见石晶失声痛哭。

石晶被抬上卡车，她头缠绷带躺在后排座上，卫生员守在她的身边……

清晨，医院病房里静悄悄的，输液瓶在一滴一滴地往下滴着液体。石晶慢慢睁开眼睛，一张模糊不清的脸映入眼帘。她定睛看，那张脸渐渐清晰了，是父亲石光荣。石晶苍白的脸上浮出笑容，她叫了声："爸爸！"石光荣脸上充满慈爱地问："疼吗？"石晶点点头。

　　"疼得习惯了就不知道疼了。"

　　"我究竟哪里负伤了？"

　　"左腿骨折，肋骨骨折，还有脑震荡，都是砸伤。那个被你压在身子下面的战士好好的，没有受伤。"

　　石晶看着父亲，眼泪流了下来。石光荣说："哭啥，你看看爸爸身上的伤疤，哪一块不是要命的？"石晶哽咽着说："我不是哭这个。"

　　"那你哭啥？"

　　"不知道，人家看见你就想哭嘛！"

　　石光荣笑了："别哭，别哭，看爸爸给你带啥好吃的来了。"他说着从军用挎包里面掏出来红烧肘子、猪蹄子、月饼。

　　石晶腻歪地转过脸去。

　　石光荣严肃地说："不想吃也得吃，这是命令。我受伤那阵，哪有药吃？全凭嘴壮，逮啥吃啥才活过来的。"

　　"妈妈知道我受伤了吗？"

　　"我没告诉她。"

　　"千万别告诉她，等我好了，我自己告诉她。"

　　"从现在起，你得听爸爸的，半个月就能下地走。"

　　"不是伤筋动骨一百天吗？"

　　"那是扯淡！爸爸腿上也被弹片伤着过骨头，我半个月就下地追得小鬼子满山跑了。人得活得有点钢火，不能自己惯着自己。"

石晶点点头，石光荣站起来。石晶问他要去哪儿。石光荣说，他开会路过这里，半个月后他会再来。要是那时她还在床上躺着，就处分她。

石晶望着父亲远去的身影，若有所思。

窗外淅淅沥沥地下着雨，石晶坐在病床上默默地看着窗外。她听见有脚步声在门口停下，身后有个护士问："你找谁？"

来人不回答，石晶好奇地转过身看，胡达凯全身湿透站在门外。他的脚下汪着一摊水，旁边干净的地方摆着旅行包。

石晶激动地叫了一声，胡达凯控制着自己激动的情绪冲她笑着。石晶招招手说："你进来！"胡达凯说："身上全是水，我去收拾一下。"

胡达凯说完转身离开，护士上前给石晶拔下输液管子走了。不一会儿，胡达凯换了身干净的军装走进来，在病床旁边的椅子上坐下。

石晶的眼睛紧紧地盯在胡达凯脸上问："你怎么知道我在这儿呢？"

胡达凯说："你的事迹已经在部队传开了，我能不知道你在这儿吗？你真是好样的！"石晶看着他，眼睛潮湿了。

胡达凯轻声问："疼得厉害吗？"石晶摇摇头说："我要是成了瘸子怎么办？"

"你死都不怕，还怕成了瘸子？"

"我怕。"

胡达凯明白石晶的意思，说："瘸了怕什么？瘸了我照样看你跳舞。"

石晶听出了胡达凯话中的意思，脸涨得通红笑了。胡达凯目不转睛地看着她。

"你在这儿能待几个小时？"

"你希望我待几个小时？"

"我希望你不走。"

"好，那我就不走。"

"真的？"

胡达凯郑重地点点头说："真的。"

石晶激动地叫了一声，忙捂住嘴。

翌日，石晶拄着拐杖慢慢地练习走路，胡达凯不远不近地跟着她。石晶一个趔趄，胡达凯跑过去扶住她。石晶靠在他的身上，两人的脸离得很近。石晶紧紧抓住胡达凯的手，有病人从身边走过，两人慌忙分开。

为了让石晶早点恢复健康，胡达凯借用医院食堂的灶给石晶煮骨头汤。炊事员问："那姑娘是你的啥人？"胡达凯想了一下说："妹妹。"炊事员点点头说："怪不得这么上心。"

胡达凯端着一小盆炖好的骨头汤来到病房，石晶拿手捂着嘴，耍赖不接碗。胡达凯假装板着脸说："你要是不喝，我就捏鼻子灌了！"石晶装可怜说："我已经喝了一个星期了。"

"你下地给我跳段舞看看，我就不让你喝了。"

石晶被逼无奈接过碗，一勺子一勺子地喝着。胡达凯问，香不香？石晶摆摆手不回答。胡达凯纳闷儿地问："怎么了？"石晶说："我怕一张嘴，嗓子眼儿里面的油汤蹿出来。"

"蹿出来再喝下去，我妈妈说，吃什么补什么。"

"我爸爸爱吃猪耳朵，吃了一辈子，我也没见他长出俩大耳朵来。"

胡达凯被逗得哈哈大笑。

"你妈妈是个什么样的人？"

"我妈妈也是个军人，她是蒙古族。"

"怪不得你的蒙古长调唱得那么好。"

医院外的树林浓密遮日，石晶挂着拐杖和胡达凯在林荫小路上散步。胡达凯告诉石晶，他明天早上走，石晶站住不走了。

胡达凯解释说："我用的是探亲假，假期就要到了。"石晶说："你不应该告诉我。"胡达凯一愣，不知她这话什么意思。

"我要是你就偷偷地走。"

"好，那我明天早上偷偷走。"

石晶恼怒地喊："你这个人怎么这么狠？"胡达凯不解地问："石晶你怎么了？"石晶的眼泪流了下来，说："别理我！"胡达凯心慌意乱地安慰说："你别哭，别哭！"

石晶抽泣出声，胡达凯掏出手绢给她擦眼泪。不料石晶的眼泪越流越多，胡达凯心里面一痛，紧紧握住她的手。石晶不哭了，脸紧紧地贴在他的手上。

胡达凯抚摸了一下石晶的头发，她抬起脸忧伤地看着他。胡达凯低下头盯着石晶的眼睛，她浑身颤抖，脑子里面一片空白。

树林外面有人跑过，两人急忙分开。胡达凯说："走吧，查房了。"

夜幕降临，医院操场上坐满了医护人员和病人，石晶和胡达凯坐在人群中，露天银幕上正在上演电影《这里的黎明静悄悄》。

胡达凯两手抱在胸前，插在胳膊肘下面的一只手，悄悄地紧握着石晶的手。石晶被电影中的故事情节和身边的胡达凯深深打动，眼泪一串串地流下来，胡达凯转过头有些伤感地看着她……

清晨，石晶拄着拐杖把胡达凯送到门口。胡达凯双眼在石晶的脸上细细地打量了一番，像是要永远记住她的模样，石晶静静地接受着他目光的抚摸。

胡达凯举手郑重地给石晶敬了个军礼，转身大踏步地走了。石晶站在台阶上一言不发地看着他的身影越走越远，渐渐消失在路的尽头。

康复后，石晶返回所在部队，她有了心事。

这天，机房窗外狂风大作，值班室里女兵们紧张地处理着线路障碍。石晶对着话筒喊："107号线路不通，请查线！请查线！"

一个女兵喊："9号，9号！"

另一个女兵说："听见了，听见了！"

于小兰不住地偷看石晶，石晶察觉到问她，偷偷打量自己干什么。于小兰探究地看着她反问，最近为何变得这么深沉呢？石晶问："我怎么深沉了？"于小兰说："整天愣神，连笑都不会笑了，立功受奖也没见你提起精神。"石晶看了她一眼没说话。

于小兰小声问："他还没有消息吗？"石晶说："我给他写过的信都退回来了，说部队改建制，他不在骑兵团了。"

这时，电话铃声响起，一个女兵拿起电话听了片刻说："石晶，你的电话，北京长途。"于小兰好奇地问："北京，他家不是在北京吗？"

石晶的眼睛里迸发出光芒，她朝电话跑过去，抓起电话大声喊："喂！我是石晶，你是哪一位？"话筒里面一片嘈杂声。石晶急得大声喊："喂！喂！你是胡达凯吗？"机房里面的女兵一起吃惊地扭头看着石晶。电话线断了，石晶绝望地放下电话。

清晨，雪纷纷扬扬地下着。

石晶站在山梁上望着山外，她神情忧伤，身上落了一层积雪。

石光荣时刻关注着时局，在家里也不消停，他得知南线吃紧的消息，一拳头砸在桌子上。褚琴吓了一跳，忙看向他。

石光荣恶狠狠地说："打得好！狠狠地打！这一仗早就该打！"

正在看书的石海看看爸爸，又看看妈妈。

"南线吃紧，石林的部队已经奉命南调。"石光荣说着站起来在地上走了一圈，"我已经二十六年没听见枪声了，终于把这个机会等来了。"

褚琴伤感地说："冯政委的儿子冯铁已经回来跟父母道别过了，石林这孩子的心肠怎么就这么硬呢？"

石光荣看了她一眼没说话。

褚琴抱怨说："都是你，弄得他没办法回家。他这次上前线要是有个三长两短的，我决不饶恕你！"

石光荣火了："你是不是共产党员？是不是军人？如果是，咋能说出这么混蛋的话？是军人就得时刻准备上战场，时刻准备为国牺牲。军人不牺牲，就得百姓牺牲、国家牺牲。堂堂七尺男儿哪有让百姓牺牲、国家牺牲的道理？"

褚琴的眼泪流下来。

石光荣大声说："你这是动摇军心！哭啥？军人有仗打应该仰天大笑。"褚琴抽泣着说："你简直就是个冷血动物，儿子这一去，不知道还能不能回来，你还笑，你怎么就能笑得出来？"石光荣义正词严地说："保卫国家是军人的本分。儿子要是牺牲了，我只要活着，就天天到他的墓前去陪着他。我死了你们谁也别哭，军人战死沙场得到善终，那是我的福分。"

褚琴难过地擦着眼泪。这时，穿着便装的石晶拎着旅行包推门进来，全家人一愣。石海高兴地叫："姐姐，你怎么回来了？"石晶说："我转业了。"

　　褚琴高兴地叫了一声。

　　石光荣生气地问："部队都往前线开，你咋往家开？"石晶沮丧地说："我受过伤，部队死活不留我超期服役。"褚琴吃了一惊，忙问："受伤？你伤哪儿了？"

　　褚琴扑过来检查女儿身上的伤，石晶抓住妈妈的手，搂住她安慰说，被石头砸了一下，早就好了。褚琴眼泪掉下来，说："你们呀，老的小的没有一个叫我省心的。"

　　石光荣看着女儿遗憾地摇摇头说："当兵不打仗，遗憾哪！终身的遗憾！"褚琴翻了石光荣一眼拉着女儿说："走，妈给你收拾屋子去。"石光荣冲着褚琴喊："喂，我带的东西你也给我准备好了。"

　　褚琴把石晶拉进屋去，石光荣和石海也跟了进去。

　　石晶复员后到市中级法院上班，朝九晚五，生活很有规律，她总觉得生活中缺少了点儿什么。

　　这天晚上，一家人坐在电视机前看《新闻联播》，黑白电视里面正在报道南疆战事。石晶问，还没有哥哥的消息？褚琴失落地摇摇头。

　　石光荣把一张1∶80000的越南地图铺在地上给全家人分析着战况，他讲得情绪很激动，老婆孩子似懂非懂地听着。石海突然问："爸爸，仗都快打完了，你怎么还不上前线？"

　　石光荣一愣，脸沉下来，叠起地图怒气冲冲地站起来走了。褚琴埋怨小儿子说："好好的，你惹他干什么？"石晶和石海禁不住哈哈大笑。

翌日，一家人围坐在一起吃饭。石海吃东西的时候挑三拣四的，不时地把嘴里的东西吐在桌子上。石光荣皱起眉头看着他，忍着脾气没发作。

褚琴问石海，高三快毕业了，有没有想过将来干什么。石海摇摇头说，没想过。石光荣马上说，赶紧想，他可不允许自己的儿子没事干，整天在街上瞎逛荡。石晶建议弟弟考大学。

褚琴摇摇头说："他整天除了玩就是看闲书，哪能考上大学？"石晶说："要不当兵吧。"石光荣连忙说："他干啥都行，就是不能去当兵。"石晶纳闷儿地问："为什么？"石光荣说："他这个少爷样，到部队丢我的脸，穿着军装出去丢部队的脸，我看他还是哪儿也别去，关在家里面给你妈当老疙瘩吧。"

石海听了一点儿也不生气，褚琴倒是恼了，质问石光荣："你说这话是什么意思？"石光荣回怼道："啥意思？你心里面明白！"褚琴气呼呼地说："我不明白。"

石晶一看硝烟又起，赶紧离开饭桌回了自己的房间，石海紧随她而去。姐弟俩关上门，坐着闲聊。

石海问姐姐，她在法院干什么。石晶说，她在一号庭做审判员。石海饶有兴致地又问，都负责审理什么案件？石晶告诉他，她负责的是刑事案，凡是经过她手判决的都是重刑犯。石海一听，崇拜之情油然而生，问石晶看见那些罪犯有什么感受。石晶说，先开始有些紧张，后来就习惯了，嫌疑犯都怕她。

夜晚，石光荣、褚琴和石晶坐在客厅看电视，里面正在进行女子排球赛，石晶情绪激动连喊带叫。褚琴教训她："女孩子没个女孩子的样，看以后怎么找婆家？"

石晶突然不吱声了，她一声不响地坐在那里，坐了一会儿，抬起屁股回自己的房间了。褚琴不解地问："这孩子怎么了？"石光荣不理她，聚精会神地看着电视里的比赛。

石晶回屋后一动不动地躺在床上，如水的月光照在她的脸上。她抬起手，手指下意识地在墙上写了个"胡"字。

一日，褚琴在自家院里收拾花花草草，石光荣下班回来，站在后面看着她。

褚琴白了他一眼问："看着我干什么？"石光荣反问："你约作训部的周丙贵来咱们家啦？"

"你怎么知道？"

"他自己跟我汇报的，你找他干啥？"

"来了你就知道了。"

这时，石海满面春风地走进院子，跟父母打招呼："妈妈，爸爸。"

石光荣"哼"了一声，见石海围着妈妈身前身后地转，看不惯地说："你这是干啥？找奶吃啊。"褚琴皱皱眉头说："什么好话经过你的嘴也得臭了。"

石海笑嘻嘻地看着他俩不说话。褚琴发现儿子今天情绪格外高涨，便好奇地问，这么高兴有什么好事吗？石海把一个信封递给褚琴。

褚琴纳闷儿地打开看，只看了一眼，脸上就乐开了花，叫道："老石，咱们儿子考上辽宁大学了。"

石光荣接过褚琴手里面的录取通知书，仔仔细细看了两遍笑着说："小子，你还挺有尿性的！"

褚琴又把通知书拿过来一个字一个字地仔细看着，石晶推着自行车进院子，见家里人个个笑逐颜开觉得很奇怪，问道："怎么了，这么高兴？"

褚琴告诉她，石海考上大学了。石晶接过母亲手里的录取通知书看了看，高兴地用手使劲儿在石海的脑袋上划拉了一下说："明天姐请你下饭馆！"石海笑嘻嘻地说："饭店由我点。"石晶点点头："行，行！"褚琴笑呵呵地说："不干了，咱们进屋包饺子去。"

一家人高高兴兴地进屋，各司其职，和面、剁肉、擀饺子皮，大家一起包饺子，石光荣脸上挂着少见的笑容。

褚琴好奇地问："石海，妈妈也没见你在家里面点灯熬油，你怎么说考就考上了呢？"石海说："复习功课得有技巧，不能天天做出冲锋陷阵的样子。你说是不是，爸爸？"石光荣高兴地"嗯"了一声。

石海接着说："我们有个同学，从去年就开始天天早上五点起，晚上十二点钟睡，复习资料无时无刻不放在手里，有时候当枕头枕着，有时候当屁股垫坐着，更多的时间是用来吓唬自己。结果怎么样？一进考场就晕菜了，总分比高考录取线少了一百二十分。"

褚琴骄傲地看看儿子，又看看女儿："石晶就是没赶上这个时候，要不也是个大学生。"石光荣不以为然地问："不是大学生就不优秀了？"褚琴说："我不跟你抬杠。"石晶说："你们可千万别为了我吵，我现在在政法大学读业大，法律专业的课程已经结业四门了。"

石光荣和褚琴不约而同地高兴起来。

石晶问："石海，那天爸爸妈妈问你将来做什么你还说不知道呢，怎么突然想起来上大学了呢？"石海说："就是不知道干什么才上大学嘛，这样我还有四年的时间学习和思考。"石光荣深究地问：

"这是你上大学的动机？"石海不以为然地说："是啊。"

石光荣的脸严肃起来，说道："国家花钱培养你读书，你就是这想法？你对得起国家吗？"石海忍不住反驳说："爸，你这人听惯了豪言壮语，听不得实话。现代人心里面想的究竟是什么，你根本就不知道，也没人想让你知道。"

石光荣火了，啪的一声把筷子摔在桌子上叫嚷："别人怎么想，我不管，我不许你这么想！"石海不甘示弱地说："我的思想是我自己的，我想怎么想就怎么想。"褚琴忙劝道："你们别吵啦！"

石光荣手指着石海的鼻子怒斥说："王八羔子，我把话给你撂在这儿，你这个人一旦赶上战争，不是叛徒也是机会主义者。"石海冷笑说："你是个失败的预言家，以前你曾经对我哥哥也这样说过，结果怎么样？结果人家立了功，上了军校，南线打仗回来后还提升为副团长……"石晶忙出言制止："石海，别说了。"

石光荣目光阴沉地盯了石海一会儿，转过身步履沉重地朝自己的卧室走去。

褚琴斥责石海说："他是你爸爸，你怎么这样跟他说话？"石晶说："哥哥是爸爸的一块心病，你不要老提他。"

石光荣绷着脸、背着手困兽一样在卧室里来回踱着步，侧耳听着石晶说话："哥哥有现在的成绩，是爸爸帮助的结果。爸爸知道哥哥有很强的逆反心理，所以才故意把哥哥说得那么不可救药。爸爸越说哥哥做不到什么，哥哥越要做到给他看看，才有了今天的结局。"

石光荣被女儿的理解深深地打动，站在那里心潮起伏。

石海说："哥哥未见得感激他，要是感激就不会十几年不回家。"石晶说："哥哥怎么想的，你知道吗？你不知道，我也不知道，我们大家都不知道。他和爸爸之间的结，只有他们自己才能真正解开。"褚琴伤感地摇摇头说："他俩的脾气秉性是一个模子里面刻出来的，谁也不会先说软话的。"

石晶突然想起来说："妈妈，今天哥哥给我来信说他要结婚了。"褚琴吃了一惊，问道："结婚？父母都没同意呢，他怎么就结婚了？"

石光荣在卧室停止踱步，竖起耳朵听下文。

"妈妈，你怎么跟农村老太太一样。"

"我怎么像农村老太太了？"

"谈恋爱结婚是孩子自己的事，为什么非得你们同意。"

"我们是你们的父母。"

"父母怎么了？"

"我们比你们阅历丰富，可以叫你们少走弯路。"

"婚姻是以感情为基础的，跟经验无关，感情这东西需要自己去亲身感受，亲自处理。"

褚琴警惕地看着石晶问："你有男朋友了？"

石晶愣了一下，马上矢口否认："没有。"

"你也不小了，该考虑个人问题了。妈妈像你这么大……"

石晶打断妈妈的话，接了下句："你哥哥都会打酱油了。不过现在国家提倡晚婚……"

石晶的语气和表情惟妙惟肖，逗得石海哈哈笑起来，褚琴忍不住也笑了。

石光荣想知道石林的事情，便走出卧室，来到桌子前继续包饺子。石晶笑嘻嘻地问："爸爸，你不生气了？"石光荣脸上露出宽容的微笑："这种气啊，生一会儿就行啦！"褚琴瞥了他一眼说：

"太阳从西边出来了。"

石光荣不理褚琴的茬儿，问石晶："你哥哥的对象是干啥的？"石晶说："中学教音乐的老师。"褚琴问："多大年龄了？"石晶说："和哥哥同岁。"

褚琴摇摇头说，岁数太大了。石光荣宽容地说，孩子自己相中就行。褚琴关切地问，儿媳妇个子高不高？石晶笑话母亲这个老婆婆问东问西的，怎么这么麻烦。褚琴很认真地说，俗话讲爹矬矬一个，妈矬矬一窝，她这是关心孙子呢。

全家人大笑，家里很久没有这么融洽的气氛了。

石晶嗔笑说，妈，烦不烦啊？褚琴话里有话说，烦？烦人的时候还在后头呢！褚琴说完，进厨房煮饺子。不一会儿，她把煮好的饺子端上桌子，全家人有说有笑地吃着。

突然，门外有人喊："报告！"石光荣一怔，把碗推到一边喊："进来！"周丙贵走进来，看见他们在吃饭，忙说："我一会儿再来。"褚琴热情地迎上去说："我们已经吃完了，快进来坐。"

石晶朝周丙贵客气地笑了一下，他顿时拘谨起来，坐在沙发上手脚都没地方放了。褚琴亲切地问："吃饭了吗？"周丙贵站起来一个立正说："吃了。"石光荣摆摆手说："坐下，坐下！"

周丙贵规规矩矩地坐下来，石晶和石海见状忙把餐桌子上的东西收拾下去。

褚琴叫住石晶："石晶，过来认识一下，这是作训部的周参谋，周丙贵。"石晶莫明其妙地看了看母亲，朝周丙贵点点头。褚琴介绍说："这是我女儿石晶，在法院工作。"

周丙贵急匆匆地扫了石晶一眼，石晶觉得无聊，要回自己的房间。褚琴忙再次叫住她。石海替姐姐解围说："她要结业考试，复

314

习功课呢。"

褚琴悻悻然这才作罢。石光荣看了看褚琴，又看了看周丙贵，不知道她的葫芦里面卖的什么药。

褚琴看着周丙贵态度和蔼地问："家是哪儿的？"

"山西。"

"父母都在农村？"

"是哩。"

石光荣高兴了，问道："包产到户了吧？"

周丙贵紧张地点了点头。

石光荣又问："谁帮你爹妈在地里面干活呢？"

周丙贵说："俄哥和俄弟……"

周丙贵方言很重，将"我"说成"俄"。听得石海差点儿笑出来，他起身跑到石晶的房间里，趴在姐姐的床上用枕头捂着脑袋笑。

石晶好奇地拽着枕头问："你笑什么呢？"石海笑着爬起来说："姐，那个参谋……准是妈给你找的女婿。"

石晶一愣，神色不悦。

石海说："他说话的时候'俄'长'俄'短的，你俩将来结婚了，他就是俄姐夫。"石晶照着石海脑袋上给了一巴掌说："你胡说八道！"石海一本正经地说："我的直觉绝对准确，你没看妈那眼神，活像白摘了人家自留地里面的嫩黄瓜。姐，妈给你找了个农民出身的军队干部，这一手真绝，一下就拍到爸的穴位上了，老两口这个时候联合起来，你还能不投降？"

石晶生气了，她站起来开门出去，石海幸灾乐祸地跟在后面。

第十四章 老兵逐渐凋零

石晶走进客厅在周丙贵面前坐下，上下打量着他，目光既挑剔又刁蛮。周丙贵被她看得局促不安，两手乖乖地放在膝盖上。石晶故意不错眼珠地看着周丙贵，他额头上渗出汗珠，站起来用陕西话告辞："首长，俄还有事，先回去了。"

石光荣和褚琴把周丙贵送出去，石晶起身回房间，石海像跟屁虫一样跟在后面。送走客人，俩人回到客厅，石光荣问褚琴，神神鬼鬼的到底是啥意思。褚琴征求石光荣的意见，周参谋跟石晶搞对象合不合适。石光荣愣了一下回答得挺痛快："扯淡！"褚琴提醒说："周参谋已经进了团领导班子。"

"那也不行！"

褚琴生气了，问道："怎么就不行？"

"他跟我闺女就不是一路人。"

"你跟我是一路人吗？"

石光荣又是一愣。

"结婚是在家里面过日子，不是领出去给别人看，人靠得住、有前途有发展就行了。"

石光荣吃惊地看着褚琴问："你咋就知道他靠得住？"褚琴说："他是你的部下，我女儿跟他结婚是下嫁，再给他一个胆子他也不敢来斜的歪的。"

石晶冷着脸走过来说："妈，你可真庸俗！"褚琴生气地说："我是你妈妈，你怎么这样跟我说话？"石晶气呼呼地说："你要是不提醒，我还真认不出来了。"

褚琴叫道："石晶！"石晶毫不退让地说："妈，我什么时候托你给我找对象来着？"

褚琴走过去看着女儿的脸，极力克制着自己的情绪，说："你

317

这么大年龄了还不找对象，妈妈着急。"石晶反诘道："我都不着急，你急什么？我不找对象怎么了，是影响社会治安了，还是影响中国人口了？"

石光荣不劝架，反而差点儿笑出来。

褚琴叹了一口气把手放在石晶的肩膀上说："妈妈是过来人，经过的见过的都比你多。听妈妈的话！这是两张明天的电影票，你们先处处。你跟他处长了就会发现他有很多优点，是个老实本分值得信任的人。"

石晶把母亲的手从自己的肩膀上扒拉下来说："要去你去，我不去！"说完，她摔门走了。

褚琴气得一屁股坐在沙发上半天没说出来话，石光荣在她面前坐下，像研究文件似的看着她。褚琴没好气地说："你看看，你看看！你把她宠成什么样了？"

石光荣态度平和地说："我看我闺女没啥不对的，她和那小子俩人往一块一站就不是一路人。"

褚琴嚷道："你不是明知咱俩不是一路人还硬掺和进来了吗？"

石光荣皱皱眉头说："陈芝麻烂谷子的，这话题都让你倒腾馊了。"

褚琴指责说："我看你是忘本了！不错，周参谋是个农村人，农村人怎么了？你还是农村人呢，不照样娶了我吗？"

石光荣气得站起来摔门走了，褚琴一个人默默地坐在客厅里面发愣。

在女儿婚姻这件事情上，褚琴是越挫越勇，不达目的决不罢休。

石晶下班一进家门，脸便冷了下来，妈妈又让人来相亲了。褚琴对坐在沙发上戴眼镜的男青年说："这是石晶。"男青年的眼睛一亮。褚琴向女儿介绍说，他叫刘宏，在科技馆工作。石晶客气地朝刘宏点点头，回自己的房间，紧紧关上了门。褚琴尴尬地朝刘宏笑了笑，过来敲门，喊道："石晶，石晶。"石晶在屋里喊："别叫了，我头疼。"

夜晚，石光荣靠在床上看《参考消息》，褚琴换好睡衣在他旁边坐下说："你不觉得石晶有些怪癖了吗？"石光荣眼睛盯在报纸上说："怪啥，哪儿怪了？"

"说翻脸就翻脸，想不理谁就不理谁，姑娘大了不结婚就是这样。"

"我看石海才怪呢，他一回来就钻到石晶的房间去，要是没钻到那儿去，就是外面的丫头们追上来了。今天是这几个，明天是那几个，我认都认不过来。你看他那样子，谁来都行，不来也行，看不出来他喜欢哪一个。"

褚琴面露得意地说："我儿子有魅力，这有什么办法，《红楼梦》中的贾宝玉不就是这样吗？"

石光荣生气地说："他就是看那些闲书看坏了，那些写书的人全是吃饱了撑的！我要是说了算，就把他们都打发到农村去，让他们在地里不歇气地干上一天活儿，累个半死，看他们还胡说八道不？"

褚琴鄙夷地看了他一眼，把脸转过去。

石海到姐姐屋里探听情况，问她这个月接见了几个相亲对象。石晶扳着手指头数了数说，三个。石海笑着问，观感怎么样？

石晶想了想说："第一个是作词的，自称是诗人。一见我先从书包里面把一摞子获奖证书掏出来给我看，我知道那是他的商标。对不起，我不喜欢这个牌子。第二个是大学老师，听着挺好的，干部家庭，北大毕业。一见面我真吓坏了，他哪是个人？整个一条蛇。看人的时候眼睛又阴又冷，嘴里面就差吐蛇芯子了。"

石海哈哈笑着问："第三个呢？"

"那个人是搞体育的，见面的时候他还搞了个噱头，从体育馆旋转式的楼梯上往下走。太阳从他的脑袋顶上射下来，整个人金光灿灿的，他把自己弄得挺像阿波罗。要命的是不能往下看，他那两条腿罗圈得要命，都能当球门使唤了。"

石海笑得满床打滚。

石晶捶打着石海说："起来，起来！把我的床都弄脏了。"石海赖在床上不起来，说："姐，我不信你见了这么多人，就没有一个合适的。"石晶愣了一会儿说："关键是这种形式太恶心人。"

"这不是关键。"

"什么是关键？"

"关键是你心里面深藏了一个人，因为某种原因，没办法讲出来。你用心中的那个人做尺子，量谁谁都不够尺寸。"

石晶黑亮的眼睛紧紧地盯在弟弟脸上问，他怎么知道这件事。石海不答，反问姐姐，说对了吧。石晶问，是谁告诉他的。石海说，是她自己。石晶愣了，她什么时候告诉他的。石海狡黠地一笑，刚才说的。石晶意识到是自己露的馅儿，叹了口气不说话了。

"他是谁？"

"一个军人。"

"怎么认识的？"

"我在部队的时候认识的。"

"确定恋爱关系了？"

石晶沮丧地摇摇头。

"单相思？"

"不，他也喜欢我。我负伤的时候，他把自己的探亲假用了，来医院照顾我。"

石海追问后来呢，石晶神情黯然地说，没有后来。她出院后给那人写信，信全都退回来了。石海觉得不可思议，问为什么。石晶解释说，部队改建制，他不在骑兵营了。

石海若有所思地问："噢，他就是你说的那个蒙古长调唱得非常好的骑兵吧？"石晶点点头说："他给我来过一次长途电话，线路太差了，我们没通成话。以后就再也没有消息了。"

"多长时间了？"

"整整五年了。"

"这五年他在你的心中就一点儿都没褪色吗？"

"没有，越来越清楚了。"

中秋节到了，军区大院里人们拎着机关分的东西，喜气洋洋地往家里面走。

石光荣扛着米袋子大踏步朝前走着，褚琴拎着两条大鱼跟在后面。

褚琴说："今天是中秋节，石海也回来，学校的伙食太差，给他好好改善改善。"

石光荣不搭茬儿，走自己的路。

冯铁和几个年轻军官有说有笑地走过来，跟石光荣、褚琴打招呼："叔叔、阿姨好！"褚琴笑着答应说："看阿姨这眼神，你们都是谁家的孩子？"冯铁说："阿姨，我是冯铁。"褚琴高兴地说："你就是小时候经常和我们家石林在一起惹是生非的那个冯铁呀！"

冯铁嘿嘿笑着指了指身边那几个军官说:"石叔叔,那年偷开汽车,他们几个当时都在车上坐着呢。"石光荣笑着说:"这帮浑小子,现在都混出人样了!在哪个部队呢?"

冯铁说:"我在炮兵师,担任营长。他们在坦克团,也都是连以上职务了。叔叔,石林回来了吗?"石光荣一脸尴尬,不知道咋说。褚琴解围说:"他忙,回不来。"

一个军官说:"我们有十几年没见他了。"

另一个军官接过话茬儿:"大院里面的孩子想在一起聚聚,他是当年的红军司令,就缺他了。"

石光荣突然说:"你们说,我先走了。"说完,他头也不回地扛着米袋子走了。

冯铁纳闷儿地看着石光荣的背影,不知哪句话没说对。

回到家,石晶和石海到厨房帮妈妈剖鱼择菜。石晶问:"爸爸在屋子里面干什么呢?"褚琴见怪不怪地说:"谁知道,在院子里面遇见和你哥哥一起玩大的那帮孩子,说了几句话就不对了。你爸这人越老越怪,别理他!"

石海熟练地切肉切菜,手脚很是麻利。

褚琴用赞赏的眼光打量着儿子说:"将来谁给我儿子当媳妇那才是有福气呢,我儿子聪明,有才学,知道疼人还会做饭。你比你爸爸强多了,他油瓶子倒了都不知道往起扶。跟妈妈说,学校里面有女朋友了吗?"

石海不高兴地说:"妈,你又来了!"褚琴说:"妈就是问问,我不管你,你条件这么好,晚点儿找也不要紧。"石晶嗔怪地说:"你天天像推销处理品一样地往外推销我,就是因为我的条件太差了?"

褚琴说："你是女孩子，不能跟他比，长得再漂亮，年龄大了也是个麻烦。"

"我怎么麻烦了？"

"今天是中秋节，我不跟你吵，你们也不许找茬儿跟我或者是你爸爸吵架。"

石晶和石海互相看了一眼，各自干着手中的活。

石光荣待在作战室，面对军用地图一声不响地坐着。褚琴喊，老石，饭熟了。他像是没听见，理也不理。

客厅餐桌上摆着丰盛的晚宴，褚琴、石晶、石海坐在桌子旁边等着开饭。石晶问，爸爸怎么了？褚琴摇摇头，谁知道？

石晶起身去敲作战室的门，喊石光荣吃饭。石光荣气哼哼地说："我不饿，你们自己吃吧。"

褚琴生气了，冲着作战室的门喊："你这个人是怎么回事？一年只有一个中秋节，你知不知道？"

石光荣不回答。石晶直冲母亲打手势，不让她说下去。褚琴不理她，接着说："你出去看看，院子里家家都在吃团圆饭，我就不明白你闹的是什么？谁招你了？谁惹你了？你现在真是越来越过分，越来越不像话！"

石光荣腾地站起来，扭着脖子冲门外大声喊："我就是不吃，你能把我咋的？"褚琴气得冲着那扇门喊："谁能把你怎么样？是你自己想把自己怎么样！"石光荣开门出来质问："这是不是我的家？"褚琴不甘示弱地说："没人说这不是你的家！"

"我在我的家里面安安静静地坐一会儿，咋就不行呢？"

"石光荣，你太自私了！你是我见过的最自私的人！你心里面只想着自己。你为别人想过吗？你想过这个家？想过我和孩子们吗？"

石晶劝道："妈，你少说一句行不行？"褚琴说："是他把我逼到这儿了！想当初你爸爸死缠烂打地追着我结婚，结了婚怎么样？我处处妥协把自己都活没了，他反倒越来越得寸进尺，越闹腾越凶。这叫什么家？这叫什么日子？"

"妈妈！"

褚琴哭出来说："你别拦着我！不是他，这个家能团圆之日不团圆，亲生的儿子能一连十几年不回家吗？"

石光荣一脚踢翻了地上的汤锅，又一脚踢开门出去了。

褚琴把碗拿起来狠狠地摔在地上，转身回卧室去了。石晶和石海面面相觑。石海说："我看这第三次世界大战得先从咱们家打起来。"

一顿团圆饭就这样砸锅了，石晶和石海默默地收拾着父母摔在地上的汤锅和碎碗。

褚琴心如死灰一动不动地躺在床上，墙上的钟敲了八响。

褚琴爬起来打开箱子，从最下面拿出来一个布包。她打开布包，里面有一支炸断了的钢笔，一本染满了血迹的笔记本和一沓柔软的桦树皮。

褚琴小心翼翼地打开桦树皮，桦树皮上抄满了歌曲。她翻了几页，一张发黄的照片从里面掉出来。

褚琴看着照片落泪，这时石晶和石海进屋来。石晶捡起那张照片，石海凑过来看。照片上的另外两个人已经没了，只剩下血迹斑斑的褚琴、小柳子和谢枫。

褚琴黯然神伤，由着他们看。石海说："妈妈年轻的时候多漂亮，这两个是谁？"褚琴接过来照片，轻轻地在谢枫站立的地方抚摸了一下说："这个女的叫小柳子，这个男的叫谢枫，他们都是文工团的战友。"

石晶端详着那个叫谢枫的人说："这个人俊秀飘逸，一看就是个有才气的人。"

褚琴听了这话，眼泪突然涌了出来。石晶吓了一跳，问："妈妈，你怎么了？"褚琴满脸悲伤地说："要不是你爸爸在中间插了一杠子，我俩就结婚了。"

石晶和石海吃惊地看着母亲。

褚琴难过地说："那个时候我太软弱，害了自己也害了他。"石晶急切地问："他现在在哪儿？"褚琴看着窗外好一会儿，才轻轻地说："牺牲在朝鲜战场上了。"

姐弟俩目瞪口呆地看着母亲……

华灯初上，石光荣在街头漫无目的地走着，领着儿女的父母有说有笑地从他身边走过去，抱着孙子的老人从他身边走过去。

石光荣孤零零地走着，红灯亮了，他停住脚步，四处看看，不知道该往哪里走。

马路边一伙下棋的老头儿吸引住了石光荣的视线，他犹豫了一下走过去，站在圈外面看。

一个胖老头儿和瘦老头儿为了一步棋脸红脖子粗地吵着，旁边的人七嘴八舌地支招，瘦老头就是不听。石光荣看了一会儿，忍不住说："再不支士你就败了。"

瘦老头儿拧着眉毛看了石光荣一眼，见他一身军装，脸上的表情马上变了，他二话没说支了士。

旁边的人说："我刚才就让你这样走，你为啥不听？"瘦老头儿说："他这张脸和这身军装有说服力，一看就是身经百战的人，

别人的招我可以不听，他支招我得听。"胖老头儿站起来热情地招
呼石光荣："老同志，你坐这儿。"

石光荣也不推辞，坐下跟瘦老头儿对弈……

夜色已深，路灯把橙色的光洒在地上，街上的行人渐渐少了。
下棋的人已经散去，石光荣一个人坐在路边的石凳上发呆。

夜行的车辆偶尔从马路上开过去，石光荣看了一下腕上的表，
已是午夜十二点了，他站起来慢慢朝家走去。

家里灯火通明，人影晃动，走进院子的石光荣看到这情景不禁
一愣。他推门进屋，柱子和县长等人扑过来。柱子叫道："哥，你
可回来了。"

石光荣一一和他们握手，褚琴肿着眼眶把已喝得没颜色的茶换
了。柱子说："嫂子，你快歇着去吧，别忙活了。"褚琴点点头进了
卧室。

石光荣问："啥时候来的？"柱子说："我们在这儿坐仨钟头
了。"石光荣点着一根烟问："今年的庄稼咋样？"县长满脸愁云地说：
"旱了。"石光荣忙问："旱成啥样？"柱子愁眉不展地说："地裂得
像孩子的嘴。"石光荣着急地说："咋没抗旱？"

县长说："抗啦，首长。咱县从春天就开始闹旱灾，县里的干
部一直在地里面跟老天爷打擂台，几十天连个囫囵觉都没睡过。粮
食该灌浆了，又是四十天没下雨，庄稼都被日头烤红了。天不下
雨，井里面的水都干了。我们除了身上的血，没啥能往地里面浇
的啦！"

石光荣站起来在地上来回地走着，县长和柱子的眼睛跟着他。
石光荣站住转过身看着他们问："离咱县五十里不是有条河吗？"
柱子说："哥，你的意思我们明白，县里面也想把水从那里引过

来，可是咱县穷，既没有钱也没有抗灾物资。"石光荣说："向地区要啊！"

县长解释说："上面不是不管，受灾的不仅是咱们一个县，国家拨下来的抗灾物资太紧张了，咱们根本就搞不到。县里实在是没办法，我们这些当干部的除了卖儿卖女来周济乡亲们，已经没有别的办法了。不是我们不下力气，不是我们不想让乡亲们过富裕日子，我们把全身的力气都拼出来，就是把自己身上的肉割下来卖钱又能救活几根苗？"

柱子声泪俱下地说："哥，地里面的庄稼再不上水只能当柴烧了。弄不好，咱蘑菇屯的人今年冬天得拖家带口地出去要饭吃了。"石光荣流下了眼泪，他说："老百姓出来要饭，是我们共产党的失职。地方没能力管，我管，咱军队管。"

县长满脸眼泪地站起来说："首长，我在这儿代表全县人民给你跪下啦！"

柱子先县长一步扑通一声跪下，石光荣拦住县长，伸手把柱子拉起来说："你们快起来，要跪我跪，我给你们跪下。你们是党员，一定要带领家乡的人闯过这一关，不管付出多大的牺牲，也要保住地里面的庄稼。说啥也不能让乡亲们出来要饭，丢咱共产党的脸。"

两人边擦眼泪边使劲儿地点头，石光荣拽过电话机拨电话喊："喂，接军需处钱主任……"

天逐渐亮了，褚琴醒来，翻了个身发现身边空着，她披着衣服下地开门出去。只听石光荣在客厅打电话，他对着话筒大声嚷："你少给我打官腔！我问你，入党的时候你是咋举着拳头宣誓的？我们闹革命就是为了让老百姓过上好日子，现在如果我们再不伸手帮忙，他们就得出来要饭，就得拿绳儿把脖子扎起来！你把物资车辆闲在那儿，宁可锈成烂铁，也不支援地方，你还算啥革命者？还算啥共产党员？"

县长和柱子等人静静地听着，褚琴见状走回卧室，悄悄把门关上。

天光大亮，沈阳郊区公路上十几辆军车拉着军队设备源源不断地朝远处开去。

石光荣和军需处钱主任站在路边看着，一辆轿车停在他们的身后。

钱主任有些忐忑不安地说："参谋长，您觉得这样做妥当吗？"石光荣把眼睛一瞪说："有啥不妥当的？没有战争的军队要这么好的装备干啥？简直是浪费，还不如物尽其用去支援地方抗旱救灾。"

钱主任担忧地问："上面要是查下来怎么办？"石光荣说："你这个人咋跟娘儿们一样？咱们是人民子弟兵，咱们在为百姓谋幸福，你怕的是啥？别说没事，就是有事我石光荣顶着呢！"

"我只是有点儿担心。"

"担心啥，大不了我这身军装不穿了。"

说到这儿，石光荣突然不说话了，钱主任一声不响地看着他。石光荣好一会儿才说："这身军装我已经穿了大半辈子，跟我的命差不多，用命给老百姓换回口粮，值了！"

石光荣说完转身上车，钱主任紧跟其后，汽车朝城里面开去。

乡亲们的感情是朴素的，他们懂得感恩。这不，蘑菇屯的人背着新打下来的粮食、山货成群结队地往石光荣家走去。

石晶和石海骑着自行车进了大院正巧看见这一幕，石海努努嘴说："看，根据地又来人了。"石晶说："爸这两天乐得嘴跟瓢似的。"

"我听军需处的人说，这次抗灾用的款项是收获的几十倍。"

"账不能这么算，农民对共产党的信任和重新树立起来的自救信念不是用钱能买到的。有了这一次，以后蘑菇屯的人遇到什么困难都不会趴蛋了。"

"这么说，爸他老人家还是高瞻远瞩了？"

"爸现在正沉浸在成就感中，算账的事情千万别跟他说。"

石海点点头说，知道了。石晶告诉弟弟，她今晚出差，他没事多往家跑跑，省得爸和妈自己在家没事干吵架。石海问姐姐，去哪里出差，多长时间。石晶说，去济南，大概要去一个月。石海沮丧地说："姐，你不在这个家就更没意思了。"石晶说："没意思也得回来。"

"我做出这么大的牺牲，总得有点儿补偿吧？"

"我回来请你下饭馆。"

石海眉开眼笑地说："这还差不多。"

两人边说边朝家门口骑去。

时间过得真快，眨眼一个月就过去了。石晶倚窗而坐，她望着窗外一掠而过的树木风景想心事。她不在家这一个月，家里指不定闹翻了天。

石晶拎着东西往军区大院走，路过篮球场时，她边走边看战士们生龙活虎地打比赛。石海背着书包骑着自行车冲到她身边喊："姐，你可回来了，咱们家出事了！"石晶吃了一惊，急忙问："怎么了，谁出事了？"

"爸爸呗！"

"怎么这么急人呢，你能不能快点儿说？爸病了，住院了？"

"比病了还麻烦呢。前些日子，军委下了一个文件，军中第一批高级军官的离休名单中有爸爸。他摘下领章帽徽后，把自己关在房间里面不出来，不吃不喝，跟谁也不说话。把妈妈急得牙床子肿得老高，屋里屋外地瞎转。"

石晶急急忙忙往家走，石海跟在她后面说："我和妈妈都盼着你回来想办法呢。"石晶一声不响地往前走着。

"姐，你倒是说话呀！"

"爸爸十三岁就当兵，从来就没离开过部队。这一退下来，就像孩子突然没了家，心一下就慌了。"

"这是必然规律。"

"从理论上讲是这样的，从感情上讲就很难接受了。"

"他就是不穿军装不还是他吗？"

"你没当过兵不懂这种感情。"

石海不以为然地看了石晶一眼。

姐弟俩推门进屋，褚琴捂着腮帮子迎上来说："你可回来了，石海跟你说了吧？"石晶点点头。褚琴说："你爸爸听你的，你去好好劝劝他。"

石晶来到作战室门口敲了敲，里面没有应答。石晶喊："爸爸，我是石晶，你开开门。"屋里静悄悄的，依然没有动静。

石晶又敲了敲门，过了一会儿，门锁咔哒一声开了。石晶推门进去，褚琴和石海跟了进去。

石晶一进屋就愣住了，里面已经全部换成部队的营具，父亲背朝门腰杆笔直地坐在椅子上。

石晶小声叫"爸爸"，石光荣动作缓慢地站起来，慢慢转过身。他穿着一身除去领章帽徽的新军装，胸前挂满了勋章。目光中没有了往日的自信、骁悍，斑白的鬓角和消瘦的面容使他显得格外衰老，石晶见了顿时泪流满面。

石光荣目光冰冷地看着妻子儿女说："你们不要老是在这儿转悠，这是我能守住的最后一块阵地了，你们能不能让我好好地在这里待一会儿？"

褚琴六神无主地看着女儿。石晶哽咽着说："爸爸，听妈妈说……"石光荣不耐烦地挥挥手："要哭到外面哭去。"说完，他转过身去。石晶擦干眼泪说："爸，我坐了两天两夜的火车，一路上没吃东西。你陪着我，就咱们两个人在你的阵地上开顿伙好不好？"

石光荣没说话，也没回头。石晶开门出去，褚琴和石海跟在后面。

石晶一头扎进厨房开始忙活，褚琴捂着腮帮子跟着她转。石晶说："妈，你赶紧吃点下火药，到床上躺着去，别在这儿添乱了。"

石晶把洗好的大葱、白菜、黄酱等东西放在一个托盘里面。石海诧异地问："姐，你不是最不爱吃葱蘸酱吗？"石晶说："顾不了那么多了。"

石晶又把一瓶子高粱烧放在托盘上。褚琴叫道："你疯啦？你爸爸这个样子了，你还让他喝酒？"

石晶不理妈妈，端着托盘走出厨房，来到作战室，石光荣背朝门不看她。石晶把托盘放在桌子上，硬拉父亲坐下。父女俩面对面地坐在桌子旁边，石光荣不动桌子上的碗筷。

石晶把白菜叶子摊在桌上，抹酱、卷葱、铺上高粱米打饭包，她笨手笨脚怎么也打不好，石光荣沉着脸坐在对面看着她。

石晶生气了，嚷道："我都快饿死了，你也不帮帮我。"石光荣叹了口气，伸手拽过来白菜叶子卷好一个饭包递给女儿。石晶命令道："你陪我吃！"石光荣说："我不饿！"石晶刁蛮地说："你想把我饿死啊？"

石光荣无奈地卷好一个饭包咬了一口，石晶眼睛中漾出微笑。两人一声不响地吃着，石晶拿起白酒倒了两杯，递给石光荣一杯。

石光荣推开酒杯说："丫头家家的喝哪门子酒？"石晶说："在你的阵地上我不是丫头。"石光荣眼睛在女儿的脸上扫过去说："我从来不跟女同志喝酒。"

石晶看了他一会儿放下酒杯起身出去，石光荣默默地吃着饭包。不一会儿，石晶穿着一身没有领章帽徽的军装进来，胸前戴着一枚勋章。石光荣一愣，眼睛里面冰冷的东西融化了。

石晶含着眼泪在父亲对面坐下，她拿起自己的酒杯低声说："爸爸，为战场，为军人，咱们先干了这一杯！"

石光荣眼泪一下涌了出来，他端起酒杯神情庄重地和女儿碰了杯，两人一饮而尽。石晶又给父亲和自己满上，石光荣主动端起来喝了，石晶也把自己杯中的酒喝了。

石光荣任热泪流淌。

石晶陪着父亲流泪。

翌日清晨，石光荣穿着没有领章帽徽的军装在郊区公路上跑步，来往的汽车不时地遮住他。

石光荣步履稳健地跑着，他跑下公路，上了土路。路边的高粱、玉米整整齐齐地站在田野中，它们在风的吹拂下哗啦哗啦地响着。

石光荣站住脚孤零零地站在路边看着随风摇曳的庄稼，他眼前出现幻觉，挺拔的高粱玉米化作解放大军，他们头戴树枝编成的草帽迈着整齐的步伐走着，解放军军歌声时有时无。

石光荣挺着胸膛在田间小道上走着，仿佛走在千军万马的队列中。突然有人一声吆喝："嗨! 看踩了苗!"

这时，浩浩荡荡的队伍变成茂密的庄稼。石光荣一怔，他精神恍惚地东瞅瞅西看看。一个老农手拿着锄头打量着他问："兄弟，你找啥呢?"石光荣说："这原来是一片荒甸子。"老农点点头又问："你来过这儿?"

"三十三年前我们就是从这儿进沈阳城的。"

老农掏出烟袋锅递给石光荣，他蹲在地头上接过烟袋不客气地抽了起来。老农问："兄弟，有六十岁吗?"石光荣咧嘴笑了："六十? 六十九啦!"老农惊讶地说："六十九啦? 好体格啊!"

"有啥用?"

"下来啦?"

石光荣点点头说："老哥，你这庄稼伺候得好，又整齐又壮实，跟我带过的兵一样。"老农高兴地说："我整天在地头上蹲着，这些苗哪棵哪棵都能认出来了。"

"鼓捣庄稼跟带兵一样，得下功夫。"

"老伴死了，儿子媳妇不孝敬，家里面待着不顺心。我每天天一亮就出来，往这地头上一蹲，心马上就敞亮了。"

石光荣点点头，顺手拿起他的锄头看了看问："老哥，让我耪两下咋样?"老农呵呵笑着说："耪! 愿意耪就可劲儿耪!"

石光荣拎起锄头朝垄沟走去，他倒退着步子锄草，把自己踩出来的脚印都处理掉了。老农背着手欣赏地跟着他看。

老农说："兄弟，你一上手我就看出来了，你干活是个要样的人。"

石光荣笑了。他耪到地头，撩起衣襟擦汗。

老农从水罐子里面倒了一大海碗水递给石光荣，他接过来一口气喝了，喝完了还嫌不解渴，抱起水罐子咕咚咕咚地喝着，喝完后他说："舒坦！有日子没这么舒坦了！"老农嘿嘿笑着说："找块地，弄点儿种，往地里面一撒，包你天天舒坦。"

石光荣叉着腰看着绿油油的庄稼说："上哪里找你这样的好地啊！"老农说："地都一样，就看你咋侍弄了。"

石光荣若有所思地点点头。

回到自家院里，石光荣见褚琴弯着腰细心地修花拔草，她拿起喷壶一株一株地浇着花，便站在一边看褚琴伺候花。褚琴看了他一眼说："真稀罕，怎么想起赏花来了？"

石光荣没回答，他心里打起了主意。褚琴看了他一眼，放下喷壶进屋去做饭。

褚琴做好饭，将饭菜摆在桌子上，冲窗外喊了一声："哎，吃饭了！"石光荣像没听见一样，蹲在花坛边上一动不动。褚琴推门出来说："你到底是吃还是不吃？真没见过你这样的，啥活都不干，吃饭还得叫人请。"

石光荣回过神来，站起来一言不发地跟着褚琴进了屋。

这天，石光荣在院子里的花坛边上蹲着抽烟，他长时间地观察着花坛里面的花。褚琴拎着书包往院子外面走，她纳闷儿地看着石光荣问："我说，你一连两天蹲在这儿到底琢磨啥呢？"

石光荣看了褚琴一眼没说话，她也不指望他回话，径自走出院子。石光荣慢慢站起来像观察前沿阵地一样围着院子里的花走着，他越走越快，最后在地头站定，下定决心似的脱掉外套，伸手薅住一大把花，使劲儿往起一拽，鲜艳欲滴的花朵被连根拔出来扔在地上。

石光荣热火朝天地干着，他把院子里面的花草都拔了扔在院子的中间。不一会儿，院子里面的花草堆成了小山。

石光荣挥舞着铁锹卖力地翻着地，冯政委路过奇怪地看着他问："老石，好好的花拔了干什么？"石光荣头也不抬地说："种地。"

"你这个季节种地还能长出来什么？"

"能长出来什么就种什么。"

冯政委笑着摇摇头走了。

石光荣脱了军装汗流浃背地干着活儿，地已经全部翻好了，他蹲在地旁抽烟歇息。褚琴下班进了院子，她以为走错了门，仔细一端详没错，脸顿时气白了，她大喊了一声："石光荣！你疯了？"

石光荣抬头看了褚琴一眼没说话，扔下烟接着干手里面的活儿。褚琴夺石光荣手里面的锹吼道："你干什么？你究竟要干什么呀！"石光荣扒拉开褚琴说："吵吵啥？种地！没见过吗？"褚琴气得浑身直哆嗦，质问："你种地到外面种去，凭什么把我种的花拔了？"

"你种那破玩意儿能当吃，还是能当喝啊？"

"是缺你吃了，还是缺你喝了？"

石光荣蛮不讲理地说："我不跟你啰嗦，告诉你这是部队分给我的地盘，我愿意种啥就种啥！"褚琴双眼圆睁，上前揪住石光荣的袖子说："石光荣，你我都是有组织的人，咱们找个地方说理去！"

石晶下班回来看见这情景，急忙跑进院子拉开他俩说："你们疯了，在院子里打架不怕人家笑话？"褚琴气呼呼地说："我就是要让大家看看他石光荣是个什么东西，我就是要让大家看看，我在石家过的到底是什么日子！"

石光荣脸色铁青地看着褚琴，石晶连哄带拉地把母亲推进屋子。褚琴坐在沙发上哭诉："你说说这日子还有办法过吗？"石晶拿过来手巾给妈妈擦眼泪，安慰说："妈，爸爸这件事做得是很过分。他下来以后心情不好，你别跟他一般见识，等事情过去了再好好说说他。"

褚琴伤心地控诉说："他心情不好就得让全世界的人一起陪着他哭啊？你说他这个人怎么那么自私呢？他眼睛里面除了自己还有别人吗？我在他眼里算什么？我在他眼睛里连一粒沙子都不如，我要是粒沙子他还得赔着小心把我弄出来呢。你看看他刚才那副样子，手里要是有挺机枪他都能把我突突了！"

石晶生气地说："你跟我爸现在也不知道怎么了，一见面就打，而且每次都是把对方往死胡同里面逼，你们究竟要干什么呢？"

褚琴"哼"了一声说："你问他去，他心里面最清楚。"

"他清楚，我不清楚。"

"他这个人打了一辈子仗，现在不但没仗打了，连领章帽徽都没了，他心里面有火。这股火越憋越大，没办法冲外人去，只能把我当对手。我跟他是两口子，我俩的仗肯定能一直打到最后。打就打，谁怕谁呀？"

"爸爸现在情绪反常，恐怕是更年期到了。你跟他闹，只能闹出乱子，闹不出结果来。"

褚琴看了女儿一眼不说话了。

女儿是贴心的小棉袄，石晶知道怎么安慰母亲。她到厨房一边帮母亲做饭，一边说："妈妈，你不就是舍不得那些花吗？咱们找人在窗前搭个花架子，我给你往家弄好花。什么品种稀罕，我给你往家弄什么，那块地你就别争了。"褚琴绷着脸说："你什么时候都向着他。"石晶跟母亲赔笑脸："你不知道这个世界上永远是明白的让着糊涂的吗？你比我爸明事理，就别跟他一般见识了。"

褚琴"哼"了一声。突然，电话铃声响了，石晶跑出去接电话。褚琴烧锅放油炒菜。石晶进来说："妈妈，我有急事得出去，中午和晚上都不在家吃了。"褚琴着急地说："饭已经做好了！"

石晶来不及回答，着急忙慌地跑出门去。

褚琴把饭菜摆在桌子上，看着作战室的门叫了一声："吃饭了！"作战室里面没人应答，褚琴小声叨咕了一句："爱吃不吃，欺负完人还有功了。"

褚琴一个人坐在桌子旁边吃起来，她吃了两口吃不下去，放下筷子走到作战室门口。门敞着一个缝，从门缝里可以看见石光荣脸冲墙，一动不动地坐在那里，褚琴生气地走开。

翌日上班，褚琴坐在办公桌前看报，她心里惦记着石光荣，根本就看不进去，不由得放下报纸，自言自语地说："跟我耍，我还不知道跟谁耍去呢！"

在单位一整天，褚琴都是心神不宁，下班时她买了菜，急匆匆就往家赶。进屋后，她发现给石光荣留的饭菜还摆放在桌子上，一筷子都没动过。

褚琴走到作战室门口，透过门缝看见石光荣仍旧面壁而坐，雕塑般纹丝未动。褚琴问他，怎么不吃饭？石光荣充耳不闻，根本不搭理她。褚琴扭头进了卧室，躺在床上生闷气。

躺了一会儿，褚琴坐起来听外面的动静，整栋房子里鸦雀无声，她无奈地爬起来穿上衣服开门出去。

客厅的饭桌上，给石光荣留的晚饭还在桌子上面摆着。这老头子竟然闹起了绝食，褚琴觉得事态严重。她在作战室门口呆站了一会儿，转身走进厨房。

夜已深，褚琴在厨房里拿起这个，放下那个，没着没落地不知道做什么才好，她愣了一会儿神，定下心开始和面做饭。她动作麻利地剁肉馅儿包馄饨，将水烧开，下在锅里的馄饨上下翻腾着。褚琴捞了一大碗，兑好调料端出厨房。

褚琴端着香喷喷的馄饨推开作战室的门，叫了声"老石"。石光荣板着脸不看褚琴，她把碗放在桌子上，拿起件衣服给他披上。石光荣不客气地抖搂下来。

褚琴问："你这是跟我斗气，还是跟自己斗气呀？"

石光荣不说话。

"病了，受罪的是你自己。"

石光荣不理她。

"你说你快七十岁的人了，怎么越活越不明事理呢？我辛辛苦苦种的花，你说祸害就给我祸害了，我还不能发发牢骚了？这事要是撂在你身上，你的脚都踹上去了。"

石光荣仍一声不响。

褚琴语气缓和下来："家里面的事有啥商量不了的，不就是想种那块地吗？我让给你种！"

石光荣的脸绷得不那么紧了，褚琴用勺子舀了一个馄饨递到他的嘴边。石光荣说话了："干啥？"

"喂你吃！"

"少来这套！"

褚琴笑着哄劝说："哎呀，吃吧！"

说着，褚琴硬把一个馄饨塞进石光荣的嘴里。石光荣无奈地嚼着，一下子把馋虫勾上来急匆匆地咽了。

褚琴又舀了一个馄饨喂他，石光荣像孩子一样张开嘴吃，他吃得很香甜。老两口一个伸手喂，一个张嘴吃，柔和的灯光把他们的身影投在墙上。

吃完饭，石光荣乖乖地跟着褚琴进卧室，脱衣服上床躺下，闭上了眼睛。褚琴看着石光荣，感慨地叫道："老石。"石光荣睁开眼睛看她。褚琴伤感地说："你看我已经有白头发了，一想快成老太

338

太了，我就害怕。"石光荣说："有我在这儿顶着呢，你怕啥？"

"现在你就没好声没好气地跟我说话，将来我老了，牙都掉没了瘫在床上，你还不知道怎么虐待我呢。"

"到那时候我早就化成灰了，哪有精神头儿虐待你？"

褚琴瞪着石光荣说："咱俩可说好了，只许你死在我后头，不许你死在我前头。"石光荣笑着说："我现在就是活死人。"褚琴一阵心酸："不许你瞎说。"

石光荣不说话了，翻了个身，脊背冲着褚琴。褚琴躺下，睁着眼睛看着屋顶。

屋子里面很静，静得可以听见心跳。

石光荣又翻了个身，脸冲着褚琴，看着她。

褚琴问他，是不是睡不着。石光荣"嗯"了一声。褚琴说，她也睡不着，她去拿安眠药。

褚琴欠身起来要下床，石光荣伸出一只胳膊把她揽过来，搂进自己的被子里面。褚琴服服帖帖地靠在石光荣的怀里，抬头看着他。石光荣却出神地看着屋顶。

褚琴问："想什么呢？"石光荣说："想第一次跟你睡觉的事。"褚琴扑哧一声笑了："好像是一眨眼的事，咱们都老了。"

"老啥？"石光荣不服气地说，他伸出自己的胳膊让褚琴捏他的肌肉，"看看咱这胳膊，再看看咱这腹肌，还跟小伙子一样。"褚琴轻轻地抚摸着石光荣的胳膊，叹了口气说："唉，我老了！"石光荣伸手摸了一下褚琴的脸，说："你可不老，一点儿都不老。这个院子里的女人谁也没你长得带劲。"褚琴心满意足地躺在枕头上，说："结婚这么多年了，这是你头一次说恭维我的话。"

石光荣搂过来褚琴把脸深深地埋在她的怀里。

第十五章　一根藤上两个瓜

石光荣蹲在院子里面仔细地弄着地里的土，他把大土块弄碎了，把小土块用筛子筛了。他已没别的想法，一门心思都在如何种好这块地上。

女大不中留，留来留去留出仇。褚琴最大的心愿就是把女儿嫁出去，她只要逮着机会就跟石晶唠叨。她说，张阿姨的侄子从美国回来了，他是牙医，开了个私人诊所，想从大陆娶个媳妇。石晶一听就心烦，抱怨妈妈跟《花为媒》里面的阮妈似的。褚琴不以为意地说："你看谁家的姑娘快三十了，还一个人满街晃荡呢？"石晶撇撇嘴说："多的是，只不过你不知道就是了。"

"我已经答应人家了。"

"你答应管什么用？"

褚琴绷起脸说："怎么跟妈妈说话呢？"石晶翻了翻眼睛不说话了。褚琴语气缓和下来说："人家看了你的照片相当满意。"石晶急了，说："谁同意你给陌生人看我的照片了？你这是侵犯我的隐私权。"

"什么是你的？你都是我生的！"

"妈，你怎么这么不讲道理？如果你再这样干涉我的生活，我就离开家搬到单位去住！"

褚琴看石晶犯倔，不说话了，娘俩气哼哼地坐在沙发上谁也不看谁。石光荣推门进来看了看她俩像有什么话说，两人板着脸一起看向他。石光荣严肃地对她俩说："以后咱们家的卫生间只许洗脸，不许大小便。"石晶奇怪地问："怎么了？"

石光荣一本正经地说："把大小便都给我弄到便盆里面留着，我要沤肥。"

褚琴和石晶一听脸色遽变，心里有一万个不愿意。褚琴皱着眉问："你要干什么？"石光荣一字一句地回答："攒粪沤肥！"

家里人不支持，石光荣只得另想办法。这天，他穿着一身军装，挑着一挑子粪便从公用厕所里面走出来。过往的干部战士边跟他打招呼，边百思不得其解地回头看。石光荣如入无人之境，抬头挺胸挑着粪桶往前走着。过去的下级看到了，觉得过意不去，非要帮石光荣挑，他大手一挥拒绝了。

褚琴把门窗关得紧紧的，在屋子里来回转圈，时不时走到窗前往外看。

石光荣挑着粪桶进了院子，把粪便倒进挖好的池子里，在上面盖上一层土。褚琴见了一阵干呕，脸色惨白。

石光荣一直忙到傍晚，他脸色平静地把翻好的地里的碎石头捡出来，再把茂盛的野草深埋在地下。干累了，他拄着锹把抬头看看天，一群鸟儿从天上飞过去。

石光荣自言自语："明天又是一个好天哪！"

这时，褚琴拎着包急匆匆地进院喊："老石，老石！"石光荣看了褚琴一眼没说话，接着侍弄地。褚琴满脸喜色地说："石林的媳妇要生了！"石光荣心不在焉地问："啥？"褚琴笑呵呵地说："咱要抱大孙子啦！"

石光荣的眼睛忽然亮了，问道："来信啦？"褚琴抖抖手里面的信，说："儿子来信了，叫咱俩去呢。"

石光荣二话没说抢过来信大踏步地走进屋去，褚琴喜滋滋地跟在他后面边走边说："咱们那没见过面的媳妇还说，她生孩子的时候要是有咱们在身边陪着就什么也不怕了。"

石光荣找到老花镜戴上，仔细看着信上的每一个字。褚琴忙忙活活地收拾着出门要带的东西。石光荣把信放在桌子上，摘下眼镜嘿嘿地笑了。

褚琴问："坐在那儿傻笑啥？"石光荣说："没跟你笑，我跟我大孙子笑呢！"褚琴嗔怪地翻了他一眼说："孙子还没落地，爷爷先乐魔怔了。"

"搁谁谁都得乐！"石光荣看着屋顶憧憬着说，"嗯！我孙子长得讲究，小三件齐齐全全的。秃脑瓜盖子，胳膊腿那肉挤得一道壳挨一道壳，看着就想下嘴咬！"

"你说的是石林小时候。"

"隔辈亲，隔辈亲，孙子比儿子还亲！"

"别在那瞎琢磨了，该拿啥带啥自己也操点儿心。"

石光荣站起来在地上转了一圈，举起手里面的信又看了一眼。褚琴好奇地问："又不是驴拉磨，你在那儿转悠啥？"

石光荣神情严肃起来，把手背在身后又慢慢走了起来。

"你到底是转悠啥呢？"

石光荣站住脚步说："这王八犊子在信上根本就没说一定让我去的话。"

"信上一口一个你们，你还让孩子怎么说？"

石光荣"哼"了一声。

"我要是你啊，给个台阶就赶紧下。"

石光荣白了褚琴一眼。

"你儿子跟你一样都是犟种，能在信上说出这样的话，还不知道怎么为难自己呢！你要是还算个当爹的就别为难孩子了。"

石光荣皱着眉头不说话。褚琴和颜悦色地做工作问："你不是想看孙子吗？"石光荣眼睛里亮光一闪又熄灭了，摇摇头说："我不能为了这个去当孙子！"褚琴生气了："你这个人怎么油盐不进呢？你还让我怎么跟你掰扯？"

"别掰扯，要去你去，我不去！"

"儿子来信叫咱俩去，你不去叫我怎么解释？说你气量小跟儿子记仇一记就是一辈子？"

石光荣绷着脸不说话。

"你真的不想见见大孙子？"

石光荣的神色柔和起来。褚琴见状忙劝道："去吧，你要是不愿意见儿子，咱俩住招待所，咱们把孙子弄到那儿去抱着。"

石光荣不说话了，看得出他在作思想斗争。

褚琴连推带搡地把石光荣推进卧室说："你就别磨叽了，赶紧收拾东西去，晚上还得赶火车呢！"石光荣吃了一惊问："晚上就走？"褚琴说："生孩子的事，只能赶早。"

褚琴说完把卧室的门关上，靠在那里长嘘了一口气。

夜晚的火车站台上，火车头呼呼地喘着粗气，乘客背着大包小包急匆匆地跑过来。石光荣靠在软卧车厢的边座上心神不定地往外看，一会儿站起来又坐下。褚琴问他这是怎么了，他欲言又止。

"不放心你那菜园子？"

石光荣摇摇头不说话。

"石晶不是答应隔一天给你浇一回水吗？"褚琴说着探头往窗外看，"这孩子车都快开了怎么还不来？"

这时，检车员举着小旗从窗下走过去。褚琴打开塑料袋，把里面的东西一件一件地拿出来说："我怕你吃不惯餐车上的东西，特意给你买的烧鸡、猪头肉……"

石光荣打断她的话说："两个旅行包都在包厢里面呢。"褚琴不解地说："我知道，不是刚放进去的吗？"

开车铃声响了，褚琴着急地探头往窗外看，抱怨说："这个死丫头，车都开了，怎么还不来？"

　　石光荣突然出现在车窗口，褚琴一下愣住了，忙问："你……你怎么下去了？"石光荣如释重负地朝褚琴摆摆手，她顿时慌了神。褚琴气急败坏地追到门口喊："石光荣！你要干什么？"

　　石光荣像是没听见，转身就走，和满头大汗跑来的石晶撞了个满怀。石晶吃惊地问："爸爸，你怎么还不上车？"石光荣说："我不去了！"

　　车厢的脚踏板升起来，褚琴站在车厢口大声喊："石光荣，你给我回来！"石光荣大声说："你自己去吧！"

　　"咱们说好了一起去，你不能把我一个人扔在车上！"

　　"我不能去！"

　　褚琴气急了，骂道："你是个逃兵！"石光荣不在乎地说："你爱说啥说啥，反正我不能为了见孙子放弃原则！"褚琴气得眼泪流了出来喊："什么原则？你是害怕面对儿子！"石光荣两眼圆睁大声回答："害怕？啥叫害怕，我石光荣的字典里就没有'害怕'这两个字。我不去是因为我不能投降，我这一辈子就没投过降，跟儿子就更不能投降！"

　　火车咣当一声缓缓开动，石光荣目送怒容满面的褚琴。

　　石晶追着火车大声喊："妈妈，妈妈！路上一定要照顾好自己，到了哥哥那里来个电话！"

　　火车开远了，石光荣孤零零在站台上站了一会儿，扭过头大踏步地走了，石晶在后面连喊带叫地追他……

　　经过几天的奔波，列车驶进昆明火车站。石林和挺着大肚子的老婆穆昆站在站台上，看着从车厢里下来的人。

褚琴拎着旅行包出现在车门口，石林激动地喊了声"妈妈"扑了过去，穆昆跟着过去。褚琴抱着儿子眼含泪花，石林紧紧搂着母亲原地转了一个圈，抬眼睛往她的身后看，母亲身后没有父亲的身影。

石林的眼睛立刻暗淡下来，他声音有些颤抖地叫了一声"妈"。

穆昆拖着笨重的身子扑过来拉着褚琴的手叫"妈妈"，褚琴神情激动地答应着。穆昆往四周看了一下问："爸爸呢？"

褚琴眼泪差点儿流了出来，她竭力忍住情绪……

一进石林家，褚琴顾不上休息就从旅行包里面翻出来一个大包，里面是给孙子准备好的小毛衣、鞋和玩具，石林和穆昆围着母亲好奇地看。

褚琴说："这些都是我晚上看电视时织的。"

穆昆拿起一只小鞋放在自己的手里，惊讶地问："这么小？"

"孩子一落生比男人的鞋底子大不了多少。"褚琴看了一眼石林，"石林早产，生下来的时候更小，像只猫崽子。我看着他都犯愁，总叨咕这小人儿，啥时候能长大呀！要说累，那可是真累。累一天少一天，一天天这么熬下去，他成人了，我也老了。"

穆昆同情地看着婆婆。

褚琴看着石林埋怨说："细想想，受那么多的苦，遭那么多的罪，生下他有啥用？一点儿济都得不着，净跟着生气。"石林笑着说："妈，你这么说不客观，哪能光生气啊？"褚琴说："高兴的事记不住了，能记住的都是生气的事。"

"那还不如就都忘了呢。"

"我忘管啥用，有人记着呢！"

穆昆看了丈夫一眼忙转移话题说："妈妈，你拿这些旧秋衣秋裤干什么？"褚琴说："用开水烫烫给孩子做尿布。"穆昆说："尿布我们已经买了。"褚琴摇摇头说："你们哪，啥都不懂。这旧秋衣秋裤最好使唤，又软和又吸水，孩子垫上这个尿多少都不会把屁股淹了。"穆昆边听边认真地点点头。

褚琴满屋子转着检查坐月子应该准备的东西，说道："你这鞋不行，底子太硬，月子里穿了将来脚后跟疼。"穆昆忙不迭点头。

褚琴看了看穆昆，让她把头发剪短了，月子里面好打理。穆昆说，洗头不费事。褚琴神情严肃地告诫她，月子里面不能洗头，洗了以后脑袋疼。

石林在一旁嘿嘿直笑。褚琴白了儿子一眼问："你笑什么？"石林说："妈妈，你变得我都不敢认了。"褚琴担心地问："妈真老成那样了？"石林说："不是老了，是性情变了，婆婆妈妈的跟农村老太太似的。"

穆昆揉了石林一下，怪他说话不好听。

褚琴笑了笑："当妈的可不都这样吗，越老嘴越碎。不过你们也别拿妈的话不当事，这月子里坐下病是一辈子的事！"石林不解地问："你生我的时候整天在车上跟着队伍东奔西走，不也没落下什么病吗？"褚琴叹了口气说："有病还能跟你说啊？我那是赶上战争年代没办法！"

说完，褚琴转身进了厨房，石林跟在后面。

褚琴在厨房巡视了一圈，摇摇头叹气说："看看这家哪还像过日子的，要啥没啥！"石林说："我一年有八个月下部队，穆昆一个人在家的时候就吃食堂。"

"你跟你爸一样，女人嫁了你们什么都指望不上。唉！穆昆没妈，她生了孩子，你一定要好好疼她，别像你爸似的，一退六二五净当甩手掌柜的。"

石林沉默了片刻问："爸爸他……"褚琴生气地打断说："你要是想让我高兴，就别跟我提他！"石林不敢再问了。褚琴气哼哼地说："本来说得好好的，临上车了他突然变了主意。几天的火车，他就把我一个人扔在火车上。"

"他不是冲您，是冲我。"

"你们爷俩前世肯定是冤家！"

石林看了一眼妈妈没说话。

褚琴苦口婆心地劝道："石林，你也是马上要当爸的人了，你不希望将来你和儿子的关系也跟你们爷俩一样吧？"

"妈妈，我让你和我爸来就是要扭转这个局面嘛！"

"你知道你爸要脸儿，你就不能先回家看看他？"

"以前我是生气不想回，后来是怕爸爸不给我面子不好意思回，现在是从心里面想回没有时间回。"

"再忙也得回家！"

"我们团守着西南线的主要前线，团里面事情太多，不是老兵退伍就是新兵进团。再不就是搞集训，一年一年的总是走不成。"

"百分之五十的实话，那百分之五十是你自己给自己找的借口。你是从心里面打怵回家，怕爸爸不给你台阶下。"

石林尴尬地挠挠脑袋没说话。这时，穆昆慌张地叫喊："妈妈，妈妈！"褚琴答应着问："穆昆，什么事啊？"

"妈妈，你来看看我这是怎么了？"

褚琴和石林慌忙跑出厨房，原来穆昆在卫生间出了状况。褚琴走进卫生间查看过穆昆的身体，把她搀起来对着石林喊："已经破水了，赶紧叫车去医院！"

石林傻傻地看着她俩，一时手足无措。褚琴喊道："愣着干什么，还不快去？"石林听了撒腿便跑……

穆昆生了一个大胖小子，一家人喜笑颜开。褚琴每天都跑菜市场，心里想的净是如何给儿媳妇加强营养好下奶。见了面吵，不见面又想。这天，褚琴手脚麻利地在厨房熬鸡汤、焖米饭，她自言自语地说了一句："那老东西也不知道这些日子净吃什么呢。"稍一分神，锅里面的汤溢了出来，褚琴忙掀开锅盖。

石光荣除了会做疙瘩汤，其他啥都不会做。他端着一大海碗疙瘩汤，蹲在地上狼吞虎咽地吃着，好好的厨房被祸害得一片狼藉。

穆昆搂着婴儿在床上熟睡。褚琴坐在椅子上看着桌上的电话，她犹豫了一下，伸手拿起电话，拨了号又挂断。她默默地坐在椅子上发呆。

石光荣在院子里拎着水龙头给地里的苗浇水，突然屋里响起电话铃声。他忙扔下手里的活儿，拔腿就往客厅跑。石光荣抓起电话就嚷："喂，褚琴吗？"电话里的女人说："参谋长，我是小李，老干部处的。"

石光荣的精神头儿一下没了，他对着话筒"嗯""啊"听了一会儿，放下电话自言自语地说："什么茶话会，人都被退货回家了还有啥可聊的？喊！"

石光荣拿起身边的报纸看了两行又放下，愣了一会儿神，嘟囔了一句："你说这人，也不来个电话，孩子到底生没生啊？"

一天，石晶在办公室边收拾文件边对助手说："这是一例抢劫杀人案，案情极其复杂，案犯作案手段极其残忍，公安局刑警大队追着案犯跑了大半个中国才把他擒拿归案的。"

这时，陪审员进来说："审判长，走吧。"石晶点点头说："走。"

陪审员告诉石晶，案犯已经押解到了，他一进一号庭神色就变了。石晶说，在押的犯人们都知道，一号庭是重刑庭。

法庭里庄严肃穆，石晶正襟危坐在国徽下面，身边是陪审员，旁听席上稀稀落落地坐着几个听众。抢劫杀人犯被带上来，他身体强壮，眼露凶光。

石晶一脸威严地宣布："现在开庭！"

杀人犯抬起头，眼睛像野兽一样直盯盯地看着石晶。

休庭十五分钟，众人纷纷起来走出去，审判庭里面只剩下石晶、庭警、犯人和为数不多的几个旁听者。杀人犯突然开口问："你是叫石晶吗？"石晶一怔答道："我是叫石晶。"

杀人犯脸上透出绝望，两眼像锥子一样扎在石晶的脸上。石晶警觉地问："你要干什么？"杀人犯说："我要尿尿！"庭警喝道："老实点！"石晶说："这是他的权利，让他去尿。"

庭警把杀人犯从围栏里面放出来，押着他往外走。石晶收拾好材料，夹在腋下也往外走去。杀人犯走到和她相距几米的地方，突然飞身跃起，挥着手铐朝石晶的头上砸去。

石晶大惊，忙闪身躲过。杀人犯再次扑过来，用手铐套住石晶的头，拼命地往后面勒着。石晶被勒得两眼直往上翻，几乎窒息。庭警边掏枪边按响警铃。

说时迟那时快，一个年轻人飞身跃过两排座椅，扑到杀人犯身上，只一拳下去，他就像一个麻袋一样瘫软在地上。

石晶捂着脖子不住地咳嗽着，年轻人拎着杀人犯的脖领子往外拖。杀人犯挣扎着不走，破口大骂："我整死你这个臭女人！落到你手上的人没有几个不挨枪子的。我今天就是死也要拉上你做垫背的！"

全副武装的警察跑步进来，架上杀人犯走了。那个年轻人沉着脸朝门外走，石晶赶上去谢他："同志，谢谢你！要不是你帮忙，还不知道要出多大的乱子呢！"

不料年轻人怒气冲冲地指着石晶的鼻子说："你们这些人的素质也太差了！"

石晶一愣，不知道他哪来的邪火。年轻人又指了指石晶的法官服问："穿这干啥？是为了好看吗？"

"你……"

"别审过几次案子就觉得自己真的不得了。什么法官，我看你是绣花枕头！"

石晶的脸色变了，质问："你怎么这样说话？"

"告诉你，为抓这个罪犯，一个刑警受了重伤，至今还在医院里面躺着呢！现在这个罪犯就要接受法律制裁了，你作为审判法官竟然能被他戴着手铐轻而易举地勒住了脖子，你不害臊，我替你害臊！"

年轻人说完，气哼哼地走了。望着他的背影，石晶脸一阵红一阵白，气得说不上话来。

晚上回到家里，石晶憋着一肚子火儿。她在灯下看书，心烦意乱地看不下去，把书扔在床上。她抱膝坐在床上想白天发生的事儿，越想越生气，抓起电话拨号。电话接通后，她劈头就说："张处长，我是石晶。"张处长问："石晶，有事吗？"

"我想学擒拿格斗，你能给我介绍个地方吗？"

"现在的年轻人都在四处找舞场跳舞，你怎么别出心裁地学起擒拿了呢？"

"你到底帮不帮忙？"

"帮忙，帮忙！这么着，你明天到刑警大队去，那里有个训练场，我跟他们队长通个话。"

石晶答应了一声刚撂下电话，石光荣就探脑袋进来问："丫头，你妈有信吗？"石晶一针见血地问："想我妈了？"石光荣一脸尴尬。

翌日，石晶来到刑警大队，在刑警队长的带领下参观训练馆。穿着运动衫的刑警们在刻苦训练，有的把一人高的沙袋一次次地摔在地上，有的在练对打。石晶跟在刑警队长的身后边走边看。

刑警队长问："受得了这样的苦吗？"石晶说："我当过兵，不怕苦。"刑警队长朝人群里喊道："成栋全，你过来一下！"

那个叫成栋全的刑警跑过来，他和石晶一照面，两人都愣住了。刑警队长问："你们认识？"石晶镇定下来，绷着脸说："见过一面。"

"你们认识就不用我再介绍了，石晶要学擒拿功夫，我就把她交给你了。"刑警队长对成栋全说，他扭脸又对石晶说："成栋全是队里技术最全面的，你们好好聊聊。局里面还有个会，我就不陪你了，有事给我打电话。"

刑警队长说完，和石晶握握手走了。石晶和成栋全面对面地站在那里，谁都不说话。成栋全打破僵局说："你这人还挺上进的啊。"石晶严肃地问："成老师，我先做什么？"成栋全下令说："跑步，围着操场跑完五千米再说。"

石晶二话没说，转身朝外面走去。

石晶把外套系在腰上，步履轻盈地在操场上跑着。成栋全透过训练馆的玻璃窗子看着她，目光中流露出一点儿欣赏。

石晶跑回训练馆向成栋全报告，五千米跑完了。成栋全饶有兴致地看着她问，经常跑步？石晶点点头。成栋全问，在哪儿养的这好习惯？石晶干脆利落地说，部队。

成栋全眼睛一亮，热切地问："你当过兵？"石晶冷着脸，不接他的话茬儿，严肃地问："成老师，下面做什么？"成栋全只好重新严肃起来，下令说："压腿。"

石晶把腿放在把杆上，毫不费劲儿地把身子贴在腿上。成栋全目瞪口呆地看着她又问："练过？"

石晶动作利落地把两条腿轮番踢过头顶后，站在成栋全的面前说："这一关要是过了，咱们就再练别的吧。"

成栋全自尊心受挫，生了自己的气，开始跟石晶较劲："做五十个俯卧撑。"

石晶就地趴下，动作准确地做起了俯卧撑。成栋全大声地数数，刑警们围过来看热闹……

石家院子里的蔬菜长得绿油油的煞是好看，石光荣戴着草帽，蹲在垄边一根一根地薅草，褚琴背着大包小包走进院子。石光荣愣了一下，高兴地喊："哎，你回来啦？"

褚琴不理他，径直推门进屋。石光荣扔下手里面的活儿，脚步匆匆地跟了进去。褚琴收拾自己带回来的东西，石光荣举着两只泥手坐在沙发上看着她。石光荣问："咋不打个招呼呢？我好接你去。"褚琴没好气地回答："劳驾不起。"

石光荣不说话了，点着一根烟看着褚琴在地上走来走去地忙活。褚琴一言不发，等着石光荣问她昆明的情况。

石光荣不好意思张嘴问，死等着褚琴主动说话。褚琴把几张照片放在桌子上，石光荣想看照片又拿着劲儿，他屁股抬了一下又坐回去。

褚琴气得直咬牙，绷着脸把照片收罗起来朝卧室走去。石光荣心里空落落的，呆呆地看着她的背影。

石光荣回到院子里，心不在焉地站在地头上，时而蹲下时而又站起，摸摸这儿，碰碰那儿，不知道自己应该干什么。

褚琴从屋子里出来，拎着书包朝外走。石光荣忙问："你去哪儿？"褚琴说："家里面连油都没有了，真不知道你们这日子是怎么过的。"

见褚琴走远，石光荣愣愣地蹲了一会儿，他突然站起来大踏步地朝屋里走去。他小心翼翼地推开卧室的门，被对面的墙吸引住了。墙上贴着褚琴带回来的儿子、儿媳和孙子的照片，照片上的人都喜气洋洋地看着他。

石光荣走到照片前细细地端详着自己的儿子、儿媳和孙子，石林成熟英俊，孙子浑圆结实。石光荣笑了，伸出手去摸孙子露出来的小鸡子。

褚琴突然开门进来，石光荣吓了一跳，忙把手缩回来。褚琴嗔怪地说："想看就看，遮遮掩掩的干什么？"石光荣控制不住情绪，重新凑到照片跟前说："这小子跟我想的一样。"褚琴没好气地说："你还会想啊，我以为你是用石头做的呢！"

"你这人咋一说话就挑衅呢？"

"我挑衅？你不说说你做的那事！儿子接站的时候看见你没来，难受得一路上没说话。"

石光荣理亏，不说话了。

"儿媳妇虽然没说什么，心里面对你这个公公能没想法吗？"

石光荣把目光转向照片，脸上隐现笑模样。褚琴说："石林他们正在搞科技大练兵，儿子是抽空去接站的。"石光荣问："他说啥？"褚琴气呼呼地说："说啥，摊上你这么个爹他能说啥？"

褚琴说完，开门出去，石光荣忙跟出去。

褚琴埋头擦洗打扫房间，石光荣坐在沙发上抽烟，他的眼睛紧紧盯在褚琴的身上。褚琴问："我身上又没蜜，你老盯着我干啥？"石光荣嘿嘿笑着说："你可真行，撒出去就不回来了！"

"要不是惦记班儿上的事，我才懒得进这个家呢！"

"我就那么招人硌硬？"

"你还招人稀罕啊？"

褚琴把一包东西放在桌子上说："这是石林给你的。"石光荣看着那包东西问："是啥？"褚琴说："这是有关现代战争的书，这是国外几大战役的录像带，他让我带给你。说现在国内国外的军事科学已经有了突飞猛进的发展，想让你了解一下。"

石光荣"哼"了一声："啥意思？给他老子上课吗？"褚琴生气地说："你怎么越长越回陷，好赖不懂呢？"石光荣沉下脸说："黄嘴丫子还没褪尽就来叼他爹，太嫩了点吧！"褚琴气得喊了一声："石光荣，你七十多岁的人了，还不如个孩子！"

石光荣"哼"了一声起身走了，褚琴怒气冲冲地看着他的背影。

褚琴走进厨房，差点儿崩溃了，忍不住唠唠叨叨地收拾起凌乱不堪的厨房。石晶回家听见厨房有动静，走过来见是妈妈，叫了一声扑过来搂住褚琴，两只脚在地上兴奋地跳着："妈妈，你可回来了。"褚琴笑着掰开女儿的手说："别那么没正形。"

"见到爸爸了？"

褚琴不快地"哼"了一声。

"你不在的这段日子，他天天问我你妈啥时候回来，都快把我问疯了。"

褚琴心一动嘴上却说："问我干啥？"

"想你了呗！"

"你这丫头，怎么这么没大没小？"

"妈，你说你们俩多奇怪。在一起就吵架，分开了又想得不行，见不得又离不开，书上说的冤家就是你们吧？"

褚琴举起手吓唬女儿说："你找打是不是？"石晶嬉皮笑脸地问："告诉我嘛，你和爸爸到底是怎么回事？"褚琴手脚麻利地干着活儿说："怎么回事？我上辈子欠他的！"

石晶说："妈妈，给弄点好吃的解解馋吧！"褚琴在她的额头上狠狠地点了一下说："我上辈子也欠你们的！"

这天，石光荣正给地里的苗松土。褚琴神情沮丧地从外面回来，她站在石光荣的背后盯着他一声不吭。石光荣的心思都在禾苗上，没有察觉到她情绪低落。

褚琴声音颤抖地叫了一声"老石"，石光荣站起来转过身看着她问："干啥？"

褚琴不答，眼圈却红了。石光荣左右看看，没发现自己做错什么事情，不耐烦地问："又咋的啦？"褚琴声音低哑地说："我下来了。"石光荣不解地看着她问："啥？"

褚琴无比悲伤地说："团里面精简整编，我被通知提前退休了。"石光荣一愣随即平静下来说："退休就退休吧。"褚琴哭出声，哽咽着说："我十六岁当兵，在这个团里面工作了三十多年。就这么让我下来了，我想不通！"石光荣说："军令不可违，想不通也得执行。"

褚琴委屈地抹眼泪，石光荣转身薅草去了。哭着站了一会儿，褚琴觉得挺没意思的，步履沉重地往屋子里面走。石光荣叫住她说："喂，我说，要不你和我一起伺候地吧。"

　　褚琴咣的一声把门推开，摔门进了屋。她和衣躺在卧室的床上看着屋顶，片刻之后，爬起来把影集找出来一页一页地翻着。

　　照片上年轻的褚琴在行军路上打着竹板鼓舞士气，她演歌剧时英姿飒爽，她穿着军装英气勃发……抚今追昔，能不黯然？

　　褚琴抬起头，镜子里映出她苍老疲惫的脸。眼泪一滴滴落在照片上，她捂着脸呜呜地哭起来，声音由小到大，最后号啕出声。

　　院子里，石光荣戴着老花镜认真地给地里开花的黄瓜授粉。

　　夜晚，褚琴心情平复下来，坐在沙发上看电视，播出的是徐玉兰和王文娟演的越剧《红楼梦》。

　　褚琴被剧情牢牢地吸引住了，她手里面攥着手绢，热泪满腮唏嘘不止地跟着林黛玉的唱词哭着。

　　石光荣从外面进来，坐在沙发上斜着眼睛看看电视，又看看褚琴。褚琴打开手绢擦眼泪，石光荣趁机把电视换到别的频道上。褚琴两眼通红地瞪着他问："你干什么？"石光荣说："你把着电视机看了两个小时，该轮到我看了。"

　　褚琴板着脸把电视频道调过来，石光荣冲过去又换回来。折腾了半天，等褚琴再次把电视频道调过来，《红楼梦》已经演完了，她气得把电视关了，坐在沙发上生闷气。

　　石光荣重新把电视打开，一个频道一个频道地过着，后来停在一个播出解放战争画面的频道上。看了几眼，石光荣就鄙夷地撇撇嘴说："仗是这么打的吗？净扯王八蛋！"褚琴拱火说："不愿意看回屋睡觉去，谁请你看来着？"

石光荣不理她，接着换频道。

褚琴叨咕道："按吧，按吧，早晚你把电视按得没色了。这个电视机好像就是你一个人的，看完新闻联播，看军事天地，再不就看怎么消灭病虫害。冯政委家的保姆还能选个频道看看呢，我在这个家连保姆都不如。"

电视里出现日本和中国的女子排球赛的画面，宋世雄正在为激烈的球赛做着解说，石光荣和褚琴都看进去了。

女排队员丢了一个球，石光荣和褚琴一起喊出了声。

石光荣指着电视骂："真是一代不如一代，我们小米加步枪就打败了小日本，国家大米白面供着你们吃，既不用流血，也不用牺牲的，咋就连小日本打过来的球都看不住呢？"

画面里郎平扣球得分。石光荣拍着大腿叫："扣得好，像咱东北丫头！"褚琴撇撇嘴说："人家是北京的。"石光荣说："是咱中国人的拳头就行。"

石晶推门进来问："爸，你喊什么呢？在外面就听见你的大嗓门儿了。"石光荣指指电视说："快坐这儿看，中国队对日本队的比赛。""不能看，现在我一看见人摔跤就浑身哪儿都疼。"石晶说着凑到褚琴身边坐下，"妈，你给我揉揉脖子和后背。"

褚琴边给石晶捏边关心地问："扭着了？"石晶点点头。

"干什么扭的？"

"闹着玩儿扭的。"

"你都多大了，还这么没深没浅的。"

"妈，你使点儿劲儿行不行？"

石光荣说："她没劲儿，爸爸给你捏。我们行军打仗那会儿，就这样互相捏着解乏，可管用啦。"

石光荣过来给女儿按摩。石晶疼得叫起来："爸,你轻点儿。"石光荣说："我没使劲儿啊。"

"还没使劲儿呢,我的骨头都快碎了。"

"你咋这么娇气?"

石晶站起来说："行了,行了!我不捏了!"石光荣摇摇头说："那不行,治病得彻底。"石晶忙往屋子里逃,石光荣伸手抓住她的胳膊。石晶一只手拉住门框边笑边喊："妈妈救命啊!"褚琴忍不住笑了："没大没小的,你们能不能不闹?"

石晶回屋躺下,翻一下身都疼得忍不住哼出声。她咬牙切齿地骂:"成栋全,你不得好死!"

第二天,石晶依旧穿着运动衣站在成栋全的面前。成栋全说:"今天咱们学擒拿,你抓我的手腕。"

石晶伸手去抓,成栋全机灵地闪开;她不服气又抓,成栋全身手敏捷地躲开,来回十几次都落空了。石晶求胜心切心里发急,动作失误更多。成栋全绷着脸训斥道:"你这个人怎么这么笨呢,就是傻子也该看出个门道来了。"石晶两眼冒火地看着成栋全,他却毫不在意,不客气地说:"盯着我脸干啥?看手上的动作!"

成栋全教石晶翻腕子,他有力的手一次次狠狠地扣住石晶纤细的手腕。疼得石晶头上汗珠子直冒,她咬着牙挺着。

石晶不服输,训练一直持续到晚上。成栋全教石晶摔跤,他一次次地把石晶背起来狠狠地摔在地上。石晶被摔得头晕眼花,她挣扎了两下没爬起来。成栋全吼道:"快起来!罪犯可不会陪你在这儿歇着的。"

石晶爬起来刚站稳,成栋全又冲过来,石晶忍无可忍不满地用眼睛翻他。成栋全毫不讲情面地说:"想做我的学生就得经受精神和肉体的双重磨炼，受不了就直说，别来这儿装样子。"石晶两眼冒火，她强压怒火上前两步说："你受得了，我就受得了，来吧！"

石光荣在院里给蔬菜浇水，只见褚琴在前面带路，一个小战士扛着一台彩色电视机跟在她后面，两人走进院子。石光荣诧异地抬头看了看他们，褚琴理也不理带着小战士进了屋……

崭新的电视机安放在卧室的角落里，褚琴舒适地躺在床上看着喜欢的电视节目。石光荣走进来打量着电视机明知故问："新买的？"褚琴挑衅地反问："怎么啦，有意见？"石光荣点点头说："一人一台，这个想法好！"

石晶在客厅喊："妈，吃什么饭啊？"褚琴赶紧爬起来，边出门边说："这个电视剧真好看，弄得我把做饭这事都忘了。"

石光荣站在电视机前皱着眉头看着，这是一部香港电视剧，男女主人公正在情意绵绵地诉说爱情。石光荣气哼哼地把电视关了说："再这么扯犊子，我一枪一个，把你们都毙了！"

石晶借了一套教擒拿格斗的录像带，她在客厅里跟着画面动作一招一式地比划着，看了一遍又一遍，总是不得要领。石光荣见了，好奇地问："看这玩意儿干啥？"石晶将他推到一边说："爸爸，快去给你的菜抓虫子去吧，别在这儿搅和。"

石光荣听话地出去了，石晶放慢播放速度，一帧一帧地看。她眼睛瞟着画面，伸胳膊踢腿认真地学着。石光荣假装进来拿东西，偷眼看她练。石晶发现了，又把父亲推出去。

石光荣探头进来说："你那种打法碰上我这种没套路的就抓瞎了。"石晶半信半疑地看着父亲，石光荣说："不信？那你出来跟我过两招。"

石晶来到院子里的空地上，和父亲相向而立。石光荣说："你先摔我。"

石晶扑上去抓住父亲的双肩，他一反手把石晶撂倒在地上，石晶爬起来高兴地叫："再来一次！"

尽管石晶这次加了小心，却仍被石光荣撂倒。她爬起来崇拜地问，这绝招是跟谁学的？石光荣得意扬扬地说，跟小鬼子搏斗的时候练的。

石晶缠着父亲说："爸，你得把这一招教给我，我说什么也得学会了！"

石光荣极有耐心地手把手地教女儿实战擒拿，石晶心里憋着一口气，学得格外卖力认真。父女俩暴土扬灰地练起来，褚琴出来看见这一幕十分生气，大声喊："你们一老一小的还有点儿正经的没有，耍猴给外人看哪？"

父女俩练得很投入，谁也不理她，褚琴气得摔门进屋。石晶捞着一个空子扳住父亲的脚，她使劲儿想掀翻他。褚琴瞅见又从屋子里冲出来喊："撒手，爸爸七十岁的人了，你别把他摔坏了！"

只见石光荣腿往下一压，另一条腿轻轻往起一挑，石晶一屁股蹲坐在地上。

石光荣得意地哈哈大笑起来。

傍晚时分，训练馆里刑警们热热闹闹地打沙袋、练器械。石晶打扮得干净利落地走进来，站在成栋全的面前。成栋全命令石晶先去热身，她自信满满地说，不用，这就开始吧。

成栋全一愣，心里纳闷儿她哪来的这般自信。石晶像豹子般敏捷地进攻，成栋全沉着应战。谁想石晶冷不丁闪到成栋全背后，来了个踹膝封喉，成栋全差点儿背过气去。石晶大喊了一嗓子："看准了，这是学生送给你的下勾拳。"

成栋全四仰八叉朝后倒去，倒的半途中又一个鲤鱼打挺蹦起来。他火冒三丈地冲过来，伸手揪住石晶。石晶机敏地甩开了他搭在肩上的手，身子一拧贴了过去，出腿就是一脚，将成栋全的左腿凌空挑起。

成栋全平衡能力极好，那条被挑高的腿开始往下压。石晶的腿迅速从他的腿下撤出来，飞快地向后撩去。成栋全的左腿反方向又一次被凌空撩起来，他仍旧没有倒下去。

说时迟那时快，石晶落下右腿，脚尖紧紧扣住成栋全的左脚跟，用膝盖朝他的小腿狠狠地撞去，成栋全再也稳不住身子，朝后摔倒在垫子上。

石晶两手抱在胸前得意地看着他，成栋全起来讪笑着说："再有点儿劲就好了，这是啥招？"石晶抬着下巴看着他说："野路子！"

"哪儿学的？"

"无可奉告。"

石晶得意扬扬地上下打量了一眼成栋全说："老师不如学生，对不起，以后我不再来了。"说完，她背着书包转身走了。

成栋全被晾在那里，刑警们一阵哄笑。成栋全顾不了那么多，忙追了出去，石晶已踪迹皆无。

回到家里，石晶躺在床上看着屋顶想起训练馆那一幕，扑哧一声笑了，自言自语道："成栋全，再叫你臭美！"

深夜，褚琴胃病犯了，她翻来覆去地睡不着，捂着胃坐起来低声呻吟着。石光荣睡得很熟，毫无察觉，呼噜声震耳欲聋。

褚琴挣扎着下地翻开抽屉找药，杯子里没水，她把药艰难地干咽下去，然后上床重新躺下，难受地在床上翻腾着。

窗外一声闷雷，石光荣的呼噜声戛然而止，风裹着雨噼噼啪啪地打在窗子上。

石光荣一骨碌坐起来，掀开窗帘往外看了一眼，穿着裤衩背心跳下地冲了出去。

褚琴不知道发生了什么事情，坐起来掀起窗帘往外面看。

只见穿着裤衩背心的石光荣顶着雨，满院子跑着给地里正在开花的黄瓜秧子苫塑料布。褚琴气得躺倒在床上，在石光荣眼里，她活得还不如地里的黄瓜。躺了一会儿，她心疼老头子，只得又爬起来，一只手捂着胃开门出去。

院子里面挂满了给黄瓜遮雨的塑料布，被雨淋得像落汤鸡一样的石光荣手里面举着一块塑料布给角落里面的一棵黄瓜秧遮雨。褚琴打开门冲石光荣大声喊："你不要命啦？"石光荣抹了把脸上的雨水大声回答："黄瓜刚开花，架不住这么大的雨。"

褚琴跑进雨里往回拉石光荣，石光荣用力甩开她的手说："睡你的觉去，在这瞎掺和啥？"

褚琴差点儿摔倒，踉跄几步站住，她气急败坏地大声喊："浇死你才好呢，你要是死了我哭一声都不姓褚！"说完摔门进屋。

石光荣不理褚琴，举着塑料布全心全意地守护着自己的黄瓜苗。

大雨哗哗地下着。房门又开了，褚琴夹着线毯，拿着雨伞走出来。她把线毯披在石光荣的身上，把伞张开遮在石光荣的头顶上。

石光荣回过头心满意足地看了褚琴一眼，她却狠狠地白了他一眼。老两口像一对造型奇异的雕像伫立在大雨里。

第十六章　火候难掌握

翌日，石光荣穿着军装、戴着草帽把桶里的粪水一瓢一瓢地浇在菜地里，石海背着书包进院跟石光荣打招呼："爸爸。"

石光荣"哼"了一声接着上肥，石海被臭味熏得逃进屋子。

褚琴拿着空气清新剂满屋子喷洒着，看见石海进来忙说："快把门关紧了，你爸爸是不想让我活了。"石海坐在沙发上问："姐姐没回来呢？"褚琴没好气地说："每天天一亮就走，半夜才回来。还不能问，一问就炸。真是姑娘大了不能留，留来留去留成仇。你说她二十七八了也不交男朋友，这心理上是不是有问题了？"

"我看姐姐很正常。"

"那是你妈妈不正常了？"

"我可没这么说。"

"石海，妈妈白疼你了！"

石光荣推门进来，石海站起来脱外套。他看着窗外转移话题说："爸爸，您把院子里面的菜伺候得真好。"

石光荣满意地"哼"了一声。

褚琴冷嘲热讽地说："你爸爸现在心里面只有那些菜，我在他眼睛里面还不如架子上的一根黄瓜呢。"石光荣说："别没事找事啊！"褚琴说："你眼里啥是事儿？你老婆胃疼死都不算事！"石光荣抽着烟不说话。

石海关心地问："妈妈，您不舒服了？"

"那两天我胃疼，疼得晚上翻来覆去睡不着，折腾了半夜你爸连眼都没睁。"

石海息事宁人解释说："我爸觉好。"褚琴气呼呼地说："觉好？那雨点刚落在菜叶子上他醒了，你说他七十多岁的人就像魔怔似的穿着背心裤衩蹿出去，举着塑料布给黄瓜架子挡了一宿雨。"

石海强忍着不笑。

褚琴接着诉苦："我那么难受早上还得爬起来给他打豆浆买油条，就这样他连一句问我好没好的话都懒得说。"石光荣不以为然地说："病了找大夫，我又不是大夫，问了能给你开药啊？"褚琴怒道："你不能给我开药，怎么能给黄瓜打伞呢？"

石海终于忍不住扑哧一声笑了。

石光荣生气了："我愿意给它打伞，你咋的？"褚琴讥讽说："你愿意伺候它，让它给你弄饭吃去！"

石光荣不愿意听，站起来开门出去。

褚琴抱怨说："我也是共产党员，凭啥就得当丫环伺候他？"石海安慰说："你俩一辈子不都这么过来了吗？"

"过去我俩都上班，在一起的时间不多。现在没事干了，两个人在一座房子里面天天脸对脸地看，真是越看越不顺眼。我总想我怎么跟他在一起过了一辈子？"

"妈妈，这是你有问题了。"

"他欺负了我一辈子，我倒有问题了？"

这时，电话铃响了，褚琴接电话："喂，石海？他在，你是哪一位？"

石海从妈妈手里面拿过电话问："喂，谁呀？"

话筒里传来一个女孩子的声音："我，栗颖。晚上有时间吗？中央芭蕾舞团来演《天鹅湖》，我买了两张票。"

石海想了想说："我不知道晚上是否有事，如果没有，下午五点钟我给你打电话。没接着电话你就找别人看去吧。"

褚琴两眼紧盯在儿子身上，石海挂了电话。

"谁给你来的电话？"

"我们学校的。"

"石海，我看你的女朋友换得也够勤的。你这样对自己不好，对人家也不好。"

"她们来找我，大家在一起聊聊天，怎么就成女朋友了？"

"好，好！我不管你。不过你得告诉妈妈，你到底喜欢什么样的女孩子？"

石海想都没想地回答说："我姐姐那样的。"

褚琴吃了一惊问："她？她没心没肺的有什么好？"

"我姐姐哪儿不好？跟你说，我身边的女孩子没有一个能比上她的。我姐姐的漂亮是由气质做主宰的漂亮，她的漂亮是从骨子里面渗出来的，一群女孩子走在一起，不管姐姐穿着什么，别人的目光都要先落在她的身上。我姐姐很聪明，很少有女孩子像她这样聪明的，她的聪明是大聪明，已经快接近智慧了。"

石晶悄悄走进屋，躲在门旁边偷听。

"我姐姐很勇敢，在这一点上，她跟爸爸一样。"

"什么勇敢，我看她是二百五。"

石海不理妈妈的话茬儿，接着说："姐姐热情、真诚，这一点跟爸爸很像。"

褚琴不满意了，问道："这么说我就不热情真诚了？"

"姐姐的容貌像你，性格像爸爸。你俩各占二分之一，你就别争啦！"

褚琴想想也对，不说话了。

"一般的女人一旦理性就不那么热情了，她既有理性又保留着那么好的天性，这是非常难得的。"

石晶被夸得受不了，她晃晃荡荡地走出来，嬉皮笑脸地问：

"石海，你这是夸谁呢？这么好的同志说什么也要介绍给我认识认识。"褚琴吓了一跳，瞪了石晶一眼说："你怎么这么没正形呢？"

石光荣抱着一捆小葱、小白菜进屋说："新鲜的，百分之百的农家肥，你们放心吃吧。"石晶慌忙接过来父亲手中的菜说："我去洗。"褚琴叮嘱说："先用洗洁精泡，再放水冲。我一想那臭味儿就恶心。"

石光荣白了她一眼说："没有大粪臭，哪有五谷香？"褚琴撇撇嘴说："你要是想让大家吃出五谷香来，就去洗个澡，把这身衣服换了。"石光荣皱着眉说："你这个人就不能看见我高兴，我一高兴你就来事！"褚琴说："是你不让大家高兴。"

石晶劝解说："爸、妈，石海好不容易回来一趟，你们能不能别吵？"石光荣把脖子一梗说："我吵？是她追着我找茬儿。"石晶连推带拉地把父亲推进洗澡间关上门。石海说："爸和妈已经把吵架当成运动了。"石光荣推门出来问："你说啥？"

石海分析说："爸爸，你打了一辈子的仗，每场战斗都是公开地向对手挑战，从来不会使用谋略，包括你和妈妈之间的战争都是以硬碰硬，这说明你不是一个称职的军事家。"石光荣瞪着眼睛看着又问："你说啥？"

石海解释道："这还不明白吗？你生活得不高兴，这不是别人的问题，是你自己的问题。人应该学会角色转换，这样才能适应社会，适应生活。你总让别人适应你，这就是政治上幼稚的表现。"

石光荣吃惊地看着儿子。

石海接着说："政治是人类社会最高级的社会生活形式，它首先淘汰的是单纯和理想主义。谁做事情都是有目的的，为了达到自己的目的，你必须得学会运用各种不同的方法，什么是唯物主义？

这就是唯物主义。"

石光荣像看陌生人一样地看着儿子说："你别给我扯这主义那主义的，我革命了这么多年，经历的主义多了。我对政治有自己的理解，我按照军人的标准做人已经做了几十年，就是到死也不会改变。只要是对手我就公开地向他挑战，打不服就接着打！"

石海说："你不应该死守着已经过时了的观念，革命是前进。凡是逆社会潮流而动的，都不能称之为革命。"

石光荣梗着脖子朝石海喊："你老子脑袋掖在裤腰带上革命了一辈子，轮不上你在这儿跟我讲革命道理！"

"现在时代不同了，世界观价值观有了很大的变化，你不能总用自己那套标准来衡量现在人的思想行为。"

"时代不同了，马列主义还在不在，光明磊落还在不在？"

"你这是偷换概念！"

"我看你这个兔崽子是找揍！"

褚琴把儿子推进房间说："你少说两句！"石晶把父亲重新推回到洗澡间，说："爸，你快洗吧！"石光荣挣扎着要出来又被石晶推进去。

院里的蔬菜长得好，石光荣心里很舒坦。他蹲在地里间白菜苗，干得认真而细心。

石光荣把间下来的小白菜用水冲干净捆好，然后将一捆一捆的小白菜放在柳条筐里。他挑起两筐新鲜的小白菜来到军区大院路口，看见过往的熟人就叫住，递上一捆鲜嫩的小白菜说："尝尝，这是我自己种的，百分之百的农家肥喂大的。"

熟人高兴地接过来赞不绝口地走了。

石光荣兴致勃勃地往远处看着，等待着下一个熟人。褚琴在他身后不远的地方很生气地看着他。

　　傍晚，石晶背着书包从法院大门里出来。成栋全推着自行车突然出现在她面前，感叹说："你总算出来了。"石晶一怔，随后绷起脸问："找我有事吗？"成栋全笑着说："找你聊聊。"石晶冷冷地说："说吧。"成栋全说："咱们边走边聊。"

　　说完，成栋全朝前面走去，石晶警惕地跟在他的后面。

　　"你真的不再去上课了吗？"

　　"不去了。"

　　成栋全问，为什么？石晶告诉他，理由她那天已经说了。成栋全不信，说那是借口。石晶不耐烦地说，她这个人做事从来不需要借口。

　　成栋全看着石晶，笑了："你很讨厌我。"石晶点点头说："你的感觉很准确。"

　　"我就那么讨厌？"

　　石晶不客气地数落说："你是我见过的男性当中，最没有教养、最不懂得尊重女性的一个。"

　　成栋全吃了一惊问："真的？"

　　"你这个人自负、霸道，做事总是以伤害他人的自尊心为乐趣。我相信除了你母亲以外，再也不会有一个女性愿意跟你打交道，我也在这些女性当中。我从心里面希望以后再也不要见到你！"

　　成栋全愣了半天不知道该说什么，石晶头也不回地走远了。成栋全追上石晶说："你这人够损的啊！把我骂了个狗血喷头，却连个还嘴的机会都不给我留。"

　　石晶说："是你求着我说的，一切后果自负。"

成栋全又卡壳了。石晶继续往前走，成栋全推着自行车跟着她。石晶绷着脸问："你跟着我干什么？"成栋全做虚心状说："听你教诲。"

"我跟你无话可说。"

成栋全生气了："跟你说，我成栋全长这么大，还从来没有一个女人敢这么数落我呢！"

"那是你不敢给她机会。"

"我怎么敢给你这个机会呢？"

"这得问你自己。"

石晶的伶牙俐齿让成栋全难以招架，他觉得自己掉进了套子里，窘得没词对答。石晶见状骄傲地扬起了下巴。

成栋全愤愤地说："别那么自以为是，你有什么了不起啊？"

"我没说我了不起。"

"你这脾气是不是被男人惯出来的？"

石晶生气地质问："你什么意思？"成栋全不屑地说："女人就是女人，远看有差别，近看都一样，谁也脱不了俗，是我自己看走眼了。"石晶火了，怒道："真可笑！你以为你是谁？温莎公爵吗？告诉你，我还真不用你抬举我，我就是个俗女人，你别在这雾里看花浪费时间了。"

一辆公共汽车从他们身边开过去，石晶不想跟成栋全纠缠，拔腿去追公交车。成栋全气不忿，边追石晶边喊："站住！你给我站住！"

过往的行人好奇地看着他俩，公交车在站牌前停下，人们拥向车门口上车，石晶试图往前挤。成栋全追上来，让石晶把话说清楚。石晶躲避他，离开车门朝前面跑去。

夕阳中，石晶在人行道上跑，成栋全骑着自行车追。路人不明所以，都惊讶地看着他俩。

石晶一口气跑出了城，沿着郊区的一块菜地跑，成栋全在马路上紧追不舍。

郊区的公路上只有零星过往的车辆，石晶跑得满头大汗、气喘吁吁。成栋全望着石晶苗条矫健的身影，悠然自得，脸上浮现出欣赏的笑容。

石晶一不小心，脚踩在一块石头上，她站立不稳，短促地叫了一声跪在地上。

石晶抱着一只脚蜷在地上，疼得气都喘不上来了。成栋全扔了自行车，穿过菜地跑过来问："怎么了，崴脚了？"

石晶嘴里吸着凉气说不出话来，成栋全关心地伸手去拿石晶的脚，石晶推他不让他动。成栋全把石晶的手扔到一边说："不让动怎么知道伤得轻重？"他扒下来石晶的鞋袜用手捏着，石晶疼得大叫。

成栋全说："没伤着骨头，是筋扭着了。我先给你简单揉揉，回去再用药酒好好揉揉。"

成栋全动作熟练地揉着石晶的脚踝，石晶疼得龇牙咧嘴。

成栋全问好点儿没有，石晶强忍着疼痛点点头。成栋全给她穿好鞋袜，弯下腰让她搂住他的脖子。石晶犹豫地看着成栋全，他武断地催她快点儿。石晶没动，心想凭啥要听他的。

成栋全说："别说咱俩还不是敌人，就是敌人也得把你弄回去先治伤啊。"

石晶万般无奈地把手搭在成栋全的肩膀上，他让石晶搂紧点儿，不然会摔着。

石晶两手搂住了成栋全的脖子，他像抱孩子一样，双手托起她，大踏步穿过菜地朝马路上跑过去。

成栋全将石晶扶到自行车后座上，蹬着自行车往回骑。自行车一颠，石晶就忍不住哎哟一声。成栋全说："自找的，谁让你跑了？"石晶反驳说："谁让你追了，看不出来我烦你吗？"

"看出来了，我是为了让你转变看法才下力气追的。"

"没用，我对你的看法已经根深蒂固了。"

"我会用自己的实际行动叫你改变看法的。"

"别那么幼稚了。"

"你成熟，那你来改变我。"

"俗话说，江山易改，本性难移。我有改变你的工夫把江山改造了好不好？"

"再顶嘴我把你从车子上扔下去。"

"不用你扔，我自己跳下去。"

石晶说完就要往下跳，成栋全赶紧拉住她。成栋全摇摇头说："你是煮熟的鸭子肉烂嘴不烂。"石晶得意地说："我这是决不向阶级敌人妥协！"

"我动嘴不如你。"

"你动手也不如我。"

成栋全笑了，问道："你的那一套擒拿术是跟谁学的？"石晶不回答，成栋全再三追问。石晶说，是她父亲教的。成栋全好奇地问，她父亲是干什么的。石晶说，种菜的。成栋全摇摇头，说石晶骗他。石晶不动声色地说，骗他好玩儿吗，她父亲本来就是种菜的。

成栋全载着石晶在人流里骑着自行车，走到十字路口他停下来问："朝哪边拐？"石晶说："你把我放在公用电话旁边吧。"成栋全说："你这个人太奇怪了，能让我把你从二十五里外的地方带回来，就不能让我把你送回去吗？你看看现在几点了，已经半夜十二点了。"

石晶看了他一眼不再坚持，说："那好，朝右拐吧。"

来到石家门口，成栋全放好自行车，搀着石晶走进院子，石晶跳着一只脚往前蹦，她抬头看，客厅里的灯还亮着。石光荣听见动静开门出来，大声问："石晶吗？"石晶回答："是我，爸爸。"

石光荣看见女儿被人搀扶着回来，吃了一惊问："咋的啦？"成栋全替石晶回答："不注意把脚崴了。"石光荣说："看看，还麻烦人家把你送回来。"成栋全忙说："不麻烦。"石光荣问："小伙子贵姓？"成栋全自我介绍说："我叫成栋全，公安局刑警大队的。"

石光荣高兴地说："快进屋，屋里面坐。"成栋全客气地说："太晚了，不打扰了，改天我再来。"石光荣真诚地说："一定来啊，我这儿还有好酒呢！"

成栋全答应着走了，石晶瞪了爸爸一眼说："你怎么净瞎热情啊。"石光荣说："我咋瞎热情啦？这小伙子不错，看着就带人缘。"石晶被爸爸扶着进了屋子。

翌日，石晶一瘸一拐地到医院挂号看脚。她拿着药方取了药，吃力地走在医院长长的走廊里。人来人往，太阳从走廊两侧的玻璃窗里射进来，闪着金灿灿的光。

妇产科的门口有一个穿着军装的男人背影有些眼熟，他焦急地来回走动着。

石晶的目光被吸引住了，她盯着那个背影看。

那个军人站在门口不动了。石晶如雷击顶，呆立在那里。那军人的背影置身在阳光之中，手里面拎着产妇用的东西，全神贯注地盯着妇产科的门。

石晶的心一阵猛烈收缩，她努力克制着自己一步一歪地向那军人走去。

石晶在心里说："我无数次设想过和他再次重逢的情景，怎么也没想到会在这儿见到他。"

妇产科的门开了，助产士走出来喊："七床生了，是个男孩。"

那军人喜悦地转过身来，石晶怔住了，这是一张陌生的脸。她如释重负，突然走不动了，脸色苍白地靠在墙上。

那军人从石晶身边走过去，她忍不住冲他微微一笑，他还以微笑。

石晶慢慢走进自家院子，一抬头愣住了。只见成栋全和石光荣在院子里收拾着地里面的菜，两人边说边干配合得十分默契。

成栋全看见石晶，忙迎上来说："我今天正好有空就过来了，想陪你去医院看看脚。伯父说你自己去了，我不知道你去的是哪家医院，所以就没去接你。"

石晶不冷不热地看了他一眼，朝屋子里走去。成栋全跟在她的后面问："医生说什么了？"石晶说："跟你说的一样。"成栋全得意地说："我说得没错吧。我们刑警大队的人办案子经常受伤，个个都是半个大夫。你看，我拿来了一瓶我们自己泡的药酒，特别管用。来，我给你揉揉。"

"不用你揉！"

"你是跟我出去的时候受的伤，我不能不管。"

石晶严肃地问："谁跟你出去了？"成栋全笑着回答："是我跟你出去了。"石晶懒得跟他纠缠，坐在沙发上，成栋全抓住她的脚给她脱鞋。

石晶拒绝说："别这样，我爸我妈看见不好。"成栋全说："看不出来，你这个人这么封建。"石光荣满脸笑容地进来说："揉脚啊？来，我给你当助手。"

石晶目瞪口呆地看着他俩。石光荣按住女儿的腿，成栋全熟练地用药酒揉着。褚琴从外边回来，纳闷儿地看着他们三个。成栋全站起来恭恭敬敬地叫了声："伯母。"褚琴答应了一声说："别客气，坐下吧。"

褚琴在对面沙发上坐下，用挑剔的目光上下打量着成栋全。石晶斜视着妈妈，知道她要开始调查户口了。

果不其然，褚琴问成栋全在什么单位工作，多大岁数了，家里还有什么人。成栋全一五一十如实相告，他二十四岁，在刑警大队工作，家里有爸爸妈妈和三个哥哥。褚琴对石晶的抗议充耳不闻，继续问成栋全，爸妈是干什么工作的。成栋全面带微笑，客气地回答，爸爸在煤气公司工作，妈妈是食品公司的会计。

褚琴意味深长地"噢"了一声，石光荣腻歪地看着褚琴。石晶坐不住了，一瘸一拐地往院子里走，成栋全忙起身相随。

石晶和成栋全站在黄瓜架下面说话，石晶歉意地说："我妈那人就这样，你别生她的气。"成栋全笑着问："这有什么可生气的？"石晶不客气地说："不过我还是希望你以后不要来了。"

成栋全见怪不怪地看着她。石光荣听见这话，从屋子里走出来对女儿严肃地说："石晶，你咋越活越浑蛋了呢？别说这小伙子现在也是我的朋友，他就是个旁人你也不能这样说话。"

训完石晶，石光荣转脸对成栋全说："给我老实待着，晚上我还要请你喝酒呢。"成栋全笑呵呵地说："行啊，反正我今天也没事，就在这儿陪您喝酒。"

石晶斜了成栋全一眼，进屋去了。

成栋全对石光荣说："那边的黄瓜架子上还差两根绳子。"石光荣说："我拿来了。"石光荣和成栋全收拾着黄瓜架子。

"伯父，你的菜种晚了。"

"不怕，过两天我给它们搭个大棚。"

"这个想法好，冬天来了照样有菜吃。"

石光荣边看着成栋全干活边说："过两天我就去买材料，你过来帮帮我。"成栋全高兴地答应着说："没问题。"

"我那儿子叫他妈惯成秧子了，这些活儿根本就指望不上他。"

"您有什么活儿就招呼我，只要我没出去执行任务肯定过来。"

石光荣满脸笑容地答应着，他看着成栋全迟疑了一下问："我那丫头倔，脾气不好。"成栋全点点头说："我知道。"

"跟她交往不容易，得掌握住火候。火小了夹生，火大了嘎巴锅。"

成栋全注意地听着，默默记在心里。

"火大火小，你自己看着调节，就是别撤火，一撤火灶就凉了。"

成栋全频频点着头。

"这丫头是个顺毛驴，戗茬就炸。不过，你也别太顺着她，男人太面了她瞧不起。"

成栋全听到这儿，头上的汗出来了。石光荣探究着问："打退堂鼓了？"成栋全说："除了我妈以外，我还没认认真真地跟女性打过交道呢。"石光荣问："喜欢我闺女？"成栋全脸红了一下，痛快地回答道："她是我喜欢上的第一个姑娘。"

石光荣夸奖道:"小伙子,有眼光,在我的眼里还没有哪个丫头能比上我闺女呢。你也当过兵,就是没打过仗也看见过军事演习。这搞对象也跟攻守阵地一样,拼的是勇气、智慧和耐力。"

成栋全豁然开朗使劲儿点头。石晶站在玻璃窗子后面,生气地看着他们。这爷俩比父子还亲,聊得很起劲儿。

这天,忙完地里的活儿,成栋全一头扎进厨房,利落地把排风扇拆下来,放进烧开了的碱水里洗着。褚琴感叹说:"这东西自打挂上就没擦过,石晶他爸从来不进厨房,我又够不着。挺脏的,快,我来吧。"成栋全贴心地说:"阿姨,别沾手,我一会儿就洗完了。你们家电器上的插板和插头都老化了,使起来很危险。我下次来的时候给你们换一下。"褚琴频频点头说:"行,行!"

成栋全把排风扇清洗干净放在一边,倒掉脏水,抹干净地上的污渍。

褚琴满意地看着他问:"你跟石晶是怎么认识的?"

"她到我们刑警大队跟我学过擒拿术。"

"什么术?"

成栋全很通俗地解释说:"制服犯人用的功夫。"褚琴张口结舌地说:"这丫头魔怔啦?"这时,石光荣喊:"成子,你过来一下。"

成栋全答应着跑了过去。

石晶躲在自己的房间生闷气,小声嘀咕说:"看叫得亲的,好像是你亲儿子似的。"她走到窗前往外看,成栋全在院里帮助石光荣缠绕绳子,往起竖架子。

石海背着书包进来,他纳闷儿地看着成栋全。石光荣给他们相互介绍:"这是石晶的弟弟石海,他叫成栋全,是你姐姐的朋友。"

成栋全走过来跟石海握手,笑盈盈地问,今天休息?石海点点头说："你们忙，你们忙。"说完进了屋。

石晶躺在床上看书，见石海进来，她高兴地坐起来问："怎么两个礼拜没回来？"石海郁闷地说："爸一见我，就把那张脸耷拉得一晚上都看不到头，我懒得回来。哎，姐，外面那个人是怎么回事？"

"什么怎么回事？"

"爸说他是你的朋友。"

石晶生气地说："爸还跟我说，那人是他的朋友呢。"

"到底是怎么回事？"

"你问他去！"

"有一点是可以肯定的，这人是冲你来的。"

石晶若有所思，不说话了。

石海分析说："过去妈妈往家给你领男朋友，爸爸总是躲得远远的，生怕招惹是非。这一回主动往前扑，这老两口要是合计好了打个联手，你肯定是在劫难逃。"

石晶用鼻子"哼"了一声："他们夫妻俩已经把自己那点儿婚姻生活弄得乱七八糟的了，哪还有资格给别人做婚姻指南？"

石海点点头说："批判得对！"

石晶断然说："我就是一辈子不结婚，也不能听爸和妈的话。"

"姐，我看那个成栋全还过得去，不像以前的那些人，不是太猥琐就是假清高。他实实在在、不卑不亢，是个自信的男人。"

"他不是我喜欢的那个类型的男人。"

"你们女人就是爱生活在自己制造的幻觉当中。当发现现实并不是那样的时候，好日子已经过去了。然后就顾影自怜，凄凄哀哀，怨声载道。"

"我就那么愚蠢？"

"我是怕你陷入愚蠢。"

"你到底想说什么？"

"你喜欢胡达凯，那个胡达凯是不是真心喜欢你呢？"

石晶一愣，她不敢深究。

"他如果心里面有你，为什么一直不给你来信？为什么这么多年一点儿动静都没有呢？"

"我跟你说过，他离开了骑兵团，我转业了，我们彼此失去了联系。"

"这不是理由。如果你心里面有一个人，你想找他，不管天涯海角总是能找得到的。"

"怎么找，说得轻巧！"

"我要是他就能找到你。首先打电话或者写信到你们原来的通信连，查出来你转业后的通信地址。然后再到这个地方去打探，上天入地我也能把你挖出来。"

石晶不说话了，她已找不出反驳的理由。

"姐，不管你和院子里的那个家伙怎么样，都得把胡达凯忘了。如果你不把心上的这块石头搬掉，你这辈子就与爱情无缘了。"

石晶默默地看着窗外。

石光荣和成栋全坐在黄瓜架子下面抽烟聊天。石光荣问，这两天进展得咋样了？成栋全满不在乎地说，石晶不理他。石光荣意味深长地笑了笑。

成栋全说："她越这样，我倒越觉得搞对象这事挺有意思。"

"咋个有意思法？"

"以前有人给我介绍过对象，也有女孩子主动跟我来往，我总是提不起兴致，觉得这件事挺没意思的。认识石晶以后这种感觉都没了，我和她往一起一站，脑子就进入高度兴奋状态，她太聪明了，我稍稍不小心就会被她抓住尾巴，然后骂个狗血喷头。"

石光荣哈哈大笑。

"她激活了我身上的所有细胞，跟她在一起我觉得生命力非常旺盛，所有的感觉器官都敏锐起来。每天早上睁开眼睛一想起'石晶'这两个字，就觉得活着更有意义了。"

石光荣忍不住又笑了。

"伯父，你笑话我！"

"笑话你？当年我追她妈的时候，比你邪乎多了。"

成栋全眼睛一亮问："真的？"

石光荣告诉成栋全，男追女隔座山，要拿出打仗攻山头的劲儿来，绝不能认尿。

聊着聊着，成栋全聊起他在部队当兵的事儿。他枪打得好，在连队被人称作"枪圣"，没人能跟他比枪法。轮上休息，他背着一挎包子弹在各班之间串来串去，求战士们跟他比赛打枪。他觉得不崇尚习武的军队就像被劁了的男人一样。

石光荣听后哈哈大笑："你咋跟我像从一根肠子里面爬出来的？我这个人啥都不会干，就是枪使得好，我喜欢会使枪的人。在战场上从射击的架势上，就能看出来是老兵还是新兵。新兵手里要是有一支快机，准是一搂到底，一匣子连发，打的是气势，打的是壮胆，打的是痛快；老兵一般都是点射，少的两三发一个点，多的四五发一个点，要的是准头。"

石光荣说着站起来，捡起来一根棍子忘形地比画着说："我们那时候射击凭的是手法和感觉，换匣也快。最后一发子弹还在空中飞着的时候，左手拇指已经按住退弹钮，右手摸出新弹匣，擦着落下的空弹匣就拍进匣仓里面了，就势一带枪栓，子弹顶入枪膛。这时候那个空弹壳才落在地上。"

成栋全羡慕得直咂吧嘴。

"现在的兵没有机会上战场了。不上战场的兵能忙活啥？整天像没头苍蝇似的乱飞。"

"伯父，我有一支 JW-20 型的半自动运动步枪和一支双筒猎枪，下星期咱俩出去打兔子去。"

石光荣笑得直咳嗽："打兔子？我打了一辈子仗，老了老了打到兔子身上去了。"

"对不起，伯父。"

石光荣摇摇手说："没事，没事！我只是觉得好笑。"

石晶从屋子里面晃出来，看着他们。石光荣突然有了主意，小声说："你叫她跟你出去。这丫头打得一手好枪，比你差不到哪里去。"成栋全很是意外，问道："真的？"石光荣得意地冲成栋全眨眨眼睛说："我的种嘛。"成栋全兴奋地连连点头。

褚琴出来冲成栋全说："你不是要做干烧鱼吗，鱼我收拾好了。"成栋全说："聊天聊得忘了，我这就去！"

成栋全跑进屋，褚琴跟了进去。

石晶走到石光荣面前问："爸爸，你跟他聊什么呢？"石光荣狡猾地回答："没聊啥。"石晶盯着父亲的眼睛探究说："没聊什么，怎么说这么半天呢？"

"你盯着我们来着？"

石晶矢口否认："我才懒得看呢。"

"这小子枪琢磨得地道。"

石晶看着父亲还想听下文，他却不说了，站起来往屋子里走。石晶叫住他，石光荣问有啥事。石晶问，就聊了这些事？石光荣"啊"了一声。

石晶警告说："爸，我不许你掺和我的事。"石光荣装傻问："你的事，你的啥事？"石晶白了他一眼进屋了，石光荣偷偷地笑。

成栋全手脚麻利，不一会儿，就将餐桌摆满了，大家围在一起吃饭。

石海赞不绝口："成哥，你这手艺能到饭店里面当大厨了！"石光荣频频点头："好，好！看着就想动筷子。"褚琴说："你爸这人在吃上是最没有品位的。"石光荣不以为然地说："啥品位不品位的，好吃下饭就行！"

褚琴对成栋全说："他这一辈子就喜欢吃肉，而且是吃那种一咬溅满嘴油的红烧肉。这院子里面比他年轻的人都不敢碰这东西了，怕心血管硬化，胆固醇高，他可不忌这个口。"

石海说："我爸爸身体好，他的七十多岁可不是天天上医院量血压、捏胳膊捏腿的七十岁。在我的记忆里面，他连医院都没去过。"

石光荣纠正说："去过，部队进城后我一共去过两次医院，两次都是因为你妈生孩子。"

大家一起笑。只有石晶像个外人一样，一声不响地吃着饭。

成栋全像主人一样，用公筷先给别人夹一筷子菜，然后不动声色地把鱼身上最好的部分夹到石晶碗里。石晶想不吃，可是那鱼实在是美味，忍不住吃了。成栋全见了脸上喜滋滋的。

石光荣说："这鱼做得好吃。"石海纳闷儿地问："爸爸，你不是不喜欢吃鱼吗？"石光荣反问："谁说的？"

褚琴揭石光荣老底，说道："你就是不爱吃鱼嘛！家里面一吃鱼你就生气，说鱼满身是刺，一根一根地挑，真想抽它耳光子，不如啃两个猪爪。给你买点虾做着吃吧，你连筷子都懒得伸，说我又不是鸡，不吃这小虫子，拿走！"

成栋全听得大笑，石光荣也嘿嘿地笑了。餐桌上快乐的气氛石晶视而不见，她吃饱站起身离开桌子，回了自己的房间。

吃完饭已是傍晚，成栋全到厨房帮助褚琴洗刷碗筷。褚琴说："看得出你在家什么活儿都干。"成栋全说："我工作忙，回家的机会不多，只要有机会就多帮我父母做一点儿事儿。"褚琴感叹说："你妈比我有福气，我的这两个孩子一点儿都不知道疼我，这么大了还处处让我操心。"成栋全笑着说："你们家的气氛好，孩子和大人很平等。"

"平等？你没看出来那老头在家里是个霸权主义者？"

"没有，我看石晶和伯父说话的时候，很放松，想说什么就说什么。"

"一物降一物，那是石晶，就有本事叫她爸没办法跟她把那张脸绷起来。老头对儿子就不行了，点火就着，犯了错误决不原谅。我们家的事情你也知道，老大被他整得连家都不回；小儿子回来也是能躲着他爸就躲着他爸。他就疼女儿，女儿怎么数落他，他都不生气。"

成栋全由衷地说："石晶那人就是叫人没办法跟她生气。"

褚琴"噢"了一声，意味深长地看着成栋全。成栋全挠挠头笑了。

夜深了，石晶躺在床上看书，门外传来电视机里的声音。石晶竖着耳朵听了一会儿，忍不住穿鞋下地悄悄走出去。

客厅里只剩下成栋全和石光荣两个人，他俩坐在沙发上聚精会神地看电视，里面播放的是第二次世界大战的纪录片。石晶不客气地问："这么晚了，你还不回家？"成栋全说："看完这个片子就走。"

"走吧，我送你。"

成栋全站起来跟石光荣道别："伯父，我走了，有空再过来。"

石晶和成栋全一前一后出去，石光荣若有所思地看着他们的背影。

石晶将成栋全送出军区大院，两人在路灯下慢慢地走着。石晶明知故问："你为什么要到我们家来？"成栋全直言不讳地说："想看到你。"

"我不想看你。"

"我知道。"

"知道还来？"

"不来对不起自己，我长这么大，从来没对一个女人这么感兴趣。"

石晶皱起眉头问，感兴趣？成栋全忙改口说，不，是喜欢，很喜欢。石晶问，喜欢她什么？成栋全看着她反问，这还用一一列举吗？石晶一本正经地说："我这个人喜欢奉承，你还是说出来吧。"成栋全真诚地说："你聪明、漂亮，这是大家都喜欢的，我也喜欢。不过这对我来说是第二位的。"

"第一位是什么？"

"你是我见过的最有韧性、最不整景的女人。女人不整景的本来就少，漂亮又不整景的那就少而又少，我是把你当珍品来对待的。"

石晶被夸得心里高兴，说道："挺会拍马屁的。"

"这不是拍马屁，是实话。"

"你在法庭上第一次见我的时候喜欢我吗？"

"不喜欢。"

"什么时候喜欢上的？"

"你跟我学擒拿的时候，我开始注意你，你把我撂倒以后，我就决定追求你。"

"你追求女人就是这样的吗？"

"暂时没有别的方法，以后通过学习可能会有所改进。"

石晶把脸扭到一边偷笑。成栋全不解地问，为什么不喜欢他？石晶皱起眉头，凭什么非得喜欢他。成栋全拿石晶一点儿办法都没有，他换了个说法，问石晶喜欢什么样的男人。

石晶想了想说："温和、文雅、懂感情，骨子里很男人气。"

"你见过这样的男人吗？"

"见过。"

成栋全点点头说："明白了，你以前的男朋友就是这样的人。"石晶不高兴地问："为什么是以前的？"成栋全说："你现在没有男朋友嘛！"

石晶沉默不语，她现在不想谈论这个话题。

"在你没找到符合标准的男朋友之前，可以先和我试试。"

石晶态度果断地说："不行！"

"怎么不行？"

"我是绝对不会找你做男朋友的。"

"为什么？"

"你比我小三岁。"

"这又怎么了，马克思还比燕妮小四岁呢。"

"他们有共同的东西。"

"你连看都懒得看我一眼，怎么就断定我们没有共同的东西呢？"

"有一点是我最不能容忍的，你这个人性格粗鲁。我们家有我爸爸这样一个性格粗鲁的人就足够了。"

成栋全笑着说："我看你跟他相处得很好。"石晶强调说："他是我爸爸。"

"你可以把我当亲人使嘛！"

"你这个人怎么这么讨厌呢？"

"没办法，在喜欢你这件事上，我对付不了自己。"

石晶气笑了，这个男人死缠烂打真是烦人。

"你说咱俩之间没有共同的东西，这不客观。"

"咱俩有什么共同的东西？"

"枪打得好！"

石晶一愣，暗想一定是父亲在替这家伙出谋划策。

成栋全兴致勃勃地说："下星期天我开车带你到山里面打兔子怎么样？"石晶问："你有枪？"成栋全得意地说："一支半自动运动步枪和一支双筒猎枪。"石晶的眼睛亮了："子弹多吗？"成栋全大咧咧地说："让你随便打。"

石晶痛快地回答："我去！"成栋全高兴地说："我不是听错了吧？"石晶白了他一眼说："不，是我答应错了。"成栋全慌忙讨饶："别，别……"

星期天眨眼就到了，成栋全借了一辆军用吉普车行驶在郊区的公路上，石晶坐在副驾驶上望着车窗外。车里播放着部队歌曲联唱，成栋全愉快地跟着吹口哨。

石晶问："你自己出来打过猎吗？"成栋全说："没有，队里面太忙，总是抽不出来时间。"

"现在怎么就有时间了呢？"

"过去我总替有老婆的和有女朋友的值班，现在不行了，我也有自己的事情忙活了。"

石晶不接成栋全的话茬儿，不给他顺杆爬的机会。

"我在部队的时候，常跑到附近的山涧里面去打蜗牛。那里的蜗牛有鸭蛋那么大，我一枪一个把它们全钉在地上。子弹打完了，心情就好了。"

"你也有心情不好的时候？"

"我在部队代理排长干了三年，总是不给我转正。"

"为什么？"

"说我是单纯的军事观点。"

"看来你的枪法不错。"

吉普车停在山下，成栋全和石晶从车上下来。石晶挎着半自动步枪，成栋全拿着双筒猎枪，身上背着双肩背的背包，俩人朝山里走去。成栋全问："你怎么带这么多东西？"石晶说："这还多，我恨不得背上长出俩驼峰来。"

成栋全哈哈大笑，他真心喜欢这个幽默又倔犟的女人。

不知不觉间两人走进了山里，前面是光秃秃的崖壁。成栋全说，翻过这里有一条近路，他先过去。说完，他助跑几步，攀上崖壁。

成栋全的手死死地扣住岩石缝隙，动作敏捷地朝上爬去，石晶吃惊地看着他。

成栋全很快就爬上崖顶，他把绳子扔下来冲石晶大声喊："拴在腰上，我拉你上来。"

　　石晶眼睛里闪烁着兴奋的光，她动作麻利地把绳子拴在腰上，冲崖上的成栋全做了个好了的手势。成栋全拉绳子，石晶手脚并用像一只机灵的松鼠一样往上蹿。

第十七章　敲不开的心门

成栋全弯腰伸手拉住石晶的手，她借势跃上崖顶。两个人站在崖顶上，白云飘在他们的头顶，风把他们的头发吹向脑后。两个人一动不动地站在那里，享受着大自然的抚慰。成栋全小声问："美不美？"石晶轻轻点点头。

休息了一会儿，两人决定下山打野兔。成栋全像是打了鸡血，在前面跳跃着往下蹿，石晶稳稳地跟在后面。成栋全不时回头看石晶，她让成栋全放心，她掉不了队。成栋全由衷地夸道："你真了不得，一般人是跟不上我的。"石晶说："我当兵的时候，部队就驻扎在山里，在那里唯一的娱乐活动就是爬山。"

这时，一只兔子从石晶的脚下蹦起来，仓皇逃去。成栋全摘下枪就要打，石晶大喊一声："别打！"

成栋全一愣的工夫，兔子早蹿得没影了。他不解地问："说好了来打兔子，怎么见了兔子不让打？"石晶说："那是一只怀了孕的母兔子。"

成栋全充满感情地看着石晶，她不自在地躲开他的目光，问道："这样看我干什么？"

"这里的每一只兔子都是有背景的，不是在热恋中，就是刚下完崽子，或者正在准备下崽子，这么慈悲下去兔子还怎么打？"

"那我们就不打兔子。"

"打什么？"

"我有办法。"

石晶在前面带路，成栋全跟着她登上了湖边的山坡。太阳照耀着安静、凝重的水面，远处蒸腾着雾气，鸟儿在四周欢唱。

石晶背着枪一路在前，她的步子极有弹性。成栋全跟在后面，欣赏地看着她苗条健康、生机勃勃的背影。

石晶从背包里面掏出了一袋子苹果递给成栋全命令道："拿出你投弹的本领来，使劲儿往远处扔，扔到水里面去。"

成栋全用尽全力把苹果扔进湖里，苹果溅起几小簇水花转悠着漂在水面上，石晶摘下肩上背着的枪。成栋全要帮忙，石晶摆手拒绝，他便坐在旁边抽着烟看着石晶。

石晶单腿跪地，动作果断准确地组合着那支"折叠式"步枪，她一手向后拉出长长的装弹管"喂"子弹。成栋全被她女战神一样的形象激励着，差点儿控制不住自己上去拥抱她。

石晶似乎感觉到了什么，抬头看了成栋全一眼。他被她的眼神牢牢地钉在地上。石晶问："你的脸怎么那么红？"成栋全不自在地摸了一下脸说："晒的。"石晶说："你这支枪的观赏价值不亚于它的实用价值，是支好枪。"

成栋全放松了，他得意地瞟了一眼渐渐漂远的"苹果阵"，问石晶："你什么时候开始打枪的？"石晶说："大概五六岁。"成栋全惊讶地说："那么小？"

"我爸爸的老战友胡伯伯教我开的第一枪，后来我就经常被我爸爸年轻的部下们带去靶场打枪。从小到现在六四、五四、三八式、半自动以及冲锋枪、双筒猎枪等我都摸过。咱们怎么打？"

"你随便，我立姿，而且一只胳膊打。"

石晶跪在那里首先开了枪，成栋全原地站立紧随其后，一只只苹果在水面上炸开破碎。枪声在山谷里回荡。最后一只苹果被成栋全的猎枪击中。石晶喊："不公平！不公平！"

成栋全笑着说："你开头，我收尾，这很公平。我比你多打中三个目标，不过一个通信兵能打到这水平已经很让人惊讶了。"

野兔肉是吃不着了，那就吃鱼。成栋全从背包里拿出一根线绳，把别针弄直穿上虫子，做好简易鱼钩扔进了湖水里。石晶笑话说："你这样能钓上来鱼才怪呢。"成栋全笃定地说："试试看吧。"

石晶不以为然地撇撇嘴。

"你还别撇嘴，我当兵的时候进行过野外生存训练，赤手空拳什么填饱肚子的办法都能想起来。"

"听我爸说你喜欢枪。"

"对，我喜欢枪。"

"你为什么喜欢枪？"

"我们家四个男孩儿没女孩儿，我小的时候，我妈妈一直把我当丫头养。五岁了还梳着两条辫子，穿着花裤子。"

石晶忍不住笑了。

"我小的时候，女孩子们看见我都这么笑，所以我从来不跟她们玩。后来我上学了，剃了头，穿上男孩子的衣服，可是男孩子照样欺负我，照样管我叫'假丫头'。男孩子不跟我玩，女孩子也不跟我玩，把我弄得挺可怜。我就盼着自己长大，盼着自己能像英雄一样，人人都崇拜我尊敬我。那时候电影里面的英雄都拿着枪，我就天天躲在家里面画枪、琢磨枪。对着镜子排练过很多次端枪的姿势，努力做出深沉和英武的表情。好像只有真正端起枪来，才能从少年长成为男人。熬到十七岁的时候，我终于有机会当了兵。临上车的前一天晚上，因为太激动尿了床。"

石晶忍不住哈哈大笑。

"到了部队上，我被分到炊事班，每天有山一样的一堆白菜等着我，我一棵棵地剥掉烂了的菜帮，整整干了一个冬天，手上长满了冻疮。后来有很长一段时间，我不吃白菜。"

石晶全神贯注地听着。

"我一直没忘了枪，有一次侦察连的连长到我们炊事班上来，看见我那么喜欢枪，就让我用他的枪放了三枪，三枪我打了二十九环。连长吃惊，我比连长还吃惊。因为在这之前，我从来就没开过一枪。侦察连长说，好枪手不一定是子弹喂出来的。这小子不是切白菜的料，我带走吧。就这样我当上了侦察兵。"

石晶突然喊："动了，动了！"

成栋全沉着冷静地往起一拽绳子，一条半尺长的鱼欢蹦乱跳地跃出了水面……石晶高兴地连蹦带跳跑去捡柴火。成栋全点着一堆火，把一个不锈钢的缸子吊在火上面熬鱼汤。

成栋全说："侦察兵的生活用两个字概括足够了——'残酷'，每天训练累得随便往什么地方一躺就再也不想爬起来。用老兵的话说，吃过侦察兵的苦的人，天下的任何苦都能吃了。"

石晶好奇地问："你们怎么训练？"

"我给你表演一下。"成栋全站起来身体笔直，他高喊一声"前倒"。随着喊声他以立正的姿势铅笔一样直挺挺地倒向湖边，双手击地时，发出一声脆响。

石晶由衷地赞叹鼓掌。成栋全来劲了，东张西望地找东西。石晶问："你找什么呢？"成栋全回来坐下说："可惜这里找不到砖头，要不我给你来个单掌劈砖。"石晶忙说："行了，行了，我已经崇拜你了。"

成栋全像孩子一样地炫耀自己说："我的脑子很好使，你不信？我告诉你，你在布满红色等高线的军用地图上点几个小点儿，我记上十分钟，然后扔了地图一点儿冤枉路都不走，很快就能在实地找到。"石晶像哄孩子一样说："我信，我信。"

说完，她把一块布铺在地上，把带来的食品摆在上面。成栋全把鱼汤端下来，两个人边吃边聊。成栋全的话匣子一旦打开，就很难关上。

"我刚到侦察连的时候，班上一个外号叫'迫击炮'的老兵总是欺负我，晚上睡觉前我不断地跟自己说，明天他再欺负你，你就揍他。我给自己鼓劲鼓了半年，也没敢和他交手，弄得我自己都瞧不起自己。有一次过建军节，那个老兵喝多了酒，在院子里面搓着拳头问，谁愿意跟他一起出个即兴节目。见没人响应，他非拉我出来，我还没站好，他就出拳了，打得我眼前金星直冒。我觉得浑身冰凉，汗毛都立起来了。我瞪着眼睛一步步走过去，一个直拳打在他下巴上，大声喊道，这是新兵赏你的直拳；然后一个勾拳打在他肚子上，又大声告诉他说，这是新兵赏给你的勾拳。他已经躺在地上了，我又冲他打了一组混合拳。我站在那里骂他，你还叫'迫击炮'，就你这揍性也配？叫枪都不好意思张嘴，叫你左轮？左轮的射程你都配不上。勃朗宁的精制你担当不起。叫快慢机？你哪有那么强的火力。叫你砸炮吧？刚才几拳砸下去，也没见你有动静。我看你干脆改名叫弹弓子算了。"

石晶笑得前仰后合，成栋全不动声色地照顾她吃喝。石晶心里一动，不住地抬眼睛看成栋全。成栋全被石晶看得不自在起来，说："我怎么觉得自己是在一号庭上呢？"石晶笑着说："越看越觉得不认识你。"成栋全丈二和尚摸不着头脑，问道："为什么？"

"我觉得你跟以前不太一样了。"

"好了还是不好？"

"当然是好了。"

成栋全得意起来，说："人是得接触了解嘛，在你们家你都懒得看我。"石晶撇撇嘴说："我看你讨好我爸，那样子很讨厌。"

成栋全认真地说："怎么是讨好呢？我从心里面喜欢那个老头儿。他跟我一样，热衷于做有刺激性的具体工作。喜欢冒险，喜欢激烈，喜欢把自己置身于困境与危险中。他总是不满意自己，所以才显得与环境格格不入。"

石晶目瞪口呆地看着成栋全，他句句话都说到点子上。

"别看你'爸''爸'地叫着，其实你根本就不了解他。你爸每天跟你妈吵架，是因为他没办法克服离开战场后的失落和孤单。我同情他又没有别的办法帮助他，只能做到有空去陪陪他，虽然解决不了根本的问题，跟他聊聊天他还是很高兴的。"

"你说得对，我爸爸退下来后，他觉得自己没有用武之地了，变成了不再指望被派上用场的伤残老兵。"

"这是他不得不接受的现实。"

"我爸爸一直拒绝接受这个现实，他拒绝参加任何复转军人的招待会和老战士座谈会，拒绝写回忆录，甚至拒绝接受任何形式的离退休干部慰问品。"

成栋全聚精会神地听石晶说着。

"他也看别人写的回忆录，看完后常常用两个字来评价——'扯淡'。"

"老头儿这一辈子活得单纯尽兴。"

石晶身子朝后一仰，躺在地上看着天。周围很静，两只小鸟从她的眼前飞过去。石晶感叹："这儿可真美呀！"成栋全说："美的地方有的是，以后我带你去。"

石晶意味深长地看了他一眼没说话。

回去时已是傍晚，吉普车在山路上飞驰。成栋全开着车，石晶一声不响地看着外面。成栋全从车镜里深情地看着她，石晶不动声色地问，老偷看她干什么。成栋全动情地说："你的眼睛很漂亮。"石晶冷静地说："这话别人跟我说过。"

成栋全松开挂挡的手，一把抓住石晶的手。石晶一哆嗦，往外抽没抽出来。她说："你要这样，咱俩会翻到沟里面去的。"成栋全自信地说："不会。"石晶只好由他握着手。

"石晶，石晶，你为什么就不喜欢我呢？"

"我为什么就得喜欢你呢？"

成栋全叹了口气说："我不喜欢的人，哭着闹着追我；我喜欢的人，怎么哭着闹着都追不上。"石晶笑了："你这个人阳气逼人，太叫人紧张。"

"我一个女同学就喜欢我这一点，她说这叫男子气。"

"后来呢？"

"就没开始，哪有后来，我不喜欢那个类型的女人。"

"她是哪个类型？"

成栋全想了一下说："小鸟依人的那种类型。"

"男人不都喜欢做大树被藤子缠绕吗？"

"我不喜欢，我喜欢你。"

"你这是浪费时间。"

"时间和生命是在一起的，和你在一起我能体验到什么是生命。"

石晶被打动，过了好一会儿才说："我俩是不会有任何结果的。"

"结果是给别人看的，我不看重结果。"

"那你要什么？"

"我要细细地享受有可能和你在一起的每一天。"

石晶感动得眼泪差点儿流出来，她转过脸看着窗外。

"跟我说说话吧，要不我一打盹儿，咱俩就都交待了。"

"说什么。"

"随便说。"

"我跟你真是没什么可说的。"

"那就唱歌吧。"

"听磁带不就完了吗？"

"你真的跟我没话说？"

"是。"

"你这个人不客观，咱们还是可以找到共鸣的。"

"不可能。"

成栋全没话找话说："咱俩先从朗诵中学课文开始吧。"

石晶嘲讽说："你上中学的时候我都毕业了，小屁孩儿怎么能有资格跟老大姐一起念课文？"

"不信你可以试试嘛！"

石晶想了想靠在车座上大声背诵起《谁是最可爱的人》，成栋全大声跟着背。

石晶看看他，重新起头念《共产党宣言》，成栋全紧紧跟上她的节奏。

石晶高兴起来，大声朗诵起高尔基的《海燕》，成栋全绘声绘色紧随其后。石晶不背了，看着成栋全问："你怎么都会？"成栋全得意地说："我们家有我哥哥留着的中学课本，我找来背的。"石晶再次被感动，扭头看着他："为了我？"成栋全眼睛闪亮地点点头。

吉普车在寂静的公路上飞驰，路边的树木及零零落落的房舍狂风般地向后倾倒，车上的时速表已经达到一百公里。石晶提醒说：
"不要开这么快，会出事的！"

成栋全一言不发继续飞快地开。石晶喊道："你再这么开，我
跳车了！"

吉普车拐进一条岔路之后，成栋全把车速放慢了。月光如水，
照在石晶和成栋全的脸上。

成栋全悄无声息地尽量把车子往路边靠，石晶有些紧张，闭上
眼睛靠在椅背上。成栋全刹住车关掉引擎，朝她转过身来。成栋全
问："不舒服吗？"石晶摇摇头说："没有。"

"我们休息一会儿吧。"成栋全说完，打开车上的录音机，随便
找了一盘带子塞进去。不一会儿，车里响起动听的蒙古长调。

石晶的心像被谁用手狠狠地捏了一下，她慌忙扭头看向车外。

皎洁的月光照在高高挺立的杨树上。杨树身上的疤结像一只
只眼睛，静静地凝视着石晶。石晶鼻子发酸，偷偷用手指抹了一下
眼睛。

成栋全探过头，歪着脑袋凝视着石晶，她用手挡着脸不让
他看。

"你哭了？"

石晶嘴硬说："你才哭了呢！"

成栋全不再出声，靠在座位上静静地倾听着蒙古长调。石晶
再也控制不住心里的难过，真的哭了出来。成栋全一声不响地看
着她。

石晶哭个不停，越哭越伤心。成栋全用手轻轻碰碰她："哎，
哎……"石晶十分尴尬，转过头不看他。

成栋全把手悄悄地搂在石晶的肩上，这探索性的动作在石晶的

身上引起反应，她被一种微妙的力量所驱使，慢慢地向成栋全的肩上靠去。

成栋全的另一只手也围拢上来，抱住她的身子，他的动作格外轻柔。成栋全动作十分节制地抚摸着石晶的胳膊、脖颈和脸颊。石晶流着眼泪享受着他的抚摸，他的一只手滑向石晶的胸前，开始解她的纽扣，他解开两颗纽扣后就停住了手。

石晶脸上挂着泪珠看着他。

成栋全被石晶的美所震慑，他浑身颤抖，竭力控制着自己把她的纽扣全部扣好。他带着一种近乎虔诚的严肃，在石晶耳朵后面自然弯曲的小发卷上轻轻地长长地吻了一下，然后松开了她，手握方向盘开动了汽车。

汽车沿着田野在公路上行驶，石晶蒙了一样地坐在座位上。成栋全不时把头转向她，目光停留在她的脸上和身上。石晶终于忍不住说话了："你别老看我，看前面。"

成栋全如释重负地笑了，不再看她，他把方向盘上的一只手滑下来，伸向石晶，紧紧攥住她的手，他们又开始沉默。成栋全打破沉默说："我真的非常非常喜欢你。"石晶轻声说："我知道。"

"愿意跟我试一试吗？"

"不能，因为我忘不了他，这样对你不公平。"

成栋全沉默了片刻说："把我当作朋友好吗？"石晶说："任何关系都是自然形成的好，我们还是顺其自然吧。"成栋全深情地说："不管你怎么想，我都觉得我已经不再是一个人了。无论在哪儿，我一睁开眼睛就能感觉到你。"

石晶感动地抬起头看着他……

吉普车驶进城里，行驶在灯火通明的街道上。成栋全将车停在军区大院的墙外，扭头看着石晶说："我得去还车，就不进去了，明天我再过来。"

石晶点点头起身下车，成栋全叫了声"石晶"，她扭头看着他。成栋全突然爆发出一股勇气，他抓住石晶的肩膀，猛地把她拉到自己的怀里，紧紧地搂住她低声说："嫁给我，嫁给我！好吗？"

石晶觉得自己的骨头一块一块地碎了，她挣扎着刚说了一个"不"字，成栋全用嘴唇挡住了她的回答。石晶在他充满激情的亲吻中被融化了，不由自主地回吻着成栋全。

吉普车开走了，石晶站在路灯下脑子像是断片了，她糊里糊涂、晕头转向地看着远去的吉普车。片刻之后，她恢复了意识，脸上流露出时而甜蜜、时而懊悔的神情。

哨兵换岗，石晶步履沉重地慢慢朝大门走去。

客厅电视里正在进行足球赛，声音大得震耳欲聋。石晶吃了一惊，推门探头往里看，父亲耳朵上戴着耳机靠在沙发上睡着了。

石晶急忙跑过去把音量关小，旁边母亲卧室里传来的声音同样震天响，香港电视剧中男人女人煽情地哭诉着……

石晶推开房门，里面空无一人，她把电视机的音量关小后走了出去。褚琴在洗澡间里喊："石晶，是你吗？"石晶回答："是我，妈妈。"

褚琴头上包着手巾、身上裹着浴衣出来，石晶跟着她进了卧室。石晶心烦地坐下问："妈妈，你跟爸爸这是干什么呀？"褚琴气呼呼地说："你问他去！"

"我真不知道你们每天是闹什么呢！"

"他看他的电视，我看我的电视，他管我看什么节目。"

"你肯定也干涉他了。"

"他一会儿换个台，一会儿换个台，把声音开那么大，讨厌不讨厌？"

石光荣醒了，他摘下耳机竖着耳朵听了一会儿，大声说："她看的那叫啥东西？那些狗男女哼哼叽叽一会儿哭一会儿笑的，真是癞蛤蟆跳到脚背上，不咬人硌硬人。"

石晶从卧室里面出来说："爸，你俩再这样闹下去，我也不回家了，我搬到单位去住。"褚琴追出来说："你别你俩、你俩的，谁闹了？是他找茬儿跟我闹的。"

石光荣看都不看褚琴，接着调频道找节目看。褚琴说："他就这么换来换去，谁都不知道他要看什么！"

石光荣指着电视里正在唱歌的歌星说："你看看，你看看！这叫什么东西？扯着脖子、闭着俩眼睛号，折磨完别人还把自己痛苦成那样。谢谢，谢谢啥？快滚犊子吧！"

石光荣说着又换了台，褚琴狠狠地瞪了他一眼进卧室去了。

屏幕里一个中年男人在讲怎样消灭蔬菜中的病虫害，石光荣平静了，坐在那里老老实实地看起来。

石晶坐在石光荣旁边跟着看了一会儿，突然问："爸爸，你当时为什么要追求妈妈？"

石光荣看着女儿愣了一下没回答。

石晶又问："我知道妈妈年轻的时候很漂亮，你是不是因为她年轻漂亮才拼命追求的她？"

石光荣神情有些窘，不知道该怎么回答。石晶探究地看着他。石光荣回避说："几十年前的事了，倒腾它干啥？"石晶固执地说："我想知道。"

石光荣想了一下，不知道如何表达，沉吟着说："她很抢眼，很鲜亮，我当时看见她就觉得天也蓝、地也绿，觉得她就是一块阵地，甚至想把一腔子的血都倒给她。"

石晶又问："爸爸，你爱过妈妈以外的女人吗？"石光荣眼睛一瞪说："屁话！"石晶说："那我换个说法，你觉得妈妈适合你吗？"石光荣的眼睛暗淡下来，他轻轻摇摇头说："不适合。"

"怎么不适合？"

"她不健康。"

石晶一愣，惊讶地问："妈妈不健康？"

石光荣说："不健康！身上有病的人才整天洗来洗去地穷讲究，好人谁没事总把自己放在消毒水里面泡着？她不发烧不头疼，可她心里面有毛病。她见不得我高兴，我一高兴她就开始甩脸子；把我弄火了，把大家都弄不舒服了，她就舒服了。"

石晶说："你不也总是找她的茬儿，惹她生气吗？"

石光荣翻了翻眼睛不吱声了。

石晶推心置腹地说："爸爸，其实当时你就不应该追求我妈妈，如果你理智一点儿，选适合自己的女人结了婚，那你和妈妈的生活就都是另外一个样子了，你们在各自的家庭中肯定都会过得比现在好。"

石光荣奇怪地看着石晶说："你这丫头受啥刺激啦？咋净扯淡呢？"

石晶不理父亲，自顾自地总结说："当然这样的话，我、石林、石海就都不会存在了。这也没什么，你们还会有别的一群儿女，你们和适合自己的爱人和自己喜欢的儿女在一起的时候，就会深深地体会到，生活中除了打架争吵以外，还有很多幸福可以尽情享受。"

石光荣看着石晶嘿嘿笑了："丫头，你一进门就虎着脸，看谁都没好气。是不是成栋全那小子惹着你了？"

"我在说你和妈妈的事，跟他有什么关系？要硬往上扯也能扯上。你跟妈妈的婚姻是我的前车之鉴，我决不会为了给你们、给大家一个交代，去跟一个我根本就不爱的人……"说到这儿，石晶停顿了一下，选择了另外一个词汇，"根本不适合我的人去结婚。"

石光荣注意到她这个细节，纠正说："偏激，你这是偏激。其实你根本就不了解你自己，也不了解成栋全。爸爸是男人，知道啥样的男人是优秀的。"

"那是你的口味，不是我的。"

"我是过来人。"

石晶气哼哼地说："过来人？怎么过来的？搞对象的时候一厢情愿，结婚的时候组织帮忙，有了孩子痛苦地尽义务尽责任。尽管你们有了婚姻、有了家，而且儿女成群，可你们知道什么是真正的爱情吗？"

石光荣被女儿问傻了。

石晶回到卧室，坐在椅子上照镜子，镜子里的她满脸迷惑彷徨。

褚琴推门进来，她打量着石晶的脸色，小心翼翼地问："跟成栋全出去了？"石晶不耐烦地"嗯"了一声，褚琴在女儿的身边坐下说："怎么样？"石晶瞥了母亲一眼说："烦不烦？"

"怎么跟妈妈说话呢？"

"我讨厌你们掺和我的事儿。"

褚琴耐心地解释说："妈妈只不过是问问。"石晶不说话。褚琴语重心长地说："我看成栋全那孩子不错，虽然家庭和个人的条件都差了一点儿，但是会干活，知道疼人。女人说到底，就是要找一个知冷知热靠得住的人。妈妈可不希望你走我这条路，你看我跟你爸爸，话说不到一起也就算了，可他还一点儿都不知道疼人。上次我扭了腰躺在床上起不来了，他也不知道给我端一碗水喝。"

石晶说："他不是帮你洗床单了吗？"

"那叫洗床单吗？洗了一半就扔下不管了。"

"那是你挑毛病闹的，一会儿洗衣粉放多了，一会儿那个角没揉到啊，直到把他挑得翻了脸甩手不干了才拉倒。"

褚琴眨巴着眼睛看着石晶说："说你的事呢，怎么扯到我头上来了？"

"我的事没什么可说的。"

"石晶，你年龄不小了，别再挑了，越挑条件越差。女人只有结了婚才会觉得日子踏实了。"

"如果结了婚的日子都像你和爸爸的一样，我宁可一辈子不结婚。"

石晶说完，站起身出去了，褚琴无比悲哀地看着女儿的背影。

电视屏幕上都是雪花点，石光荣歪在沙发上睡着了，他被自己的鼾声惊醒。四处看看，无奈地关了电视关了灯进屋睡觉去了。

夜色已深，石晶躺在床上睡不着，她坐起来靠在墙上看着窗外出神。她慢慢抬起手，把手伸到月光下看，细细地寻找成栋全握过的印迹。她又把这只手举到嘴上，轻轻地抚摸着被成栋全亲吻过的嘴唇。她突然觉得自己的举动很荒唐，双手抱膝，把头埋在膝盖上……

慢慢地，天边的亮色透进窗子。

翌日，石晶满脸倦容地坐在桌子旁边翻阅案宗。处长走进来说："石晶，咱们这儿有个去深圳学习的指标，上面决定派你去。"

石晶怔了一下，随即眼睛亮了，问道："学多长时间？"处长说："一年。"石晶心花怒放，连声说："处长，我去，我去！什么时候报到？"

"越快越好，通知到咱们这儿已经晚了，人家都快开学了。"

"处长，谢谢你啊！"

处长纳闷儿地问："谢啥？"石晶解释说："我正心烦得要死，想出去转转呢。"

成栋全得到消息时，已经有点儿晚了。火车一声长鸣，缓缓启动。成栋全从地道口跑上来，跟着开动了的列车跑，边跑边往车窗里看。

列车越开越快，成栋全落在车后，他站在那里有些伤感地看着远去的列车。

石晶倚在窗边，一声不响地看着窗外闪过的风景，心里暗想："我需要这么一段日子来搞清楚我们之间的事情，我不告诉你我走了，是因为我不想也不能再见到你。一年的日子不算短，足够让你把我忘掉了。说这话好像是让你释怀，其实也是为了安慰我自己。"

石晶眼睛有些潮湿了……

秋风起，天气寒。石光荣站在院子里面看着菜地，一阵寒风吹过，枯黄的树叶滚落到地上。石光荣抬头看看天，猫腰把菜地里面的枯叶捡出来。成栋全扛着一大捆材料进来说："伯父，搭棚用的材料我都弄来了。"

石光荣眉开眼笑："我以为你早就把这件事情忘到脑后了。"成栋全说："说好的事哪能忘呢。前些天我不在，破一个案子，跑到唐山去了，昨天晚上刚回来。"

成栋全把东西放在地上开始用皮尺量地皮，石光荣跟着他忙活。

半天的工夫，一座漂亮的塑料大棚盖起来了。石光荣满意地背着手围着大棚转了一圈，又掀开门帘进大棚。

成栋全在大棚里面拉电线接灯，石光荣咂吧着嘴夸他："成子，你这手艺真是没的说。"成栋全说："这叫啥活儿？粗得不能细琢磨。今年冬天你就先凑合着用吧，明年咱再好好收拾收拾。"石光荣仰头看看顶棚，阳光透过棚顶照在他的脸上。他得意地笑着说："有这么个家伙，春节西红柿黄瓜都能上桌了。"

成栋全问："石晶没给家里来信吗？"石光荣说："前天来了个电话，没说啥。只是说，生活挺好，学习挺忙。"

成栋全知道石晶躲着他，不好再问了。

石光荣问："她没给你写信？"成栋全摇摇头。石光荣说："她妈知道地址，等她回来，我跟她要。"成栋全有点儿失落地说："石晶走的时候连个招呼都跟我没打，她是不愿意跟我有什么联系。这个时候我给她写信，只能招她讨厌。"

石光荣无奈地摇摇头说："这丫头犟劲儿上来，天王老子拿她也没办法。成子，别着急，三十年河东，三十年河西，事物总是在变化的嘛，你说是不是？"

成栋全没说话，他加快了手上的动作。

黄昏，褚琴拎着买回来的食品往家里走，过往的熟人不停地和她打着招呼。走进院子的一刹那，褚琴愣住了。院子里面搭起了塑料大棚，大棚里灯火通明，石光荣的身影在灯下来回晃动。

褚琴在院子里面转了一圈，才找到大棚的门，开门走进去。石光荣心满意足地蹲在垄沟里抽烟。褚琴满脸惊讶地问："这是个什

407

么东西？"石光荣喜滋滋地说："这叫暖棚，冬天地都不闲着。"

"院子里面盖着这么个东西，挡亮不挡亮，难看不难看？"

"啥好看难看的，实用就行。"

"石光荣，你这个人是不是有毛病？怎么想起一出是一出。今天搭这个，明天没准儿就得在房子下面掏个洞！"

"我又不是耗子，掏洞干啥？"

"你还不是猴子呢，不照样盖了花果山吗？"

"你这人咋就见不得我高兴呢？"

"你高兴总是以别人的不高兴为代价！"

"你说，我咋样你能高兴？整天啥都不干，混吃等死？"

"退下来的干部多了，谁像你这么作来着？你看人家刘主任……"

石光荣打断褚琴的话："看他顺眼，你就端详他去！"

褚琴被噎住，一时说不出话，石光荣站起来关了灯走出去。

褚琴来到客厅，坐在沙发上生闷气。石光荣过来看了她一眼问："咋还不整饭？"褚琴说："气饱了！"石光荣像没事人似的说："这倒省粮食。"

他走进厨房找到半块干巴馒头，坐在沙发上看着电视有滋有味地嚼着。褚琴狠狠地瞪了他一眼，走进卧室把门摔上。

退休后，褚琴感觉百无聊赖。她漫无目的地在街上走着，一群中年妇女有说有笑地从她面前走过，拐进旁边的院子里。

院子的门口竖着一块"健身舞"的牌子，里面传出来鼓舞人心的音乐声。褚琴犹豫了一下跟着女人们走进院子。

褚琴跟着一群中年妇女跳健身舞，她跳得满身大汗很快就跟上了节奏。乐曲停下来，领舞的老师走到褚琴面前问，新来的？褚琴点点头。舞蹈老师问她，是不是文艺团体的。褚琴说，她刚退下来。舞蹈老师说："看你就和别人不一样。"

褚琴不好意思地笑了笑。

舞蹈老师问："你愿不愿意在这里领大家跳舞？"褚琴吃了一惊，忙摆手说："我？不行，不行！"舞蹈老师说："这里学舞的人太多，我教不过来，你有这么好的底子，就来帮帮忙吧。"

褚琴不好意思地看看大家，众人七嘴八舌地怂恿她："在家待着干啥，还不如在这儿蹦跶蹦跶。"褚琴想了想说："我回家商量商量再说吧。"

夜晚，褚琴躺在床上看书。石光荣进来，脱衣服撩开被子躺下。褚琴抽着鼻子闻了闻，问："你多长时间没洗澡了？"石光荣问："咋的啦？"

"一股子汗馊味儿。"

石光荣翻了个身，褚琴往床边上挪了挪，努力拉开和他的距离，石光荣像没感觉到一样。

"你能不能去洗个澡？"

"我洗不洗澡碍你啥事了？"

"咱俩在一个床上躺着，熏得我头晕。"

石光荣冷笑说："你整天往屋子里面喷这水那水的，熏得我还迷糊呢！"褚琴绝望地说："跟你过日子真是架在锅上熬呢！"石光荣说："咱俩滋味一样。"

褚琴转过身放下书看着石光荣，他被看得有些发毛，问道：

"看我干啥？"

"跟你说我半夜醒来，常这样看你，看着看着就吓出一身汗来。我觉得我根本就不认识你，我竟然能跟你这个陌生人生活了几十年，而且还生了三个孩子。"

石光荣目瞪口呆地看着褚琴问："你说啥？"褚琴悲哀地说："咱俩这个婚结得多么荒唐，多么可怕！"石光荣一脚踢开被子骂道："你这操蛋娘儿们，咋净无事生非呢？"

"你嘴干净点儿！"

"生就的骨头长就的肉，我石光荣就是这样！你受不了，我还早就不愿意受了呢！"

"离婚！你要是不敢离，你就不是个男人！"

石光荣脸色铁青地坐起来说："离就离！这个家归你，我净身出户。"他从床上跳起来，踢开门走了。褚琴直直地坐在床上瞪着门，眼泪慢慢地流下来。

石光荣躺在作战室的床上抽烟，屋子里面烟雾缭绕，地上扔满了烟头。

褚琴找出来安定吃了一粒，在床上躺下，躺了一会儿睡不着又爬起来，从箱子里面拿出来谢枫的遗物打开，拿起照片细细地端详着，看着看着眼泪又落下来。

石光荣抽着烟在地上来回转着圈。

褚琴拿着血迹斑斑的曲谱靠在床上轻声哼唱着，慢慢地她唱进去了。她的情绪在谢枫的曲谱中平静下来。

石光荣在褚琴的哼唱中蜷在床上睡着了，褚琴也慢慢闭上了眼睛……

翌日清晨，石光荣坐在沙发上把半导体的声音拧到最大，听着里面的新闻联播。褚琴从卫生间里面出来，看了石光荣一眼，回了卧室。

褚琴打开电视机，里面正在教健身操。她把音量开到很大，跟着教练跳了起来。石光荣被干扰得听不下去了，他怒气冲冲地走到卧室门口往里面看。褚琴已经跳得忘记了生气，她浑身是汗，脸上放着亮光。

石光荣面带冷笑，像看猴子一样地看着她。褚琴知道石光荣就在门外站着，跳得更卖力气了，嘴里还跟着教练一二三地喊着。

石光荣肚子饿了，到厨房里翻找能吃的东西，他什么东西都没找到，气得转了一圈踢门出去。

食堂里面坐满了吃饭的人，石光荣端着两碗面条，找到一个空位子坐下。刚吃两口，冯政委端着一碗馄饨、拿着一个烧饼走过来，在他身边坐下。冯政委问："真稀罕，你怎么跑到这儿吃饭来了？"石光荣没好气地说："兴你吃不兴我吃啊？"冯政委笑着说："嘿，你这是腰里揣着一副牌，逮谁跟谁来。大清早的谁惹你了？"

石光荣低着头稀里呼噜地吃着面条。冯政委打量着他的脸色问："又跟褚琴吵架了吧？"石光荣赌气说："当初要是离了就利索了。"冯政委劝道："天上下雨地上流，两口子打架不记仇。记住，说啥也不能说过头话。"石光荣气呼呼地说："过头话？我俩的日子已经过到头儿了，过两天就办手续去。"

冯政委一愣，心想麻烦大了。

回程在即，石晶来到繁华热闹的商业街闲逛，想给家人买点儿东西。她在商店里边走边看商品，一个时髦的女人从她身边走过去，多看了她一眼。

石晶没理会，转到别的柜台上。那女人回头又看了石晶一眼，紧跑几步追过来，跑到石晶面前推了她一把，激动地说："这个家伙，真是你啊！"

石晶一愣，盯着面前的女人问："你认识我？"在这一瞬间石晶认出来了，是战友于小兰，她扑上去抱住于小兰连喊带叫："哎呀，于小兰，于小兰！你这个死东西！"

于小兰搂住石晶，两人笑成一团，过往的人不住地回头看她们。

于小兰请石晶到咖啡厅喝咖啡。石晶问她，不是转业回了白城子吗，怎么到深圳来了？于小兰说，她来深圳已经六年了，老公是西安人，他们的女儿都快四岁了。

石晶羡慕地说："你这个家伙命总是这么好！"

"真新鲜，你怎么信起命来了？"

"人拿自己没办法的时候，就觉得自己的命运不归自己管了。"

于小兰打量着石晶的脸问："你是咱们通信连的一枝花，不可能过得像你自己说的那么糟糕吧？"石晶问："你说一个女人一生当中最重要的是什么？"

"对我来说第一是家庭，第二是事业。"

"那你两者都有了，你是女人中的成功者。"

"你不成功吗？"

"小兰，我比你只小一岁，你看看你孩子都四岁了。我还在'爱情'这两字外面转悠呢，你说我成功吗？"

于小兰惊呼："你这么聪明漂亮的女人没有男人来追求？这根本不可能！"石晶苦笑："你看看我这张苦瓜脸就知道，这完全是可能的。"

第十八章

人老了，最怕寂寞

两人聊着聊着，就聊到了胡达凯。于小兰得知胡达凯像是人间蒸发，就这么无影无踪了，大吃一惊。见石晶为情所伤，如此失魂落魄，于小兰就问她，难道就这样一直耗着？

　　石晶无奈地说："我心里面清清楚楚的，可就是拿自己没办法。"于小兰劝道："石晶，你在我的印象中一直是个明白人，你可千万别为这样一个人埋葬自己的青春年华。"石晶苦笑："我哪还有什么青春年华。"于小兰真诚地说："你一点儿都不见老，看上去还是那么抢眼漂亮。"石晶眉开眼笑地说："这话我爱听。"

　　"我就不信这么多年没有人追你。"

　　"对我来说追和不追没什么区别。"

　　于小兰不相信地问："一个差不多的都没有？"石晶犹豫了一下说："有一个追得特别狠，说实在的，我这次来深圳学习也跟躲他有关系。"于小兰来了兴趣说："哎，说说，他是什么样的人。"

　　石晶想了一下说："先开始跟他在一起没什么感觉，既不像跟胡达凯在一起的时候那么心潮澎湃，也不像跟其他人在一起的时候那样心烦得直想摔东西，后来就有点儿变味了。"

　　"变好了还是变坏了？"

　　"我也不知道。明知跟他在一起没什么好结果，还要费着心琢磨他，你说这是好事还是坏事？"

　　"你喜欢上他了。"

　　"喜欢和爱可不是一回事。"

　　"什么是爱？"

　　"别这么问我。"

　　于小兰耐心地开导说："你和胡达凯的感情只是诸多爱情形式中的一种，你可千万别把这种感情当作是你生命中唯一的爱情。"

石晶目不转睛地看着于小兰。

"这样看着我干什么？"

"听这口气好像你天天在谈恋爱。"

于小兰笑着说："那倒没有。结婚前我一共谈过四次恋爱，每一次都跟初恋一样，每一次的感受都完全不同。可以这么说，我接受过比较完整的男性教育，是男人帮助我成熟坚强起来的。"

石晶饶有兴趣地听着。

"心潮澎湃是情感的高潮处，女人心潮澎湃的时候看人容易走眼。心潮平息下来再一端详就会失望。一失望麻烦事就来了。心情沮丧是情感的低潮处，这时候绝对不能随便捡一个人就把自己处理了。切记，这两种情况都不适合择偶结婚。"

"你能不能说得通俗一点儿？"

"你气死我了！就是说，你一定要善待自己，千万不要为了结婚而结婚。"

"我妈妈总劝我要委曲求全。我最不愿意听这样的话。我怎么了？我既不是没有生活来源又不是没有自理能力，凭什么要委曲求全？"

"当妈的都这样，当初我第一个男朋友追我的时候，我本来也没想就跟他怎么着。我妈哭天抢地地反对，把我烦得够呛，一逆反就跟他领了结婚证。我妈一看生米做成了熟饭就开始给我张罗婚事，这时候我才冷静下来，跟他打得鼻青脸肿以后解除了婚约，自己跑到深圳来了，又闹了几出事才遇到了我现在的老公。"

石晶好奇地问："他怎么样？"于小兰想了想说："我跟我老公的感觉就像你跟那个叫成栋全的一样，在一起的时候说不上好，也说不上坏，时间长了反倒越品越有滋味。"

"真的？"

"真的，有的人禁得住品，有的人禁不住。婚姻必须得禁得住品，要不那几十年怎么熬呀！"

石晶叹了口气说："这么说我爸和我妈都是禁不住品的人，他们因为性格和文化背景不同，打了一辈子。我可没有他们那样的毅力和斗志，我宁可单身一辈子也不过那样的日子。"

"你爸和你妈觉得那个成栋全怎么样？"

"要命就要命在这里，两个人都夸他好，他们两口子对立了一辈子，唯独在这件事上携起手来对付我。你说成栋全这个人我还敢招惹吗？"

于小兰哈哈大笑。

褚琴想开了，她来到健身中心，带领大家跳舞，因身姿挺拔，舞姿漂亮，她非常引人注目。

乐曲停了，褚琴用一块大毛巾擦汗。舞蹈老师走过来问她："考虑得怎么样了？"褚琴说："考虑好了，我接这个职务。"舞蹈老师高兴地笑了："您提个价。"褚琴摇摇头说："我不要钱。"

舞蹈老师一愣，以为听错了。褚琴解释说："真的，我不要钱。我很长时间没这么高兴了，就为这份高兴，我都应该给你钱。"

褚琴有事儿干了，日子过得很充实，石光荣却倍感失落。他在院子暖棚里磨磨蹭蹭地干着活儿，一听见外面有动静就停下来，竖着耳朵仔细听着。

说话声脚步声远去了，石光荣失望地接着有一搭没一搭地干着手中的活儿。不知为何，石光荣像丢了魂一样，他走出暖棚来到军区大院，背着手低着脑袋在院子里溜达，一对对买菜回来的老两口笑着跟他打招呼。石光荣哼哼哈哈地答应着，慌忙转身往回走。

回到空空荡荡的家里，石光荣沉着脸一个人坐在沙发上发愣，听见外面有动静他就站起来看看，然后再次失望地坐下。

天渐渐黑了，也不见褚琴的身影。石光荣站起来在屋子里来回走着，他把几个屋门一脚一个地踹开，恶狠狠地骂道："死气沉沉的，这是他妈的啥家？坟丘子。"

暖棚成了石光荣坚守的阵地，他哪里都不去。他在暖棚里这摸摸那碰碰收拾着结了果实的蔬菜。这时，外面传来冯政委的喊声："老石！"

石光荣急忙出去，只见冯政委站在门外冲他笑，石光荣过去打开门。冯政委问："你弄的这是个啥家伙？"石光荣说："给我种的菜弄了个暖棚。"冯政委兴致勃勃地说："是吗？我参观学习学习。"

石光荣高兴地把冯政委领进暖棚，里面鲜红嫩绿，一片生机盎然的景象。冯政委满脸惊喜，大叫道："老石啊，真有你的！"

石光荣得意扬扬地背着手满地踱着步。

冯政委啧啧地咂吧着嘴夸他："好，好！老石，你称得上是颗螺丝钉，拧在哪儿都闪闪发光。兵带得好，菜也种得好！好！好！你这日子比我过得有滋味多了。你看我，饿了吃困了睡，不饿也不困的时候看看电视，这将军肚都起来了。"石光荣轻蔑地瞥了一眼他的肚子说："我每天早上还跑三公里呢，你行吗？"冯政委摇摇头说："跑？我上楼还喘呢。"

"请我喝顿酒，明天早上开始我领你锻炼。"

"那可不行，喝酒和剧烈运动这两件事都是老伴绝对禁止我干的。"

"她咋把你伺候得那么金贵？"

"我有高血压，她说过，我要是有个三长两短的，她的半条命就没了。唉！这话没错，老伴儿老伴儿，老了才是伴嘛！"

石光荣羡慕地叹了口气说："我可没你那么有福气喔！"

"褚琴呢？"

"不知道。天一亮就走，天黑了才回来，饭也不在家吃。这样也好，省得互相看着不顺眼。"

"老石，看看你，再看看我。"冯政委拍拍自己的头发，"咱们头发都白了。"

石光荣看了他一眼没说话。

"你那天说想离婚，我回去琢磨了一晚上，觉得这话不应该从你嘴里说出来。"

"咋的啦？"

"按说我也退下来了，这事不该我管。可是咱们在一起战斗了这么多年，有些话还是忍不住想说一说。"

"你说。"

"老石，咱们清白了大半辈子，不能晚节不保哇！革命了一辈子，老了老了蹦出来个离婚，让别人听了笑话，自己心里面也不舒服。再说了，你跟褚琴两个人有啥原则性的问题？两国交战完还能进行和平谈判呢，你俩这点儿事算啥嘛！哪一件事情是能放在桌面上进行讨论的？"

石光荣"哼"了一声。

"其实女人最好哄了，虚荣，喜欢听好听的，喜欢事事依着她。我在家的原则是凡事不过问，那些鸡毛蒜皮的小事都让她干，还时不时地夸夸她。这么一天下来，她累得都拽猫尾巴上床了，哪儿还有心思挑我的毛病？我落得个清静自在。家里遇到大事这女人扛不住事的特点就露出来了，你看她慌的，追着你屁股后面讨主意。这时咱就明白了，女人就是女人，成不了大气候，咱就是不戴领章帽徽，不领兵打仗，照样是一言九鼎的当家人。"

石光荣笑了："冯铁嘴子，我早就说过，当政委的就是花花肠子多。"

"啥花花肠子，这过日子也得琢磨战略战术，两口子之间没啥理好讲的。再说了，家是个说感情的地方，不是个说理的地方。"

"你就是把死人说活了也没用，我跟她已经分开过了。我看我们现在挺好，各过各的，谁也不管谁。"

"分居了？"

"分了。"

冯政委一愣，知道事态已相当严重。暖棚外传来一阵脚步声，石光荣说褚琴回来了。冯政委说，他去看看褚琴。石光荣没说话，蹲下去接着干活儿。

褚琴在卫生间洗刷，冯政委走进客厅喊："小褚啊！"褚琴擦着头发脸色红润地从卫生间里跑出来。冯政委由衷地夸道："褚琴，你可是越活越年轻了。"褚琴笑着说："不愧是当政委的，就是会说话。"冯政委坐在沙发上笑着问："怎么，和老石另立炉灶了？"

"他倒好意思说！"

"这还用说？老石一天三顿饭都跑到外面去吃，明眼人一看就明白是老婆罢工了。"

"我不是不做，是做了他不吃。"

冯政委叹了口气说："他那是跟你赌气。你主动跟他说说话，事不就过去了，两口子之间有啥过不去的？"

"凭什么每次都得我主动找他说话，我这辈子和上辈子都欠他的？"

"不看他的面子，也得看看孩子的面子吧？"

褚琴冷笑说："孩子？不是因为他专横跋扈，我大儿子能十几年不回家吗？不是因为他整天拉着个脸，我小儿子能住在一个城市里，连家门都不愿意进吗？我现在还在这里受着他的气，是因为女儿还没嫁出去，等她嫁出去，我马上跟他办手续。"

"今天晚上有足球赛，打开电视看看。"冯政委见情况不妙，忙转移话题，他冲外面喊，"老石，老石！"

石光荣听见喊叫声，忙走进屋来，褚琴转身回了自己的房间。冯政委看着石光荣摇摇头说："你们把事情闹大了，看来已经不是边境纠纷了。"

清晨，石光荣沿着公路跑步，他身板笔直迈着大步。树木房屋从他身边掠过，一队年轻的新兵在连长的带领下，喊着口号从石光荣的身边跑过去，尘土飞扬。

石光荣苍老的脸和新兵稚嫩的脸形成强烈反差，他的脚步由快到慢，他不跑了，闷着头背着手，孤零零地在公路上走着。

石光荣回了家，屋子里死气沉沉的。他在沙发上坐了一会儿，慢慢站起来，脚步沉重地走进作战室把门关上。

石光荣站在作战室的中间，抬头看着四周。墙上一张张的作战地图已经发黄了，一个一个沙盘上落满了尘土。他走到桌子旁，拿起落满尘土的军事书籍翻了一下，随着书页的翻动，尘土飞扬。

石光荣把书扔在桌子上，摔门出去。他在空荡荡的客厅里面转了一圈，漫无目的地朝别的房间走去。

他推开石林的房门，房间的墙上还挂着石林离家前喜欢的东西，床上堆满了杂物。石光荣愣愣地看了一会儿，把门关上。

推开石晶的房门，屋子里的东西有条理地放着，表示主人并没有走远。

石海屋子里乱七八糟，桌子上满是灰尘，他已经很久没回来住过了。

褚琴的卧室收拾得干干净净，床上只剩下一床被子。石光荣脸色很难看地摔上房门，心里空落落的。

他不停脚地在客厅来回走着，转了一圈又一圈，越走越生气，忍不住骂起来："走，走！有本事一个也别回来！没你们这几个臭鸡蛋，老子还做不成槽子糕啦？"

石光荣骂得口干，拿起杯子喝水，杯子里没水。他把杯子狠狠地摔在地上，一声脆响杯子碎成几片。

石光荣觉得不解恨又抄起一个杯子摔在地上，脆响后茶杯碎成几片。他连着把另外两个茶杯狠狠地摔在地上，伸手又去抓时，发现桌子上空了，只剩下一个孤零零的茶壶。石光荣停在半空中的手，沮丧地落下。

此时，褚琴忙得热火朝天。她头发紧紧地盘在头顶上，领着一群中年妇女在激烈的音乐中汗流浃背地跳着健身操，嘴里"一、二、三、四……二、二、三、四……"地大声喊着。

夜晚，石光荣在作战室里吃着葱蘸酱喝着酒。

褚琴躺在床上看爱情小说，她放下手里的书竖着耳朵听着外面的动静。整座房子里面一片寂静。褚琴有些不放心，从床上爬起来，蹑手蹑脚地走出房间。

客厅里空无一人，褚琴朝作战室悄悄走去。

作战室的门开着一条缝，从门缝里可以看见石光荣在借酒浇愁，褚琴担心地看着他。石光荣头也没抬，突然张嘴问："到我的地盘来侦察啥？"褚琴吓得一激灵，石光荣抬起头看她。褚琴担心地说："你怎么空着肚子喝酒？会烧坏胃的。"石光荣赌气说："烧着了才好呢！"

"跟自己赌气算什么本事？"

"赌气？我干啥要赌气？我现在心里面敞亮得像开了两扇窗子，呼呼地窜风，痛快极了。那滋味好像又重新经历了一次四九年，解放的滋味真是好！"

褚琴生气地看着石光荣。

"瞪着我干啥？跟你说，我早就受够你的管教了。我就是要喝，就是要好好享受享受啥叫自由！"

褚琴气得脸色煞白，扭头走了。石光荣喝了一杯酒，愣了一会儿神，把筷子拍在桌子上，拽过被子蒙住头躺下。他躺在单人床上像翻烙饼一样睡不着，褚琴同样翻来覆去难以入睡……

这日，石光荣在暖棚里面为黄瓜豆角松土施肥。成栋全推门进来，石光荣高兴地笑道："成子，正琢磨你呢，你就来了。"成栋全说："刚忙完一个案子。"

"啥案子？"

"入室抢劫案。"

"抓着罪犯了？"

"抓到了。这小子专门跟着身上挂着钥匙的小学生回家，看家里面没大人就强行进去，当着孩子的面把家里面的钱和值钱东西拿走，还拿刀在孩子的脸上破个口子留纪念。"

石光荣阴沉着脸怒骂："王八犊子，该毙了他！"

"我们刑警队的人根据线索领着这几个小受害者，在罪犯可能出没的地方转了半个月才抓到嫌疑犯。孩子太小，认不准，一会儿说是，一会儿说不是。搞得我们焦头烂额。"

"后来呢？"

"我们也不是吃素的，验指纹，验毛发。总有办法让他伏了法。"

"能判几年？"

"这就是石晶他们的事了。"

石光荣看了成栋全一眼问："还是没动静？"

成栋全无奈地点点头。

"上次我给她写信，专门把你的地址和电话号码寄去了。"

"别为难她，这样挺好，我已经习惯了。"成栋全说着从书包里面掏出来一个小包递给石光荣，"我到赤峰出差，在饭店里面吃饭吃到这个筋饼，觉得好吃，就买了点儿给你带回来了。"

石光荣打开食品袋子，拿出来筋饼展开，筋饼又大又薄只有一页纸那么厚。他咬了一口赞不绝口："好吃！好吃！这是咋做的？"成栋全说："我妈在家研究了半天也没弄像。"石光荣说："我研究研究。"

暖棚外传来石海的喊声："爸爸！"

"石海回来了。"石光荣一脸欢喜，忙不迭地答应着说，"哎，哎……这有门，从门里进来。"

石海摸到门口推开进来，他惊喜地看着暖棚里面绿油油的蔬菜说："爸，你好生了得！"石光荣满脸喜色地问："咋样？"石海点点头说："有想法，独特！"

石光荣从架子上摘下来一个西红柿，在衣襟上抹了一下递给石海说："尝尝，没有一点儿农药和化肥。"

石海咬了一口，夸道："好！正经的西红柿味！爸能不能送我几个，我带到学校里面去显摆显摆，让那些研究社会学的人看看我们家的老革命是怎样发挥余热的。"石光荣不高兴地说："不给！"

"咱们家根本就吃不了这么多。"

"烂在地里沤肥，也不让那些吃饱了撑的拿去研究我。"

"给我们宿舍里的人尝尝总可以吧，我们每天白菜土豆吃得都不知道还有别的菜了。"

石光荣大方地说："吃，尽管吃，黄瓜也快下架了，吃完了再回来拿。"石海悄悄冲成栋全挤了挤眼睛。石光荣又高兴起来，问："咋这么长时间没回家？"石海说："准备论文呢，妈妈呢？"

"人家现在在外面红得很，中午不回家。"

"干什么？"

"领着一群半大老婆子跳舞。"

石海笑着说："我妈也找到发挥余热的地方了？"石光荣不满地说："这家成了她的旅店了，早上走，晚上回来。连饭都不做，说是减肥。"石海叫道："那可糟了，我还想回来好好改善一顿呢。"石光荣说："没你妈地球就不转了？成子，你给整顿饭。我吃了半个月疙瘩汤，也该换换口味了。"

成栋全高兴地答应着，三个人走出暖棚。

成栋全手脚麻利，一会儿把做好的饭菜端到桌子上。石光荣心满意足地给成栋全和自己满上酒，石海夹了筷子菜吃着说："真香！"成栋全说："慢点儿吃，锅里面还有一道红焖肘子呢。"

石海等不了，忙不迭地吃着菜。石光荣看着他，眼睛里流露出慈爱，问道："学校里每天都吃啥？"

"包子、饺子、米饭、馒头。"

"吃包子还叫屈？"

"那叫什么包子？第一口没咬着馅，再咬一口过了。"

成栋全听了嘿嘿笑起来。石海接着吐槽说："学校的伙食，吃一两顿尝尝鲜还可以，连着吃三年你试试。"石光荣宽容地笑笑说："那你就常回家来。"

石海纳闷儿地看看父亲，又看看成栋全，成栋全假装没看见，站起来去了厨房。

石光荣可怜兮兮地盯着儿子的脸看。石海察觉到什么，抬头看父亲。石光荣慌忙把目光移开，石海有所触动，吃不下去了。

成栋全把红烧肘子端上来说："吃！吃！肥而不腻。"石光荣夹了一块肘子放进石海的碗里说："吃，吃，多吃点儿。"石海低着头一声不响地把那块肉吃了。

吃完饭，石海跟父亲、成栋全打了一声招呼，背着书包走出家门。他满腹心事地走在军区大院里，成栋全追上来，把一个鼓鼓的袋子塞到他手里说："这是你爸让你带到学校给大伙吃的。"

石海打开提袋，里面是满满一袋子西红柿，他问道："我爸怎么了，看着那么奇怪。"成栋全反问："是吗？"

"他一直硬邦邦、冷冰冰的，怎么突然温情起来了？"

"不习惯？"

石海点点头说："不习惯，刚才他给我夹菜的时候，我眼泪差点儿掉下来。"

成栋全看着他没说话。

"他夹菜的时候，我抬头看了他一眼，突然发现他老了，老得那么快，那么彻底，像跟谁赌气似的。"

几个孩子嬉闹着从他们身边跑过去。石海沉默了一会儿说：

"我爸在我的心目中是根本不会老的，我一直觉得这个世界上根本就没有什么东西能够战胜他。我已经习惯了他吵他闹他暴跳如雷，他今天的样子反倒让我看着心里面很难过。"

成栋全劝道："人老了需要亲情，抽空常回家看看，老爷子一个人守着空房子孤单。"石海点点头。成栋全转移话题问："怎么样，快毕业了吧？"石海说："还有一年，实习，写毕业论文，然后分配。"

"你准备去哪儿？"

"不知道，前途渺茫。估计单位不难找，可是一想每天坐在办公室里面抽烟喝茶打哈欠我就心里面发慌。"

成栋全安慰说："你条件这么好，挑个适合你的工作。"

"问题就在这儿，我不知道什么适合我。"石海一摇脑袋，"别把明天的苦恼预支到今天来品味，车到山前必有路，到非哭不行的时候咱再掉眼泪吧。你说是不是？"

成栋全听了，忍不住笑。

"成哥，你和我姐的事到底怎么样啊？"

成栋全叹了一口气，他拿石晶一点儿辙都没有。石海笑着打气说："你可千万要扛住，我老姐考验你呢。"

石光荣闲得没事儿，在军区大院悠悠逛逛。他不知不觉来到操场附近，一群年轻的战士在打篮球。他站在那里看了一会儿，转身正要走开。成栋全推着自行车过来打招呼，石光荣眉开眼笑地说："成子，我这儿正琢磨你呢，你就来了。"

成栋全问："有事？"石光荣摇摇头说："没事，闷得慌，想唠唠嗑。"

进了家门，爷俩盘腿坐在沙发上聊天，争得面红耳赤。

成栋全说："战争是对抗和竞争，必须双方互动才能形成战争。我们不能只看到自己，不能因为自己的武器装备落后就拒绝研究新的作战样式、方法和理论。"

石光荣问道："你知道啥是打仗？"

成栋全说："我没赶上打仗，但是我研究过战争。抗日战争、解放战争全是冷兵器时代的战争，交战双方没有距离，必须短兵相接才能进行和结束战斗或者战役。"

石光荣瞪着眼睛看着他。

"消耗战、机动战和控制战这三种样式中。消耗战的历史最长，它的制胜方式是在时间、空间、能源和补给上消耗敌人，最终使敌人失去战争的持续能力而赢得战争。"

石光荣点着一根烟，深深地吸了一口，赞赏地看着成栋全说："说得是那么回事。"

成栋全得意地说："朝鲜战争、越南战争、柬埔寨战争、阿富汗战争都是消耗战争。"

"哪儿学的？"

"书上看的。"

"拿来给我学习学习。"

成栋全从沙发上跳到地上，拿起桌子上的一本书翻了几页递给石光荣看。

石光荣看了几行一下看进去了，他抬起头问成栋全："这本书是哪儿来的？"成栋全惊讶地说："不是石林送你的吗？"

石光荣一下想起来石林让褚琴带回来的书，他站起来走到桌子旁边一本一本地翻着。成栋全说："这些书都是好书，外面都见不到。"

石光荣把书一本本地收起来，小心翼翼地放进抽屉里，一扭头看见成栋全在看他，有些尴尬地转移话题说："咱爷俩整点儿啥吃？"

成栋全说："光说不练看不出水平。伯父，咱俩干脆打一仗吧，谁输了谁请客，下饭馆吃小鸡炖蘑菇和老边饺子。"石光荣眼睛一亮随即又暗淡下来说："打仗？上哪儿打？净扯淡！"成栋全笑嘻嘻地说："把钱揣好跟我走！"

社会上正流行一种"野战游戏"，军迷们装备水弹或者是激光枪，身着各种款式的军装、护具进行模拟作战。成栋全兴致勃勃地带着石光荣来到这样一个娱乐场所。

石光荣饶有兴趣地看着墙上的地图，上面用不同的颜色划分着几个区域：丛林区、沼泽区、山地区、阵地区。

一群身穿迷彩服、手拿特制枪的年轻人在服务员的引导下，有说有笑地从他的身后走过去，身穿旧军装的石光荣和他们形成鲜明的对比。石光荣转过身看着这伙年轻人的背影。成栋全跑过来问："选好战场了吗？"

女服务员打量了一下石光荣说："上年纪的人不宜剧烈活动，我建议你们选阵地区。"石光荣不满地瞥了她一眼问："阵地区是这儿最难剃的脑袋吗？"女服务员满面笑容地说："不是，东十区的街巷区最难打，地形复杂，人多才能玩……"

石光荣打断她的话对成栋全说："打巷战！就咱俩打！"成栋全回答得干脆："行！"女服务员怔了一下说："请跟我来换服装吧。"石光荣说："打巷战又不是换盅，整这景儿干啥？"成栋全笑着把他推走了。

街巷区耸立着两座废弃的楼房，石光荣和成栋全身穿迷彩服手握特制枪，脸上抹着油彩跟着女服务员走过来。

　　石光荣觉得这事挺新鲜，孩子气地摆弄着手里的枪，女服务员边走边给他们讲游戏规则。"砰"的一声，石光荣手里的枪走火了，黄色水弹打在女服务员的裤脚上。她看了一眼抬起头，严肃地告诉他们："战斗开始了。"

　　成栋全诧异地问："这就开始了？"女服务员解释说："每个区都有自动计时器，枪一响就开始计时，四十分钟一局。"说完，她转身走了。

　　石光荣不以为然地说："四十分钟？我十分钟就让你结束战斗！"成栋全问："您是攻还是守？"石光荣说："当然是攻。"

　　成栋全二话没说，拎着枪一溜小跑进了街中楼房。石光荣喊了声："攻城啦！"

　　成栋全隐蔽起来没应声。

　　石光荣觉得好玩，"嘿嘿"笑了，他拎着枪猫着腰脚步极快地向楼房底下跑去。成栋全悄悄从破窗子里面露出眼睛往外看。

　　整个街区异常安静，成栋全紧紧贴在墙上等待着。时间一分一秒地过去了，成栋全耐不住性子探头往外看。枪声突然响了，黄色水弹击中成栋全的肩膀。

　　成栋全就地翻滚离开窗口，爬到另一扇窗前。他慢慢站起来，把肩膀上的黄颜色往墙上一蹭，刚探了一下头，又是一声枪响。

　　成栋全机敏地闪开，水弹擦着他的脑瓜皮飞过去打在墙上。他吓得一激灵，暗道："这老爷子，神手神算啊！"他一个前扑趴到地上，动作迅速地爬到第一次挨打的窗户下，慢慢站起来，偷眼往外看。突然，石光荣的枪顶在他的后背上。

成栋全顿时僵住，石光荣嘿嘿笑着说："七分钟。"成栋全急了，扭过脸大声说："攻城不是偷袭，你得按游戏规则做。"石光荣不屑地说："狗屁规则！只要能攻下堡垒，抢占阵地就行。"

成栋全身子突然朝后一倒，手中的枪同时响了。石光荣机敏地闪身躲过，成栋全趁机收腹肌原地蹦起，跃窗而下。石光荣探头出窗寻找，成栋全已不见踪影，他点点头说："浑小子挺有尿性！"

夕阳顺着残破的楼板射进来，在楼道里面形成光栅。石光荣从光栅中跑过去，成栋全像壁虎一样紧紧地贴在窗外只有半尺宽的台子上。

四周寂静无声，成栋全探头往窗子里面看，空无一人。他蹑手蹑脚地紧贴着墙根往前移动着，拐弯死角处的影子一晃没了。

成栋全像只猛虎一样飞身跃起扑上去。枪声突然响了，成栋全被击中，他后背正中间的黄色液体像花朵一样绽放开来。

石光荣坐在房梁上开怀大笑，身边用竹竿挑着的衣服随着笑声摇晃着，衣服的影子投在死角的墙上。成栋全上当了，他懊恼地涨红了脸。

石光荣问："小子，服不服？"成栋全梗着脖子喊："不服！"石光荣坏笑着说："不服再打，一直到把你打服了拉倒！"

这时，喇叭里传来管理人员的喊声："东十区街巷区，你们的游戏时间已到，请马上撤离现场！请马上撤离现场！"石光荣手脚利落地顺着柱子滑下来，问成栋全："咋的？"成栋全咬牙说："打！"

两人二话没说朝街巷深处跑去。

追逐战激烈进行，身上布满"弹痕"的成栋全拿着枪在街巷中灵活地奔跑，浑身是土的石光荣拿着枪敏捷地追击。

喇叭里管理人员大喊："工作人员请注意！工作人员请注意！听到广播后马上到街巷区协助清场，协助清场。"

爷俩在工作人员的围追堵截下结束了战斗，交完罚款离开走人。他俩饥肠辘辘，找了一家小饭馆靠窗坐下。

石光荣把几个口袋里的钱全掏出来放在桌子上，成栋全认认真真地数着问："就这么点儿？"石光荣说："你身上就一点儿都没啦？"成栋全挠挠头说："刚才交罚款的时候我都差点儿把自己押那儿了。"

掌柜的过来问："二位，吃点儿啥？"石光荣问："都有啥？"掌柜的把菜谱递过来，石光荣煞有介事地翻着菜谱说："四两白酒。"掌柜喊："白酒四两！"

"一盘煮花生米。"石光荣点完，把菜谱合上。

掌柜的惊讶地问："没了？"石光荣点点头说："没了。"掌柜的又问："热菜呢？"石光荣认真地问："有扒熊掌吗？"掌柜的摇头说："没有。"石光荣理直气壮地说："还是的！"

成栋全忍不住笑了，掌柜的悻悻地走开。

爷俩都不是讲究的人，一口酒一颗花生豆地吃着喝着，热热乎乎地聊着。

回到家里，石光荣靠在沙发上捂着腰呻吟着，他边呻吟边竖着耳朵听卧室那边的动静。

褚琴躺在床上看书，石光荣的呻吟声传进来，扰得她没法看下去，便下地把门打开一条缝往外看。只见石光荣光膀子对着镜子朝扭了的腰上贴膏药，努力了几次都够不着想贴的地方。

褚琴小声说："没轻没重的作，怎么不作死你呢？"说着，她回到床边坐下，坐了一会儿，坐不住又站起来。

石光荣不小心把镜子碰到地上打了。褚琴绷着脸出来，夺过石光荣手里的膏药，啪的一声拍在他想贴的地方。

石光荣捂着腰说了句："那啥……"褚琴不容他说话转身进屋，卧室门咣的一声关上。石光荣傻傻地站在那儿。

深夜，所有房间都黑着灯，只有作战室的灯还亮着。石光荣戴着老花镜认真阅读的身影映在窗子上。

石林送给父亲的书整齐地摞在作战室的桌子上，石光荣边读边认真地记着笔记。

窗外露出鱼肚白，天亮了。石光荣伸了个懒腰站起来走出门去，他将头探进厨房，里面空无一人，卧室里也空空荡荡的。

石光荣沮丧地在客厅转了一圈，骂道："这个操蛋娘儿们，又把我一个人晒干了！"

石光荣到副食店买了一袋馒头，拎在手里往家走。来往的人跟他打招呼，他草草地跟他们点点头。他只顾着走路，没察觉身后有一个人在不远不近地跟着他。老干部处主任迎面走过来说："石参谋长，我正想找你呢。"石光荣问："啥事？"

"听说你种了一暖棚菜。"

"咋的啦？"

"你能不能来老干部活动中心给大家讲讲？"

"讲啥？"

"讲讲怎么能让晚年的生活更有意义。"

"我没工夫去闲扯淡！"

石光荣说完，转身就走，走了几步突然发现前面不远处站着一个人。那个胖乎乎的人咧着嘴笑着看着他，石光荣站住努力辨认。那人大声问："怎么，不认识了？"石光荣认出来是胡毅，冲过去照着他的胸口给了一拳："胡毅，你狗日的！想死我啦！"

胡毅和石光荣热情地拥抱在一起，俩人像孩子一样勾肩搭背，拍拍打打地说着笑着往前走着。胡毅打量着石光荣说："老喽！"石光荣哈哈笑着说："你年轻啊？啧啧！看你胖得跟个坛子似的，让我上哪儿认你去，咋想起来看我来了？"胡毅说："退下来了，落叶归根回老家去，顺路来看看你。咱俩多少年没见了？"石光荣扳手指头数着说："二十年了，咋想起来回老家了？"

胡毅感叹说："唉！人越老越没出息，这一没事干了，脑袋里面想的全是家乡的山家乡的水，就连说话的时候，家乡的味儿还越来越重了呢。孩子们都离家单过了，不在身边。我们老两口一商量就决定回老家去。说是哪儿的黄土不埋人，可我还是愿意把自己这把老骨头埋在家乡的老坟里面。"

石光荣感慨地点点头。

"你怎么样，种上菜了？"

"人活在世上总得干点儿啥吧？现在咱们老了，既不能打仗也不能戍边，总不能就这么混吃等死吧？"

"是啊，是啊，既然组织上不再需要我们工作，那我们还不如回老家等死去。老两口捡捡麦秸、拾拾牛粪，再种上两亩烟叶子，不挺好的吗？"

石光荣频频点头说："好主意，好主意。"胡毅说："走，走，老伴儿还在招待所等着呢。"石光荣不高兴了，说道："住招待所干啥？家去！"

"走吧，饭我都要好了，我是特意来请你跟褚琴的。"

"褚琴还没回来呢。"

"她还上班呢？"

"上啥班，领着一群老娘儿们满世界蹦跶呢。"

胡毅哈哈大笑："还是褚琴哪！啥时候都这么健康乐观。我那口子可不行喽，高血压、关节炎，还有哮喘，这一路上我净搀着她了。"石光荣笑着说："那也是你的福分嘛，我倒想搀，我见得着她吗？"

"听着味儿不对嘛，说说，你们过得怎么样？"

"马尾穿豆腐提不起来喽。"

"你回去给褚琴留个条，让她回来到招待所找咱们，到了那儿再好好聊。"

"行。"

傍晚，褚琴回家见到石光荣留的字条，便急匆匆赶往约定的饭馆。一进饭馆的门，坐在桌边的小柳子叫了声"褚琴"，便扑了过去。两个女人连哭带笑地紧紧地搂在一起。

褚琴松开小柳子，紧紧握住胡毅伸过来的手，高兴得直抹眼泪，连声说："没想到，真是没想到！"石光荣抽烟看着他们欢笑。

小柳子感叹说："老胡，你看看人家褚琴保养得多好，我俩往一块一站，我得比她老十岁。"胡毅说："人家褚琴性格开朗，哪儿热闹往哪儿跑，不像你整天躺在家里面瞎琢磨事。"褚琴叹息说："小柳子命好，躺在家里有人伺候着，我行吗？"

石光荣不愿意听，皱了皱眉头。

服务员把菜端上来，四个人边吃边聊。褚琴问小柳子："孩子们呢？"小柳子说："翅膀硬了，都飞了。老大转业在地方，孩子已经四岁了。老二两口子都在医院工作，孩子刚满一岁。你的孩子呢？"褚琴说："我们家老大的孩子也一岁多了，是个孙子。"

石光荣伸向菜盘子的筷子不动了，他注意地听着。

褚琴像是说给胡毅两口子听，也像是说给石光荣听："前些日子儿媳妇还给家来了个电话。说我那大孙子才淘呢，跟石林小时候一样，淘得人眼晕，在跟前闹得慌，不在跟前想得慌。我在电话里跟儿媳妇说，石林没空，放假的时候你带孩子回来住些日子，让我也享受享受天伦之乐。"

胡毅提议说："来！来！咱们当爷爷的先干一杯。"石光荣脸上露出笑容端起酒杯和胡毅碰杯，两人一饮而尽。

小柳子问："老二呢？"褚琴说："那个丫头不省心，快三十岁了还不找对象，愁得我一宿一宿地睡不着觉。"石光荣不爱听了，打断褚琴的话："连饮三杯，我们喝第二个。"

胡毅和石光荣碰杯喝酒。

小柳子说："你们家老三好像也是个儿子。"褚琴高兴地说："是，上大学呢，还有一年就毕业了。"

石光荣和胡毅一起上完厕所，胡毅探头往大厅里看了看说："看那俩人聊得热乎的，没咱俩啥事。你怎么样？饱了吗？"石光荣说："我这人上不了排场，吃席就是吃不饱。"胡毅说："我也一样，咱俩上你那儿整点儿啥吃的去？"石光荣积极响应说："走！"

胡毅说："不用告诉她们了，我那口子知道了又该限制我喝酒了。我现在受管制，酒只能喝啤酒，肉是绝对不让吃肥肉。你说，

436

不吃肥肉那还叫吃肉吗？"石光荣说："将在外君命有所不受，今天我陪你敞开了吃敞开了喝。"

两人偷偷摸摸地溜出了饭馆。

第十九章　爱情是什么

夜晚，两个老兵在厨房忙得不亦乐乎。胡毅边切菜边指导石光荣揉面，让他多揉两遍，然后饧着。石光荣干劲儿十足地给胡毅打着下手。

胡毅娴熟地切肉切菜，一招一式有板有眼。他先是炝锅，把菜扔进锅里，放上水盖上锅盖。趁着这工夫，他把面团放在面板上又揉了揉，说道："我给你做一顿我发明的抻面，我那口子爱吃面，我特意琢磨的。"

石光荣看了他一眼说："你咋混成这熊样？"胡毅说："我伺候老婆跟你种菜一样，找的是一种乐趣。"石光荣用鼻子"哼"了一声说："老婆跟菜可不一样。"

"那是，老婆是你的伴儿，你身上不舒服了，豆角茄子能给你端茶送水吗？"

"豆角茄子还不会跟我提出离婚呢！"

胡毅瞥了石光荣一眼说："说到底是褚琴把你给惯坏了。"石光荣气不忿地说："惯？横挑鼻子竖挑眼，有这样惯人的吗？"

"老石，咱共产党员得讲究实事求是。你得承认是褚琴伺候了你几十年，不是你伺候了她几十年。她老了也需要人关心体贴，得不到觉得委屈才跟你闹嘛！"

石光荣愣了一下，理直气壮地说："她完全可以直说，干啥拐弯抹角的？"

"直接跟你要，那还叫女人吗？女人就是女人，累死累活，一句热乎话就都认了。偏偏碰上你这个踢死牛的脾气，就是不说带热乎气的话，她能不生气吗？"

石光荣挠挠脑袋，好像是这个理。

"你想想，你结婚这么多年做过几次饭，洗过几次衣服？人心都是肉长的。我就不信你主动帮褚琴干活，她有病有灾的时候给她端碗汤端碗水的，她能舍得给你甩脸子。"

石光荣生气地说："我给她买过吃的，她不吃。"胡毅笑着说："你买的那些东西肯定都是你爱吃的。"石光荣又是一愣，没说话。

"你知道她爱吃啥吗？"

石光荣眨了眨眼睛说不出。

胡毅摇摇头说："还是的，人家褚琴不满意你是有道理的，你不关心她嘛。"石光荣用鼻子"哼"了一声说："我跟她的关系就这样了。"

"当初你追求褚琴的那股子劲头，我还都记着呢，我就不信你现在心里面一点儿都没她了。我就不信你们现在你过你的她过她的，心里面就真的一点儿都不难受？"

"难受，咋不难受！门外那个看自行车的老头儿都比我强，最起码回到家老伴能看他一眼。褚琴看见我连眼皮都不撩，好像我是地上的一块砖。"

"老石，你不能总当铁匠，该软也得软软，没人笑话！跟自己老婆又不是跟外人，你说是不是？"

石光荣忍不住爆粗口："操！"

"你还别不服软，试试就知道了，两口子过日子也得讲究个方式方法。打仗不能强攻的时候，咱不也得智取吗？"

石光荣翻睐着眼睛看胡毅。

"不管干啥，只要上心，就会觉得有意思。你说咱现在已经是混吃等死了，再把日子也过丢了，还有啥活头？"

锅开了，胡毅熟练地把面抻好扔进锅里，他命令石光荣："上手，帮我抻。"

两人热火朝天地干起来。

饭做好了，石光荣和胡毅穿着件衬衣，一人端着个小盆满头大汗地吃着油乎乎、香喷喷的辣子抻面，石光荣吃得兴起蹲在了椅子上。胡毅说："多少年没这么吃了。"石光荣抹了把头上的汗，满意地说："这才叫吃饭！"

胡毅把大盆里的底子给石光荣碗里倒了点儿，给自己碗里也倒了点儿说："打扫了，一人三小盆扯平了。"

两人动静很大地把盆里的面吃完，石光荣抄起酒瓶子说："肉吃完了，面吃完了，就剩下酒了，来！打扫战场。"他把酒倒到两个军用缸子里，"老规矩，一口气三杯，中间不带换弹匣子的。"胡毅撸起袖子说："谁换谁是孙子！"

褚琴和小柳子也没闲着，她俩回到招待所，坐在客房的床上热聊。

褚琴抱怨说："我不愿意回家，不愿意回家看他那张脸。我本来带一个班，可我申请带两个，两个班就把一天的时间占满了。蹦一天，外面吃点儿东西，回家上床看会儿电视睡觉，这不挺好的？可是我睡不着。原来是跟他吵完架气得睡不着。现在两个人见不着面，不吵了，还是气得睡不着。你说他怎么就那么硬呢？他哪怕用带点儿乞求的眼神看我一眼呢，我也就过去了。你看他那德行！耷拉着眼皮好像我是一只蚂蚁。"

小柳子忍不住笑了。

"听见他在外面走来走去的动静，我就想，这么晚还不睡觉，他干什么呢？厨房里面没有东西，他这一天都吃什么了？衬衣换没换？洗澡了没？你说我这是不是贱？"

小柳子说："这说明你放不下他嘛！"褚琴嘴硬说："放不下他？

我俩今天办了手续，我明天就忘了他。"

"忘了？哪那么容易。你们在一起生活了三十几年，他都变成你身上的东西了。咱们平时不注意自己身上都长了哪些器官，一旦这个零件出问题不好使了，你才知道心在这儿、肝在这儿。"

褚琴连连点头说："对！对！"

"老石就是你身上的一个零件，他折腾你就是要引起你对他的注意。你也是他身上的一个器官，你折腾他也是想让他重视你。"

褚琴吃惊地看着小柳子，她和老石之间的确如此。

"我跟老胡也一样，磕磕绊绊地过了几十年。不过我们家是我作，他让着我。每次闹完之后我都后悔，他还劝我说，全是因为我身体不好。不是我闹他，是病闹他。"

褚琴感叹说："他要是有老胡的一半就好了，不用一半，有指甲盖这么大一块我就满足了。"

"两口子不怕打，就怕打完了不说话，嘴上不说都在心里面猜，而且谁都往坏处琢磨。这么琢磨下去，没事也弄出事来了。"

"我心里也明白，他是心里面憋屈，不得志才跟我闹的。"

"男人跟孩子一样，孩子就是这样，外面受了气回家跟妈作。谁让你跟他关系最近来着？"

褚琴气乐了，摇摇头说："这叫什么理？"

小柳子笑着说："你以为男人讲理啊？"

"他们总抱怨咱们不讲理。"

"他们跟女人一样不讲理。"

褚琴忿忿地点点头。

小柳子问："想不想改变你们现在的状况？"褚琴说："怎么不想。"小柳子语重心长地劝道："那就记住，千万别把他当大人看，你就当他是你儿子，老小孩！老小孩！你是他妈，由着他闹去吧，看他能闹到哪里去。"

褚琴笑得趴在床上。

小柳子也笑了："我这是跟老胡学的，他说他不跟我一般见识是因为他把我当闺女养着，哪有爹跟闺女论理的？"

褚琴笑得直抹眼泪。

小柳子严肃起来，说："老石不是把干什么都当作打仗吗？那你战胜他的唯一办法就是任他为所欲为，让他占领他要占领的所有高地去吧。当他发现在那个战场上只有他一个人的时候，无论是胜利还是失败对他都没有意义了。"

褚琴心里面一阵酸楚，眼泪涌了出来。

酒逢知己千杯少，话到深处更动情。胡毅和石光荣边喝边聊，聊到了他们最爱的儿子。

胡毅说："我儿子腿和左臂负伤，他一只手拿枪，另一只手捂着脑袋，血顺着手缝流下来糊住了眼睛。这时候又是一阵炮击开始了，敌人的吼声越来越近。阵地上几乎全剩下了伤员，我儿子猛地滚出堑壕向敌人冲去，营长没有防备，抓了几把没抓住，忙用机枪掩护。只见他顺坡滚到敌人堆里面，一声巨响，敌人倒下了一片。大家都以为他完了，他又晃晃悠悠地站起来。手里端着敌人的机枪扫射起来，边打边骂，战友们从来没听见他骂过人，那天，他在阵地上把南方、北方所有撅祖宗八代的话都过了一遍。战友们跟着他一起骂着冲了上去，跟敌人打起来。这时候后援部队上来了，他们胜了这一仗。老石啊，多悬，我差点儿就没儿子了啊！"

石光荣说："老胡，你知道，石林跟我断了来往十几年了，他跟他妈和弟妹也从来不说战场上的事。我是他爹，我俩血脉相连咋能不挂念他？打起来的那段日子，我整天在地图上跟着他们部队跑，他的一举一动我都知道。有一次他带领六个战士守卫着阵地前沿上的两个山头，敌两个营的兵力分三路向他们发起进攻。除机枪组三个人外，其余同志各挡一面。石林打退了敌人的几次进攻后，觉得这么打不行，他把六个手榴弹捆在一起，埋在工事前，用电线把铁环连在一起，然后用一堆草盖上。当敌人攻上来时，他拉着电线隐藏在大青石后面，看着敌人羊群一样进入爆炸区踩到那堆草上。他一拉电线，炸倒了一大片。团里命令他们转移到主阵地，他让大家先走，自己不慌不忙地蹲下来拉屎，还说让狗日的上来先踩一脚屎！"

胡毅听得哈哈大笑。

"他们团长跟我通话的时候把我也气乐了，你说他要不是我石光荣的儿子，能这么沉得住气，能有这么大的尿性？"

胡毅感慨地频频摇头说："看看儿子才知道咱们老了！"

"咱俩这几十年没白忙活，一人得了个好儿子。"

"他们比咱们强，年轻有文化，咱们不行了！"

石光荣眼睛一瞪说："咋不行？再不行他也得管咱们叫爹，在咱们面前，他们永远是掐得出水的新兵蛋子！"

胡毅赞同地说："对，对！"

两个人接着喝酒。

"老胡，你说奇怪不奇怪，我以前躺下就着，一觉天亮。现在闭上眼睛就做梦，老是在打仗，而且总是打败仗。梦见最多的就是青石岭一战，醒来就再也睡不着了。"

"过去多少年了，你怎么还提这事啊？"

"那谁知道。"

"日有所思才夜有所梦。你白天琢磨得多了。"

"我总是想再给我一次机会，我一定能打赢这场仗！"

胡毅无奈地看着石光荣说："我可怎么说你好呢？"

石光荣哽咽着说："我的梦里总有一片高粱地，死在那场战斗中的歪把子连长、刘黑子、温大个子，还有老潘都在高粱地里面走，他们还是年轻时候的模样，我喊他们，他们不理我，我追他们，咋追都追不上。"

石光荣说着眼泪流下来。

"老石，你喝多了，咱们不能再喝了。"

石光荣手指着胡毅的鼻子叫嚷："你喝！你不喝咱俩就断了这过命的交情！"

胡毅二话没说端起缸子咕嘟咕嘟喝干了里面的酒，把空缸子底亮给石光荣看。

石光荣泪光闪闪地说："老胡，我要是先死了，你一定要抽空到我的坟前和我说说话，听你说话我心里痛快！"

胡毅的眼泪一下流出来说："我比你还大两岁呢，我要是走在前头，你清明的时候一定给我的坟头上浇上两碗酒，和你在一起喝酒我心里敞亮！"

两人哽咽着说不出话来了。石光荣抹了把眼泪说："老了老了咋成娘儿们了？"胡毅说："不哭了，咱唱歌！"

石光荣点点头说："对，咱还唱那首《要耐久歌》，你起个头。"胡毅想了一会儿问："啥词儿来着？"石光荣想了一会儿也想不起来，说道："别急，我问个人。"胡毅好奇地问："问谁？"

石光荣不回答，拨通了电话："小伍子，我是石光荣！"胡毅惊喜道："小伍子？这狗东西！"小伍子高兴地喊："师长！怎么想起来给我打电话了？"石光荣问："晚了？"小伍子说："不晚，那天你凌晨三点把我叫醒，我不也没敢吭声吗？"

石光荣咧着嘴笑："你吭声我踹你，听听谁在这儿呢？"石光荣说着把电话递给胡毅，他接过来电话喊："喂，我是胡毅。"小伍子在电话里面再次惊叫："胡师长，你怎么来了！"胡毅说："来跟这老家伙比枪法，可惜我们都成了平头百姓，没枪也没靶了。你在哪儿猫着哪？"

小伍子说："在大学里面当书记呢。"胡毅由衷地高兴，连声说："好！好啊！"小伍子说："我再有俩月就退下来了，退下来我一定去看你们。"胡毅点着头说："好！好！"

石光荣抢过话筒来说："小伍子，咱一起唱个在部队时唱的歌好不好？"小伍子见怪不怪地说："好！唱什么？"

"《要耐久歌》，你给起个头。"

小伍子在电话中唱道："当军人最要耐久，男儿胆如斗。"

石光荣和胡毅跟着大声唱："自古英雄，遇战时才把美名留。"

三个人神情肃穆，声音洪亮地大声唱着：

立奇功须要耐久，

枪支莫离手。

养精蓄锐，

时机至弹雨灭群丑。

肩担事须要耐久，

前程无尽休。

待时而动，

救国英雄荡神州。

　　褚琴回到家，在客厅神情肃穆地听两个老头儿直声拉气地唱着。她听了一会儿，悄悄回自己的房间去了。

　　作战室桌子上的所有盘子碗盆里面全空了，两瓶子酒也空了。石光荣和胡毅都喝多了，胡毅站起来摇摇晃晃地往外走。石光荣说："这么晚了，就住在这儿吧。"胡毅摇摇头说："那可不行，多晚也得回去。那老太婆听不到我打呼噜，她睡不着觉。"石光荣摇摇晃晃地说："一样的呼噜不一样的待遇，褚琴就因为我打呼噜才不愿意和我在一个屋子里面睡觉。"

　　石光荣陪着胡毅摇摇晃晃地走出家门，胡毅态度坚决地不让他送。石光荣孤零零地站在月光下，望着胡毅远去的背影发呆。

　　石光荣打开暖棚的灯，愣愣地看了一会儿豆角白菜转身出去。他跟跟跄跄地走到卧室门口，愣了一会儿神开始敲门。正在看书的褚琴抬起头问："谁?"石光荣满怀柔情地说："丫头，你开开门，陪我说说话吧。"

　　"我睡了，有话明天说。"

　　"丫头，丫头! 你把门打开! "

　　褚琴犹豫不决地看着门。敲门声由重到轻，最后没声音了。褚琴下地蹑手蹑脚地走到门口，悄悄打开门，门外已空荡荡的没了人，她心里面一阵难过地走出去。

　　作战室的门半开着，灯光从里面射出来。褚琴正要走进去，脚下被绊了一下，一个趔趄差点儿摔倒。她扶着墙站住低头往下看，喝醉了的石光荣像一摊泥一样睡在地上。

　　褚琴生气地看着石光荣，他蜷曲着熟睡，婴儿一样躺在那里。

褚琴使尽全身的力气把他拖进房间里，一点儿一点儿地挪到床上。

褚琴给石光荣脱掉衣服，端来热水认真地给他擦脸洗脚，他从始到终都没睁开眼睛看褚琴。褚琴收拾好了，想转身离开的时候，才发现石光荣的手一直紧紧地拽着自己的衣襟，她的心一下软了。

石光荣躺在床上熟睡，褚琴靠在旁边守着他。

石光荣嘴里面含糊不清地叫了声"丫头"，他翻了个身，捞起褚琴的一只手紧紧地搂在怀里。褚琴叹了口气由着他搂着。

褚琴不知道自己什么时候睡着的，睁开眼睛发现天已经大亮了，她急忙爬起来穿衣服。

褚琴和石光荣在客厅里相遇，两人都有点儿不自在。石光荣忙开门去了院里，褚琴进了厨房。

褚琴煮面条时本想下两个人的，她朝外面看了一眼，迟疑片刻后，还是煮了一个人的量。

褚琴端着一碗面条来到客厅，把面条放到桌子上，走进卫生间洗漱。石光荣从外面进来，看了看那碗面条，坐下来拿起筷子稀里呼噜地吃起来。

褚琴从卫生间出来，看见石光荣把面条吃了，不禁一愣。石光荣装聋作哑，连头都不抬，褚琴无奈地转身重进厨房，又给自己下了一碗面条。

石光荣美滋滋地喝着面汤，褚琴端着面碗在桌子旁坐下。石光荣眼皮不撩地伸出筷子，从褚琴碗中狠狠捞出一大筷子面放到自己碗里。

褚琴故意绷着脸说："你不是不吃我做的饭吗？这些天你不是把自己伺候得挺好的吗？"石光荣说："好啥？在外面吃饭，吃完了就跟没吃一样，进家就饿。"

褚琴索性把自己碗里的面全倒到石光荣的碗里，他问锅里还有吗。褚琴摇摇头说，没了。石光荣一愣问："那你吃啥？"褚琴说："太阳从西边出来了，怎么想起惦记我了？"石光荣嘿嘿笑着。褚琴脸一板说："谁跟你笑了？"

"丫头，咱别闹了。"

"猪八戒倒打一耙，谁闹了？是你跟我闹。"

石光荣不接茬儿嘿嘿傻笑。

"昨天你们俩到底喝了多少酒？"

"二斤。"

"你俩疯了？"

"痛快！那才叫痛快！多长时间没这么痛快啦！"

"昨天小柳子跟我聊了半宿。"

"又编派我的不是了吧？"

"人家小柳子比我活得明白，把男人了解得像自己的手指头那么清楚。跟她一比，我才知道我一点儿都不了解你。"

石光荣眨巴着眼睛看着她说："你不早就说我是陌生人吗？"褚琴白了石光荣一眼说："去！我说的意思跟那个意思不一样。"

"我天天仰颏躺在那儿等你了解，你不来了解嘛！"

"你怎么这么讨厌？"

石光荣嘿嘿笑着不说话。

电话铃响，褚琴过去拿起电话。是石林打来的，褚琴听着电话眉开眼笑。石光荣身子一震，竖起耳朵听着。石林问："你和爸爸的身体怎么样？"褚琴瞟了石光荣一眼说："好，好！你爸爸就在旁边坐着呢，你跟他说两句话吧。"

褚琴把话筒递给石光荣，他却不接，褚琴气得狠狠地跺了他脚一下。石光荣疼得龇牙咧嘴把话筒放在耳朵上，石林短促地叫了一声"爸"。

石光荣拿话筒的手轻轻抖起来，他克制着自己的情绪，含糊不清地"哼"了一声。石林尴尬地问："爸，你还好吧？"石光荣又"嗯"了一声。

话筒里突然传来悦耳的童音："爷爷！"石光荣脸上僵硬的线条顿时融化了，他声音颤抖地答应着："哎！"

褚琴激动地附耳上去听，石林跟儿子石小林小声地嘀咕着什么。石小林问："爷爷，你想我吗？"石光荣的眼圈红了，忙说："想，想！你想爷爷吗？"石小林清脆地回答："想。"石光荣说："想了就给爷爷来电话。"

石小林清楚地说出家里的电话号码，说是爸爸告诉他的。石光荣把电话塞到褚琴的手里面，站起来有些步履不稳地走到窗前，想平复一下激动的心情。

褚琴说："小林，叫奶奶呀！"

石光荣用大手在脸上抹了一下，慢慢转过身来。

这天，褚琴在卫生间用洗衣机洗被单衣物。石光荣在厨房里面忙活着，他把碗架上面的油瓶、酱油瓶、醋瓶、料酒瓶、味精瓶贴上胶布用笔写上名称，然后按大小个整整齐齐地排好。褚琴走到厨房门口好奇地往里看。

石光荣蹲在炉子前面守着锅里的饼，脸上抹着一道锅黑。他把耳朵凑到锅前仔细地听着，闻到一股煳味儿，慌忙掀开锅盖。锅里的饼焦黑一团，石光荣气得把煳饼一拳头砸碎了。

褚琴坐在客厅的沙发上看报纸，石海出其不意地回来了。她高

兴地叫了声："儿子，你怎么想起回来了？"石海说："我回来过两
趟，你都不在家。爸爸没跟你说过？"

"他哪有工夫跟我说话。"

"他忙什么呢？"

"研究怎样烙饼呢。"

这时，成栋全拎着一大堆东西推门进来，石海高兴地跟他打招
呼。成栋全说："我送几条鱼过来。阿姨，这鱼还活着呢，我到厨
房里去收拾一下。"褚琴说："老头子在里面忙活呢。"成栋全好奇
地问："忙活什么呢？"

"你自己进去看看。"

成栋全拎着鱼进了厨房，他收拾好鱼放在盆里腌上，然后站在
一边看石光荣烙饼。石光荣把油抹在面板上，把饧好的面放在面板
上，用擀面杖使劲儿擀着，成栋全要伸手帮忙他不让。

石光荣把擀得像纸一样薄的饼放在平锅里，盖上锅盖说："我
问了好几个做面食的老师傅，浪费了几十斤白面，才把饼弄成这
样。"成栋全赞叹说："不简单，不简单。"石光荣掀开锅，一张漂
亮的筋饼出锅了，他得意地问："咋样？"成栋全惊呼说："像，像！
跟我在赤峰买回来的一样。"

大家围坐在桌子旁边吃饭，石光荣把筋饼铺在桌子上，把成栋
全炒好的菜卷在里面包好递给褚琴说："尝尝。"褚琴从来没享受过
这种待遇，她红着脸不好意思地说："你吃吧，我自己弄。"石光荣
命令说："拿着！"

石海和成栋全想笑却不敢，忙低着头不看他俩。褚琴接过饼咬
了一口，石光荣眼巴巴地看着她吃，等待她的评价。

褚琴把嘴里的饼咀嚼后，急急地咽下去说："好吃，真的好吃，

这么好吃的饼我还从来没吃到过呢。"

石光荣得意地笑了,对成栋全和石海说:"自己上手弄着吃,尝尝我的手艺。你妈要说好吃,这饼就不是一般的水平了。"

石光荣说着又卷了一个递给褚琴,她理所应当地接过来大口大口地吃着。石海和成栋全自己动手卷饼吃起来。石海称赞说:"香!"成栋全边吃边频频点头说:"味道都跟我在赤峰时吃的一样。"

褚琴说:"我可不能再吃了,再吃又得受减肥的罪了。"石光荣不以为然地说:"减那玩意儿干啥?女人胖点儿好,看着健康牢靠。"褚琴一愣,江山易改本性难移,石光荣的转变让她有点儿意外。

石光荣又卷了一个饼递给褚琴说:"那天我尝了成子带来的筋饼,就想照这样子弄出来给你和孩子们尝尝。"

褚琴接过饼什么话都说不出来,石海看看爸爸又看看妈妈,他感觉到了父母之间的微妙变化。成栋全看了看石海,他心领神会,打破僵局问:"妈妈,我老姐来信了没有?"褚琴说:"那天来了个电话,说这个星期回来。"

成栋全筷子停在嘴边不吃了,注意地听着。石海问哪天回,褚琴说,石晶没说具体日子。石光荣转过脸看成栋全,脸上露出一丝很有含意的笑容。

夜晚,褚琴躺在床上看书,传来一阵敲门声。褚琴说:"进来。"石光荣走进来,表情窘迫地看着褚琴说:"我睡不着。"褚琴翻身坐起来问:"吃药了吗?"石光荣说:"不管用。"褚琴叹了口气,在身边让了一块地方说:"躺这儿吧!"石光荣像孩子一样高高兴兴地躺下。

"石晶这死孩子也不知道是怎么想的。"

"我说你累心不累心？"

"累！这不是由不得自己吗？"褚琴叹了口气，"这心一操就是几十年，黄土已经埋到脖颈子了。"

石光荣没吱声。

"冤家，你们全是冤家！"

石光荣发出轻微的鼾声睡熟了，褚琴叹了口气闭上眼睛。

石晶要回来的事儿搅得成栋全心神不宁，他有空就往火车站跑，背着大包小包的旅客犹如潮涌，他站在高处仔细寻找着石晶的身影。直到人都走光了，里面也没有石晶……

石光荣像是个老小孩，对褚琴的依赖心理越来越重。这晚，他又来敲门，褚琴说，门开着呢。石光荣穿着睡衣抱着枕头表情有些羞涩地走进来。褚琴问他，睡不着？石光荣点点头。

褚琴很自然地给石光荣让了个位置，他高兴地把枕头放在褚琴的身边躺下。

褚琴接着看书，石光荣咳嗽了一声说："丫头……"褚琴看着他等下文，石光荣磕磕巴巴地说："我能不能搬回来住？"

"怎么了？"

"那屋太冷清，我躺在那儿觉得浑身哪里都不舒服，往你身边一躺啥毛病都没有了。"

褚琴翻了他一眼说："我这是旅店啊，想来就来，想走就走？"石光荣笑嘻嘻地说："我那是旅店，你这是家，我这是回家。"

褚琴气笑了。

石光荣感叹说："还是老婆好啊！冷了是棉袄，饿了是热粥，困了是枕头，不管多累多乏搂着老婆躺一会儿，力气就回来了。老婆是个宝啊！老婆在哪儿家就在哪儿。"褚琴摸摸他的头说："发高烧了吧？"

石光荣把她的手拿下来握住说："我说的都是真心话。我三十多岁了还不知道女人是啥，和你结了婚以后才见识了女人，老了以后慢慢懂得了女人，熬懂了，这一辈子也快过去了。"

褚琴躺下说："这两天我也睡不着觉琢磨你呢。"石光荣爬起来看着她问："真的假的？"

"真的。"

石光荣伸手搂住褚琴感动地说："哎呀，妈呀！到底是老婆，啥时候都跟我是一根肠子。"

成栋全在火车站听着广播，不住地看手表。背着旅行包拎着旅行袋的人们急匆匆地走出检票口，成栋全站在栏杆前一个一个地仔细看着。过尽千帆皆不是，就是没有石晶的影子，成栋全失望地转身离去。

一列客车鸣着汽笛在原野上奔驰。

卧铺车厢里的旅客们在喝水、吃东西、聊天。这时，一双女人的脚从上面伸下来，踩着中铺的边沿轻巧地跳下来。看报纸的老头抬头看着女人说："姑娘，你可真能睡，不吃不喝地一睡就是一天。"

石晶不好意思地笑了笑，拿着洗漱用品走开。

洗漱间里面挤着几个等待洗漱的人，石晶耐心地站在他们的后面。洗漱完的人陆续离开，石晶拿出牙膏、牙刷洗漱。一个男子走过来，摘下手表放在台子上，他挤好牙膏开始洗漱。

石晶洗完脸甩甩头发，直起腰照镜子。那男人伸手拿表，他的脸映在镜子里，竟然是胡达凯。

石晶和胡达凯的目光在镜子里无意识地碰到一起，两人一愣，同时神色大变。

石晶扭过头，两眼死死地盯在胡达凯的脸上。

表从胡达凯的手里滑落，掉在台子上，他手指颤抖着捡起来又掉下去。石晶的身体也颤抖起来，而且越抖越厉害，她咬住牙努力控制着自己。胡达凯叫了一声："石晶！真是你吗？"

石晶激动得脸色煞白，看着胡达凯说："我想象过上百次见到你的情景，哪一次也不是这样的。"胡达凯连声说："没想到，真是没想到！"

这时，有人挤过来洗漱。胡达凯拉石晶让开地方问："你在哪个车厢？"

"九号车厢，你呢？"

"六号，你吃饭了吗？"

石晶摇摇头，胡达凯邀请她上餐车边吃边聊。石晶跟着胡达凯走在人群中，她精神恍惚地盯着他，两人不时被过往的旅客隔开。

他俩坐在餐车的角落里，餐车服务员把点好的饭菜摆在他们面前。胡达凯掏出餐巾纸把碟子、筷子细细地擦了一遍以后，对石晶说："吃吧。"石晶摇摇头说："我吃不下，你吃吧。"

胡达凯倒了两杯啤酒，冲石晶举了举杯，先喝了一大口。石晶喃喃地说："这太不真实了，简直跟在梦里一样。"胡达凯笑着说："七年了，我们整整七年没见了。"石晶嘴边泛出一丝苦笑："是啊，人有几个七年？一个七年过去，我就满脸沧桑了。"胡达凯感叹说："咱们都老了。"

两人默默地喝着啤酒，胡达凯凝视着石晶问，怎么不说话？石晶让胡达凯说点儿什么。他犹豫半天问，说什么呢？石晶告诉他，说最想说的话。

胡达凯沉吟着说："心里面太乱，不知道先说什么。"

石晶说："我睡觉前经常躺在那里瞎想，你经常出现在我设计的场景中，我希望能在北京，在我们曾经憧憬一块去玩的地方突然见到你。我依旧年轻，依旧漂亮，决不是这样灰头土脸的，眼睛上还挂着眵目糊。"

胡达凯目不转睛地看着石晶。

"我扬着头从你身边走过去，让你看见我，但是我决不理你。"

胡达凯被石晶的坦率和孩子气逗笑了。

"刚才见到你我才知道，我根本就做不到。"

"石晶……"

"我不管高兴还是不高兴，做梦都会梦见你，你成了我心里面的一块病，影响着我的人生，影响着我对未来生活的判断。"

石晶气咻咻地不说了，胡达凯用眼睛在她脸上细细地抚摸着说："石晶，你的变化比我想象中的大。"石晶看了他一眼没说话。胡达凯有些忧伤地凝视着石晶说："眼睛不像我想象中那样清澈明亮了。"

石晶的心被触动，却绷着脸问："你还能想起来我？"胡达凯真诚地说："我心里面不痛快了，总会想起你。"石晶讥讽地问："你多久不痛快一回？"

胡达凯不回答，眼中泪光一闪，他转过脸看向窗外。

石晶心软了，她努力控制着自己的情绪，把话题岔开问："这么多年你在干什么？"

胡达凯说："部队改建制后，我上了桂林陆军学校，放假探家的时候接到命令上南疆前线。上前线之前我给你往通信连打过一个电话，当时线路不好，我听你的声音很清楚，你却听不见我在说什么。

本来想回去写封信，把我心里想说的话告诉你。听见你在电话里着急地'喂喂'喊，你心急如焚的样子开始在我的眼前转，回到部队我打消了这个念头。让你知道我去打仗，心惊肉跳地熬日子，还不如不让你知道。等打完这一仗，如果还能活着回来再跟你做解释。"

石晶目不转睛地看着胡达凯，等着他说下去，他却不说了。

石晶追问："仗打完了，你也活着回来了，你为什么不找我呢？"

胡达凯的眼睛里失去了神采，他忧伤地看着石晶。

"说呀！"

胡达凯看看石晶欲言又止。

"千万别跟我说，没有我的地址找不到我，还是编个高级点儿的理由骗骗我吧。"

胡达凯转过脸看着车窗，窗外的景色一掠而过。石晶望着他，炽热的目光渐渐冷了下来，她犹豫了一下小声问："你……你爱上了别人？"胡达凯没说话，石晶蒙了，颤抖着声音问："结婚了？"

胡达凯艰难地点了一下头。

石晶努力克制着自己的情绪问："有孩子了？"

"四岁了，是个儿子。"

石晶的眼泪涌了上来，她恼怒地把泪水压了回去，狠狠地说："我恨你！"胡达凯点点头说："我知道。"石晶愤怒地看着他，重复着说："我恨你！"

"这是我最不愿意的。"

石晶脸色煞白，手轻轻地抖着，她把两只手紧紧地握在一起，说："理由！给我一个理由，我马上就离开！"

胡达凯目光复杂地看着她说："石晶！"

"没有理由？"石晶冷笑着站起来，"这还像个男人！胡达凯，我得感谢这次相遇，要不然我的一辈子就毁在你的手上了。"

说完，石晶扭头就往外走，胡达凯拦住她低声恳求："石晶，你听我说。"

"我们之间什么都没有了，我跟你无话可说。"

"别这样，你这样我心里面不好受。"

"你不好受？这时候你还在想你自己的感受，你老婆孩子亲亲热热地过日子的时候你想过我吗？"

"想过。"

"想过？想什么，想毁我毁得还不够彻底吗？胡达凯，我告诉你，和你分开的这么多年里，我像个病人一样死守着心里面对你的感情。从二十三岁一直守到三十岁。"石晶火冒三丈，她指指自己的心口，"一直守到这里面长满了荒草。"

"石晶……"

"别拦着我，都到这个时候了，你还不让我说话？"

"说吧，只要你觉得解恨，想怎么说就怎么说吧。"

石晶突然没有了情绪，转身离开了胡达凯，他忙站起来去追。

石晶满脸热泪、毫无遮拦地往前走着，车厢里过往的旅客吃惊地回头看她。

胡达凯追上石晶，伸手拉住她的胳膊说："石晶，别这样！"

石晶甩开胡达凯的手，他又去拉她，她再次愤愤然地甩开他的手。石晶挥起的手不小心打翻了旁边旅客手里的大茶缸，满满一茶缸滚烫的水都浇在胡达凯的左小腿上。

众人都呆住了。石晶醒过味儿来，扑过去想拉开胡达凯的裤腿，看看烫成什么样，胡达凯却死死地拽住裤腿不让她看。

石晶执意要看，胡达凯说，他自己来。胡达凯慢慢拽起湿透了的裤脚，露出了里面的假腿。石晶如雷击顶，张着嘴站在那里。那个端缸子的旅客悄悄离开，胡达凯把傻了的石晶拉到一边。

　　石晶泪如雨下，胡达凯小声劝她："别哭，哭的时候已经过去了。"石晶突然伸出手紧紧地搂住胡达凯的脖子，趴在他的怀里号啕出声。胡达凯往开掰她的手，劝道："石晶，别这样！"

　　石晶不撒手，哭着嚷道："不用你管，不用你管！"

　　过往的旅客好奇地看着他俩，胡达凯硬是掰开石晶的手，拉着她离开了车厢过道，去了卧铺车厢……

　　深夜，车厢里面一片昏暗，只有座位下亮着一排小灯，卧铺上的人都已熟睡。胡达凯和石晶坐在车窗旁边的椅子上小声聊着，微弱的灯光映在他们的脸上。

　　胡达凯说："我知道你转业后回到了沈阳，还知道你在法院工作。我天天晚上看新闻联播过后的天气预报，看你居住的那个城市是晴天还是阴天。"

　　石晶泪光闪闪地看着他。

　　"我出差的时候路过沈阳三次，每次路过，不管是白天还是黑夜，我都下来在站台上站一会儿，猜猜你在干什么。"

　　石晶一把抓住胡达凯的手问："你为什么不找我？为什么不告诉我？"胡达凯叹了口气说："你是一个崇尚完美的理想主义者，我不愿意你被社会舆论左右，更不愿意你为了我这个残疾人放弃自己应该有的生活。"

　　石晶痛苦地摇摇头说："你不懂爱情。"胡达凯不说话。石晶伤心地说："你不相信我对你的感情。"胡达凯摇摇头说："不，是我不相信我自己。"

石晶扭头看着窗外问："她那么好吗？"胡达凯轻声说："她很温和很善良。"石晶眼泪流下来，哽咽着问："你为什么相信她却不相信我？"

"石晶，别这样。"

"你让我自卑，让我觉得自己什么都不是！"

"在我的心中没有人能够取代你。"

"我不能搂住一句空话过一辈子。"

"她认识我的时候，我就是少了一条腿的胡达凯，她不知道我以前是什么样子，所以能容忍我孤僻沉默一言不发。我怕你拿以前的我和现在的我对比，我怕你对我彻底绝望。"

"你已经叫我绝望了，而且叫我对以后的生活不再抱任何幻想。"

"别那么狭隘。"

"你没有权利教育我！"

"你好好抬起头看看，这个世界很大，有很多比我优秀一百倍的人。"

石晶赌气地说："你什么意思？怕我缠着你啊？放心，我石晶下了这趟车，决不会再回头看你一眼的。你回去好好过你的幸福生活吧！"说完眼泪扑簌簌地滚落下来。

胡达凯伸手给石晶抹眼泪，说道："你看！你看！你又来了！"

石晶甩开胡达凯的手，他固执地硬给她擦泪，石晶抽泣着抓住他的手紧紧地捂在脸上……

旅客们陆续从站台里出来，成栋全站在出站口的最前面伸着脖子往里看着。突然，他眼睛一亮。石晶夹杂在人群中走来，她面容有些憔悴，但是眼神里有一种东西使她显得格外漂亮，成栋全激动地看着她。

石晶抬头往前看着，神情温婉柔和，这是成栋全从来没见过的。成栋全克制着自己的激动心情走到石晶的面前，像昨天还见过她似的问："还有东西吗？"

石晶脸一下红了，窘在那里问："你怎么知道我今天回来？"

"我不是侦察兵出身吗？"成栋全说着，很自然地拿过来石晶手里面的旅行包说，"走吧。"

两人上了吉普车，成栋全不时从后视镜里看石晶。石晶承受不住他热烈的目光，把脸转向窗外。

进了军区大院，成栋全停好车，拎着旅行包在前面带路，石晶跟在后面。石晶看见院子中间的暖棚吓了一跳问："这是什么东西？"成栋全说："这是老爷子的暖棚。"石光荣听见女儿的声音，从暖棚里冲出来喊："丫头！"

石晶高兴地扑上去抓住爸爸的两只手，像孩子一样在地上乱跳，成栋全感动地看着这父女俩。石光荣乐呵呵地说："撒手，撒手，看叫人家笑话。"

石晶意识到自己失态，伸了下舌头，拉着父亲进屋。

一家人热络地坐在客厅沙发上说话，听见外面有人中气十足地喊："报告！"

石光荣下意识地回答："进来！"

屋门开了，小伍子穿着一身运动装精神抖擞地站在门口。石光荣惊叫一声，骂着扑过去："王八犊子，你还知道来看我啊？"

小伍子和石光荣紧紧地拥抱在一起，两人连捶带打使劲儿亲热着。

第二十章　爱情的味道

石光荣将小伍子摁坐在沙发上，紧紧拉着他的手，好像生怕他长出翅膀飞走了。石晶忙不迭地给小伍子倒茶拿烟，石光荣问女儿："还记得他吗？"石晶笑着说："记得，他是小伍子叔叔。"

　　小伍子由衷地赞叹道："这丫头走到街上，打死我都不敢认。还记得那年我来你们家，你组织慰问团给我跳舞来着吗？"石晶咯咯笑着说："记得。"石光荣问："我说，你咋突然想起看我来了？"

　　小伍子说："我年初退下来了，一退下来就参加了老松柏长跑队。我们先顺着咱们当年南下的路线跑，然后再沿着当年北上的路线跑，一站一站地跑过来，就到了沈阳，进了城我连气都没喘就跑来看你。"

　　石光荣哈哈笑着说："你小子打仗的时候就兔子似的满山跑，还没跑够啊！"小伍子笑说："三十二师 184 团的兵哪个不能跑？"石光荣命令道："多住些日子！"小伍子摇摇头："不行，我们在沈阳只待一天。""妈的。"石光荣骂了一声，扭头对石晶说，"叫成子多弄俩菜。"石晶起身离开去找成栋全。

　　小伍子问："成子是谁？"石光荣说："就是刚才那小伙子，石晶的对象。"

　　成栋全在大棚里摘完菜，就到厨房里切肉洗菜，忙得不可开交。见石晶进来，他说："帮忙剥两根葱。"

　　石晶动手剥葱，成栋全忙着煎炒烹炸。石晶在一旁打下手，成栋全看了她一眼说："你瘦了，肯定是伙食不合口。"

　　石晶心里面像打翻了五味瓶很不是滋味，她无奈地说："成栋全，唉！你想让我怎么说才好？"

　　成栋全满不在乎地说："不用说！说什么？你该干什么就干什么，我决不拦着，只要你不结婚，我就有权利看你、追求你。你要

463

是讨厌我这么近距离地看着你，你告诉一声，我退到黄线以外，但这并不表明我放弃了自己的权利。"

石晶被气笑了。这时，石海喊着"姐，姐"地冲进来，拉着石晶的胳膊傻笑。

石晶用手在他的脑袋上划拉了一下问："想姐没有？"石海笑嘻嘻地说："想啦！想得都快想不起来你是谁了。"石晶拽着石海的耳朵说："没良心的！"

石海笑着讨饶，成栋全羡慕地看着姐弟俩。

石海对成栋全说："成哥，借我姐用用行不？"成栋全笑着说："拿去，拿去！像监工似的站在这儿，我还嫌她碍事呢！"

石海拉着石晶走出去。锅开了，成栋全掀开锅盖把煮好的肉捞出来。

石光荣和小伍子聊得热火朝天，石光荣拿出一本大影集，俩人边看影集边议论，照片上石光荣和胡毅骑在马上咧着大嘴笑。小伍子指着胡毅说："我们长跑队跑过胡师长的老家，我还专程去看过他。"石光荣感兴趣地问："是吗，他们过得咋样？"

"小柳子先开始不适应，后来好了。那里空气新鲜，她的哮喘病一次也没犯过。村子里亲戚多，孩子也多，每天家里面一屋子人，老两口不像在城里面那么寂寞了。"

石光荣点着头连声说"好"。

"县里面给老两口拉专线安了部电话，他们家就成了村公所，胡师长成了看收发室的老头儿，整天跑前跑后地给村子里面的人传话。小柳子成了烧水的老太太，天天给村里来听城里新闻的人沏茶倒水。"

石光荣听得哈哈大笑。

"他们家那台电视拿到农村后什么也看不见，一到晚上七点胡师长就站在电视机前调。他调他的，村里来看电视的人喝着茶聊自己的，聊得差不多了，往电视上看一眼，见还没人影接着聊。直到胡师长把家里面的电视彻底拧坏了，这个看电视的节目才取消了。"

石光荣、石晶、石海像是听相声，乐不可支。

褚琴走进院子，听见客厅里一片笑声，心里很是纳闷儿，不知谁来了。她推开屋门，石晶叫了声"妈"，扑上去搂住她的脖子。褚琴嗔怪说："死丫头，你还能想起来回来呀？"说话间，她看到了小伍子，愣了一秒钟，激动地大叫"小伍子"。

褚琴扑过去拉住小伍子的手使劲儿摇晃，嘴里面"哎哟哎哟"地叫着……

屋里笑声不断，其乐融融。

不一会儿，成栋全端着菜出来喊："开饭喽！"大家摆碟子、摆碗一起忙活起来，然后围坐在桌子旁吃饭。石光荣格外高兴，叫着要喝酒。石晶拿出老爸珍藏的好酒，给大家一一斟上。褚琴说："你们年轻人多喝点儿，老头子少喝点儿。"石光荣嚷道："小伍子好不容易来一回，我们得好好喝喝。"

褚琴刚要再制止，石晶扯了一下母亲，她不说话了。

成栋全热情地给众人倒酒布菜，不时挑头带领大家喝酒，石晶倒像个外人似的坐在那里不声不响地吃饭。

石光荣问小伍子："老胡有地了吗？"小伍子说："村里本来要分给他二亩地，他不愿意让大家给他匀地。天天早上带着几个侄儿侄孙到坡后去开荒地，累得晚上往炕上一躺就哼哼。"石光荣笑着说："在城里待熊了。"

小伍子突然想起什么，他笑了起来："胡师长回老家后把自己弄得跟包青天似的，公家、私家的事儿，哪里有事他都出头管。乡亲们都服他，他说对就是对，他说不对就是不对。"

石光荣羡慕地听着，很是向往。

"那里田少地瘦，胡师长出头跟县里要化肥。县里很为难，说化肥都是有指标的，他们村今年没有指标。胡师长很生气，晚上半宿没睡着。第二天县里运往别处的化肥车被一群农民给截了，他们爬上汽车往下踢化肥口袋，车下的人肩扛筐挑，跑下公路很快就没影了。等司机明白过来，战斗已经结束了。"

桌上的人入神地听着。

石光荣的眼睛里闪着狡黠的光说："这事是老胡组织干的。"小伍子笑了："胡师长一直站在高地上，卡车空了，他下令撤出战斗！"

石光荣哈哈大笑，桌上的人跟着笑。石光荣说："这老家伙活得滋润，活得痛快！来，咱们为老胡再喝一个。"

成栋全端着酒杯站起来说："小伍子叔，我敬你一杯！"

小伍子忙端着酒杯站起来。

成栋全说："我这一辈子最喜欢的职业就是军人，最想干的事情就是打仗，最崇拜的精神是英雄主义精神。这三样你和伯父都有，我从心里面羡慕和敬佩你们。先干为敬，叔，这杯我喝了。"

成栋全一饮而尽，小伍子也痛快地喝干了杯里的酒。

成栋全又给自己和小伍子满上，激动地说："我当兵的时候赶上南线保卫战，我盼着我们部队能上去，可是我们部队偏偏被留在国内不动。我写了十几封请战书也没回音，急得我牙床子肿得老高。我当兵为什么？不就是为了保家卫国，能狠狠地捞上一仗打吗？"

石晶和石海看着成栋全，感觉他动了真感情。

成栋全遗憾地说："我一直盼到作战部队凯旋，才知道我的梦想彻底落空了。"石海说："我爸也是从头盼到尾，行装都让我妈给准备好了，结果凉了。"

石光荣失落地摇摇头，拿起杯子喝酒。成栋全说："伯父打了半辈子仗，仗仗都是你死我活的硬仗，这一仗没打上也没什么遗憾的。"石光荣摇摇头说："遗憾，咋不遗憾？我已经快三十年没听到枪响了。眼睛不行了，耳朵也不行了，连身上的血都流得慢了。只有往战场上一站，我才知道自己还活着，还像以前一样机敏，还像以前一样能冲锋陷阵。"

成栋全小声对石海说："你去看看厨房里面的汤。"

石海站起来离开桌子去了厨房，汤锅里面的鲫鱼汤煮得牛奶一样的白。他把汤盛在汤盆里，端起来放在餐桌中间。

石光荣讲起打仗绘声绘色、滔滔不绝："一营首先伏击了一个日本小队，缴获一挺湛蓝烤漆的轻机枪。妈的，那时候我们的武器多差呀，破套筒子加拉不开栓的汉阳造，子弹袋空空的，自己觉得不好看，就用高粱秸子把它撑起来装门面。人家一营有了轻机枪，行起军来扛在肩上咋看咋威风，谁看谁眼气。

"后来我们营打伏击，我们趴在庄稼地里面看得很清楚，前头是三个鬼子尖兵，后面拉开一段距离，是二十个扛着一挺歪把子机枪和一门小钢炮的鬼子兵。再往后又是二十个鬼子兵，拉着一匹驮着子弹箱的马。我们馋得眼珠子都快掉出来了。营长一声'打'，枪声四起，喊声大作，小鬼子东去我们东打，西退我们西截，最后就在庄稼地里面展开了白刃拼搏。"

石光荣说着不解恨，起身离开桌子，在地上比比画画地说：

"战斗一打响，我两眼就转着找敌人安放机枪的地方，很快就发现一个鬼子趴在土堆后面，撅着屁股向我们的队伍扫射。我瞄了一眼地形，顺着水沟朝那挺机枪拼命地跑，屁股上中了一枪，可我一点儿都没觉出来。我冲到那挺机枪前，伸出双手猛地一下抓住机枪。那机枪的枪筒热得跟烙铁一样，手抓上去'吱啦'一股白烟，手被烫掉一层皮，我硬是抓住不放。小鬼子先是吓了一跳，后来清醒过来，使劲儿抱住枪托往回拽。小鬼子个儿不高，块头儿不小，膀大腰圆，胳膊上的腱子肉鼓鼓着。那时我才十五岁，瘦得三根筋挑着个脑袋，胳膊细得像柴火棒，一撅就折，根本就不是他的对手。小鬼子悠得我两脚离了地，我咬着牙死不撒手。连长从后面上来给了他一刺刀，他松开手堆在了地上。我两手握着枪筒不放，连长喊了好几声，我才明白过来，追着连长问，机枪呢？连长说，被你夺下来了。我问，在哪儿呢？连长说，不是在你手里面端着呢吗？这时我才看见自己的两只手上的皮都被烫没了。连长问我疼不疼。我说，疼啥？不疼。两块皮换一挺机枪值！"

石光荣回到座位上坐下，看看正在喝汤的石海说："一代不如一代喽，你们问问我们家老儿子十五岁的时候干啥呢？"石海看了爸爸一眼不说话。石光荣接着说："还在家跟他妈撒娇呢。"

成栋全和小伍子笑起来，石海朝爸爸翻了一下白眼。

"山草驴变蚂蚱，一辈不如一辈。我也想开了，打江山为了啥？不就是为了不让你们再过我们那样的苦日子吗？我们一家五口人，四口当过兵，除了他妈，我们父子三人身上都有伤疤，一块疤一个军功章，军功章一大把。"石光荣看了石海一眼继续说，"要是依我过去的脾气非得让他当兵去，现在我老了不得不承认，我们确实是进入了和平年代，孩子们愿意干自己想干的事，就去干吧。去发自己的热，发自己的光。我不管他，也不许他妈管他。石海，我给你把话撂在这儿，毕业了你愿意去哪儿就去哪儿，愿意咋活着就咋活着。上对得起国家，下对得起自己就行了。"

石海有些吃惊地眨着眼睛看着爸爸。

石光荣端起酒杯提议说："来，咱们再喝一个。"

大家热热闹闹地喝酒，石海一个人坐在那里，看看这个，看看那个，很是有点儿不自在。大家碰杯，一饮而尽。

"我们连长说过，当兵就要当得地道，把钢火灌硬了，将来走到哪里都不能让别人说出咱们部队半个'不'字。"成栋全拍拍自己厚实的胸脯对石海说，"看看，咱这都是部队的钢火灌出来的。"

石海傻愣愣地看着他们，不知道说啥好。石晶划拉了一下弟弟的脑袋说："琢磨什么呢，别瞎琢磨了，乖乖地在家给爸爸妈妈当老疙瘩吧。"

石海生气地把姐姐的手扒拉开，石晶笑了。

成栋全笑着说："石海跟我不一样，他爱琢磨事。我们连长就怕爱琢磨事的兵，他有一条经验，决不能让兵闲着，一闲着就琢磨事。操练完了实在没什么可干，他就弄上一堆石头，今天让我们搬到东边，明天再让我们搬到西边。"

石光荣大笑说："这是啥操蛋连长。"成栋全笑着解释说："连长说越累心里面越干净。"

酒足饭饱，说不完的故事，大家一直畅聊到夜幕降临。

天下没有不散的筵席。众人依依不舍地将小伍子送到院外，小伍子动情地劝大家回去。石光荣不依，大声说道："走，走！我把你送到街上。"小伍子说："再送我就走不出去了。"

"走吧！"石光荣说着，往前面大踏步地走，小伍子急忙跟上去。石晶纳闷儿地问："爸爸从来不送人，今天是怎么了？"褚琴说："老了，懂得恋人儿了。"

石海说："妈，我回学校了。"褚琴说："这么晚了，就住家里吧。"石海摇摇头说："不了，还有论文呢。"石晶对石海说："走吧，我送送你！"成栋全忙说："不早了，我也回去。"

石晶看了成栋全一眼，知道他别有用意。成栋全没事人似的把手搭在石海的肩膀上，搂着他朝前走。

一行人来到街上，石海挥挥手骑上自行车走了。石晶和成栋全一声不响地站在路边。

石晶转过身慢慢往回走，成栋全默默地跟着她，路灯把他们的身影拉长又缩短。走到马路拐弯的地方，石晶站住脚看着成栋全，说："我回去了。"成栋全问："连手都不肯握一下吗？"石晶犹豫了一下把手伸给他说："再见！"

成栋全握住石晶手的那一瞬间，激动地闭上了眼睛。石晶看他神色不对往回抽手，成栋全使劲儿一拽，石晶扑到他的怀里，成栋全紧紧地搂住她。石晶挣扎着说："这是大马路，你疯了？"

成栋全用一个充满激情的热吻堵住了她的嘴，石晶僵硬的身子慢慢地软了下来，两人在人行道边疯狂地吻着。

几个小伙子骑在自行车上飞奔过来，看见此情此景拼命地喊叫吹口哨，成栋全满不在乎地搂着石晶的肩膀往前走。

远处霓虹灯闪烁，两人在一家商店前停住脚步，坐在台阶上默默无语，不时有行人从他们前面走过。石晶抬起头望着远处说："我在回来的路上看见他了。"成栋全一怔问："谁？"石晶不答，眼里像是有泪光。成栋全明白了，说道："是那个叫胡达凯的人吧。"

"他还是那样，我一眼就认出来了。"

"他结婚了吧？"

石晶被击中要害，抱着腿把脸埋在膝盖上。成栋全如释重负，脸上露出笑容说："俗人一个，跟我预料的一样！"石晶抬起头两眼冰冷地盯着他质问："你有什么权利这样说他？"成栋全不解地问："我说什么了？"

石晶气愤地说："他把一条腿扔在自卫反击战的战场上，结婚怎么了？就凭这，他结十回婚也是应该的！"成栋全愣了一下，随即问："既然是应该的，你伤心什么？"石晶的眼泪流了下来，哽咽着说："你管不着！"

成栋全笑了。石晶瞪着他问："你笑什么？"成栋全忙说："我没笑！"

石晶站起来就走，成栋全在后面追着她喊："石晶，石晶！"

石晶心里很乱，她想一个人静一静，便奔跑起来，成栋全紧紧跟在后面。石晶不跑了，边走边抹眼泪，成栋全上前一把抓住她。石晶使劲儿挣扎着，成栋全就是不撒手。石晶摆脱不掉，照着他的手腕咬了一口。

成栋全疼得差点儿叫出来，他强忍着就是不撒手。石晶松开嘴看着成栋全手腕上深深的一圈牙印愣住了，成栋全一声不响地看着她。石晶心疼地用手想抹平牙印，成栋全说："别动，这么好的表小心弄坏了。"

"疼吗？"

"这儿更疼。"成栋全指了一下心口，"石晶啊，石晶！我怎么样才能让你爱我呢？"

尽管感动，可石晶却不说话。

"你一点儿都不爱我吗？"

石晶点点头。

"你们女人是不是天生的口是心非？"

石晶一怔，不知道他是什么意思。

"我把你抱起来的时候清清楚楚地感受到你的激情，一放在地上你就变成了一块冰，到底哪个才是真正的你呢？"

石晶的脸涨得通红，骂道："你混蛋！"

成栋全的目光往旁边扫了一下，突然抓住石晶的胳膊把她拉到一边。石晶挣扎着，成栋全的神情格外严肃，他低声说："别回头，往前走，直接回家。"石晶说："你有病啊。"成栋全说："对面烤羊肉摊上有一个我们要抓的通缉犯。"

石晶看着成栋全，发现他不是开玩笑，顿时紧张起来说："赶快报警吧！"

成栋全掏出手枪打开保险，把枪顺进衣袖里说："来不及了，这小子有两条命案在身，不能再放跑他！"石晶说："我跟你去！"成栋全一掌搡开她说："回家去！"

石晶踉跄几步差点儿摔倒，成栋全大踏步地朝烤羊肉摊走去。

三四个混混围着摊子吃羊肉串，成栋全若无其事地走过来。正在吃着烤羊肉的通缉犯警惕地看了一眼成栋全，成栋全站在摊子前说："老板，来十串。"

老板把肉串放在炉子上。通缉犯觉得气氛不对，他慢慢站起来，扔下手中的扦子要离开。成栋全照地上的炭筐就是一脚，炭筐腾起一片黑雾，飞过去撞在通缉犯的膝盖上，他腿一软差点儿跪下，两手塞进口袋飞快地掏出枪。

成栋全飞起一脚踢飞了通缉犯右手的枪，砰的一声，枪响了，人们吓得四散奔逃。成栋全一个鱼跃蹦起来，枪从袖筒里面滑到手里，他的枪和通缉犯的枪同时抵住对方的太阳穴。

成栋全嘲笑说："你的灵活性和枪法都太差，刚才你用右手开的枪都打到姥姥家去了；要是左手开枪，我得上美国找弹壳去！"通缉犯脸色铁青地说："高兴得太早了，告诉你，老子是双枪将。"成栋全说："好，这样我就觉得公平多了。"通缉犯脸上露出笑容说："是条汉子，有你陪着上路，我不觉得冤。"他说着，抬了一下手腕，示意要扣扳机。

石晶突然冲过来，闪电般地来到通缉犯身旁，她全身发力，大喝一声猛抬右膝，膝盖正好顶在通缉犯的嘴上。

通缉犯猝不及防，手枪飞出去好几米远，摔到墙上又掉落下来。石晶猎豹一样跳起来接住枪，动作异常麻利地用枪顶住通缉犯的脑袋。

通缉犯伸手往怀里摸，石晶抓住他的手使劲儿往后一拧，把他倒背起来，转了几个圈狠狠地摔在地上。罪犯的后脑勺磕在马路牙子上，脖子一软昏过去了。

警车鸣叫着开来，石晶头发凌乱，站在那里呼呼地喘着气。

刑警把通缉犯铐起来，拽开他的衣襟，神色大变，只见通缉犯的怀里捆着一圈炸药。刑警拖走通缉犯，将他押上警车。

成栋全走过来，充满感情地看着石晶小声说："石晶，石晶，我真没看错你！"石晶脸色惨白，下巴不住地颤抖着。成栋全惊讶地问："你怎么了？"石晶腿一软坐在地上，成栋全把她抱起来。石晶反手抱住成栋全，紧紧地搂住他呜咽起来，刑警们冲成栋全做着夸张羡慕的鬼脸。

成栋全安慰石晶说："过去了，都过去了！"石晶把脸扎在成栋全的怀里号啕大哭，成栋全明白她的心，激动地紧紧搂住她说："别哭，别哭，我这不是好好的吗？"

石晶泪如雨下，使劲儿摇着头。成栋全像拍女儿一样拍着石晶的后背，安慰着她说："好了，没事了，没事了。"

刑警们哄堂大笑，成栋全假模假式地呵斥他们说："笑什么？你们的老婆没这样抱着你们哭过吗？"

石晶不好意思地破涕为笑。

这天，褚琴、石光荣和石海围着桌子吃饭。褚琴问，今天是星期天，石晶不在家待着跑哪儿去了？石海说，她和成哥爬山去了。

褚琴边吃馒头边问："这馒头不错，哪儿买的？"石光荣说："哪儿买的？我做的！"褚琴和石海吃惊地问："你做的？"石光荣不满地反问："这段日子家里的饭哪顿不是我做的？"

褚琴惭愧地说："这段时间我太忙，家里的事儿都顾不上管了。"石光荣说："你们都忙，就我一个人闲得都快长毛了。"石海说："爸，我看你比我们谁都忙。上半个月养蚯蚓，下半个月养蚂蚁，这个月又换成蜗牛了。"

褚琴叫苦说："你快别提那蜗牛，昨天晚上我刚躺下，他就抱着一个用手巾包着的饭盒递给我，让我给他放在被窝里搂着。我问他这里面是什么，他说是小蜗牛。"

石海扑哧一声笑了。石光荣瞪眼问："笑啥？那蜗牛小，就得找个暖和的地方待着。"褚琴问："怎么不放在你自己的被窝里面搂着？"石光荣理直气壮地说："我搂着那东西睡不着。"褚琴反问："我搂着就能睡着了？"石光荣指了一下石海说："他们仨不都是你搂大的吗？"

石海笑得差点儿把饭喷出来，褚琴气得半天没说出话来。

石光荣安静不了几天，又开始整景了。他把院子里新长出来的小苗一棵棵都拔了。石晶下班回来，吃惊地看着父亲问："爸爸，你这是干什么？"石光荣不说话，埋头干自己的。

褚琴和石海拎着大包小包从街上回来，看到眼前的情景也愣住了。褚琴喊道："你疯了？"石光荣说："我天天晚上梦见在高粱地里面走，搅得我觉都睡不好，干脆种上一院子高粱天天看着它，省得晚上老在梦里费神。"

石晶和石海不解地互相对视了一眼，老爸最近好像有点儿不大对头。

褚琴生气地说："我真不知道你这一天天作的是什么？好好的花拔了种上菜，菜长好了又拔了要种高粱。"

石海问："爸爸，你就是因为晚上做梦老梦见高粱，才种高粱的吗？"

石光荣闷着头不说话。

褚琴愤愤然地说："他那是借口，闹腾才是主要目的。你爸爸现在是想干什么就干什么，那天他不知道从哪儿背回来一些破砖头，非要在屋子里搭一铺土炕。我跟他吵了一架，求人把那些破砖头扔了，他才作罢。他今天张罗种高粱，如果明天这座城市里让养猪，用不了两天猪圈就在咱们窗户下面搭起来了！"

石光荣叫嚷说："养猪咋啦，丢你人啦？这都啥时候了，你还放不下那臭架子！你看人家老胡和小柳子，圈里养着猪，坡上放着羊，水泡子里面还养着一群鸭子，那日子才叫日子哪！"

"你过的日子就不是日子了？"

"这不是我愿意过的日子。"

"你愿意过什么日子？"

"我要回老家。"

"什么？"

"我要回蘑菇屯。"

褚琴、石晶、石海一听全都愣住了。

石光荣说："这事儿我想了一年了，在这儿混吃等死，还不如带领部队开拔，打回老家去。"

褚琴目瞪口呆地看着他。

石光荣畅想着说："咱们盖上一栋瓦房，门口打一眼水井，院子里面拴上一头毛驴，房前屋后再种上几亩菜地。咱们老两口，浇水施肥，日子比在城里舒坦多了。"

褚琴气呼呼地说："你要当土财主你回去，我才不陪你去当那地主婆呢！"说完，她转身气哼哼地进了屋子，石光荣一言不发地蹲在地头想自己的事儿。

夜晚，褚琴在床上翻来覆去地睡不着，她坐起来听着外面的动静，客厅电视里传来枪炮的爆炸声。褚琴披上衣服下地，开门走出去。

石光荣靠在沙发上看着石林送给他的军事资料片，褚琴在他身边悄悄地坐下，石光荣赌气不看她。褚琴拿了件衣服给石光荣披上说："你这么闹腾也不怕孩子们笑话。"石光荣说："跟猪一样吃了睡、睡了吃，就没人笑话了？"

"别说得那么难听。"

"难听比难受好，不饱不饿，不冷不热，这操蛋日子把我身上的疤痢疖子都磨平了，磨得我把过去都快忘了。"

"你不是忘了，你是学会了在和平的环境中生活。"

"生活？他们牺牲了我活下来了，我活着就是为了想着他们。现在就是想也不能做到天天想了。和平，和平，和平是老头子们才得的病，我是真的老喽！"

褚琴犹豫了一下说："老石，等石晶和石海结了婚，咱再考虑回蘑菇屯的事。"石光荣回过头看着褚琴说："丫头，你别为难自己了。"褚琴叹了一口气。石光荣说："等我没了这口气，你再把我送回蘑菇屯去。那儿空气好，躺着也舒坦。你死了也去那儿，咱俩并骨。"褚琴生气了："我说，你到底整天想什么呢？"

翌日清晨，石光荣在厨房里面做早饭，褚琴进来伸手帮忙。石光荣纳闷儿地问："你不是早上还带一个班呢吗？"褚琴说："不去了，在家陪陪你。"

石光荣心里一动，干活儿的手停住了。褚琴装作没看见，手脚麻利地收拾着厨房。

褚琴、石晶、石海围着桌子吃早饭，石光荣在厨房忙着煎鸡蛋。褚琴让石晶陪她上一趟街，去买被面。石晶摇摇头说，她不要。

褚琴下令说："不要也得要。两铺两盖，这是咱东北嫁姑娘娶媳妇的规矩。石林那份他结婚的时候我寄过去了，石海的在箱子里面留着呢。你这丫头从小就搅毛，我不敢买，就等着这天到了你自己挑去。"石晶感慨地看着母亲说："妈妈，你累不累呀！要是当妈的都这样，我结了婚可不要孩子。"

褚琴说："那是说嘴，真没孩子还不急死你？妈妈是过来人有亲身体验，刚怀上孩子害怕，孩子在肚子里面会动了，你就知道啥是你的命了。从那时候起你就不是你了，你变成了另外一个人，你比谁都勇敢，比谁都坚强，比谁都富有牺牲精神。"

石晶嘻嘻笑着问:"真的假的?"

"女人说啥都得生个孩子,人们都说,没生过孩子的女人不是完整的女人,这话说得对。这不完整指的不是生理,而是心理。做母亲是女人必不可少的心理历程。"

"妈妈真是不得了啊,讲起理论来一套一套的。"

"你妈没有亲身体验能说出来这些道理吗?"

这时,石光荣端着煎好的鸡蛋过来问:"聊啥呢,聊得这么热乎?"褚琴说:"教育你女儿怎么给人家做媳妇呢。"石光荣挨着石晶坐下,看着女儿的脸说:"我女儿不用教育,成子娶了我女儿是他的福分,不过这话也得反过来说,你嫁给他也是你的福分。"

石晶噘嘴问:"你就那么巴不得我赶快离开这个家?""小雀儿出飞,这是必然规律。"石光荣叹了口气,"小雀儿一个个地都出飞了,剩下我们这对老家雀儿窝吃窝拉叨叨架了。"

褚琴不爱听这话,瞪了石光荣一眼。

石晶劝道:"爸爸、妈妈你俩已经上年纪了,不要再像以前那样老打架了。"

褚琴说:"打不打你得问他。"石晶说:"你俩的事,我不问。"

褚琴抬起头笑盈盈地看着石光荣问:"咱俩这场仗一打就是三十七年,你还想打下去吗?"石光荣笑着回答:"打!自打认识你那天,我就由不得自己了。"石晶意味深长地看看他俩:"我怎么从你们话里听到的不是火药味儿呢?"

褚琴:"什么味儿?"石海头也不抬地回答:"爱情的味道。"褚琴涨红了脸。石光荣尴尬地笑着骂:"净扯淡!"

石晶问:"你俩打了一辈子仗,也没打散了伙,反而越打越近了,知道这是为什么?"老两口不解地看着女儿,她郑重地说:"因为你们都拥有自己的秘密武器，那就是爱情！"

老两口神情大窘，石光荣自我解围说："你说这丫头找打不找打，咋拿咱老两口逗闷子呢？"石海大笑，褚琴照石晶的后背给了一巴掌。石晶尖叫："母亲毒打女儿，我要上诉！"

石光荣呵呵笑起来，这才是家的样子。

石海放下筷子说，他吃好了。褚琴让石海没事儿帮爸爸收拾收拾菜园子。石光荣一愣，褚琴问，他不是想种高粱吗？石光荣忙点点头。

褚琴对石海说："你帮爸爸把地翻了，我和你姐帮你爸撒种。"石光荣感动地看着褚琴。褚琴故意板着脸问："看我干什么，我脸上又没有花！"

石海和石晶互相看了一眼，偷笑着离开饭桌。

一家人在院里忙活起来。石海拿着铁锹使劲儿翻地，石光荣跟在后面撒种，他脸上露出少有的笑容。

见石海翻地不得要领，石光荣忍不住说："你翻地的姿势不对，锹那样拿使不上劲儿。"他走过去拿过儿子手里的铁锹指导着，刚翻了两下就挂着锹把站在那儿了，喘息着说："到底是老了，干了这么两下，腿就抬不起来了。"

石海给石光荣搬来一把椅子说："爸，你坐在这儿看我们干。这么点儿活，我们一会儿就干完了。"

石光荣笑眯眯地坐在椅子上看着儿子翻地、女儿撒种，他不时喊住他们纠正动作。石光荣神情有点儿恍惚，石晶、石海撒着种越走越远了。

褚琴过来把手巾递给石光荣，他感慨地说："石林要是在，这一家人就全了。"褚琴说："他那天在电话里面不是说演习完了就回来吗？"石光荣体谅地说："当团长了，不是他想回来就能回来。"

褚琴点点头抓起一把种子走了，石光荣眯着眼睛看着她。

石光荣出现幻觉，他们一家回到了蘑菇屯。石海在土地里撒着种，远处传来牛马羊的叫声和人的吆喝声。

石晶撒着种笑嘻嘻地从他面前走过去。

褚琴头上包着手巾抱着瓦罐走过来。

石光荣觉得有些眩晕，他努力睁开眼睛。褚琴拎着暖壶和茶碗站在面前，他糊涂了，眼直愣愣地看着褚琴问："你……你……"

阳光刺眼，眼前突然一片炽白，只听见褚琴喊："老石，你怎么了？"

石光荣嘴角露着一丝微笑伸手去拉褚琴，他连人带椅子一起翻倒在地上，天地倒了一个个儿。

褚琴的喊声越来越远，两个儿子和一个女儿像三朵云彩一样地飘过来了。

石光荣被送进急救室抢救，监护仪上他的心跳很微弱。石光荣浑身插满了管子躺在病床上，石晶扶着脸色惨白的母亲站在床边。

医生给石海解释石光荣的病情，他这是突发性心肌梗塞。石海不解地问，会怎么样？医生摇摇头说，很可能再也醒不过来了。

石晶听了泪如雨下。石海急了，说他爸身体一直非常好。医生说，正是因为这样，他们才麻痹大意了。

褚琴脸色平静地对石晶说："去，给你哥哥打个电话，叫他回来看看你爸爸。"

石晶答应着跑出门。褚琴又对石海说："回家把你爸那套新军装拿来。"

石海哭了："妈妈……"褚琴说："别哭，你爸爸不愿意看见你哭。"石海抹着眼泪走了。

褚琴端来一盆干净的水给石光荣用棉花球细致地擦洗着，他一动不动地躺在那里。输液瓶中的液体越滴越慢，石光荣慢慢睁开眼睛。

褚琴俯下身去惊喜地喊了声"老石"，石光荣目光迷离地看了她一眼，又把脸转向一边，他把手举起来又放下。褚琴问："老石，你要干什么？"

石光荣慢慢地闭上了眼睛，输液瓶内的液体停止了流动，心脏监护仪上的心跳变成了一条直线。褚琴像石雕一样坐在那里看着石光荣。

医护人员赶来了，想从石光荣身上撤下各种抢救的仪器，褚琴护住不让动。护士把石光荣身上的被单拉起来盖住他的脸，褚琴发疯一样扑过去，拉开盖在他脸上的被单。

石光荣闭着眼睛静静地躺在那里，褚琴摸摸他的脸，又摸摸他的手，茫然地看着四周。医生给护士们使了个眼色，大家都出去了。

褚琴看着石光荣，眼泪涌上眼眶，她狠狠地抹掉，声音平静地说："我不哭！我不会哭你的！石光荣，你是懦夫！是逃兵！"

褚琴激动起来，怒斥说："结婚这么多年，你尽过责吗？面对人生尽头的一个死字，你都要逃避责任，你死在我前头，让我怎么往下活？你这是在惩罚我！从我嫁给你的那一天起，我就没完没了地遭受惩罚，就是因为我嫁给了你这样的男人！石光荣，我恨你！就是到九泉之下，我也要追上你骂你！打你！我骂完了你，我再骂自己，骂自己瞎了眼睛把一辈子给了你！"

石光荣静静地躺在那里承受着她的谴责。

褚琴被他的平静和无言所震慑，她嘴唇哆嗦着在床边慢慢蹲下，伸出一只手摸摸石光荣的脸，又摸摸他的耳朵。褚琴握着石光荣的一只手，把脸深深地埋在他的胸前低声问："你怎么不跟我吵了？嗯？你怎么不吵了？"

她无声地哭了，床单上泪湿的洇迹渐渐扩大。

褚琴抬起头看着石光荣的脸泪如泉涌，她凄楚无助地问："老石，咱俩说好了呀！不许你走到我前头，你怎么就不守信用走到我前头了呢？你真是在惩罚我吗？那我已经受到惩罚了！你不在了，我活着还有什么意思？没有了你，我就什么都没有了。老石，咱们俩在一起整整过了三十七年，每次离开我都知道你还会回来。我从来没想过你能撒手不管我。我一直觉得这个世界上没有什么能战胜你。战争年代你可以几天几夜不睡觉，饿着肚子在零下四十度的雪地里面一趴就是一天一夜。枪声一响，你照样能蹿到山头上去。老石，你怎么突然变成这样了？三十七年前你第一次拥抱我的时候，差点儿把我捏碎了。我靠在你的身上，满耳朵都是你胸膛里敲大鼓一样的心跳声。"

这时，隐隐响起鼓声一样低沉的心跳声。

褚琴抬起头看着窗外说："我是这个世界上唯一觉得你不会病不会老也不会死的人。我不怕死，我知道这一天早晚会到的，但是我怕你死，你死了这个世界对我来说就不存在了。孩子们都大了，有自己的将来，你在婚礼上跟我发过誓，发誓要跟我白头到老。你忘了自己发过的誓了？你真的不愿意帮我撑起这最后的日子了？"

咚咚的心跳声逐渐清晰。

石光荣被褚琴紧紧握着的手突然动了一下。褚琴吃了一惊，抬头看监护仪的屏幕上，石光荣的心脏突然有了微弱的跳动。

石光荣轻轻地吐了一口气，褚琴尝试着喊："老石！老石！"

石光荣慢慢睁了一下眼睛又闭上，褚琴激动地大声喊："大夫，大夫！"

医护人员听见喊叫蜂拥而至，开始又一轮的抢救。

第二十一章　下辈子还接着过

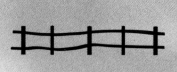

火车缓缓地驶进站台。

石晶、石海和成栋全焦急地等待在检票口，肩扛手提、拉着行李车的旅客陆续出来，穿军装的石林带着老婆孩子出现在人群中。

石晶和石海激动地大叫："哥哥，哥哥！"

石林看到他们，激动地冲他们连连挥手。走出检票口，石晶和石海扑上去抱住哥哥。石林一只手抱住妹妹，一只手抱住弟弟，把他俩夹起来，三人激动得泪流满面。穆昆站在一边眼含热泪地看着他们。

石林抹掉眼泪把穆昆、石小林拉过来，介绍给自己的妹妹和弟弟说："这是你们的嫂子穆昆、侄子石小林。"石晶和石林亲热地叫了声："嫂子。"穆昆对儿子说："快叫姑姑、叔叔。"石小林听话地叫道："姑姑、叔叔。"

石晶和石海高兴地轮番把侄子抱起来，说不出有多亲热、多喜欢。石晶问："你长得像姑姑还是像叔叔？"石小林说："像爷爷。"石林看着成栋全问："你是成栋全吧，石晶在电话里提过你。"成栋全憨笑着接过石林手里的旅行包说："哥，咱们走吧，车在外面呢。"

石海抱起石小林，石晶挽着嫂子，一行人说着话出了火车站。

大家上了面包车，成栋全开车，石晶坐在他旁边。石林关切地问："爸爸怎么样？"石晶说："昏迷五天了。"

石林脸上的肌肉绷紧了，他拍了一下成栋全的肩膀说："再开快点儿。"成栋全踩下去油门，面包车轰鸣着疾驰。

"医生怎么说？"

"还很危险，就看他的生命力怎么样了。"

石海补充说："爸爸好像有点儿意识，那天妈妈在他身边问我，你哥哥回来吗？我说已经在路上了，爸闭着眼睛，眼泪顺着眼角往下流。"

石林的眼泪一下涌出来，他趴在车椅背上。

急救室监护仪上石光荣的心脏在有规律地跳着，他竟然慢慢睁开了眼睛。眼前光斑闪动，褚琴的脸由模糊变得渐渐清晰起来，此时的褚琴已是满头白发。石光荣看着她，嘴唇轻轻地动了一下。

褚琴凑过去小声问："老石，你要什么？"石光荣声音微弱地问："你是谁？"褚琴愣了一下答道："我是你老婆呀！"石光荣盯着她看了好一会儿，声音微弱地问："褚琴？"

"我是褚琴。"

"你是褚琴？你的头发咋都白了？"

褚琴热泪盈眶，她竭力克制着自己的情绪说："早就白了。"

"昨天还黑着呢。"

"还昨天呢，你已经五天五夜没睁眼了。"

"我累坏了。"

褚琴握住石光荣的手说："老石，你快把我吓死了！"石光荣盯着她的头发说："你的头发是被我吓白的？"褚琴点点头。石光荣长长地叹了一口气说："我不该这样，可由不得自己呀。"

这时，石晶、石海和成栋全推门进来，石林一家人跟在后面。褚琴看见大儿子，叫了一声站起来，腿一软差点儿跪到地上。石林眼疾手快扑上去紧紧搂住妈妈。石光荣的眼睛紧紧地盯在石林的脸上。

褚琴把脸贴在大儿子的胸口上，喃喃地说："儿子，儿子！你回来咱家就有主心骨了！"穆昆眼泪汪汪地叫了声："妈妈！"褚琴松开石林，搂住穆昆说："孩子，全家人都等着你们回来呢！"

穆昆抹了把眼泪走到病床前轻轻叫了声："爸爸。"石光荣微笑着冲她点点说："好，好！"穆昆推了一把石小林，他走到石光荣的床边奶声奶气地叫了声："爷爷！"

石光荣的眼泪哗一下流了下来，他哆哆嗦嗦伸出胳膊紧紧地抱住孙子。石林迈着军人的步伐走到父亲床前立正敬礼，声音颤抖地叫了声"爸爸"，泪水夺眶而出。石光荣唏嘘出声，声音颤抖地骂道："王八犊子！看在我大孙子的面上，我饶你一回！"石林扑过去跪在父亲的床前，紧紧握住他的手号啕出声："爸爸，你要是觉得打我一顿解恨，就狠狠地打吧！"石光荣声音颤抖地说："老喽，你爹老得手都抬不起来，想打也打不动了。"

石林呜呜哭着把头埋在父亲的怀里说："爸爸，是我把你害成这样的！"石光荣慈爱地摸摸他的脑袋说："净扯王八犊子，起来。"石林拒绝起来。

"你起来！看人笑话。"

"我上跪国家，下跪父母，不怕人笑话。"

"你不怕我怕，听爸的话快起来！"

石林只得起来在父亲身旁坐下。石光荣说："挨我近点儿。"石林靠着父亲，石光荣让他再靠近点儿，他想好好看看儿子。石林听话地紧紧靠着父亲。

石光荣用慈爱的目光打量着儿子说："胡子一把喽！三十六了吧？"石林点点头。石光荣心满意足地说："三十六岁，团长，跟我当年进沈阳城的时候一模一样，后继有人了。"

"爸，我接到石晶的电话一下就蒙了，请了假买上车票就往回跑。一路上净做和你在一起的梦。"

"梦见我？"

"我还是小时候的样子，骑在你的肩膀上去看焰火，焰火炸开的时候突然变成了信号弹，我冲上阵地就找不到你了。"

石光荣被捅在心窝子上，他眼泪一下涌出来。

"我把车厢里面的人都哭醒了，爸爸，我一直等您叫我回来，可是您一直都没叫。我以为您这一辈子都不会原谅我了。"

"我一辈子都没说过软话，爸爸心里面一直盼着你回家，盼得把心都累坏了。"

屋子里的人听得眼圈都红了。

石林哭着说："我当了父亲后才深切地理解到，您当初为我做的一切都是因为爱我。等我明白了，爸爸也老了。"石光荣伸出大手在儿子的脸上抹了一下说："别哭了，看让弟弟妹妹笑话。"褚琴抹着眼泪说："你当爹的带头哭，孩子还有收管吗？"石光荣叹息说："不由人哪！软了，这场病闹得我浑身上下连点儿筋骨囊都没了。"

这时，医生走进来说，病人需要休息，除了陪床的，大家都回吧。

褚琴说，她在医院陪床，石林一家和石晶、石海回家各司其职，做好后勤保障。

进了石家，穆昆顾不上休息，一头扎进厨房煨鸡汤，石晶忙着洗菜做饭。石海则拿着水管给院子的农作物浇水。石晶提醒他，用不着天天浇，小心浇涝了。石海说，老爸天天问，他不敢不浇。

石林陪着石海在刚长出小苗的地里浇水施肥。过了一会儿，穆昆走过来喊："饭好了，送饭去吧。"

石林答应一声，在水管子上冲了冲手跑进客厅。

石林拎着保温桶、牵着石小林走进石光荣的病房，褚琴接过保温桶打开，给石光荣盛了一碗鸡汤。石光荣接过来喝了一口，皱着眉头说："咋老喝这玩意儿，能不能给我上点儿扛饿的？"

石小林跑过来趴在石光荣的怀里说："爷爷你跟我说。"大家一听都笑了。石光荣开玩笑说："你还得你妈喂饭呢，跟你说顶啥用？"石小林一本正经地说："让妈妈给做。"石光荣说："还是我大孙子好，这个家就没人管我！"

褚琴对石林说："你看看你爸爸，真是越老越歪，咱们跑前跑后的都不算，孙子一句话就把他填乎饱了。"石林笑着说："知道饿，这就证明爸爸的各项机能恢复得很不错。"褚琴揶揄道："脾气也恢复得不错，上午非要吃红烧肉，我不给他买，他跟我大喊大叫的。"石光荣拒不承认："我没喊。"

褚琴说："你没喊，是我喊了，我脖筋子蹦得老高，把大夫都喊来了。"石光荣一脸尴尬。石林劝道："爸爸，大夫说，治疗期间不能吃太油的东西，等你病好了出院回家，我们好好给你做一桌子饭解解馋。"

石光荣说："我已经好了。"石林笑着说："这得大夫说。"石光荣耍赖说："你妈把大夫收买了。"褚琴哭笑不得地说："我收买他干什么？"石光荣说："你烦我，不愿意让我回家。"石林笑着说："我说小林怎么老胡搅蛮缠呢，原来是遗传啊！"

石小林听了咯咯直笑。

石光荣眼睛一瞪说："胡搅蛮缠？你躺在这儿试试！一会儿这个丫头片子来给你捅一针，一会儿那个丫头片子来给你捅一针，扎得我浑身都没好地方了。"褚琴说："你本来就浑身是伤没好地方了。我问你，伤口疼还是针眼儿疼？"石光荣故意气褚琴说："针眼儿疼。"

这时，护士推着小车进来说："首长，该打针了。"

褚琴站起来做出要走的样子，石光荣一下蔫了，眼巴巴地看着褚琴。褚琴得胜了，走过去坐在石光荣的旁边紧紧握住他的一只手。护士给石光荣搽酒精，他紧张得使劲儿闭着眼睛。护士连声说："放松，放松！"

晚上还是石林陪床，他打来一大盆水认真地给石光荣洗脸、洗手、洗脖子、擦身子、洗脚，然后按摩他身上的穴位。石光荣趴在床上舒服得直哼哼。

石林把父亲安顿好躺下，满头大汗地直起腰。石光荣心疼地说："你回去吧。"石林说："今天晚上我陪您。"

"你连着陪我十八天了。"

"我已经十八年没陪过您了。"

石光荣眼中柔光一闪，他闭上眼睛不说话了。石林靠在父亲的脚边问："爸爸，我给您的那些书和资料片都看了吗？"石光荣闭着眼睛回答："看完了。"

"怎么样？"

"好东西。"

石林高兴地说："这次我又给您带来了新的。"石光荣说："明天给我拿来。"

石林说："医生不让您看书，等回家的时候再给您。"石光荣点点头。

"爸爸，您睡吧。"

"你也眯瞪一会儿。"

石林把钢丝床拽过来，紧挨着爸爸的床躺下。灯灭了，父子俩谁都没睡着。石光荣恳求说："儿子，我想抽根烟。"石林态度坚决地说："不行。"石光荣叹了口气闭上眼睛。

经过精心的护理和医治，石光荣终于可以出院了。石林、石晶、石海、穆昆在厨房里忙着准备饭菜，为老爸接风和庆祝生日。

石晶问："接爸爸的车已经走了？"石林点点头说："走了。"石海纳闷儿地问："爸爸从来不过生日，也反对别人过生日，这回怎么就妥协了呢？"石林说："妈妈非得给他过，态度非常坚定，爸爸不得不让步。"

石晶感叹说："咱们全家人已经十八年没团聚了，妈妈是想借这个机会好好庆祝一下。"穆昆问："爸爸的生日咋那么巧，正赶上建军节这一天？"石海说："他根本就不知道自己是哪天生的，这是他参军后自己选的日子。"穆昆笑着说："爸爸真是个奇怪的人。"

石海点点头说："你说对了，老爷子确实很怪，怪得谁都看不懂他，怪得都能当成人物写进书里了。"石林深有感触地说："父亲对儿女来说，本身就是一本大书，年轻的儿女谁也读不懂父亲。等儿女真正长大以后，再次打开这本大书，就能真正懂得什么是父亲了。"石晶赞叹说："说得还挺有诗意的。"

"什么诗意，这是切身体验。"石林说完，看了一眼石海，"石海，我可是看见地里有草了。"石海吃惊地说："是吗？那我得赶紧拔了去，要不老爷子又该翻脸了。"说完，他跑了出去。

石林和石晶也跟着出去，跟石海一起在院子里拔草。

不一会儿，一辆面包车开到院门口停下，成栋全搀着石光荣下车，褚琴拎着东西牵着小林跟在后面。

石光荣被院子里的情景感动了，他不走了，站在那里呆呆地看着。石小林忍不住喊了声："爸爸！"石林、石晶、石海扔下手里的活儿，跑着迎了出来。

石光荣走进院子，看着绿油油的小苗问："这是谁种的？"石林说："我和石海。"石晶说："水是我浇的。"

石光荣挑剔地围着菜园子转了一圈，实在挑不出毛病，便笑着说："不错，像蘑菇屯的庄稼把式带出来的。"

兄妹仁强忍着没笑出来，陪着父母进了客厅。

子女们在厨房里热热闹闹地忙着，成栋全上灶，穆昆给他打下手，石晶洗杯子洗碗，石林拌凉菜。褚琴走进来说："看这厨房挤的，都下不去脚了。"穆昆把她推了出去说："妈，您歇着去吧，这儿有我们忙就足够了！"

石光荣和褚琴坐在沙发上看电视，石海搬着一箱子啤酒饮料进来放在地上，石小林拿着遥控器不断地换着频道。

穆昆端着菜往餐桌上放，看见此情景制止说："小林，别这么换来换去的。你不看，爷爷奶奶还看呢。"石光荣说："孩子愿意看啥就让他看去。"石海笑着说："还是小林脸大，一来就把爷爷领导了。小林你可不知道，过去你爷爷和奶奶因为抢频道看电视，天天吵架。"

石光荣问褚琴："有这事？"褚琴装糊涂说："不记得了。"石海嘎嘎笑着说："爸、妈，你们是老态得对往事一概不记得了，还是老到得对旧事一概既往不咎？"褚琴说："我看你是欠揍！"

石光荣笑眯眯地说："大孙子，过来给爷爷揪个鸡儿吃。"石小林很痛快地揪了一个送过来，然后趁机说："爷爷，咱俩玩打仗。我当解放军，你当马。"石光荣痛快地说"行"，说完就要趴在地上当"战马"。褚琴连忙揪住他说："不要命啦？"

石光荣说："孙子的命令我得服从。"褚琴问："两岁孩子的话你也听啊？"石光荣理直气壮地说："孙子第一嘛！"褚琴翻了他一

492

眼说："你就惯吧，小心咱老两口成了孙子！"众人听了一起大笑。

夜色降临，石家客厅里点着七十三根红蜡烛，丰盛的饭菜摆在桌子上。石光荣居中而坐，褚琴坐在他的右手，石林坐在他的左手，石小林挨着爸爸，成栋全挨着石晶，全家老少三代八口人依次落座，热热闹闹地围成了一桌。

褚琴站起来倒了一杯酒说："今天这顿饭有两重意义：一是庆祝建军五十周年；二是给你爸爸过生日，大家都把酒端起来。"

全家人端起酒杯笑盈盈地看着石光荣。

褚琴说："成子，陪你哥喝白酒。"成栋全迟疑地说："伯母……"石海打断说："成哥，都这时候了你还不改口啊。"

成栋全脸腾地红了，求助地看着石晶，她把眼睛转到别处不看他。成栋全无奈地看看石光荣，他顽皮地挤了挤眼。

成栋全站起来，恭恭敬敬地冲褚琴叫了声："妈妈！"褚琴满脸是笑地答应："哎！"成栋全又恭恭敬敬地冲石光荣叫了声："爸爸！"石光荣很气派地朝他摆摆手说："坐下，坐下。"

"我跟你们的爸爸结婚三十七年了，从来没给他过过一个生日，今天你爸爸给了我这个面子。他十三岁参军革命了一辈子，咱们给他过这个生日是一种纪念。"褚琴的眼睛有些潮湿，动情地说，"看着大家坐在一起，我很高兴！这是我盼了十几年的事情，也是你们爸爸盼了十几年的事情。"

石光荣感慨地点点头，褚琴给他倒了一杯葡萄酒说："老石，我代表全家先敬你一杯。"石光荣站起来说："你给我养了这么好的闺女、儿子，你是石家的功臣，你的酒我一定要喝，但是你得坐下，你站着我不喝。"

褚琴听话地坐下。

石光荣把褚琴敬的酒喝了，又把褚琴给自己倒的酒也喝了。石晶叫道："哎，爸，您怎么把妈妈的酒也喝了？"石光荣说："我跟你妈妈结婚的时候，婚礼上大家闹酒，她的酒都是我替她喝的。"褚琴笑着说："还说呢，那天晚上你醉得连人样都没有了。"石光荣感叹说："一眨眼，好像昨天的事一样。"

石林和穆昆站起来给石光荣敬酒。石林说："爸爸，我和穆昆敬你一杯，你意思意思，我们干了。"石光荣接过来酒杯。穆昆恭恭敬敬地说："我父母去世得早，我一直盼着能和石林回家见见爸爸妈妈。"

褚琴听了这话，眼圈又红了。石光荣说："这就是你的家，以后常回来。石林部队上忙，你带着我大孙子回来。"

穆昆含着眼泪把杯里的酒喝了。

石林说："爸爸大病初愈，不能多喝酒。爸爸，你看我们喝就行了。"

石光荣不听，喝干了自己杯里的酒。石林把手中的酒杯举向父亲，他眼含热泪地说："没有爸爸当年的教诲就没有今天的石林！爸爸，我的感激全在这酒里面了！"

石光荣抢过褚琴手里的酒杯和大儿子碰了。

成栋全端着酒杯站起来说："爸爸，啥也别说了，咱俩的感情都在这杯酒里呢，你看着我喝。"说完一饮而尽。

石光荣要喝杯里的酒，被成栋全按住。石晶站起来把酒杯举向父亲和母亲："爸爸，妈妈，感谢你们把我们生到这个世界上。"

石光荣和褚琴热泪盈眶，他抢着给自己倒了一杯酒和女儿碰了杯。

石海站起来，恭恭敬敬地看着父亲说："爸爸，我长这么大，第一次有机会给您敬酒。"石光荣笑呵呵地对褚琴说："你说这日子过得多快，咱家老疙瘩也成人了。"石海说："爸爸，西藏军区到我们学校毕业班要人，我报名了。"

全家人一听都愣了。

石海接着说："体检和政审已经结束，下个星期我就要离开家进藏了。"褚琴急了，说道："石海，你疯了？沈阳那么多好单位要你你不去，跑去当什么兵？"石光荣不愿意了，嚷道："当兵咋的啦？咱们家你不是兵还是我不是兵？咱们家哪个人没在部队的熔炉里面烧过？"

褚琴快哭了，说道："想当兵在咱们家门口也能当，干什么跑到那里去？西藏生存条件那么恶劣，连氧气都不够吸，落下毛病是一辈子的事情。"石林劝慰母亲说："妈妈，在西藏当兵的军人，哪个不是母亲生的孩子？"

褚琴不说话了，悄悄抹了一下眼泪，穆昆小声地安慰她。

石光荣激动得脸上发光，问道："快告诉爸爸，你咋想起来当兵的？"石海说："您不是说过，我干啥都行，就是别当兵。您还说我要是到了部队丢您的脸，穿着军装出去丢部队的脸。"石光荣装糊涂说："我说过这话？"石晶大声说："我证明，爸爸说过。"石光荣一脸尴尬。

石海说："听了这话，我当时挺生气，随着年龄的增长，我觉出了这话的分量，也觉出来我跟家里面的每一个人确实不一样。我缺少责任感、荣誉感和你们身上的那种豪情，所以才活得疲疲沓沓的。爸爸，咱们家除了我以外，每一个人都是部队培养出来的。你们每个人身上都有非凡、崇高和无比纯净的东西，我在这个家里显得那么晦暗，那么没有硬度。我到西藏去，就是要选择一个和我过去的生活完全不同的地方，我当兵就是要把自己当成一块毛坯扔进熔炉里面，淬淬火，变成一块好钢。"

石光荣激动得声音颤抖："儿子……"

石海打断他的话说："爸爸，我小的时候崇拜过很多人，现在才知道，我最应该崇拜的人就在我的生活中，爸爸、妈妈、哥哥、姐姐、成子哥，还有嫂子。能和你们生活在一个家庭里面是我一生的大幸，为了这个，我得和你们一人干一杯。"

全家人纷纷朝石海举起酒杯。

石光荣被小儿子的一席话感动得不能自已，先端起杯把酒喝了，叫嚷道："满上，给爸爸满上！"褚琴劝阻说："你不能再喝了！"石光荣喊叫说："喝，我老儿子的英雄酒，我说啥也得喝了！"

石海和石光荣碰杯，石林、成栋全忍不住也参与进来。石光荣被孩子们弄得有些迷糊了，抢过酒瓶给自己倒酒，儿女连吵带闹地制止他再喝。褚琴急，穆昆笑，餐桌上的气氛像熬着一锅热粥。

石小林倒了一杯饮料说："爷爷，你还没和我碰杯呢。"石光荣连忙倒了一杯酒和孙子碰杯。石小林大咧咧说："祝爷爷身体健康，长命百岁！你随便，我干了！"说完，他挺着小肚子一仰头把饮料喝干了。

石光荣哈哈大笑："好，是咱石家的种！"石小林说："爷爷，我长这么大，你都没给过我礼物。"穆昆忙出言制止："小林……"

石光荣摆摆手说："要啥？爷爷马上出去给你买。"石林瞪着儿子说："你找揍是不是？"

石光荣立马不干了，怒视着石林说："你给我打一下试试？"石林一下泄气了，不再说话。石光荣命令孙子："说，要什么？"

石小林说："我要什么你都能答应？"石光荣斩钉截铁地说：

"当然。"石小林说："我要听爷爷唱歌。"

全桌人哄堂大笑。

石光荣也笑了，说道："爷爷不会唱歌，让你奶奶唱吧。"石小林说："爸爸说你会唱歌。"石光荣一愣，看着石林问："我啥时候唱歌来着？"石林说："我小时候听你和胡伯伯一起唱过。"

石光荣想起来了，笑着摆摆手说："那是瞎吵吵，那也叫唱歌？不会唱，不会唱。"石小林不干了，嚷道："爷爷你说话不算话，怎么带兵？"

石光荣被将住，想了想说："批评得对，咱是带兵的，咋能只要脸面不要原则呢？唱！这歌爷爷是唱定啦！"

石光荣站起来，系好风纪扣，戴正帽子，立定站立，双眼正视前方，直声拉气地唱起《八一军歌》：

雄伟的井冈山，八一军旗红。

开天辟地第一回，人民有了子弟兵。

从无到有靠谁人？

伟大的共产党，伟大的毛泽东，伟大的毛泽东！

……

孩子们望着父亲微驼的背和几乎全白了的头发，眼眶湿了。

石林一家要回去了，石光荣、褚琴、石晶、成栋全、石海夹在人群中送行，石林、穆昆和石小林从车厢里探出头来看着大家。石林喊："爸爸，等你身体完全好了，跟妈妈一起到我家去住吧。"穆昆说："我课不多，一年还有两个假期，能好好照顾你们。"石光荣摇摇头说："昆明那叫啥地方，没冬没夏的，不去！不去！"石小林不干了，叫道："爷爷！"

石光荣强硬的口气一下软下来，说道："过年的时候，你来看爷爷行不？"石小林说："我一淘气，我爸就给我贴一个红五星，红五星多了，我就来不了啦。"石光荣口气又硬了，说道："他要是找茬儿不让你来，你就给爷爷打电话。"

石小林示威一样地扭头看看自己的爸爸，石林不看儿子，对石海说："到了部队，给我来个信儿。"石海郑重地点点头。

石光荣对石林说："好好带兵，别惦记家。"石林在车窗里庄严肃穆地给父亲敬礼。

开车铃声响，石林紧紧地握住爸爸、妈妈的手叮嘱说："爸爸、妈妈，你们一定要多保重！"

火车徐徐开动，大家依依不舍，频频挥手。

石家的好事接二连三，石晶要和成栋全旅行结婚了。石光荣、褚琴和石海将拎着旅行包的石晶送到门外，褚琴动了感情，依依不舍地盯着女儿。石晶很不习惯，让他们别送了。

褚琴说，要把他俩送到大街上，看着他们上车。石晶赌气说，要是再送，她就不走了。褚琴有点儿不高兴地说："你看看，浑劲儿又上来了。"石光荣说："孩子不愿意让送，咱就别送。"

褚琴的眼泪涌上眼眶，她眼巴巴地看着石晶。石晶眼圈也红了，无可奈何地说："妈妈，你再这样，我就不结这个婚了。"褚琴抹着眼泪说："妈妈这是高兴的！"石晶不满地说："有你这么高兴的吗？"

石光荣劝说褚琴："孩子嫁不出去你窝心，孩子嫁出去了你又伤心，你说说到底是要啥？孩子嫁的是咱俩都相中的成子，又不是用两斗高粱换给人家当童养媳妇了，你说你哭的是啥？"

褚琴难过地说："孩子在咱俩身边待了二十八年，说走就走了，我就不信你心里面好受！"石光荣说："我送出去一个女儿，回来的是一个女儿外加一个儿子，占这么大的便宜，我乐还乐不过来呢！"石晶扑哧一声笑了。

褚琴红着眼圈叮嘱石海说："石海，你把姐姐和姐夫送到车站去。"石晶马上说："石海也别送，我出去显摆几天就回来，好让大家知道我终于把自己嫁出去了。"褚琴说："别这么没正形！"

成栋全呵呵笑着。

褚琴对石晶说："好好的，别动不动就使性子。"石晶委屈地说："妈妈，跟他在一起没法不生气。他根本就不知道什么是结婚，他以为结婚就是把老婆娶回家，往屋子里一供就行了。"成栋全矢口否认说："这你可是造谣！我为了以后的日子，看了《女性心理学》《现代婚姻观》《爱情与痴情》，整得我整天迷迷糊糊的。"

石光荣和石海听了嘿嘿笑。

石晶不依不饶地问："聪明了？"褚琴嗔怪地制止说："石晶！"石晶继续控诉说："妈妈，你不知道他多气人哪！说是请我看电影，我到电影院一看，这哪是请我，简直是刑警大队包场，票都是他给的。"

成栋全解释说："平时我们都是一起看电影，我不能有了老婆就不要哥们儿了吧。你那么烦人家，怎么看电影的时候，还给他们每个人发夹着火腿肠的面包？"

石晶说："人家一口一个嫂子叫着我，好意思就自己吃吗？"成栋全说："还是的！"石光荣打岔说："我和你妈看电影全是部队包场。"石晶叫道："爸，你瞎搀和什么呀！"褚琴和稀泥说："两口子过日子就是这样，刚开始有点儿不适应，慢慢就好了。"

石晶说："有点儿不适应？是完全不适应。我跟他根本就是两个不同的动物种类，我是海豹，他是金钱豹。我俩一个在水里一个在山上，习性就不同，你说这能适应吗？"褚琴责怪说："你这丫头咋这么搅毛呢？这也就是成子，换上别人早跟你翻脸了！"石晶不服气地说："换上别人我还不给他机会呢，你说是不是？"成栋全憨笑着连连点头说："那是，那是！"

褚琴提醒成栋全说："我养的孩子我知道，这丫头刁蛮，你不能老让着她。"

石晶跺着脚说："妈妈，你怎么胳膊肘往外拐呢？"成栋全看着石晶笑。石晶挑衅说："请你不要用这种老羊看小羊的眼神看我好不好？"

石光荣大笑起来，自己这丫头真不好收拾。褚琴气乐了："死丫头！"

石光荣对成栋全和石晶说："在外面好好玩，回来好好工作。你俩感情基础好，又都很聪明。别人单兵作战，可能还后方不稳。你们有两个人的智慧和一个大的稳固的后方，还有啥可担心的？爸爸妈妈老了，干不了别的，在精神上还是能支持你们的。"

石海说："走吧，再絮叨下去，火车就开了。"石晶摸摸弟弟的脑袋说："石海，到了西藏马上给家里来电话，千万别让爸爸妈妈惦记着。"石海嘲笑石晶说："姐，你没发现自己已经走在婆婆妈妈的大道上了吗？"石晶怒道："你找打！"

石海把石晶和成栋全推出院门，石光荣、褚琴朝他俩挥挥手，目送着他们远去的背影……

转眼石海就要进藏了。军区大院里红旗飞舞、歌声飘荡，欢送的锣鼓敲起来了。穿着军装的新兵们动作利落地爬上大卡车，送行的父母们在下面仰着头叮嘱着自己的孩子。

石海陪着父母亲站在车下，褚琴两眼通红地给儿子整整这儿，拽拽那儿，哽咽着说："妈妈跟你说的话你都记住了？"石海不耐烦地说："我耳朵里都磨出茧子来了。"褚琴伤心地问："妈妈就那么招人烦？"石海忙搂住妈妈安慰说："妈妈，我不是那个意思。"

石光荣摇摇头说："你这么送一个絮叨一次，孩子们能不烦吗？石海都比你高半个脑袋了，啥不懂啊？"褚琴说："再高也是我儿子。石海不像他哥哥和姐姐，他从生下来那天就没离开过我，不管跑多远去玩，天一黑跑回来往我怀里一扎就不动了。"石海大窘，小声央求褚琴说："妈妈，我已经是军人了，求求你别在这儿让大家看我的屁股行不行？"

石光荣哈哈大笑。这时，哨声响起，那些和父母话别的新兵纷纷爬上车。卡车在喧天的锣鼓声中慢慢开出大院，石海在车上跟父母招手。

褚琴跟着车跑了几步被石光荣拉住，汽车逐渐开远，石光荣和褚琴的身影越来越小。

儿女一窝蜂都飞走了，家里空空荡荡的，褚琴坐在客厅的沙发上发呆。卫生间里传来石光荣的喊声："丫头，丫头！"褚琴醒过神来问："干啥？"石光荣喊："水太烫了，你帮我调调。"褚琴起身到厨房，在煤气热水器上调着水温，大声问："怎么样？"石光荣回答："行了。"

褚琴刚在沙发上坐定，石光荣又喊起来，说他后背痒痒，他够不着，快来帮着搓搓。褚琴没办法，站起来进了卫生间。

石光荣坐在浴缸里，褚琴拿着一块手巾仔细地给他搓后背，命令道："抬起胳膊！"石光荣说："这儿我洗过了。"褚琴说："你那叫洗吗，你那叫尿叽！"

石光荣不说话了，抬起胳膊叫她擦。

洗完澡，石光荣裹着睡衣从卫生间里出来，褚琴跟在后面，她纳闷儿地问："你怎么走路一拐一拐的？"石光荣说："这只脚不得劲儿。"褚琴关切地说："让我看看。"

石光荣坐在沙发上，把左脚搬起来给褚琴看。褚琴戴上老花镜仔细给他检查着说："脚趾盖抠到肉里面了，走路能得劲儿吗？"褚琴掏出指甲刀仔细给石光荣修剪着，修完脚又给他修手。

褚琴回卧室躺在床上看书，看了一会儿，迟迟不见石光荣进来，便竖起耳朵听外面的动静。

客厅一片寂静，褚琴不放心喊了一声："老石！"

见没人答话，褚琴紧张地下床开门出去。客厅和作战室都没人，卫生间锁着门亮着灯。褚琴焦急地敲着卫生间的门问："老石，你在里面吗？"

卫生间里传出石光荣含糊不清的答应声，褚琴忙问他怎么了，他却不说话。褚琴让石光荣开门，他嗯啊了两声又没动静了。褚琴担心他犯病了，忙跑去拿钥匙。正要开门时，门锁咔哒一声开了，石光荣紧闭着嘴走出来。褚琴紧张地打量着他的脸色问："心脏不舒服了？"

石光荣摇摇头。褚琴松了一口气，抽抽鼻子警惕地问："一股子烟味儿，你是不是躲在里面抽烟了？"石光荣摇头否认："没。"随着这句话，一股残存的烟从他的嘴里冒出来。褚琴叫道："烟都冒出来了，还敢说没？"

石光荣耍赖嘿嘿笑着。

"你不是答应我，再也不抽烟了吗？"

"我就抽了一口。"

褚琴从抽屉里拿出来一个本子，戴上花镜认认真真地写道：石光荣违反军纪一次。石光荣无奈地挠着脑袋走开。

翌日清晨，褚琴在厨房忙着收拾碗筷。石光荣进来便问："我那身新军装在哪儿放着呢？"

"干啥？"

"我要穿。"

褚琴拿毛巾擦干净手走出厨房，石光荣跟在后面……

客厅的气氛庄严肃穆，石光荣穿着崭新的军装，胸前佩戴着几排奖章，腰杆笔直地坐在电视机前看电视，褚琴静静地坐在他的身旁。

电视屏幕上鲜艳的五星红旗升起来了。邓小平在天安门城楼上宣布中华人民共和国成立三十五周年庆典开始。

邓小平乘坐汽车检阅解放军部队。

海陆空三军迈着威武的步伐从天安门城楼前走过。

石光荣和褚琴神情激动地看着。

屏幕上一张张年轻的脸，一杆杆紧握在手中的枪……

战士们雄赳赳地从画面中走过；炮车、坦克由远而近地驶来；无数架战斗机排着整齐的队形，从天安门广场上空飞过。

石光荣激动得老泪纵横，褚琴把一块手巾递给他，他推开褚琴的手。屏幕上闪烁的光映在石光荣苍老的脸上。

阅兵式结束，石光荣站起来在地上踱了几步，回过头来看着褚琴说："我说……"

褚琴抬头问："啥事？"

"我想出去走走。"

"去哪儿？"

"去中街。"

"行，我换件衣裳。"

街道上，沸腾的人群，震耳的锣鼓声，挂着"庆祝中华人民共和国成立三十五周年"彩带的气球在天空中飞舞，到处都是喜气洋洋的景象。

石光荣和褚琴互相搀扶着出现在街头，他们互相保护着、躲闪着横冲直撞的孩子们和高跷队秧歌队。

石光荣眯起眼睛看着沈阳的街景，感叹地说道："三十七年了，当年我就是在这儿进城的。你梳着两条大辫子，扭着小腰从这儿跑过去，别提多带劲儿了。"褚琴笑了，说道："你骑在马上不错眼珠地盯着我，那股劲头活像个胡子。"

"我这一辈子第一感谢共产党，没有共产党就没有我石光荣的今天；第二感谢你，没有你，我石光荣也过不上这样有儿有女有滋有味的日子，可惜这日子还没品够就老了。如果有下辈子，我还在这儿等着你，咱俩接着过。"

褚琴眉开眼笑地问："这辈子还没吵够啊？"

"吵也是滋味儿，全看怎么琢磨了。"

一轮火红的夕阳挂在城市的天空上。火红的扇子波浪一样地起伏着，一群中年女人在广场上跳着扇子舞。其中一个女人看见了在人群中观看的褚琴，她喊了一声："褚老师！"

跳舞的人都停了下来，围住褚琴七嘴八舌地说："褚老师，你有日子没跟我们一起跳舞了。"

"音乐一响，我们就念叨你！"

"褚老师你还不知道吧？月底咱们代表沈阳队去长春参加比赛呢！"

褚琴应接不暇，不知道该回答谁的话。

"今天是国庆节，你带我们跳一段吧！"

褚琴用征求的目光看了石光荣一眼，女人们都笑嘻嘻地看着石光荣。他和蔼地笑了，冲着褚琴说："去吧，我也想看看。"

褚琴高兴地笑了，脱下外套，穿着一件火红的绒线衣站在队列的前面。

激动人心的音乐响起来了，褚琴舒展双臂，舞姿极其优美地跳起来了。石光荣被她的舞姿吸引，他想看得更清楚一点儿，便上了广场的台阶。他一个台阶一个台阶地往上走，眼睛不离褚琴。

石光荣眼前出现了幻觉，满头华发的褚琴变成了梳着两条黑油油大辫子的褚琴，她舞着红绸，欢天喜地地奔腾跳跃着。年轻的褚琴边跳边看着他。

苍老的石光荣也变得年轻了，他英姿勃发地骑在马上，充满激情地盯着褚琴……

年老的石光荣痴迷地看着年老的褚琴欢快地跳舞，她再一次把目光投向高台上的石光荣，他看着与自己相伴了一生的褚琴无比酣畅地笑了。

2022 年春修订